TANIA KRÄTSCHMAR

Clara und die Granny-Nannys

Buch

Wenn man in die besten Jahre kommt, sind die guten noch lange nicht vorbei!
»48 Prozent aller Frauen in Deutschland sind über fünfzig. Viele von ihnen sind nicht mehr berufstätig, aber stecken noch voller Power und wollen mehr als einen gemütlichen Ruhestand«, sagt Clara Behrens von der Granny-Nanny-Agentur …
Als Suse den Artikel liest, steht ihr Entschluss fest: Sie stürzt sich ins Granny-Nanny-Abenteuer! Auch Hanni Wiesinger und Karen Parotat starten noch mal durch und lassen sich von Clara Behrens in die Hauptstadt vermitteln. Wo sie zwischen Querelen mit blutjungen Gasteltern, bockigen Au-Pair-Enkeln und neuen Herausforderungen wie dem Berliner Nahverkehr, Hausbooten, einer Hohenzollern-Gruft und Tattoostudios manchmal glatt von einem Rückreiseticket träumen könnten. Wären da nicht ihre gemeinsamen Montage im Café Maiwald. Denn was dort zwischen viel Tee, noch mehr Lachen und einigen Tränen entsteht, kann den drei Granny-Nannys niemand nehmen, egal, wie alt sie sind …

Autorin

Tania Krätschmar wurde 1960 in Berlin geboren. Nach ihrem Germanistikstudium in Berlin, Florida und New York arbeitete sie als Bookscout in Manhattan. Heute ist sie als Texterin, Übersetzerin, Rezensentin und Autorin tätig. Sie hat einen Sohn und lebt in Berlin.

Von Tania Krätschmar bei Blanvalet bereits erschienen:

Eva und die Apfelfrauen (38112)

Tania Krätschmar

Clara und die Granny-Nannys

Roman

blanvalet

MIX
Papier aus verantwortungsvollen Quellen
FSC® C014496

Verlagsgruppe Random House FSC® N001967
Das FSC®-zertifizierte Papier *Holmen Book Cream*
für dieses Buch liefert Holmen Paper, Hallstavik, Schweden

1. Auflage
Originalausgabe November 2014 bei Blanvalet Verlag,
einem Unternehmen der
Verlagsgruppe Random House GmbH, München

Umschlaggestaltung: www.buerosued.de
Umschlagmotiv: Corbis/Image Source
Satz: Buch-Werkstatt GmbH, Bad Aibling
Druck und Bindung: GGP Media GmbH, Pößneck
LH · Herstellung: sam
Printed in Germany
ISBN: 978-3-442-38299-6

www.blanvalet.de

Das Alte stürzt, es ändert sich die Zeit,
Und neues Leben blüht aus den Ruinen.
FRIEDRICH SCHILLER, WILHELM TELL IV, 2

Man ist so alt, wie man sich anfühlt.
HILDEGARD KNEF

1. Kapitel

»Ach, verdammt noch mal!«

Der Porzellandeckel der Kaffeekanne fiel scheppernd aufs Parkett. Dabei brach der Rosenblütenknopf ab und kullerte unaufhaltsam unter die antike Anrichte.

Bevor Schlimmeres passieren konnte, stellte Else Tinkermann die Kanne rasch ab. Sie hielt beide Hände hoch, als ob sie sich einem unsichtbaren Feind ergeben würde. Dann zupfte sie mit den geschwollenen Fingern der einen Hand an der Haut der anderen, woraufhin diese, statt elastisch zurückzuspringen, wie ein blasses, durchschimmerndes Zelt stehen blieb.

»Guck dir das doch mal an!«, rief sie ungehalten. »Da ist nur noch Pelle! Theoretisch habe ich ja nichts gegen das Älterwerden. Die eine Ziffer jedes Jahr … Aber praktisch finde ich es zum Kotzen. Erst wirst du für Männer unsichtbar, dann kannst du deine Entscheidungen nicht mehr frei treffen, und schließlich stiehlt es dir das Leben. Sogar die Kraft, vernünftig Kaffee einzuschenken, wie du gerade gesehen hast!« Entnervt strich sie sich eine Strähne ihres schütteren weißen Haares zurück.

Clara Behrens musste lächeln, während sie sich bückte, um Deckel und Knopf aufzuheben. Es passte so zu ihrer Mutter, auf selbstironische Weise wütend zu sein. Im Kopf war sie topfit. Else las jeden Tag zwei Tageszeitungen, eine auf Deutsch, eine auf Englisch, stritt politisch gern (»Soll ich nun die Grünen wählen oder nicht? Ich finde, die tun nicht genug! Was die Japaner mit den Walen und Delfinen anstellen, gehört verboten! Wenn ich jünger wäre, würde ich mich an so einen Walfänger anketten!«) und war kulturell immer auf dem Laufenden, sowohl darüber, was in Hamburg los war, als auch sonst auf der Welt. Ihre kleine Schwäche für die europäischen Königshäuser fand sie zwar nicht unbedingt politisch korrekt, aber sie stand dazu. Ihr achtundsiebzig Jahre alter Körper setzte jedoch Grenzen, die ihr Geist nur zu gern überschritt. Es waren die Gelenke, in denen die Arthrose wütete. An manchen Tagen konnte sie sich nur unter großen Schmerzen bewegen. Dies war so ein Tag. Da war der Stock mit dem silbernen Entenkopfknauf, der am Stuhl lehnte, ihr bester Freund.

»Weißt du, was ich am meisten vermisse?«, fragte Else und schenkte nun doch, wenn auch deckellos, nach.

Die Hände ihrer Mutter zitterten, aber Clara kannte sie gut genug, um ihr keine Hilfe anzubieten. Sie schüttelte den Kopf.

»Dass ich nicht mehr reisen kann. Was hab ich es geliebt, einfach ins Blaue zu fahren! Ans Wasser, auf eine Insel … Aber mein Köfferchen könnte ich kaum noch tragen.« Sie stellte die Kanne vorsichtig ab. »Und längere Reisen planen ist auch unmöglich, weil ich nicht weiß, wie es mir geht, wenn es losgehen soll. Ach, das ärgert mich wirklich! Was bin ich früher gern geflogen! Jetzt tun mir schon bei dem Gedanken, mehr als eine Stunde im Flugzeug zu sitzen, die Knochen weh.«

Else schaute in Richtung Hamburger Hafen, dessen Kräne man in der Ferne sehen konnte. Solange Clara denken konnte, hatten ihre Eltern in der Altstadt gewohnt. Das Gymnasium, in dem Clara als Schulsekretärin arbeitete, war nicht weit entfernt, weshalb sie ihre

Mutter häufig auf dem Nachhauseweg besuchte. So wie heute.

»Und deshalb, mein Kind, gebe ich dir einen guten Rat: Erfüll dir deine Träume, wenn du noch kannst. Genieß jeden Tag! Die Welt gehört dem, der sich an ihr erfreut. Ab einem bestimmten Alter zählt jeder Tag doppelt. Irgendwann macht der Körper nicht mehr mit, egal, wie sehr sich der Kopf danach sehnt. Und damit meine ich nicht nur eine glatte Haut … Pah!« Resolut wandte Else sich ihrer Tochter zu. »Was macht die Arbeit? Hat sich deine neue Direktorin eingekriegt, oder verlangt sie immer noch Unmögliches von euch?«

Das war typisch für ihre Mutter – Themenwechsel. Selbstmitleid verbot sich natürlich grundsätzlich. Clara strich sich das glatte braune Haar hinters Ohr.

»Definitiv nicht. Wenn ich eine gute Idee hätte, würde ich mich sofort selbstständig machen, Mutti. Mit etwas ganz anderem. Wenn ich nur wüsste, womit.«

»Ist das dein Traum? Die Selbstständigkeit?«

Clara nickte. »Ich würde gern für mich arbeiten und nicht für andere.«

»Kind, manchmal frage ich mich, warum ich dir so einen wunderschönen feministischen Namen gegeben habe! Wenn's dein Traum ist, dann tu es doch! Denk an alles, was du gern machst, finde heraus, was andere gern machen, lass deine Fantasie spielen, und sei mutig. Wenn ich noch mal was Neues anfangen könnte, würde ich eine Reiseagentur eröffnen und alle Reisen selbst austesten! Stell dir vor, du bist noch mehr als zwanzig Jahre in der Schule …«

Clara sah ihre Mutter entsetzt an. »Um Gottes willen. So lange halte ich das nicht mehr aus.«

»Ja, also musst du dir was ausdenken. Zugegeben, wir

Alten sind auf dem Vormarsch, aber egal, wie beherzt wir marschieren, Umwege können wir uns nicht erlauben, sonst erreichen wir das Ziel nicht mehr. Du bist doch jung genug, um etwas Neues anzufangen, selbst wenn es bedeutet, einen Umweg zu gehen.« Sie seufzte und warf einen Blick auf die Messinguhr, die an der Wand hing. Dann plötzlich kam Leben in sie. »Oh, schon so spät! Heute gibt es auf 3sat einen wunderbaren Reisebericht über die transsibirische Eisenbahn. Ach, was hab ich im Leben alles nicht gesehen, und was tut mir das leid! Möchtest du mitgucken?«

»Nein danke. Ich gehe. Tommi wird schon zu Hause sein.«

Clara leerte ihre Kaffeetasse. Ihr Mann arbeitete für einen Hamburger Verlag, in dem es gegen den Zeitgeist erfreulicherweise noch üblich war, dass die Angestellten pünktlich gingen.

»Und der Junge?«

»Leon hat heute ein Vorbereitungstreffen für sein Auslandsjahr. Nach den Sommerferien geht es doch los. Er ist schon mächtig aufgeregt. Wir geben die Hoffnung nicht auf, dass er bei der Gastfamilie in den USA endlich lernt, sein Zimmer aufzuräumen. Das Chaos werde ich nicht vermissen, aber sonst … Warte, ich trage das.«

Sie nahm Else das Tablett ab, brachte es in die Küche und stellte das schmutzige Geschirr in den Geschirrspüler. Else folgte ihr, lehnte sich gegen den Türrahmen und schaute ihr wehmütig zu.

»Wie schnell das alles geht, wenn man keine Schmerzen hat. Mir fällt immer öfter etwas runter. Na, macht ja nichts. Man hat sowieso viel zu viel Kram.«

»Du kannst ruhig ab und zu eine Schmerztablette nehmen, Mutti. Das würde deine Lebensqualität sicher steigern«, sagte Clara und griff nach ihrer Tasche, die sie an die Garderobe gehängt hatte.

Else schüttelte empört den Kopf. »Ich will doch nicht abhängig werden! Ich mach mir eine Wärmflasche, das hilft auch. Und du, Kind, grüßt mir deine Männer, hörst du?«

»Mach ich.«

Ein jähes Gefühl der Rührung überkam Clara, als sie ihre Mutter zum Abschied umarmte. Else kam ihr plötzlich so klein, so zerbrechlich vor, und sie fragte sich, wie lange sie sie noch haben würde. Sie wollte, dass es ihr gut ging, dass sie immer da war. Ein Leben ohne ihre Mutter mit ihrem unerschütterlichen Optimismus schien ihr unvorstellbar. Clara nahm sich vor, sich mehr um sie zu kümmern. Mehr mit ihr zusammen zu unternehmen, vielleicht mit dem Wagen. Sie konnte Else abholen, ein Wochenende außerhalb Hamburgs mit ihr verbringen, um ihren Abenteuerhunger zu stillen. Natürlich unauffällig, denn alles, was nach Sorge um ihre Person aussah, würde Else weit von sich weisen.

An einem Eisstand neben dem Michel kaufte Clara sich gegen den Kloß in ihrem Hals ein Eis. Vom Hafen her wehte ein lauer Wind. Weiße Wölkchen hingen am blauen Himmel. Es war ein Tag, der ahnen ließ, dass der Sommer nicht mehr weit war …

Clara dachte über das Gespräch mit ihrer Mutter nach. Es stimmte, Reisen war immer schon Elses große Leidenschaft gewesen. Sie war viel in Europa unterwegs gewesen, aber bis in die USA, wo Leon ab September sein würde, hatte sie es nicht geschafft.

Wie selbstverständlich die Kids heutzutage in der Welt umherreisten. Schüleraustausch in den USA, Work and Travel in Australien oder Kanada, Au-pair auf der ganzen

Welt … So jung und schon so viel unterwegs, dachte Clara. Sie sah es ja fast jeden Tag in der Schule. Kaum waren sie in der zehnten Klasse, hielt sie nichts mehr. Das musste den Blick auf das Leben verändern, was den Älteren nicht mehr vergönnt war.

Warum eigentlich?

Clara blieb so abrupt stehen, dass ein älterer Herr in sie hineinrannte. »Pass doch op, Deern«, sagte er ungehalten und ging weiter.

Sie starrte den Mann an, ohne ihn wirklich wahrzunehmen. In ihrem Kopf nahm eine Idee Gestalt an.

Clara ging weiter und beschleunigte ihren Schritt. Schüleraustausch – gut, dafür war es zu spät. Work and Travel, das ging wahrscheinlich auch nicht mehr. Welche Frau in fortgeschrittenem Alter schmiss schon gern in Australien ein renitentes Schaf auf den Rücken, um es zu scheren? Oder pflückte mit einer schweren Kiepe auf dem Rücken Kiwis? Oder hackte Holz in Kanada?

Aber Au-pair – das ging doch! Viele ältere Frauen hatten Erfahrung im Umgang mit Kindern, erst mit ihren eigenen, dann mit den Enkeln. Sie waren verantwortungsbewusst, verliebten sich nicht mehr so schnell, betranken sich nicht heimlich, machten den Haushalt mit links … Sie waren im Grunde die besseren Betreuerinnen als das junge Gemüse, oder? Vielleicht nicht als jugendliche Spielkameraden, aber warum nicht als … eine Art liebevolle Omas auf Zeit?

Plötzlich hatte Clara es sehr eilig, nach Hause zu kommen.

»Gibt es eigentlich auch ältere Au-pairs?«, fragte Clara am Abend Tommi, der den Tisch deckte, während sie für sie beide eine Gemüsepfanne mit Huhn brutzelte.

»Wie viel älter?«, fragte er und stellte klappernd die Teller ab. »Fünfundzwanzig statt gerade aus der Schule raus?«

»Nein, viel älter. Fünfzig oder mehr.«

Tommi lachte und trat hinter sie. Sie spürte seinen warmen Atem an ihrem Hals. Seine Bartstoppeln kitzelten an ihrer Haut.

»Na, hör mal, wer will sich denn in diesem Alter für ein bisschen Taschengeld mit fremden Kindern rumärgern? Das machen doch nur junge Leute, weil sie endlich vernünftig Englisch lernen wollen oder keine Idee haben, was für eine Ausbildung sie machen sollen.« Er griff nach seinem Smartphone und gab etwas ein.

»Tommi, sei doch nicht so zynisch. Die Alten sind auf dem Vormarsch. Beim Einkaufen hatte ich neulich eine Lupe am Einkaufswagen! Damit man das Kleingedruckte auf den Packungen sehen kann! Das ist doch ein Zeichen dafür, dass sich immer mehr Menschen auf die Älteren einstellen. Es gibt viele Frauen, die noch was von der Welt sehen wollen, wenn sie nicht mehr arbeiten oder nicht mehr in ihren Familien eingebunden sind. Frauen, die Erfahrungen mit Kindern haben. Frauen, die zwar älter, aber immer noch abenteuerlustig sind.«

»Ah, du warst bei Else.«

»Stimmt. Wenn man ihr so was vor zwanzig Jahren angeboten hätte, hätte sie das sofort gemacht. Mit Begeisterung!« Clara stellte die Pfanne auf den Tisch und setzte sich Tommi gegenüber. »Aber für Mutti ist es zu spät. Das Alter hat sie eingeholt. Sie hat gesagt, man soll sich seine Träume erfüllen, solange es geht. Sie hat sich selbst gemeint, aber auch mich. Ich habe nachgedacht … Wäre das nicht eine gute Idee, ältere Damen an Familien zu vermitteln? Ich könnte neben dem Job eine Agentur aufziehen, und wenn es läuft, endlich kündigen. Und vielleicht anderen Frauen auch noch einen Traum erfüllen.«

Tommi nickte und sah auf sein Handy, das neben seinem Teller lag. »Es gibt tatsächlich schon Agenturen, die ältere Au-pairs vermitteln. Das scheint ein Trend zu sein. Was ja nicht heißt, dass nicht noch eine Vermittlungsstelle dazukommen kann.« Er sah vom Display hoch. »Ja, vielleicht ist das was für dich. Du bist freundlich, verbindlich, engagiert, sprichst gut Englisch.« Sein Blick bekam etwas Abwesendes. So sah Tommi aus, wenn er einen Einfall hatte. »Das Ganze nennst du dann die Granny-Nanny-Agentur. Wir denken uns eine schöne Anzeige für dich aus und basteln dir eine Website. Vielleicht kann einer von unseren Leuten einen Artikel für die Zeitung schreiben. Was du brauchst, sind Frauen, die es machen wollen, und Familien, die sie haben wollen. Und entsprechende Kontaktformulare, die das eine mit dem anderen verbinden.«

»Und wie finde ich Familien im Ausland, die eine Granny-Nanny suchen?«

»Die finden dich. Per Website. Und hör mal: Du musst die Granny-Nannys ja nicht gleich ins Ausland schicken. Du könntest sie erst mal in Deutschland vermitteln. Geh's doch langsam an.«

Clara sah ihren Mann aufgeregt an. »Da hast du recht! Das wäre für den Einstieg weniger riskant.« Sie hielt ihm ihr Glas hin. »Na, dann stoßen wir doch gleich mal an.«

Clara konnte nicht anders. Sie war plötzlich sehr glücklich.

2. Kapitel

Suse Hartema war unzufrieden. Der Fisch stinkt, dachte sie und schnupperte vorsichtig an den Heringen, die sie gerade aus dem Paket gewickelt hatte. Angewidert fuhr sie zurück. Hinter ihr öffnete sich die Doppeltür, die in den Gastraum führte.

»Was mieft denn hier so?«, fragte ihr Bruder Bodo, seines Zeichens Kellner des Restaurants Zur Robbe. Und natürlich zur Hälfte der Besitzer, die andere Hälfte gehörte Suse.

Sie wandte sich um. »Das sind die Fische, die du dir von Feersen hast andrehen lassen. Kannst du nicht mal hingucken, was er dir da einpackt?«

Bodo zuckte gleichmütig mit den Schultern. »Ach was … Ich begreif sowieso nicht, warum du die Bratheringe unbedingt selbst machen musst. Die gibt es doch im Großhandel für 'n paar Euro fix und fertig zubereitet.«

Suse sah ihren Bruder ungehalten an. Er war neunundfünfzig, fünf Jahre älter als sie. Früher hatte man sie schon von Weitem als Geschwister erkannt. Sie waren beide groß, beide blond, beide schlank mit etwas herben Gesichtszügen, und beide hatten sie Augen so blau wie der Sommerhimmel über Leer. Wie das Land, so die Leute – Ostfriesen eben.

Aber Bodos ungesunde Neigung, mit den Gästen der Robbe zu trinken, hatte ihn in den letzten Jahren deutlich verändert. Er wirkte aufgedunsen, seine Augen waren trüb. Wenn er nachts das Restaurant schloss, war er gelegentlich voll wie ein Priel bei Ebbe. Auch sein Charakter litt darunter – Bodo war ungeduldig, unleidlich, ungehalten. Wahrscheinlich lagen die vielen »Un« an seinem permanenten Kater.

Suse dagegen versuchte zumindest, sich fit zu halten. Sie fuhr viel Fahrrad auf dem Deich. Zum einen brauchte sie die Bewegung als Ausgleich für die Arbeit in der Küche, zum anderen als Ventil für ihren Ärger über Bodo. Klar sah man ihr an, dass sie nicht mehr dreißig und auch nicht mehr vierzig war. Und ja, in den Wechseljahren hatte sie auch zugenommen. Was früher an ihr weidenschlank gewesen war, war es nun … nicht mehr. Aber es verteilte sich auf eins vierundsiebzig, und alles in allem war Suse zufrieden mit ihrem Aussehen. Dass sich in ihr blondes Haar einige graue Strähnchen eingeschlichen hatten, fand sie auch nicht weiter schlimm. Man sah es kaum. Sie war nicht mehr jung, aber alt – das nun auch wieder nicht.

»Was ist mit den Schnitzeln? Immer noch nicht fertig?«, fragte Bodo jetzt und wies auf den Herd.

»Fast«, sagte Suse und schaute zur Pfanne, in der zwei Fleischstücke vor sich hin brutzelten.

»Warum muss das eigentlich so lange dauern, was du kochst? Die Gäste werden ungeduldig«, beschwerte er sich.

»Dann sag den Gästen, dass es besser schmeckt, wenn ich von Hand paniere und in gutem Pflanzenöl brate, statt Fertigfraß in die Mikrowelle zu werfen«, verteidigte sich Suse.

»Das merken die doch gar nicht«, behauptete er.

»Natürlich merken sie das!«, fuhr Suse ihren Bruder an. »Wann kapierst du endlich, dass die Robbe nur eine Chance für die Zukunft hat, wenn wir Qualität anbieten?«

Jetzt brauste auch Bodo auf. »Nun halt mal die Füße still, Schwester. Der Laden läuft, seit wir ihn von den Eltern übernommen haben, und das ist fast zwanzig Jahre her. Wenn ich gewusst hätte, dass du hier eines Tages dein eigenes Ding machst, hätte ich dich damals lieber ausgezahlt.«

»Und woher hättest du das Geld nehmen sollen, Bodo? Außerdem ... Wolltest du vielleicht allein kochen?«

»Warum nicht? Dann hätte es eben doch Schnitzel aus der Mikrowelle gegeben! Aber seit Hauke verschwunden ist, musst du dich ja unbedingt beim Kochen selbstverwirklichen!« Bodo sprach, als wäre Selbstverwirklichung etwas, von dem man einen ansteckenden Hautausschlag bekam.

»Lass Hauke aus dem Spiel. Das geht dich nichts an. Zudem ist es schon drei Jahre her«, rechtfertigte Suse sich und war sofort darüber verärgert, dass sie sich rechtfertigte.

Sie nahm die Schnitzel aus der Pfanne, legte sie mit jeweils einem Zitronenschiffchen auf zwei Teller, gab zwei große Löffel selbst gemachten Kartoffelsalat mit frischen Gurken, Radieschen und Schnittlauch dazu und schob Bodo die angerichteten Speisen hin.

»Da!«, sagte sie. »Endlich fertig! Bist du nun glücklich? Und jetzt lass mich in Ruhe.«

Wortlos zog er mit den Tellern ab.

Suse schaute ihrem Bruder hinterher und seufzte. Sie wusste nicht, was sie mehr frustrierte – dass er ihre Versuche, die Speisekarte der Robbe zu verbessern, ignorierte und gelegentlich sogar boykottierte, dass sie zwar mit der Robbe genug verdiente, aber auch nicht gerade üppig, oder dass sie nicht wusste, wie sie an dieser Situation etwas ändern sollte. Oder aber, dass sie sich mit ihrem Bruder zunehmend schlechter verstand. Suse war zwar eine ambitionierte, aber ungelernte Köchin, und sie hatte außer ihrem Bruder keinen Mann und keine Familie, die sie auffangen konnten. Seit Hauke aus ihrem Leben verschwunden war, hatte sie keine Reise mehr gemacht. Die Sommer gehörten der Robbe, weil zu dieser Zeit Hochsaison war. Im Winter war zwar weniger los, aber Suse wusste nie so recht, was sie dann unternehmen sollte. Sie mochte Bensersiel, wie man eben den Ort mochte, an dem man geboren war und wo man immer gewohnt hatte. Viele Möglichkeiten für ein abenteuerliches Leben gab es allerdings nicht. Alles drehte sich um die Feriengäste, die hier am Meer ihren Urlaub verbrachten.

Gelegentlich gab es auch einen Mann in Suses Leben, aber die Tendenz war abnehmend, und es war immer ein Gast. Im Herbst verließen die Fremden den ostfriesischen Küstenort wie die Wildgänse, die über dem Meer verschwanden. Dann verschwanden die Männer auch wieder, Suse dagegen blieb.

Sie wischte sich die feuchten Hände an ihrer Schürze ab und sah sich um. Was hatte sie gerade getan, bis Bodo hereingekommen war und sie genervt hatte? Richtig. Die Fische inspiziert. Suse ging zur Spüle und spähte hinein. Da war nichts zu retten. Aber Feersen würde von ihr noch etwas zu hören bekommen! Sie wickelte die Heringe wieder in das Zeitungspapier und musste lächeln, als sie den Schriftzug sah. Seit wann las der Alte denn das *Hamburger Abendblatt*?

Sie überflog die Artikelüberschrift, leicht durchweicht von dem feuchten Fisch. *Granny-Nanny-Agentur* stand da. Was war denn das, bitte schön? Mit Suses Schulenglisch war es nicht weit her, aber dass Granny so viel wie Oma hieß und eine Nanny ein Kindermädchen war, wusste sie.

Sie griff nach ihrer Lesebrille, die auf dem Regal über der Spüle lag, und begann zu lesen.

Die Granny-Nanny-Agentur
»48 Prozent aller Frauen in Deutschland sind über fünfzig. Viele von ihnen sind nicht mehr berufstätig, aber stecken noch voller Power, sind abenteuerlustig und wollen vom Leben mehr als einen gemütlichen Ruhestand«, sagt Clara Behrens von der Granny-Nanny-Agentur in Hamburg. »An diese Frauen wenden wir uns. Wir vermitteln sie auf Zeit an Familien, die sich eine liebevolle Betreuung für ihre Sprösslinge von Älteren wünschen. Sie bringen die Kinder in den Kindergarten oder in die Schule und machen mit ihnen Schularbeiten, lesen vor, basteln. Auch Einkaufen, leichte Hilfe im Haushalt und Kochen werden von den Gastfamilien verlangt. Ein Führerschein wäre schön. Dafür werden unsere Granny-Nannys in die Familien eingebunden, erhalten Kost, Logis und ein Taschengeld. Und das Wichtigste: Sie lernen ein anderes Leben kennen. Geplant ist, interessierte Frauen zunächst in Deutschland zu vermitteln, bevor wir unsere Granny-Nannys ins Ausland entsenden.

Mehr über die Granny-Nanny-Agentur finden Sie unter: www.grannynannyagentur.de

Suse schob die Lesebrille hoch ins Haar und sah nachdenklich aus dem Fenster. Auf der Terrasse saßen eine Frau und ein Mann in der Junisonne. Sie aßen die Schnitzel, die sie gerade zubereitet hatte. Der Mann hatte ein Stück aufgespießt und sah es zufrieden an, bevor er die Gabel in den Mund schob. Es schien ihm zu schmecken.

Hinter der Terrasse erstreckte sich das platte grüne Land. Ostfriesland eben. Dann kam irgendwann der Deich, und dahinter war die Welt erst mal zu Ende.

Plötzlich verspürte Suse den Wunsch, die Weite, die sich vor, hinter und über dem Deich erstreckte, zu erkunden. Menschen kennenzulernen, die ein ganz anderes Leben führten als sie selbst. Es war ein für sie völlig unbekanntes Gefühl, aber so heftig war es, dass sie innerlich anfing zu zittern.

Suse überflog noch einmal den Artikel. Erfahrung mit Kindern? Hatte sie kaum. Auch wenn sie keine eigenen Kinder hatte, mochte sie sie aber. Immer schon. Haukes Schwester hatte drei Mädchen, und Suse war damals gern als Babysitter eingesprungen. Haushalt? Kein Problem. Führerschein? Hatte sie auch. Und Kochen …

Entschlossen griff sie nach einer Serviette und schrieb die Adresse der Website von der durchweichten Zeitung ab.

»Jede Wette, dass du in zwei Wochen wieder zurück bist«, prophezeite Bodo seiner Schwester, als die ihm einige Tage später von ihrem Plan, als Granny-Nanny zu arbeiten, erzählte.

Eigentlich war es kein Plan mehr. Suse hatte einen Entschluss gefasst. Sie hatte bereits mit Clara Behrens gesprochen und etliche Formulare ausgefüllt. Nun wartete sie gespannt darauf, mit ihrer Familie in Kontakt zu treten. Und vor allem konnte sie es kaum abwarten zu erfahren, wo diese Familie wohnte. Was den Punkt betraf, war Frau Behrens sehr vage geblieben.

»Das werden wir ja sehen. Aber selbst wenn ich nur zwei Wochen bleibe, musst du dir eine andere Köchin besorgen«, gab Suse schnippisch zurück. »Am besten eine, an deren Kochkünsten du nicht die ganze Zeit rummäkelst.«

»Und ab wann wäre das?«, fragte Bodo, als ob er noch nicht daran glaubte.

»Vermutlich ab Oktober, sagte Frau Behrens.«

»Oktober? Im Herbst brauche ich keine Köchin. Da ist sowieso nicht viel los. Da schmeiß ich den Laden allein. Mit links«, erwiderte Bodo stur.

»Und im Winter? Die Gänseessen um die Weihnachtszeit machst du auch allein? Grünkohl mit Pinkel? Rotkohl und Klöße? Die Weihnachtsfeiern der Kegelklubs?«

»Klar. Das krieg ich hin.«

Suse nickte hochbefriedigt, denn in Bodos Stimme klang eindeutig Panik mit.

3. Kapitel

Schwungvoll bog Karen Parotat in die Einfahrt ein, bremste und schaltete den Motor aus. Während der Fahrt von der Rosenhöhe ins Fischbachtal hatte sie bei offenem Fenster Musik gehört und laut mitgesungen. *I am what I am …* Die skeptischen Blicke, die ihr ein blutjunger Schnösel um die vierzig an einer Ampel zugeworfen hatte, hatte sie ignoriert. Sie war frei, frei, frei! Das verlangte nach schmetterndem Gesang! Und sie hatte überhaupt nichts dagegen, dass alle Welt das mitbekam. Mit dreiundsechzig war sie einfach zu alt, um sich selbst als peinlich zu empfinden.

Einen Moment lang blieb Karen in ihrem Polo sitzen, vor ihrem kleinen, gemütlichen Haus, das sie seit ihrer Scheidung vor nun immerhin schon achtzehn Jahren allein bewohnte. Dahinter erstreckte sich ein sanfter Abhang. Wenn es regnete, sammelte sich das Wasser in einer Senke und schoss als kleiner Bach zu Tal, der dem Namen Fischbachtal alle Ehre machte. Auf der Wiese stand ein hoher Walnussbaum. Dieses Jahr würde sie endlich mal Zeit haben, die Nüsse einzusammeln!

Sie griff nach dem großen Blumenstrauß, der auf dem Beifahrersitz lag, und stieg aus.

Nach der dritten Stunde waren sie alle in der Aula zusammengekommen, die Kollegen und die Klassen. Die Direktorin hatte auf der Bühne eine kurze Rede gehalten, was bedeutete, dass sie immer wieder »liebe Frau Parotat« eingestreut hatte. Ansonsten war es eine Rede gewesen, die auf jede Lehrerin gepasst hätte, die in den wohlverdienten Ruhestand ging. Dann hatte sie Karen den Blumenstrauß überreicht, und alle waren zurück in ihre Klassen geströmt. Schließlich mussten noch die Zeugnisse vergeben werden, bevor die Sommerferien begannen.

Was für Karen Ferien für immer bedeutete.

Mit Fug und Recht konnte sie sagen, dass dieser Tag einer der schönsten Tage ihres Lebens war. Nie wieder Vokabeltests korrigieren, sich nie wieder gestotterte unregelmäßige Verben und faule Ausreden anhören müssen! Stattdessen ausschlafen, reisen, vielleicht irgendwohin, wo sie ihre Englischkenntnisse endlich auch mal anwenden konnte …

Karen schloss die Tür auf, schlüpfte aus ihren flachen Schuhen, warf die leichte Strickjacke, die sie über dem Sommerkleid getragen hatte, auf die Couch. Sie griff sich in das dunkle Haar, löste die Spange, spürte, wie es auf die Schultern fiel und der Druck auf der Kopfhaut nachließ. Es war ihr immer wichtig gewesen, gepflegt vor die Klassen zu treten. Dunkelbraun war ihre natürliche Haarfarbe gewesen, die sie jetzt als Intensivtönung in den Regalen der Drogeriemärkte fand. Wie sieht mein Haar wohl ohne Farbe aus?, fragte sie sich manchmal, aber nicht so dringlich, als dass sie es wirklich herausfinden wollte. Dunkle Haare waren immer etwas in ihrem Leben gewesen, das wichtig war. Sie war brünett, und das war gut so.

Karen stellte den Strauß in eine Vase, schenkte sich zur Feier des Tages ein Glas Prosecco ein und trat barfuß in den Garten. Oh, endlich Zeit zu haben! Zeit … Etwas anderes war es doch nicht, was Leben bedeutete – Zeit von morgens bis abends und dazu noch genug Geld, um das Beste aus dieser Zeit zu machen!

Gerade hatte sie sich wohlig auf der Gartenliege ausgestreckt, als das Telefon klingelte. Lass es klingeln, beschwor Karen sich, aber jahrelang trainierte Selbstdisziplin hielt sie davon ab, das nervige Geräusch zu ignorieren. Seufzend erhob sie sich und ging zurück ins Haus.

»Parotat«, sagte sie.

»Hallo, Mutti«, hörte sie die Stimme ihrer Tochter, die wie immer ein bisschen zu hektisch, ein bisschen zu atemlos klang. »Alles Gute zur Pensionierung! Hattest du einen schönen letzten Schultag? Waren sie lieb zu dir?«

Karen holte gerade Luft, um über ihre Verabschiedung zu berichten, als ihre Tochter aufschrie. »Lass das, Vincent«, rief sie, »hör sofort auf, Sophiechen mit der Blockflöte zu hauen. Warte mal, Mutti!«

Der Hörer polterte aufs Parkett, Karen hielt ihn weit weg vom Ohr. Im Hintergrund ertönte jetzt markerschütterndes Gebrüll, unterbrochen von den tröstenden Worten ihrer Tochter.

»Mutti, du musst mir helfen«, sagte Anne eindringlich, als sie wieder ans Telefon kam. »Sophies Babysitter ist krank, in der Kita haben sie schon wieder Scharlach, da will ich Vincent nicht hinlassen, und ich muss zur Arbeit.«

»Warum nimmt sich nicht dein Mann mal zur Abwechslung frei?«, fragte Karen.

»Ach, du weißt doch, das sieht sein Chef nicht gern«, rechtfertigte Anne sich.

Warum ist sein Chef wichtiger als ich, dachte Karen ungehalten, aber sprach es nicht aus.

»Anne, heute ist der erste Tag meiner Pensionierung, da wollte ich eigentlich etwas anderes …«

»Bitte, Mutti, wenn ich jetzt absage, wird das vielleicht nichts mit der Beförderung im Büro«, unterbrach Anne sie, »und ich möchte doch so gern weiterkommen. Wir brauchen das Geld, das weißt du doch. Nur noch dieses eine Mal, ich versprech's dir. Ich weiß echt nicht, wohin mit den Kindern.«

Karen schwieg. Sie hatte längst aufgehört zu zählen, wie oft Anne ihr dieses letzte Mal versprochen hatte. Immer wenn gerade Schulferien waren, traten akute Notfälle ein.

»Bitte, Mutti …«

Karen seufzte. »Also gut, bring sie her.«

»Kannst du nicht zu uns kommen? Ich bin schon so knapp dran. Eh ich die beiden im Auto habe und bei dir bin …«

Karen schaute nach draußen. Das Glas Prosecco stand auf der Lehne der Liege und perlte einsam vor sich hin. Sag Nein, beschwor sie sich, aber da hörte sie sich schon selbst Ja sagen. Anne atmete erleichtert aus.

Karen liebte ihre Enkelkinder. Aber auf dem Weg nach Groß Bieberau, wo Anne und Stephan ein Haus gebaut hatten, das ein bisschen zu teuer für ihr Budget war, beschlich sie plötzlich ein unguter Verdacht. Könnte es sein, dass Anne gerade jetzt eine Beförderung anstrebte, da Karen mehr Zeit für die Enkel haben würde?

Der Gedanke ließ sie nicht mehr los. Nicht, als sie vorfuhr, nicht, als sie Anne sehr vergnügt vor dem Haus stehen sah, Sophiechen auf dem Arm und Vincent an der Hand, um die Kinder im fliegenden Wechsel an sie zu übergeben, nicht, als sie das Chaos im Wohnzimmer sah, nicht, als sie feststellte, dass sie mit den beiden einkaufen gehen musste, damit überhaupt etwas zu essen da war.

Und dann traf sie im Supermarkt die junge Frau, die normalerweise Sophiechen babysittete. Beim besten Willen fiel ihr nicht der Name der Frau ein. Aber dafür, dass sie krank war, sah sie blendend aus.

»Dada, dada …«, plapperte Sophiechen strahlend und zeigte aus dem Sitz des Einkaufswagens auf sie.

»Hallo, wie schön, dass ich Sie hier treffe«, sagte die Frau und legte ein Bund Bananen in ihren Wagen. »Übrigens, herzlichen Glückwunsch zur Pensionierung.«

»Danke schön«, erwiderte Karen.

»Es hat perfekt gepasst. Ich war ja so erleichtert, als Anne mir das erzählte«, sagte der Babysitter strahlend.

»Was hat perfekt gepasst?«, fragte Karen.

»Dass Sie sich von nun an um die Kinder kümmern werden! Ich hatte mir schon Sorgen gemacht. Jetzt, wo Micha und ich nach Frankfurt ziehen, hätte ich unmöglich weiter auf diesen kleinen Schatz aufpassen können.«

»Was mache ich?«, fragte Karen überrascht.

Aber da unterbrach Sophiechens Protestschrei die Unterhaltung. Vincent klebte Preisetiketten, die er irgendwo im Laden gefunden haben musste, auf ihren nackten Arm und riss sie dann schwungvoll wieder ab.

»Pflaster abmachen«, erklärte er seiner Großmutter.

»Es war schön, Sie mal wieder zu treffen. Viel Spaß im Ruhestand! Ade, meine Süße, und du auch, du kleiner Teufelsbraten«, sagte die Frau laut, um Sophies Gebrüll zu übertönen.

Dann schob sie ihren Einkaufswagen fröhlich weiter und überließ es Karen, mit Vincent zu schimpfen und auf Sophiechens geröteten Arm zu pusten.

Den restlichen Einkauf erledigte Karen wie in Trance. Sie fuhr zurück zu Annes Haus, machte den Kindern etwas zu essen und legte sie zum Mittagsschlaf hin. Normalerweise setzte sie sich in die Hollywoodschaukel, um zu entspannen und sich zu überlegen, was sie später mit den Kindern machen konnte. Einmal Lehrerin, immer Lehrerin, nannte Anne das. An diesem Tag dagegen schwirrten ihr Gedanken durch den Kopf, die nicht das Geringste mit pädagogisch wertvoller Enkelbetreuung zu tun hatten. Es ging um etwas anderes.

Um etwas sehr Wichtiges.

Um sie.

Wie konnte Anne es wagen, ihren Ruhestand zu verplanen, ohne sich mit ihr zu besprechen?

Was hatte sie nur falsch gemacht?

Und wie kam sie aus dieser Nummer raus?

Denn eins war klar: Sie würde *nicht* fünf Tage in der Woche auf Sophiechen und Vincent aufpassen. Bei aller Liebe – das kam nicht infrage.

Als Annes Mann gegen sechs nach Hause kam, verabschiedete sich Karen rasch. Er sah müde aus und hatte wahrscheinlich nicht die geringste Lust, sich um seine Kinder zu kümmern. Normalerweise hätte sie Stephan angeboten, noch etwas zu bleiben, damit er sich umziehen und in aller Ruhe in den Freizeitmodus schalten konnte. Heute jedoch nicht. Sie drückte ihm Sophiechen in den Arm, ignorierte seinen Unmut, als die Kleine mit klebrigen Fingern auf seine Seidenkrawatte patschte – und weg war sie.

Zu Hause kippte Karen als Erstes den abgestandenen Prosecco in das Beet mit den duftenden Teerosen. Dann ging sie zum Kühlschrank und füllte das Glas neu.

»*Here's to you,* Karen«, sagte sie leise und nahm einen Schluck, während sie den Fernseher einschaltete. »Das hast du gut gemacht. Bis zum Ende durchgehalten. Satte vierzig Jahre.«

Aber richtig freuen konnte sie sich nicht. Das Verhalten ihrer Tochter hatte dem Tag den Glanz genommen. Etwas musste sich ändern, und zwar rasch. Nur was?

Die Lösung ihres Problems kam Karen am folgenden Abend. Sie zappte sich durch die Kanäle und blieb an einer Sendung hängen, in der verschiedene Aktivitäten für Senioren beschrieben wurden.

Eine hübsche, sehr sympathische Frau aus Hamburg stellte ihr neu gegründetes Unternehmen vor. Karen hörte zunehmend aufmerksam zu, was Clara Behrens erzählte – nämlich von Frauen im besten Alter, die plötzlich mehr Zeit hatten, Frauen, die sich mit Kindererziehung auskannten, Frauen, die abenteuerlustig waren, Frauen, die mal etwas ganz anderes als bisher machen wollten, die an einem anderen Ort leben wollten, um andere Menschen, andere Lebensweisen kennenzulernen. Frauen, die sich vorstellen konnten, als Au-pair zu arbeiten.

Kurzum, Frauen wie sie.

»Das ist nicht dein Ernst«, sagte Anne, als Karen ihrer Tochter einige Tage später von ihrem Vorhaben erzählte.

»Doch, das ist es. Ich habe die Agentur in Hamburg kontaktet, sie sind von meiner Qualifikation begeistert. Als Lehrerin passe ich da prima rein.«

»Aber du kannst uns nicht im Stich lassen«, jammerte Anne. »Wir brauchen dich doch!«

Karen hätte viel dazu zu sagen gehabt, aber sie hatte sich entschlossen, hart zu bleiben. »Ich bin sicher, ihr findet eine gute Lösung«, erwiderte sie deshalb nur. »Sophiechen ist ja alt genug für die Krippe. Und wenn nicht – sicher kann der Babysitter gelegentlich einspringen.«

Kurz hatte sie mit dem Gedanken gespielt, Anne mit ihrer Lüge zu konfrontieren. Aber nein, das wollte sie dann auch nicht. Lieber würde sie eine Weile weggehen.

»Aber warum willst du dich um fremde Kinder kümmern, wenn du Enkel hast?«, fragte Anne bitter.

»Ich kümmere mich ja nicht nur um Kinder, ich wohne auch woanders und erlebe etwas anderes. Ich habe gesagt, dass ich gut Englisch spreche, und Frau Behrens hat das sehr begrüßt. Mein Gott, das musst du doch verstehen, Anne! Was hast du denn gedacht? Dass ich jetzt nur noch zu Hause herumsitze und darauf warte, dass ihr mich ab und zu als Kindermädchen engagiert? Was sollte ich deiner Meinung nach tun?«

»Natürlich nicht, Mutti«, sagte Anne, doch sie war hörbar verärgert. »Ich dachte, du unternimmst gelegentlich etwas. Trittst vielleicht in einen Chor ein oder so. Aber dass du was so Verrücktes vorhast, hätte ich nicht gedacht!«

»Tja, mein Kind, da hast du dich getäuscht. Ich bin dreiundsechzig. Wie viel Zeit bleibt mir noch, in der ich gesund und munter bin? Gewöhn dich schon mal daran: Ich starte durch. Ich fange ein ganz neues Leben an!«

4. Kapitel

»Ihr kommt doch Sonntag zum Essen?«

Verdammt, reiß dich zusammen, ermahnte Hanni sich. Sie war sicher, dass ihrem Sohn am anderen Ende der Leitung der klägliche Unterton nicht entgangen war, und sie wollte ihn bestimmt nicht unter Druck setzen.

Ben war Ingenieur, ein gestandenes Mannsbild, hieß es anerkennend in Franken, und Hanni war stolz auf ihn. Er hatte einen guten Job, war seit zwölf Jahren mit Gitta verheiratet. Die beiden wohnten keine zehn Minuten mit dem Auto von Weihenzell entfernt, dem Dorf, in dem Hanni lebte.

Drei Jahre zuvor war ihr Mann gestorben, und sie hatte nur noch Ben und Gitta. Sie und Ben telefonierten täglich. Sie standen sich nah, hatten sich immer schon nahgestanden. Hanni fühlte sich nicht einsam. Einerseits. Andererseits waren seit Hermanns Tod viele Bekannte weggeblieben. Sie waren ausschließlich mit Ehepaaren befreundet gewesen. Und Freundinnen? In dem Hundert-Seelen-Dorf war die Auswahl an Frauen in ihrem Alter verschwindend gering. Alleinstehende zogen nicht hierher. Geschiedene zogen weg. Verwitwete, deren Kinder nicht hier lebten, hielt nichts in Weihenzell. Nur Hanni blieb. Manchmal, wenn ihr die Zeit zu lang wurde, spielte sie mit dem Gedanken, aus Spaß babyzusitten. Aber die, die im Dorf wohnten, hatten in der Regel großartige familiäre Netzwerke. Denn Hanni liebte Kinder. Wie hatte sie sich auf ein Enkelchen gefreut, als Ben geheiratet hatte! Sie hatte heimlich Babysachen gestrickt. Alles für das freudige Ereignis, das nie eingetroffen war. Aber sie war noch nicht bereit, sich von ihrem Traum zu trennen.

Ben hatte mal angeregt, sie solle einen Computerkurs machen, weil man darüber Kontakt zu anderen Menschen aufbauen konnte. Aber Hanni misstraute der neuen Technik zutiefst. Das war Hermanns Bereich gewesen, genauso, wie er fürs Autofahren zuständig gewesen war. Sie hatte zwar einen Führerschein, und der Corsa stand vor der Tür. Doch höchst ungern fuhr sie weiter als bis zum nächsten Supermarkt. Auch das Handy, das Ben und Gitta ihr geschenkt hatten, lag unbenutzt in einer Schublade. Für alle Fälle, wenn du allein unterwegs bist, hatten sie gesagt.

Aber erstens war Hanni kaum unterwegs, und zweitens wollte sie sich einfach nicht damit auseinandersetzen. Sie hatte einen Festnetzanschluss, das musste reichen. Punkt.

»Mutti, alles okay?«, fragte Ben, und auch in seiner Stimme hörte sie jetzt einen Unterton. Einen entnervten.

»Ja«, beeilte Hanni sich zu sagen. »Sicher.«

Ben unterdrückte einen Seufzer, aber nicht so gut, dass Hanni es nicht hörte. »Ich komme Sonntag. Aber allein. Gitta ist auf einer Geschäftsreise.«

»Übers Wochenende?«

Ben zögerte unmerklich. »Sie hat auch nächste Woche noch in Mailand zu tun, da wäre es unpraktisch, Freitag nach Hause zu kommen.« Er geriet ins Stocken. »Ich … ich möchte etwas mit dir besprechen«, erklärte er dann.

»Was denn?«

»Sag ich Sonntag. Hat was mit deiner vielen Freizeit zu tun.«

»Schenkt mir bloß keinen Hund!«

Zum ersten Mal während dieses Telefonats hörte Hanni Ben am anderen Ende der Leitung lachen.

Normalerweise freute sich Hanni immer auf die Sonntagsessen. Sie zählte die Tage (noch drei, was sollte sie als Hauptgang kochen?), noch zwei (welches Dessert?), noch einer (höchste Zeit einzukaufen!), aber diesmal konnte sie die Vorfreude nicht über ihre Unruhe hinwegtäuschen.

Als der Sonntag kam, stand sie ab kurz vor zwölf am Fenster und spähte hinaus. Wenn sie Bens Wagen sah, würde sie die Gardine fallen lassen und dann so tun, als wäre sie von seinem Kommen überrascht.

Ben kam pünktlich. Aber nicht mit dem Wagen, sondern mit dem Motorrad, das er sich zu Beginn des Sommers gekauft hatte. Hanni fand das überflüssig, geradezu gefährlich! Warum musste er wie ein Wilder über die Landstraßen brausen? Nur weil es Spaß macht, hatte er lachend gesagt. Den Wind zu spüren, die Geschwindigkeit zu kontrollieren … Hanni begriff das nicht, und sein Angebot, sie mal mitzunehmen, hatte sie entsetzt abgelehnt.

Sie beobachtete, wie ihr Sohn in der menschenleeren Straße das Motorrad aufbockte, den Helm abnahm, sich durch das kurze, dunkelblonde Haar fuhr und die dunkle Lederjacke öffnete. Sie nahm die Schürze ab. Als er klingelte, war sie schon an der Tür.

»Warum schließt du nicht auf? Du hast doch einen Schlüssel«, sagte sie statt einer Begrüßung und küsste ihn auf die Wange.

Er schüttelte den Kopf. »Das ist doch dein Haus.« Er schnupperte. »Hmm, es riecht gut!«

»Du kannst ein gutes Essen gebrauchen«, sagte Hanni und sah ihn kritisch an. »Du siehst aus, als hättest du abgenommen.«

»Du auch«, sagte er, und sie wusste, dass es stimmte.

Sie hatte an Gewicht verloren. Was früher willkommen gewesen wäre, ließ sie jetzt elend aussehen. Sie war nicht krank, das hatte ihre Ärztin bestätigt, aber sie hatte einfach oft keinen Appetit. Vielleicht war das ja normal, wenn man älter wurde. Aber das traf doch auf Ben nicht zu.

»Kocht Gitta dir nichts Anständiges? Ich habe Krustenbraten gemacht. Mit Rotkohl und Klößen.«

»Ist das nicht zu schwer bei dieser Hitze?«, fragte er, ohne auf ihre Frage einzugehen.

»Es war Papas Lieblingsgericht. Komm, es ist alles fertig.«

Die Terrassentür zum Garten stand weit offen, trotzdem aßen sie nicht draußen. Hanni deckte immer einen Tag vorher, und da sie nicht gewusst hatte, wie das Wetter werden würde, hatte sie sich für drinnen entschieden.

Als sie die klare Suppe mit den Backerbsen löffelten, sprachen sie nur über Allgemeines – der Großbauer im Dorf hatte einen Bioladen eröffnet, Warnung vor Tollwut war in Franken ausgerufen worden, und es war bisher ein ungewöhnlich heißer Sommer.

Erst als Hanni ihrem Sohn eine dicke Scheibe Braten auftat, sagte Ben: »Hast du dir eigentlich mal überlegt, was du in den nächsten Jahren machen willst, Mama?«

»Wieso? Was soll ich denn machen?«, fragte Hanni, und sie spürte, wie die Unruhe, die seit dem Telefonat von ihr Besitz ergriffen hatte, weiter anstieg.

Ben zuckte die Schultern. »Wenn ich Zeit hätte und abgesichert wäre, würde ich mir die Welt anschauen. Mir kommt es so vor, als ob dein Leben wenig ausgefüllt wäre. Immer nur Haushalt …«

»… und Garten«, sagte Hanni protestierend, »unterschätz den Garten nicht.«

Ben sah hinaus. An die Terrasse schloss sich ein Rasenstück an, das geringfügig größer als ein Saunahandtuch war. »Ja, aber der Garten ist ja nun wirklich nicht sehr groß. Weißt du, Mama, seit Papas Tod ist bei dir nichts mehr passiert. Ich finde das irgendwie … schade.«

Er zog ein gefaltetes Blatt Papier aus der Hosentasche und schob es ihr lächelnd über den Tisch zu. »Du magst doch Kinder so gern. Vielleicht ist das was für dich.«

Hanni starrte ihren Sohn an. Konnte es das sein, was sie hoffte? Was sie sich schon so lange wünschte? Ein Ultraschallfoto? Gittas Blutwerte? Ein … Enkelchen? Sie würde endlich Oma werden?

Mit bebenden Händen faltete sie das Blatt auseinander. Doch statt eines gummibärchengroßen Fötus lächelte ihr eine hübsche, gänzlich unbekannte Frau entgegen.

»Das habe ich im Internet gefunden. Ich möchte, dass du dir das mal in Ruhe durchliest, Mama«, sagte Ben.

Oben auf der Seite stand www.grannynannyagentur, dann folgten eine Menge Buchstaben und Schrägstriche, und darunter stand ein Artikel, der mit *Die Granny-Nanny-Agentur sucht Sie* überschrieben war. Ganz unten auf der Seite fand sie einen Namen und eine Telefonnummer.

Hanni fing an zu lesen. Als sie fertig war, ließ sie das Blatt wieder sinken.

»Ich versteh nicht, was das soll. Was habe ich denn mit Frauen zu tun, die mit über fünfzig noch als Kindermädchen arbeiten?«

Ben sah aus, als ob er nicht verstand, was es da nicht zu verstehen gab. »Ich dachte, du könntest das mal ausprobieren. Du magst doch Kinder so, das sagst du mir in jedem Telefongespräch! Vielleicht solltest du mal raus aus … Franken. Aus dem Dorf. Noch mal was Neues erleben.«

»Wollt ihr mich loswerden?«

»Nein, natürlich nicht«, beeilte Ben sich zu sagen. »Aber überleg doch. Mit knapp sechzig ist es viel zu früh, um nichts mehr zu tun. Selbst wenn du noch arbeiten würdest, wäre die Rente noch in weiter Ferne.«

Früher hatte Hanni in Bayreuth als Erzieherin gearbeitet, bis sie geheiratet und Ben bekommen hatten. Seitdem war sie Hausfrau. Und Mutter.

»Seit Papas Tod triffst du dich kaum noch mit Leuten. An manchen Tagen bin ich der Einzige, mit dem du sprichst. Das hast du selbst gesagt.«

Hanni sah ihn an und versuchte herauszufinden, ob sie gerührt, empört, verzweifelt oder amüsiert sein sollte. Oder alles gleichzeitig.

»Ich finde die Idee, dass ältere Frauen Nannys werden sollten, einfach genial«, beschwor Ben sie. »Du hast doch nichts zu verlieren. Papas Rente trudelt jeden Monat ein. Du kannst die Tür hinter dir zumachen und noch mal etwas Neues anfangen!« Er griff nach Hannis Hand und drückte sie sanft. »Ich weiß, Mama, dass du nicht zu diesen Hausmütterchen gehören willst, die ihre Bestätigung aus dem Leben ihrer erwachsenen Kinder ziehen. Das tust du aber mehr und mehr, und ich glaube, das ist für dich der falsche Weg. Ich bin sicher, du weißt das auch. Denk bloß mal daran, wie gern du früher unterwegs warst. Mal unter Leute zu kommen, sich mit anderen Gedanken auseinanderzusetzen, nicht so festgefahren zu sein, das würde ich mir für dich wünschen. Du bist viel zu jung, um alt zu sein!«

Hanni hörte ihrem Sohn stumm zu. Als er fertig war, faltete sie das Blatt zusammen und legte es neben ihren Teller.

»Möchtest du Dessert? Ich habe Vanilleeis mit frischen Pfirsichen vorbereitet«, sagte sie resoluter, als ihr zumute war.

Es dauerte einige Tage, bis Hanni bereit war, sich mit Bens Idee auseinanderzusetzen. In diesen Tagen schaute sie sich um, als sähe sie ihr stilles, blitzblankes Haus, den winzigen Garten und das rote Gesicht des Schlachtermeisters im Dorf zum ersten Mal. Selbst die Nürnberger, die in der Pfanne brutzelten, kamen ihr plötzlich seltsam fremd vor.

Mein Leben ist das, was ich daraus mache, dachte sie. Und so wie es aussieht, habe ich nur dieses eine. Die Zeit verrinnt. Sie spielt für mich eigentlich keine Rolle. Und gerade dadurch wird sie knapp. Gefällt mir mein Leben, wie es ist, und sollen die nächsten zwanzig Jahre so aussehen? Das ist wohl die Frage.

Am vierten Tag beantwortete Hanni sich die Frage mit Nein.

Dann brauchte sie noch mal zwei Tage, bis sie den Mut gefasst hatte, Frau Behrens von der Granny-Nanny-Agentur anzurufen. Als diese ihr die Bewerbungsunterlagen mailen wollte, musste Hanni passen. Sie glaubte, alles wäre vorbei, bevor es noch richtig angefangen hatte. Internet? Sie doch nicht. Hanni wusste nicht, ob sie erleichtert oder enttäuscht sein sollte. Aber Frau Behrens war bereit, ihr die Papiere per Post zu schicken.

Beim Ausfüllen der Fragebögen hatte Hanni mehrmals das Gefühl, als Granny-Nanny total ungeeignet zu sein (Haben Sie viel Kontakt mit Kindern und Jugendlichen? Übersetzen Sie folgende Ausdrücke aus der Jugendsprache … Wie stehen Sie zur Abschaffung des MSA? Welche Freizeitbeschäftigung üben Sie mit Kindern gern aus? Haben Sie Enkelkinder? Schildern Sie im Folgenden knapp Ihr Erziehungskonzept!), doch sie nahm allen Mut zusammen und schickte sie zurück.

Dann begann auch für sie das Warten.

5. Kapitel

Berlin?

Suse schaute von dem Brief hoch, den sie aus dem Briefkasten geangelt hatte. Jetzt wurde es ernst. Frau Behrens schrieb, dass sie ab dem 1. Oktober von der Familie Maron erwartet wurde. In Berlin!

Sie hatte sich irgendwie etwas anderes als Berlin vorgestellt. Kiel oder Bremen oder Hamburg. Offenbar war sie nicht mal in der Lage, weiter als Norddeutschland zu *denken*. Und nun das. Einige Monate in die Hauptstadt zu gehen … War das nun gut oder schlecht?

Gut daran war, dass sie in einer richtig großen Großstadt leben würde. Museen, Restaurants, Geschäfte, Menschen, die man kaum ein zweites Mal wiedersah – etwas, das sie noch nie kennengelernt hatte.

Schlecht daran war … genau dasselbe.

Suse las weiter. Ihr Schützling hieß Stella und war sechs Jahre alt. Stella ging in die erste Klasse einer Grundschule, die fußläufig zu erreichen war. Stella hatte ein Bild gemalt, das beilag. Suse musterte es. Zuerst tippte sie auf ein Dromedar, aber nein, es sollte wohl ein Pferd sein. Es war weiß, hatte schwarze Beine, eine schwarze Mähne und stand auf einer grünen Wiese, über der die Sonne lachte.

Suse wusste, dass viele Mädchen für Pferde schwärmten. Das war bei Haukes Nichten nicht anders. Sie selbst dagegen hatte nichts für Pferde übrig. Die großen gelben Zähne machten ihr Angst, und wann immer ihr eins nahe kam, achtete sie nervös darauf, dass ihr Fuß nicht gerade dort stand, wo der Gaul mit dem Huf hinwollte.

Sie las den Brief zu Ende. Um die Fahrt nach Berlin würde sie sich selbst kümmern müssen, stand da, und Frau Behrens bat sie, mit Familie Maron Kontakt aufzunehmen.

Was Suse noch am selben Abend tat.

»Was willst du denn in Berlin? Ich denke, du willst Englisch sprechen! Da kannst du ja gleich hierbleiben! Nach Berlin macht man mal eine Städtereise von Freitag bis Sonntag! Da zieht man doch nicht hin! In eine Stadt, die es nicht mal schafft, einen Flughafen zu bauen! Ein Moloch voller Autos, Politiker, Türken und ausgeflippter Künstler!«

Anne klang so empört, als wäre der Verlust ihres zuverlässigsten und billigsten Babysitters allein die Schuld der Hauptstadt, der sie persönlich-politisch-national nicht traute.

Karen lächelte still in den Telefonhörer. »Doch, da zieht man hin. Sei nicht so intolerant, Anne. *Ich* ziehe da hin. Je bunter, desto besser. Und zwar vom 1. Oktober bis zum 1. Januar, so steht es in dem Brief. Und Englisch werde ich auch sprechen. Jeden Tag.«

»Wieso das denn?«

»Weil ich Granny-Nanny bei einer amerikanischen Familie sein werde. Familie Alley hat drei Kinder. Sie heißen … Moment, wo stand das noch … Ach, hier: Eliza, sie ist fünfzehn, Mark, der ist neun, und Phoebe ist sieben. Alle drei Kinder gehen auf eine internationale Schule, in der Deutsch, aber auch Englisch gesprochen wird. Sie wohnen in Dahlem. Ich habe mal im Internet nachgeschaut. Das muss ein hübscher Bezirk sein. Zentral, aber auch grün. Der Grunewald ist nicht weit.«

»Drei Monate?«

»Ja, drei Monate. Länger nicht, denn dann ziehen die Alleys wieder zurück in die Staaten. Drei Monate, in denen ich dir nicht zur Verfügung stehe. Du musst dich daran gewöhnen, dass ich jetzt öfter mal unterwegs bin, Anne.«

Anne seufzte. »Muss ich wohl. Aber was ich dich noch fragen wollte, Mutti ... Kannst du morgen Sophiechen aus der Krippe abholen?«

Plötzlich konnte Karen es kaum erwarten, dass der 1. Oktober kam.

Das Telefon klingelte. Das ist Ben, dachte Hanni, aber als sie ranging, war es ausnahmsweise nicht ihr Sohn, sondern Clara Behrens. Es war das erste Mal, dass die Agenturchefin sie anrief, und das konnte nur eins bedeuten.

Etwas in Hanni begann sacht zu zittern.

»Hallo, Frau Wiesinger«, sagte Frau Behrens freundlich. »Haben Sie einen Augenblick Zeit?«

»Ich habe jede Menge Zeit«, sagte Hanni, was nicht gelogen war.

»Mich hat eine alleinerziehende Mutter kontaktet, die eine Granny-Nanny für ihre Söhne braucht. Sie sind zwölf. Zwillinge. Die beiden sollen morgens in die Schule gebracht werden. Mit dem Auto ist es eine Viertelstunde. Nachmittags müssen sie wieder abgeholt und versorgt werden. Bei den Hausaufgaben brauchen sie etwas Hilfe. Sport und Musik machen die beiden wohl nicht in ihrer Freizeit, also entfällt die Betreuung in diesen Bereichen. Aber es ist ein verantwortungsvoller Job, weil die Mutter geschäftlich häufig unterwegs ist. Dann wären Sie rund um die Uhr für die beiden da.«

»Mit dem Auto soll ich sie abholen?«, fragte Hanni.

»Ja, das ist wohl eine Bedingung. Es wäre schön, wenn Sie Ihren Wagen mitbringen könnten. Sie haben in Ihren Unterlagen doch angegeben, dass Sie ein Auto haben?«

»Ja, schon, aber ...« Clara Behrens schwieg, und Hanni fühlte sich verpflichtet, ihr Aber zu erklären. »Ich fahre nicht sehr viel«, sagte sie unruhig. »Ich weiß nicht, ob ich mich das traue, in einer neuen Umgebung ...«

»Da kann ich Sie beruhigen. Die Familie wohnt in einer sehr ruhigen Gegend.«

»Ach so. Na dann«, sagte Hanni alles andere als beruhigt.

»Was meinen Sie, Frau Wiesinger, wäre die Betreuung von zwei Zwölfjährigen das Richtige für Sie?«

»Das schon. Mit Jungen kenne ich mich aus, ich habe ja auch einen Sohn«, sagte Hanni überzeugt. »Aber Sie haben mir nicht gesagt, wo die Familie wohnt!«

Clara Behrens stutzte, dann lachte sie. »Wie dumm von mir! Also, wir reden hier von einer Metropole der besonderen Art. Eine Stadt, deren Beliebtheit in den letzten zwanzig Jahren sprunghaft angestiegen ist. Eine Stadt, in der hundertneunzig Nationen miteinander leben und dreizehntausend Restaurants gelistet sind.«

»Um Gottes willen! Wo wollen Sie mich denn hinschicken? Nach New York? Oder Rio? Ich denke, Sie vermitteln Granny-Nannys im Moment nur nach Deutschland«, sagte Hanni alarmiert.

Wieder lachte Clara Behrens vergnügt. »Aber ja, das tue ich auch! Ihre Gastfamilie wohnt in Berlin!«

»Sie haben alle drei zugesagt«, sagte Clara zu Tommi. »Bei dieser Hanni Wiesinger war ich mir am wenigsten sicher.«

»Hat doch gut geklappt«, bemerkte Tommi gelassen. Er

saß auf Claras neuem Schreibtisch und bog gedankenverloren eine Büroklammer auseinander. »Wie fanden sie es denn, dass ihre Gastfamilien in Berlin sind?«

Clara überlegte. »Gemischt, würde ich sagen. Diese Suse Hartema wollte in eine Großstadt, und Karen Parotat hat sich darüber gefreut, dass ihre Familie auch Englisch spricht. Hanni Wiesinger dagegen klang ein bisschen ängstlich. Um sie werde ich mich etwas mehr kümmern müssen. Mut und Neugier sind wirklich keine Frage des Alters, ist dir das schon mal aufgefallen? Wenn ich mir vorstelle, wie gespannt Else auf jede ihrer Reisen war, wie vorbehaltlos sie an neue Ideen herangeht … Meinst du, ich sollte die drei in Berlin zusammenbringen?«

»Natürlich, mach das«, sagte Tommi. »Das hast du doch von Leon gehört. Die Austauschschüler, die in seiner Region wohnen, treffen sich auch regelmäßig. An deiner Stelle würde ich gleich in der ersten Oktoberwoche ein Treffen organisieren. Damit sie sich kennenlernen.«

Clara schrieb es auf ihre To-do-Liste.

»Du könntest noch etwas tun, damit sie sich gut aufgehoben fühlen«, fügte Tommi nachdenklich hinzu und bog die Büroklammer, mit der er spielte, wieder zusammen. »Ein kleiner Gag, aber irgendwie auch nett. Du könntest ihnen schreiben. Eine Karte oder einen Brief. Du sagtest doch, dass eine von ihnen nicht mit dem Computer zurechtkommt. In dem Alter sitzen eben nicht alle gern am Computer. »

»Was soll ich ihnen denn schreiben?«

»Na, du könntest kleine Hinweise geben, was in der Stadt los ist und so.«

Clara sah ihren Mann an. »Ist das nicht … zu viel des Guten? Ich meine, so alt, dass sie das nicht selbst herausfinden können, sind sie ja auch wieder nicht.«

»Du musst das nicht machen, ich dachte nur … Es wäre eine nette Geste.«

»Du hast recht«, sagte Clara und fügte die Idee ihrer Liste hinzu.

»Und soll ich ihnen auch sagen, dass sie die allerersten Granny-Nannys sind, die ich vermittle? Sozusagen als Entschuldigung dafür, falls was schiefgeht?«

»Bist du wahnsinnig? Das klingt, als ob du an deinem Erfolg zweifeln würdest«, antwortete Tommi.

»Stimmt. Das wäre unprofessionell. Es ist nur, dass ich mir so sehr wünsche, dass alles glattläuft, damit ich dieses Unternehmen weiter ausbauen kann! Es hängt so viel von diesen drei Frauen ab. Meine wunderbare Selbstständigkeit, alles, was ich mir beruflich ersehne! Und wenn doch was schiefläuft? Tommi, was mache ich denn dann?«

»Du gibst ihnen deine Handynummer und sagst, dass du rund um die Uhr telefonisch zu erreichen bist. Innerhalb von knapp drei Stunden kannst du in Berlin sein, wenn es nötig ist.« Er griff nach ihren Unterlagen. »Guck sie dir doch nur an! Das sind Frauen im besten Oma-Alter.«

Er zeigte auf die Fotos der drei Bewerberinnen. Eine hatte etwas zu dunkel gefärbtes Haar und ein Doppelkinn. Wie hieß diese matronenhafte Frau? Ach ja, Karen Parotat. Die zweite, Hanni Wiesinger, schmal und grau wie ein Mäuschen in jeder Hinsicht – das Haar, die Haut, die Kleidung, von der Ausstrahlung ganz zu schweigen. Nur ihre dunklen Augen blickten ausdrucksstark in die Kamera. Und dann die dritte, Suse Hartema. Sie war ein ziemlicher Hingucker späteren Semesters, fand Tommi. Und es lag etwas in ihrem Blick, das ihn hindern würde, für sie die Hand ins Feuer zu legen. Aber auf der anderen Seite … Sie war vierundfünfzig! Da war sie doch wohl aus den Wechseljahren raus und jenseits von Gut und Böse! Konnten die Hormone da noch eine Rolle spielen? Nein!

»Die kommen schon klar«, fuhr er fort und zerstreute mit jedem seiner Worte Claras Bedenken mehr. »Mach dir keine Sorgen um die drei! Keine Tattoos, keine Alkoholexzesse, keine Drogen, keine Liebschaften, hormonell ruhiggestellt! Bereit, Verantwortung zu übernehmen für sich und andere! Älter als die Gasteltern! Und dann ist das Ganze auch noch auf drei Monate beschränkt. Ich bitte dich, Clara. Was soll denn da schiefgehen?«

6. Kapitel

Suse stand am Bahnsteig 12 und hielt erwartungsvoll nach ihrer Gastfamilie Ausschau. Der Zug war pünktlich um 16:03 Uhr in Berlin angekommen, und sie hatte es geschafft, den Koffer allein herauszuwuchten. Jetzt stand er neben ihr, ihre Tasche behielt sie vorsichtshalber umgehängt. Eine Durchsage hatte vor Taschendieben gewarnt. So was gab es in Bensersiel natürlich nicht. Da gab es nicht mal einen Bahnhof.

Zwanzig Minuten später kam Suse sich vor wie eine verlassene Hallig, allein inmitten des Menschenmeeres. Ihre Erwartung wich Enttäuschung. Es war ausgemacht, dass die Marons sie vom Berliner Hauptbahnhof abholten – aber wo blieben sie?

Suse griff nach ihrem Handy und suchte die Nummer ihrer Gastmutter heraus. In diesem Moment erhielt sie eine SMS.

Bin noch bei S. Wiener, treffen uns Ausgang Kanzleramt, Martin.

Zuerst glaubte sie an ein Versehen. Aber dann fiel ihr ein, dass ihr Gastvater mit Vornamen Martin hieß. Also stammte die SMS wohl von ihm. Wer oder was S. Wiener war, verstand sie allerdings nicht, denn ihre Gastmutter hieß Hella. Aber gut. Ächzend hievte Suse den Koffer hoch und machte sich auf den Weg. Er war alt, aber so gut wie unbenutzt, und sie hatte nicht die Notwendigkeit gesehen, einen neuen zu kaufen. Allerdings hatte er keine

Rollen. Als ihre Eltern ihre Hochzeitsreise nach Italien gemacht hatten, hatte es das noch nicht gegeben – es war ja auch sechzig Jahre her.

Alle paar Meter musste Suse den Koffer absetzen. Er war so schwer, als hätte sie Steine eingepackt, dabei waren es nur ihre Herbst- und Wintersachen. Ein paar Schuhe, etwas Feierliches für Weihnachten – eben alles, wovon sie annahm, dass sie es im nächsten Vierteljahr brauchen würde.

Wo der Ausgang Kanzleramt war, erfragte Suse bei einem Backstand eine Ebene höher.

»Könn' Se nich' kieken?«, fragte die Verkäuferin kurz angebunden, zeigte zu ihrer Linken und wandte sich dem nächsten Kunden zu, ohne Suse weiter zu beachten.

Sofort kam sie sich wie ein Landei vor, denn durch die haushohe Glaswand konnte man das Kanzleramt schlecht übersehen. Genau wie im Fernsehen sah es aus.

Suse schleppte den Koffer und sich selbst schnaufend weiter. Ihr war warm, und als sie aus dem Gebäude trat, brach ihr der Schweiß erst richtig aus. Auch wenn an diesem Tag der Oktober begann, knallte die Sonne vom Himmel. Es herrschten hochsommerliche Temperaturen. Die Jeans, das hellblaue Sweatshirt und die dunkelblaue regendichte Allzweckjacke, die sie sich extra gekauft hatte, waren viel zu warm. Keine Spur von der frischen Brise, die immer über Ostfriesland wehte. Stattdessen aufgeheiztes Straßenpflaster, Abgase und Menschen, Menschen, Menschen …

Suse überlegte gerade, ob sie überhaupt Sommersachen dabeihatte, als ein weißer Lieferwagen scharf neben ihr bremste. Der Fahrer lehnte sich über den Beifahrersitz und stieß die Tür auf. »Suse? Suse Hartema?«, fragte er.

»Ja?«

»Da bin ich. Moment!« Die Tür der Fahrerseite wurde geöffnet und wieder zugeklappt, dann kam ein Mann um den Wagen herumgelaufen. »Hallo! Willkommen in Berlin! Ich bin Martin Maron«, sagte er und reichte Suse die Hand. »Hier ist Absolutes. Dahinten kommt schon das Ordnungsamt! Wir müssen uns beeilen.«

Suses Gastvater öffnete die Seitentür, schob den Koffer und die Tasche hinein und knallte sie wieder zu. Dann hielt er Suse höflich die Tür auf. Sie beeilte sich, in den Wagen zu klettern. Ein dumpfer, animalischer Gestank stieg ihr in die Nase. Sie schnupperte – in der Tat, es roch nach Tier. Auf dem Boden lag … Stroh? Oder Heu? Merkwürdig.

Martin Maron gab Gas, und der Wagen schoss los. »Sorry für die Verspätung«, sagte er und bog so rasant um die Ecke, dass Suse, die noch nach dem Sicherheitsgurt tastete, sich an der zugemüllten Ablage festhalten musste. »Ich hatte einen Termin mit Sarah Wiener, und der hat länger gedauert. Man bekommt sie ja nicht jeden Tag zu greifen, das wollte ich ausnutzen. Hat ewig gedauert, bis sie bereit war, mich zu treffen.«

»Sie sprechen von *der* Sarah Wiener?«, fragte Suse.

»Wenn Sie damit die Fernsehköchin meinen, dann ja. Sie betreibt ein Restaurant im Hamburger Bahnhof, der ist hier um die Ecke. Ich musste mit ihr über das Gebäck sprechen, Torten, Mehlspeisen und so. Ob man da ins Geschäft miteinander kommt.«

»Wie denn ins Geschäft?«

»Fürs Restaurant. Dann muss nicht alles selbst gebacken werden, und wir hätten ein Aushängeschild: Gebäck von Sarah Wiener. Das zieht immer. Dafür gibt man gern ein bisschen mehr aus.«

»Von welchem Restaurant reden Sie?«

Suse musterte ihren Gastvater verstohlen von der Seite. Er war groß, schlank und braun gebrannt, hatte grau meliertes lockiges Haar und ein gewinnendes Lächeln. Was Suse allerdings erstaunte, war, dass er keinen Tag jünger zu sein schien als sie. Eher älter. Sie schätzte ihn auf knapp sechzig.

Vor ihnen breitete ein rotes Ampelmännchen die Arme aus. Martin Maron hielt und wandte sich Suse zu. »Na, von der Kardätsche. Davon hat Ihnen meine Frau am Telefon doch sicher erzählt, oder? Die Kardätsche ist das Restaurant, das wir in Planung haben.«

»Nein, das hat sie nicht. Sie hat eigentlich nur über Stella gesprochen. Das ist ja auch wichtig, wenn ich mich um Ihre Tochter kümmern soll.«

Er lachte. »Ja, Hella ist ein echtes Muttertier. Sie und Stella sind unzertrennlich. Da kommt niemand zwischen.«

Na wunderbar, dachte Suse. Wie sollte sie denn ein kleines Mädchen betreuen, das gar nicht betreut werden wollte?

»Und Sie sind eigentlich Köchin?«, unterbrach Martin Maron ihre Gedanken.

»Ja. Mein Bruder und ich haben in Bensersiel ein Restaurant.«

»Qualität oder Imbiss?«

»Da können wir uns leider nicht einigen. Ich möchte gern den Standard verbessern, meinem Bruder würde auch ein Imbiss reichen.«

Martin Maron sah Suse freudig an. »Interessant. Ich bin ja auch von Qualität überzeugt. Frische Produkte aus dem Umland, Biofleisch und so weiter.«

»Und zum Nachtisch Süßspeisen von Sarah Wiener!«

»Genau.«

Er lächelte sie wieder an, und diesmal fiel ihr auf, dass er dunkelgrüne Augen hatte.

Sie hatten den Bereich des Bahnhofs hinter sich gelassen und fuhren eine breite Straße entlang. Alt-Moabit las Suse auf dem Straßenschild. Lübars war im Norden der Stadt, sie hatte es sich auf Google Maps angeschaut, aber sie konnte nicht einschätzen, wie lange die Fahrt noch dauern würde.

»Oh, mindestens noch vierzig Minuten. Wenn es keinen Stau gibt«, sagte Martin Maron unbekümmert, als sie ihn fragte. »Lübars liegt jottwede.«

»Jottwede?«

»Janz weit draußen. So sagt der Berliner.«

»Wie komme ich denn von dort in die Stadt?«

»In welche Stadt? Berlin ist überall. Es besteht im Grunde aus lauter Dörfern. Mit den Öffentlichen kommen Sie aber überall hin. Erst fahren Sie mit dem Bus, dann mit der U-Bahn. Oder Sie nehmen Hellas Wagen.«

»Und wie weit ist es von Lübars zum Prenzlauer Berg?«

»Anderthalb Stunden, würde ich denken. Was wollen Sie denn am Prenzlauer Berg?«

Suse zuckte mit den Schultern. »Ich hab ja einen freien Tag in der Woche, da wollte ich mir Berlin schon auch angucken.«

»Aber hoffentlich nicht am Sonntag!« Martin Maron warf ihr einen raschen Seitenblick zu, blinkte und fädelte sich in den dichten Verkehr einer Autobahn ein. »Da hat das Restaurant doch geöffnet.«

»Ihre Frau meinte, der Montag sei ein guter Tag für mich zum Freinehmen«, sagte Suse.

»Ja, der Montag ist gut. Da haben wir zu.«

Es kam Suse vor, als wären sie ewig unterwegs. In der Zeit hätte sie es locker bis nach Aurich und zurück geschafft. Endlich verließen sie die Autobahn und fuhren einige Kilometer durch ein Wohngebiet.

»Hier ist das Freibad und da vorn Stellas Schule«, erklärte Martin endlich. »Jetzt ist es nicht mehr weit.«

Er bremste ab und fuhr in eine Straße mit Kopfsteinpflaster. Holprig ging es weiter, bis er schließlich in einen Hof einbog. An zwei Seiten befanden sich Gebäude. Rechts stand ein großes Wohnhaus, links ein … ein Stall?

Vom Auto aus sah Suse, dass dahinter eine Weide lag, auf der einige Pferde grasten. Und wiederum dahinter eine Böschung, einem Deich nicht unähnlich. Es war lauschig, idyllisch, dörflich. Mit Berlin hatte es nicht mehr zu tun als Bensersiel. Irgendetwas an der Szenerie kam Suse verhängnisvoll vertraut vor.

»Das ist hier noch Berlin?«, fragte sie langsam.

»Ja, aber gleich dahinter ist Schluss. Hella hat Ihnen sicher gesagt, dass wir sehr ländlich wohnen und einen Pferdehof führen? Lübars ist schließlich so was wie die letzte Pferdebastion in Berlin, ein altes Angerdorf mitsamt Dorfkirche und Dorffriedhof. Wiesen und Weiden, so weit der Blick reicht.«

»Nein, das hat sie auch nicht erwähnt«, sagte Suse und blickte weiterhin in Richtung Pferdeweide. Denn inmitten der Pferde hatte sie eine junge Frau mit einem langen Zopf entdeckt, daneben ein kleines Mädchen mit genau derselben Frisur.

Die beiden hatten den Wagen offenbar bemerkt, denn sie verließen Hand in Hand die Weide und kamen langsam auf den Hof zu. So zierlich und mädchenhaft war die Frau, dass sich Suse plötzlich wie eine friesische Walküre vorkam. Das gewaltige Pferd, das sie an einer Trense mit sich führte, ließ sie noch zerbrechlicher aussehen. Es war weiß, mit schwarzen Beinen, schwarzer Mähne und einem schwarzen Schweif. Direkt vor dem Wagen blieben sie stehen.

Martin und Suse stiegen aus.

Suse kannte das Pferd. Es war das, das Modell für Stellas Bild gestanden hatte. Es blähte die Nüstern, witterte und schnaubte in Suses Richtung. Dann zog es die Lippe hoch, entblößte schließlich große gelbe Zähne und schnappte bedrohlich.

Suse schaute schnell weg.

»Ah! Und das sind meine Mädchen Hella und Stella!«, sagte Martin. »Schaut, wen ich euch mitgebracht habe! Deine Granny-Nanny, Stella!«

Das kleine Mädchen sah unsicher zu seiner Mutter hoch und versteckte sich dann hinter deren Rücken. Die zog es wieder nach vorn.

»Hallo«, sagte die zarte Brünette und streckte die Hand aus. Sie hatte einen erstaunlich festen Griff. »Ich bin Hella Maron. Wir haben telefoniert. Ich freue mich, dass Sie uns helfen wollen!«

»Guten Tag, Frau Maron«, sagte Suse.

Sie wunderte sich insgeheim über den Altersunterschied. Hella und Martin waren mindestens dreißig Jahre auseinander. Gut, auch später im Leben Kinder zu zeugen war das Privileg eines Mannes. Aber allein mit dem Zeugen war es ja nicht getan. Und irgendwie fand sie es verräterisch, dass er von den beiden als »meine Mädchen« sprach.

»Guten Tag, Stella. Ich heiße Suse«, sagte sie dann und reichte auch dem Mädchen die Hand.

Stella ergriff sie schüchtern, ließ sie aber sofort wieder los. Es kam Suse so vor, als hätte Hella ihre Tochter beobachtet. Aber ihr fein geschnittenes Gesicht gab nicht preis, was sie dachte.

»Und dieser prächtige Hengst heißt Blizzard. Reiten Sie?«, fragte Hella und klopfte dem Pferd den Hals.

Blizzard warf den Kopf hoch und schnaubte.

»Ich und reiten? Ganz sicher nicht«, erklärte Suse entschieden.

Hella und Stella sahen sie so entsetzt an, als hätte sie vorgeschlagen, den Gaul in der nächsten Lasagne zu verarbeiten.

»Dann zeige ich Ihnen jetzt erst mal Ihr Zimmer«, entschied Martin Maron munter und griff nach Suses Koffer. »Und dann das Restaurant. Ich bin gespannt, was Sie dazu sagen.«

»Zeigst du mir auch dein Zimmer, Stella?«, wagte Suse einen Vorstoß.

Stella antwortete ihr nicht. Dann sagte sie unvermittelt zu ihrer Mutter: »Die Frau redet komisch.«

»Stella!«, mahnte Hella. »Das ist ein Dialekt. So spricht man in Norddeutschland.« Dann wandte sie sich an Suse. »Ach, das mit dem Zimmer hat doch noch Zeit. Eigentlich braucht Stella gar kein Zimmer. Sie schläft immer bei mir«, erklärte sie, als sie Suses fragenden Blick sah. »Komm, Süße, wir bringen Blizzard in den Stall. Deine Granny-Nanny ist wohl nicht sehr begeistert von ihm.«

Sie nahm Stella wieder an die Hand, wandte sich ab und lief mit ihr und dem Pferd in Richtung Stall. Bevor Suse noch irgendetwas Entschuldigendes sagen konnte, zog Martin sie mit sich.

Suses Zimmer lag im Obergeschoss des Wohnhauses. »Das ist unser Gästezimmer. Also für das nächste Vierteljahr Ihrs«, sagte Martin Maron und stellte den Koffer ab.

Suse sah sich um: Es war gemütlich eingerichtet. Auf einem breiten Bett lag eine grüne Samtdecke, es gab eine antike Kommode und einen Schaukelstuhl. Ein Wandschrank bot genug Platz für ihre Sachen.

Suse trat ans Fenster, von wo aus man einen hübschen Blick über die Weiden hatte.

»Sehen Sie die Baumreihe? Dahinter liegt das Tegeler Fließ. Von dort aus kann man die alten Wachtürme der DDR sehen. Da war Westberlin früher zu Ende«, sagte Martin Maron.

Er hob die Hand und streifte dabei Suses Arm. Hastig versuchte sie, die Distanz zwischen ihnen zu vergrößern. Aber er blieb, wo er war, und schaute regungslos in die Ferne. Suse stand stocksteif da, um eine weitere Berührung zu vermeiden. Schließlich wandte sie den Blick von der Aussicht ab und ihrem Gastvater zu.

»Sie wollten mir das Restaurant zeigen«, sagte sie.

»Ja. Kommen Sie.«

Als sie durch den Flur gingen, hörte sie Stella kichern. Sie kamen an einem Zimmer, dessen Tür offen stand, vorbei. Suse schaute hinein und sah Hella und Stella auf einem Sitzsack liegen. Hella war gerade dabei, ihre Pferdeschwänze zu einem zusammenzuflechten, was Stella ganz offensichtlich einen Heidenspaß machte. Suse fragte sich, ob Mutter und Tochter in diesem Zimmer auch schliefen. Und wo eigentlich ihr Gastvater nächtigte.

Sie und Martin stiegen die Treppe hinunter. Von der Diele führte eine Tür in einen Gastraum.

»Das ist die Kardätsche«, sagte Martin mit unüberhörbarem Stolz, und Suse atmete tief durch.

Ein Blick genügte, um ihr zu zeigen, dass alles, was sie sich jemals von einem Restaurant erhofft hatte, hier vereint war – lässiger Landhausstil, in Würde gealtertes Mobiliar, urgemütliche weiße Stühle in unterschiedlichen Formen, aber mit den gleichen grün-blauen Kissen. Moderne Kunst hing an den Wänden. Erst bei genauem Hinschauen erkannte Suse Pferde, passend zum Namen des Restaurants. Eine großzügige Fensterfront erweckte den Anschein, dass man mitten im Grünen saß.

»Oh, wie schön«, sagte Suse. »So würde ich die Robbe auch gern einrichten!«

Martin Maron strahlte sie an und führte sie weiter. »Und das«, sagte er und stieß eine Doppeltür auf, »ist die Küche!«

Suse betrat eine Küche, die für jeden, der gern kochte, ein Traum sein musste. Sie sah glänzende Kupfertöpfe und schimmernden Edelstahl, auf einer Marmorplatte lagen zwei Messer bereit, teuerstes japanisches Küchenwerkzeug wahrscheinlich.

»Das ist ja fantastisch«, sagte sie andächtig. »Wie kommt man denn zu so einer Anlage? Das kostet doch sicher ein Vermögen!«

»Hella ist entfernt mit den Schockemöhles verwandt. Sie haben hier investiert. Und ich habe bis vor Kurzem in einer Kanzlei gearbeitet«, erklärte Martin Maron. Er griff nach einer Schürze mit dem Kardätsche-Logo, band sie sich um und rieb sich die Hände. »Soll ich uns eine Kleinigkeit zaubern? Sie haben doch sicher Hunger nach der Reise! Und wie ist es: Wollen wir nicht anstoßen? Ich habe einen fabelhaften Champagner entdeckt, den ich gern zur Eröffnung der Kardätsche anbieten möchte.«

So verlockend das Angebot war – Suse war irritiert. »Sollten wir nicht zusammen mit Ihrer Frau und Stella essen? Ich würde gern mit Ihnen besprechen, wie mein Tagesablauf aussieht.«

Martin Maron sah sie so erstaunt an, als hätte er vergessen, dass er eine Frau und eine Tochter hatte.

»Ja, da haben Sie vielleicht recht. Moment, ich hole die beiden.« Er verließ die Küche. Suse hörte ihn etwas nach oben rufen. Einen Moment später war er wieder da. »Hella sagt, Stella sitzt in der Wanne, und sie möchte sie nicht allein lassen. Sie kommt später runter.«

Das tat Hella dann auch bald, aber nur, um ein belegtes Brot und ein Glas Milch für Stella zu holen, die unbedingt oben essen wollte. Sie selbst habe keinen Hunger, erklärte sie.

Als Suse und Martin (»Darf ich Ihnen das Du anbieten? Wir sind ja in einem Alter. Ich bin Martin.«) den Champagner geleert hatten, gab Suse die Hoffnung auf, ihre jugendliche Gastmutter an diesem Abend noch zu sehen.

»Wessen Idee war es eigentlich, mich einzustellen?«, fragte sie vorsichtig.

»Hellas«, sagte Martin. »Wenn das mit dem Restaurant losgeht … Ich weiß nicht, wie ich die Arbeit allein bewältigen soll.«

»Und wann ist das?«

»In vier Tagen. Am Samstag. Wir haben noch viel vor bis dahin! Willst du noch etwas trinken? Soll ich eine zweite Flasche öffnen?«

Suse winkte ab. »Bloß nicht! So viel vertrage ich nicht.«

Als Suse später im Bett lag und dem Schnauben der Pferde lauschte, das durch die geöffneten Fenster aus der Ferne zu ihr drang, fragte sie sich, wo sie eigentlich gelandet war. Die Sterne standen über Lübars, und ganz sicher waren es dieselben Sterne, die auch über Bensersiel am Nachthimmel leuchteten. Die Wiesen, die Weiden, die deichartige Anlage – auch das erinnerte sie an Bensersiel. Aber alles andere war Neuland.

Sie vermutete, dass die Marons einen Koch für die Kardätsche eingestellt hatten, dass Hella Maron sich um die Gäste kümmern und Martin mit der Presse sprechen sowie an der Bar ausschenken würde. Oder war Martin Koch, und Hella kümmerte sich um den Ausschank? Vier Tage, dachte Suse. Bis dahin muss ich mich mit meiner kleinen Gasttochter richtig gut angefreundet haben, damit ihre Eltern das Restaurant managen können. Sie wusste aus eigener Erfahrung, wie viel Mühe ein gastronomischer Betrieb machen konnte.

Am nächsten Morgen erwachte Suse erst nach acht. Sie hatten keine Zeit ausgemacht, aber fing nicht die Schule um acht Uhr an? Hätte sie nicht Stella bringen sollen? Nein, es waren ja Herbstferien in Berlin! Was wurde von ihr wohl erwartet?

Rasch duschte Suse und zog sich an. Im Haus war alles still, also lief sie nach draußen. Es war wieder ein prachtvoller Tag, aber nicht ganz so warm.

Hella Maron stand vor dem Stallgebäude und unterhielt sich mit einer anderen Frau. Sie winkte ihr zu, machte jedoch keine Anstalten, das Gespräch zu unterbrechen. Martin war nicht zu sehen.

Suse kam sich wie abgestellt vor. Überflüssig. Schon der Tag zuvor, als sie mit dem Gastvater Champagner getrunken hatte und von der Gastmutter weitestgehend ignoriert worden war, hatte nicht in das Bild gepasst, das sie sich von ihrem Job als Granny-Nanny gemacht hatte.

Sie schlenderte zur Weide und beobachtete, wie die Pferde sich über ein Heubündel hermachten. Der riesige Gaul Blizzard schien den Ton anzugeben. Näherte sich von links oder rechts ein anderes Pferd, schnappte er danach.

»Ist er nicht hinreißend?«, hörte sie auf einmal die Stimme von Hella Maron hinter sich.

»Hm«, erwiderte Suse vage und wandte sich um. »Guten Morgen, Frau Maron! Ich würde gern mit Ihnen besprechen, was Sie von mir erwarten. Gestern sind wir ja nicht mehr dazu gekommen.« Sie sah sich um. »Wo ist denn Stella?«

Hella Maron sah sie überrascht an. »Stella ist bei einem Malkurs. Und was das andere angeht … ich dachte, das hätten Sie gestern mit meinem Mann besprochen.«

»Nein, das haben wir nicht. Er meinte nur, dass das Restaurant am Samstag eröffnet wird und dann sehr viel zu tun ist. Bis dahin möchte ich Stella ein bisschen besser kennenlernen, um mich gut um sie kümmern zu können. Sie scheint mir sehr schüchtern zu sein.«

Hella Maron fuhr sich mit der Hand über das lange Haar und sah wie ein verwirrter brünetter Engel im Reitkostüm aus.

»Oh, aber das ist doch noch gar nicht nötig! Um Stella kümmere ich mich selbst! Das geht gar nicht anders!«

Suse begriff gar nichts mehr. »Aber ich bin doch als ihre Granny-Nanny engagiert worden, oder?«

»Ja, das sind Sie, und sicher werden wir das im nächsten Vierteljahr in Anspruch nehmen. Gelegentlich. In erster Linie haben wir uns allerdings für Sie entschieden, weil Sie mit dem Restaurantbetrieb vertraut sind. Martin kann zwar großartig kochen, aber mit der Gastronomie hat er sehr wenig Erfahrung. Sie dagegen wissen, wie man ein Restaurant führt. So stand es jedenfalls in Ihrer Vita.«

Allmählich dämmerte es Suse. Aber sie war sich nicht sicher, ob ihr diese Art von Dämmerung gefiel. »Ich soll in Ihrem Restaurant mitarbeiten?«

Hella Maron nickte. »So haben wir das gedacht, ja! Natürlich nicht mehr, als Sie sich mit Stella beschäftigen würden. Aber Frau Behrens von der Agentur hat gemeint, die Granny-Nanny würde sich im Schnitt rund acht Stunden um die Kinder kümmern. Sicher kann es auch mal mehr sein. Und da scheint es nur fair … Mit dem Kochen kennen Sie sich ja aus, mit Kindern weniger, oder? Und dass Sie den Montag freihaben wollen, passt uns sehr gut.

Da werden wir sowieso Ruhetag haben. Entschuldigen Sie, aber in ein paar Minuten kommt meine nächste Reitschülerin. Ich muss noch etwas vorbereiten.« Sie lächelte entschuldigend und wandte sich ab.

»Einen Moment noch«, rief Suse ihr hinterher. »Wenn Ihr Mann kocht, wer bedient denn dann die Gäste?«

»Auch mein Mann«, sagte Hella leichthin.

Und wenn er das nicht schafft, weil das ja gar nicht zu schaffen ist?, wollte Suse schon fragen. Aber sie fragte nicht. Weil sie die Antwort im Moment gar nicht wissen wollte. Die Aussicht auf acht oder mehr Stunden Küchenarbeit am Tag war schockierend genug. War sie nun vom Regen in die Traufe gelangt? Oder sollte sie froh sein, weil sie wirklich sehr wenig vom Umgang mit Kindern verstand? Sollte sie Clara Behrens anrufen und die veränderte Situation mit ihr besprechen? Sollte sie alles rückgängig machen und so schnell wie möglich nach Bensersiel zurückkehren? Sich lieber wieder Bodos Hohn und Spott aussetzen? Oder erst mal abwarten und Tee trinken – beziehungsweise Champagner mit Martin, der nicht nur sehr gut aussah, sondern zudem einen ähnlichen Anspruch wie sie an die Führung eines Restaurants hatte?

So schwierig ist die Beantwortung dieser Frage eigentlich nicht, dachte Suse, als sie eine Stunde später in Martins Lieferwagen stieg.

Martin hatte sie gebeten, mit ihm zum Großhändler zu fahren. Irgendetwas schien der Händler dort allerdings zu verwechseln, denn er nannte sie beharrlich »Frau Maron«, und als Suse ihn wiederholt darauf hinwies, dass sie *nicht* Frau Maron sei, lächelte er nur wissend und sagte, dass man heute doch nicht mehr unbedingt verheiratet sein müsse. Martin schwieg charmant, was ja auch eine Kunst für sich war.

Suse hätte alles dafür gegeben, irgendwen zu haben, mit dem sie sich über die seltsame Situation in ihrer Gastfamilie hätte austauschen können. Denn wie das zwischen Hella und Martin funktionierte, begriff sie überhaupt nicht. War Hella der zarte Mutterengel? Die reiche Erbin? Martin der Knecht? Der enthusiastische Koch? Oder hatte er, der Ältere, heimlich die Zügel in der Hand?

Suse konnte sich keinen Reim darauf machen. Auch wenn sie doppelt so alt wie ihre Gastmutter war – ihre Lebens- und Beziehungserfahrungen reichten nicht aus, um aus den Marons klug zu werden. Da war sie nicht eine Spur gewitzter als ein blutjunges Au-pair, das sich zum ersten Mal den Wind der großen weiten Welt um die Nase wehen ließ.

7. Kapitel

Karen war überzeugt davon, dass sie das ganz große Los mit ihrer Gastfamilie gezogen hatte. Oder zumindest, dass die Alleys sehr großzügig waren. Sie hatten darauf bestanden, ihr ein Ticket von Frankfurt nach Berlin zu schicken, und zwar in der Businessklasse.

Am Telefon hatte Karen Mrs. Alleys äußerst amerikanisches Englisch gut verstanden und sich mühelos mit ihr unterhalten, dennoch bat ihre Gastmutter darum, Deutsch mit den Kindern zu sprechen. Zweisprachigkeit fand sie *»very important«*. Mrs. Alley hatte zudem darauf bestanden, dass Karen sie Rhonda nannte. *Let's* duzen *each other,* Karen, hatte sie liebenswürdig geflötet.

Der Abschied von Anne in Frankfurt war tränenreich gewesen – von Annes Seite. Karen hatte keinerlei Trauer empfunden, und außerdem fand sie ein Vierteljahr und sechshundert Kilometer nicht so tragisch. Wenn sie für ein Jahr nach Burma oder Buenos Aires gegangen wäre, dann hätte sie die Tränen eher verstanden. Aber Berlin … Sie war sich sicher, dass Anne überwiegend aus Selbstmitleid und aus Trotz heulte. Aber sie hatte nichts gesagt.

Karen war noch nie in der Businessklasse geflogen, und sie stellte fest, dass es nicht besonders aufregend war. Es hieß offenbar nichts anderes, als dass dort Männer und Frauen in schwarzen Anzügen saßen, die um die Wette auf ihren Laptops herumhackten, und dass vor den Sitzen der Economy ein Vorhang hing, der zugezogen war. Außerdem gab es Getränke umsonst.

Kaum war der Flieger gestartet, begann schon wieder der Landeanflug. Um Karen herum wurden Laptops ausgeschaltet und verstaut. Das Häusermeer war jetzt deutlich zu erkennen, und sie versuchte gespannt, einzelne Wahrzeichen auszumachen. Da! Das war der Fernsehturm! Und dort … Der Funkturm? Warum gab es in der Stadt so viele Grünflächen? Sie hatte sie sich viel trister vorgestellt!

Rumpelnd setzte die Maschine auf der Landebahn auf. Die Bremsen kreischten, Karen wurde kurz nach vorn gedrückt, dann rollte die Maschine gemächlich zum Gate.

Sie strich sich nervös eine dunkelbraune Strähne zurück, die sich aus ihrem Haarknoten gelockert hatte, und ärgerte sich, dass sie nicht noch mal zum Nachfärben gegangen war. In letzter Zeit war so viel bei Anne los gewesen, dass sie das glatt vergessen hatte. Möglichst schnell würde sie in Berlin einen Friseurbesuch nachholen müssen, denn der Ansatz war schon wieder beängstigend gut zu sehen. Wenigstens hatte sie es noch geschafft, sich ein paar neue Wintersachen zu kaufen. Allerdings hatte sie dabei festgestellt, dass sie seit ihrer Pensionierung um einiges zugenommen hatte. Vor drei Monaten hatte eine 42 noch mühelos gepasst, jetzt kniff eine 44 auf einmal unbequem. Karen hoffte, dass die neue Hose nur klein ausfiel, nein, sie war sicher, dass ein falsches Schild eingenäht worden war, wahrscheinlich ein französisches oder italienisches. Oder verbrauchte man im Ruhemodus tatsächlich weniger Kalorien? Vielleicht lag ihr deutlich dickerer Hintern auch am regelmäßigen Mittagessen, das sie sich jetzt immer kochte, am längeren Schlafen, am wenigen Stress, am vielen Fernsehen … Jedenfalls hoffte sie, dass die drei Alley-Kids sie so auf Trab halten würden, dass sie Berlin am 1. Januar wieder in Größe 42 verlassen konnte.

»Willkommen in Berlin«, hörte sie die Stimme des Kapitäns. »Wir haben strahlendes Oktoberwetter mit Rekordtemperaturen. Wir wünschen Ihnen einen schönen Tag in der Hauptstadt und beneiden diejenigen unter Ihnen, die heute schwimmen gehen können.«

Hinter dem Vorhang lachten einige Passagiere, in der Businessklasse wurde keine Miene verzogen.

Als die Maschine das Gate erreicht hatte, klickten Sicherheitsgurte. Um Karen herum standen alle auf, wohl um die Maschine möglichst schnell verlassen zu können. Karen beeilte sich auch, aber umsonst, denn sie wartete ewig am Gepäckband, bis ihr Koffer und ihre Tasche heranrollten. Ab und zu spähte sie durch die Glasscheibe, wo diejenigen standen, die die Fluggäste abholten. Unter ihnen war sicher auch ihre Gastfamilie. Karen hatte ihnen ein Foto geschickt, damit sie wussten, wie sie aussah. Auch sie hatte ein Foto von den Alleys bekommen.

Bis jetzt hatte sie noch niemanden entdeckt, was bestimmt daran lag, dass da draußen ein großes Durcheinander herrschte. Sie sah ein wehendes Spruchband über der Menge, das sie allerdings nicht lesen konnte, und mehrere riesengroße bunte Luftballons, die über den Köpfen der Wartenden heftig hin und her geschwenkt wurden.

Das ist Berlin, dachte Karen aufgeregt. Hier ist eben immer etwas los. Hier weiß man, wie man Berühmtheiten empfängt. Wahrscheinlich kommt gerade ein Promi an, George Clooney oder so. Das gehört in einer Großstadt zur Tagesordnung. Hier ist nichts wie bei uns im verschlafenen Fischbachtal …

Sie nahm sich einen Gepäckwagen, wuchtete Koffer

und Tasche hinauf und rollte in die Wartehalle. Und schon hörte sie einen Ruf.

»Kärn, Kärn, *here we are!*«

Kärn? Sollte das etwa Karen heißen? Karen blieb stehen und sah sich um.

Eine spindeldürre Frau, die das Spruchband auf einer Seite festhielt, winkte ihr zu, und mit einem Mal verstand Karen, dass der Tumult ihr galt. Die Frau drückte einem kleinen Mädchen mit feuerrotem Haar, das neben ihr stand, das Spruchband in die Hand, woraufhin das *Welcome Granny-Nanny* in Schieflage geriet. Sie stakste auf hohen Absätzen auf Karen zu und fiel ihr um den Hals.

»Wie *wonderful!* Wir haben auf dich gewartet!«, sagte sie mit unnatürlich hoher, dramatisch modulierter Stimme und einem amerikanischen Akzent, dick genug zum Schneiden.

Ihr folgte ein Junge mit langem rotblondem Haar, an seinen Fersen wiederum haftete ein weißer Jack-Russell-Terrier, der auf dem Kopf einen braunen und um ein Auge einen schwarzen Fleck hatte. Als der Junge Karens Hand ergriff und schüttelte, sprang der Hund schrill bellend wie ein Gummiball auf vier Pfoten aus dem Stand hoch. Daraufhin ließ der Junge Karens Hand los und versuchte, den Hund zu bändigen, woraufhin sein Luftballon, ein hellblauer Dinosaurier, der Decke zuschwebte, wo er kurz darauf, hoch über den Köpfen der Reisenden und Abholenden, zwischen den dicken Lüftungsrohren hängen blieb.

Plötzlich ertönte ein Alarmpfiff. Vier Männer von der Bundespolizei drängten sich in ihre Richtung durch die Menge. Um Karen, ihre Gastmutter, den Jungen und den Hund hatte sich inzwischen ein Kreis von Menschen gebildet, die gespannt darauf warteten, was als Nächstes geschah. Nun kannte auch das kleine Mädchen mit dem

Spruchband kein Halten mehr: Es ließ sein Ende der Stoffbahn los, die auf den grauen Noppenboden flatterte, und rannte zu Mutter und Bruder.

Über die knochige Schulter ihrer Gastmutter hinweg sah Karen, dass die andere Seite des Spruchbandes stoisch von einem jungen Mädchen mit einem ausgesprochen trotzigen Gesichtsausdruck hochgehalten wurde. Regungslos stand es auf verlorenem Posten da, die rotbraunen Haare zu braven Gretchenzöpfen geflochten, die im krassen Gegensatz zu den zerrissenen Jeans, der abgeschabten Lederjacke und den Springerstiefeln mit den rosafarbenen Schnürsenkeln standen. Sie angelte ihr Handy aus der Hosentasche und begann, etwas ungelenk wegen der Bannerstange in der anderen Hand, darauf herumzutippen.

Das ist dann wohl Eliza, die das alles furchtbar peinlich findet, dachte Karen und löste sich aus Rhonda Alleys Umarmung.

»*Hi* Rhonda«, sagte sie. »*So nice to meet you!* Ich bin Karen Parotat.«

»Wir sind so *happy*, dass du hier bist! *Our* Granny-Nanny!«, antwortete Rhonda enthusiastisch und ließ ihren Blick blitzschnell über Karen wandern, hielt bei ihren Hüften inne, stutzte und kniff die Augen zusammen.

Sie machte es diskret, aber Karen bemerkte es doch. Verstohlen blickte sie kurz an sich hinunter. Hatte sie sich im Flugzeug bekleckert? Nein. Alles in Ordnung. Sie sah fragend zu ihrer Gastmutter, deren Blick aber nichts preisgab. Mit dem dunkelblonden Pagenkopf, den dunkelblauen Augen, der makellosen Haut und dem kirschroten Seidenkostüm hätte Rhonda Alley durchaus attraktiv sein können, wäre sie nicht so erschreckend dürr gewesen. Ihre Haut zog sich wie gespanntes Papier über die Wangenknochen, der Kopf schwebte auf dem Hals wie eine überdimensionale Blüte auf einem zu zarten Stängel, ihre Hände wirkten, als wären sie zu schwer für die Gelenke, und ihre Beine ragten wie Stelzen unter dem Rocksaum hervor. Nur eine Krankheit konnte diese Magerkeit erklären.

Karen schoss der erschreckende Gedanke durch den Kopf, dass sie eventuell für Rhonda Alleys letzte Monate eingestellt worden war. Sollte sie die trauernden Kinder pädagogisch betreuen?

»Dann bist du sicher Phoebe.« Sie drückte dem kleinen Mädchen die Hand, das vor ihr stand und sie mit bemerkenswert großen Zahnlücken anlächelte. Sein Luftballon, eine rosafarbene Glitzerprinzessin, knallte Karen an den Kopf. »Und du musst Mark sein.«

Der Junge nickte und hob den Hund hoch. »Das ist Krupp. Er ist total *crazy*«, sagte er.

Der kleine Terrier winselte und versuchte strampelnd freizukommen, aber der Junge hielt ihn fest.

Inzwischen waren die Männer der Bundespolizei bis zu ihnen vorgedrungen. »Das geht so nicht. Der Hund muss an die Leine, und bitte lassen Sie die Luftballons nicht los«, sagte der eine streng.

Krupp knurrte ihn an.

»Zu spät«, murmelte Karen mit einem Blick zur Decke.

Rhonda Alley warf den Kopf in den Nacken und lachte. Sie ignorierte die Polizisten völlig.

»*Let's go.* Jürgen wartet«, sagte sie und lief in Richtung Ausgang.

Mark und Phoebe schoben den Gepäckwagen mit Karens Koffer und Tasche hinter ihr her. Mark hatte Krupp in die Drahtvorrichtung für kleinere Taschen gesetzt, von wo aus er Anstalten machte, Phoebe auf den Kopf zu springen.

Karen wollte ihnen schon folgen, blieb dann aber vor dem dritten verlassenen Kind der Alleys stehen, das etwas abseits stand und damit beschäftigt war, das Willkommenstransparent zusammenzurollen.

»Hallo, Eliza. Ich bin Karen, wie du dir sicher schon gedacht hast«, sagte sie freundlich und reichte dem jungen Mädchen die Hand.

»*Hi*«, murmelte Eliza undeutlich durch ihre verdrahtete Zahnspange, Karens Hand ignorierend.

Mit dem zusammengerollten Transparent wandte sie sich zum Gehen. Karen blieb nichts anderes übrig, als Eliza zu folgen.

Direkt vor dem Ausgang parkte inmitten der Taxen eine große schwarze Limousine. Rhonda verschwand gerade darin, durch die Scheibe sah Karen den feuerroten und den rotblonden Haarschopf von Phoebe und Mark. Hinter ihrer Mutter kletterte nun auch Eliza in den Wagen, während ein Fahrer in Livree die Beifahrertür aufhielt. Er bedeutete Karen einzusteigen, dann nahm er ihr Gepäck und verstaute es im Kofferraum.

Die Alleys hatten einen Fahrer? Verwundert nahm sie Platz. Glänzendes dunkles Holz, weiche cremefarbene Ledersitze, an den rückwärtigen Fenstern zurückgezogene dunkle Vorhänge – noch nie hatte Karen in einem so eleganten, so großen Wagen gesessen.

»Das ist aber ein schönes Auto«, sagte sie.

»Das ist ein Maybach«, erwiderte Mark hinter ihr stolz.

»Schaut mal, Krupp *is peeing*«, sagte in diesem Moment Phoebe aufgeregt.

Hinter Karen waren verräterische Geräusche zu hören, emsig kratzende Hundepfoten auf weichem Velour.

»*Don't worry,* Karen kümmert sich nachher darum«, versprach Rhonda unbesorgt.

Fahrer Jürgen, der mittlerweile eingestiegen war, runzelte die Stirn. »Ich mach das schon«, murmelte er mit einem Seitenblick auf Karen.

Der ungezogene Hund hatte in diese Luxuskarosse gepinkelt? Aber außer ihr schien das niemand besorgniserregend zu finden, und Karen beschloss, dass es nicht in den Aufgabenbereich einer Granny-Nanny fiel, sich darum zu kümmern.

»Karen, es ist wunderbar, dass du bei uns bist. Was das Wichtigste in unserer *family* ist: Wir sind alle auf einer *low carb diet«*, sagte Rhonda unvermittelt.

Was für eine Diät? *Low carp?* Hieß *carp* nicht Karpfen? Aßen die Alleys nur Karpfen? Oder verwechselte sie das mit Krapfen? Karen sah fragend in den Rückspiegel, und Rhonda deutete ihren Blick richtig.

»Keine *Carbohydrates.* Kein Brot, keine Nudeln, kein Reis, keine Kartoffeln! *And no candy!* So schwer in Germany! *I've gained so much weight.«*

Eigentlich war Karens Englisch sehr gut. Aber plötzlich war sie nicht sicher, dass sie verstand, was Rhonda Alley meinte. Es war zu unglaublich.

»Sie möchten abnehmen?«, fragte sie.

»Natürlich! *Look at me!* Ich bin *fat* wie ein Schwein! Eliza ist auch auf Diät, richtig, *honey? And* die Kinder hassen Nudeln und Pasta. Sie essen am liebsten nur *veggies.«*

Eliza murmelte etwas Unverständliches, Phoebe und Mark schwiegen, und Karen dachte an ihre Küche im Fischbachtal und all die leckeren Gerichte, die sie sich in letzter Zeit gekocht hatte. Keine Spaghetti? Keine Rosmarinkartoffeln? Kein Kuchen und kein kleines, kleines bisschen Schokolade?

Plötzlich ging ihr auf, was der Blick bedeutete, den Rhonda am Flughafen auf ihre Hüften geworfen hatte.

Er hatte nicht irgendwelchen Falten, Flecken oder Fusseln auf ihrem Rock gegolten. Sondern ihrem üppigen Fleisch darunter!

»Ist das denn für die Kinder gesund?«, fragte sie, um ihre Fassungslosigkeit zu verbergen.

»Oh, *they are healthy*. Sie bekommen *a lot of* Vitaminpillen«, antwortete Rhonda.

Karen verstand gar nichts mehr. Vitaminpillen statt Kohlehydrate? Siebenjährige auf Diät? Und das Schönheitsideal eine Kleidergröße, die zu klein für jeden Bügel war?

Plötzlich kam Karen sich vor wie eine Außerirdische. Wie eine fette Frau vom Mars. Aber allemal besser als so ein Klappergestell, dachte sie überzeugt. Und was immer die Kinder aßen – so dünn sahen sie eigentlich nicht aus.

»Okay. Ich werde mein Bestes geben«, sagte sie und war sich sicher, dass Rhonda Alley genau verstand, mit wie wenig Überzeugung sie ihr Bestes geben würde.

Inzwischen war Fahrer Jürgen von der Autobahn abgebogen. Sie hatten die Innenstadt verlassen und fuhren durch einen stillen Vorort mit prächtigen Villen. Vor einigen von ihnen standen Masten, an denen Flaggen wehten. In Dahlem gebe es einige Botschaftsresidenzen, erklärte Rhonda. Sie umrundeten einen Platz, in dessen Mitte die Skulptur eines wilden Ebers stand, und bogen in die Lentzeallee ein.

»Da ist unsere Schule«, sagte Mark und zeigte auf ein Gebäude, an dem sie gerade vorbeikamen. »Phoebe und ich sind in der *primary* und Eliza in der *high school*.«

Schon waren sie an der Schule vorbei. Fahrer Jürgen bog in eine Nebenstraße, dann in eine zweite, eine dritte und schließlich hielt er.

»Da sind wir! *Welcome to the* Alley *estate*«, flötete Rhonda.

Die Kinder drückten die Autotüren auf und stolperten aus dem Wagen, gefolgt von dem jetzt wie wahnsinnig kläffenden Krupp, der um sie herumraste, als wären sie seine Schafherde, die es zusammenzuhalten galt.

Jürgen stieg aus, öffnete den Kofferraum und brachte Karens Gepäckstücke zur Haustür. Dann tippte er sich an die Kappe, stieg wieder ein und fuhr einige Meter weiter über einen Kiesweg bis vor eine Garage, die ungefähr so groß wie Karens Haus im Fischbachtal war.

»Ist das ein öffentlicher Park?«, fragte Karen.

Sie deutete zum Nachbargrundstück. Dort stand kein Haus, man sah nur eine riesige gepflegte Rasenfläche, umsäumt von hohen Bäumen.

»Da wohnt der Ättätschi«, sagte Phoebe fröhlich. Ättätschi? Karen blickte ratlos zu Eliza.

»Attaché«, murmelte sie erklärend. »Unser Nachbar.«

»Sein Haus ist dahinten«, ergänzte Mark und wies mit dem Zeigefinger ein Stück weiter.

Karen schaute genauer in die Richtung. Zwischen den Bäumen lugte etwas hervor, das einem Schlossturm ähnelte.

»*He is such a* Schatz«, erklärte Rhonda und ging voran.

Karen wandte den Blick vom Nachbargrundstück ab und musterte das Haus der Alleys. Es war vielleicht kein Schloss, aber ganz sicher ein Traum im englischen Landhausstil: rote Klinker und weiße Fensterrahmen, einzelne Rosenbüsche blühten noch links und rechts des gepflasterten Weges, der auf die dunkelgrün lackierte Eingangstür zuführte.

»Du schläfst ganz oben. Über uns«, sagte Phoebe eifrig, als Rhonda die Tür öffnete und sie in eine Diele mit spiegelblankem Parkett traten.

Rhonda winkte nonchalant. »*The kids* werden dir alles

zeigen, Karen. *See you around dinner time*«, sagte sie und ging durch eine zweiflügelige Tür.

Karen sah, wie sie sich vor einem Kamin in eine große schwarze Ledercouch sinken ließ. Sie kannte Leute im Fischbachtal, die schöne Wohnungen oder hübsche Eigenheime hatten. Aber noch nie war sie in einer so hochherrschaftlichen Villa gewesen. Gediegene Eleganz umgab sie. An den Wänden hing moderne Kunst, die verdächtig original aussah, in der weiß verputzten Wand des Eingangsbereichs waren Nischen eingelassen, die mit dunklem Mahagoni ausgekleidet waren. Indirekte Beleuchtung ließ das Holz dunkelrot schimmern. Die Zimmerflucht, in die Rhonda Alley sich zurückgezogen hatte, ging über in einen Wintergarten, in dem hochlehnige Korbmöbel unter imposanten Palmen standen. Das war mehr Luxus, als Karen jemals kennengelernt hatte.

Aber ihr schweres Gepäck musste sie allein nach oben schleppen. Im ersten Stock wurde sie schon ungeduldig von Phoebe erwartet.

»Ich zeig dir, wo du schläfst«, sagte sie und rannte vor, die Treppe zum Dachgeschoss hoch.

Mark fegte hinter ihr her, und Karen wäre fast über Krupp gestolpert, der den Kindern nachsauste.

Ihre Arme fühlten sich wie lange, taube Gummischläuche an, als Karen endlich das Dachgeschoss erreichte. Die Treppe endete in einem großen Raum mit riesigen Dachfenstern.

Sie sah sich um, angenehm überrascht. Eine kleine Tür führte in ein Badezimmer. Ihre Sachen würden in den großen Bauernschrank passen. Es gab eine mit weißem Leder bezogene Couch, von wo aus man direkt in den Garten und zum Nachbargrundstück schauen konnte, davor stand ein Flachbildfernseher. In einer Ecke sah sie ein großes Bett.

Ihr Bett.

Und auf diesem Bett lagen die beiden Kinder und der Hund.

»Runter da«, rief Karen in ihrer besten Lehrerstimme, Warnstufe zwei.

Phoebe kletterte vom Bett, stemmte die Hände in die Taille und baute sich vor ihr auf. »Wenn du böse bist, siehst du *ugly* aus«, sagte sie unbeeindruckt von Karens strenger Stimme. »Dann machen deine Augen so …«, sie zog die roten Augenbrauen zusammen, sodass eine Falte über ihrer kleinen Stupsnase entstand, »… wie eine *witch*. Willst du mal mein Zimmer sehen?« Sie nahm Karen, die nicht wusste, ob sie verärgert oder amüsiert sein sollte, entschlossen an die Hand.

»Ich wollte eigentlich auspacken«, sagte sie.

»Oh, please«, unterstützte jetzt auch Mark seine Schwester, krabbelte ebenfalls vom Bett und jagte den Hund herunter.

Karen kapitulierte.

Eine Etage tiefer in Phoebes Zimmer rang sie nach Luft. »Was ist denn hier passiert?«, fragte sie fassungslos.

»Wieso?« Phoebe verstand offensichtlich nicht, was sie meinte.

Überall standen halb ausgepackte Kisten, dazwischen zerknüllte Kleidungsstücke, Malsachen und CDs. Was wohl ein Schreibtisch sein sollte, war überhäuft mit Papier, Heften und Büchern. Als Karen über das Chaos balancierte, knackte etwas unter ihrer Schuhsohle. Sie beugte sich hinunter und fischte eine vergammelte Möhre unter einem feuchten Handtuch hervor. Nur knapp widerstand sie der Versuchung, nach oben zu laufen und sich ihre geblümten Gummistiefel anzuziehen, die sie für Regentage in der Hauptstadt mitgenommen hatte.

Marks Zimmer sah noch schlimmer aus, denn zu der Unordnung kamen verschiedene technische Geräte, jede Menge Kabelsalat und diverse angenagte Knochen von Krupp. Es stank zum Erbarmen.

»Mom kommt nie in unsere Zimmer. Sie sagt, wir müssen selbst Verantwortung übernehmen«, erklärte er und warf einen besabberten Knochen auf einen Berg zerknüllter Wäsche. Krupp hechtete hinterher und begann, darauf herumzukauen.

Karen setzte sich vorsichtig auf Marks Bett. »Wir sollten hier zusammen aufräumen.«

»Jetzt gleich?«

In diesem Moment ertönte ein Gong. *»Dinner time«*, sagte Mark. *»I'm hungry!«*

Die Geschwister und Krupp stürzten aus dem Zimmer. Karen blieb noch einen Moment sitzen und schaute sich um. Was war das bloß für eine Familie, in der sie da gelandet war? Unten im Haus eleganter Luxus, in den Kinderzimmern totale Verwüstung? Stand wirklich eine pädagogische Absicht dahinter oder persönliche Faulheit der Eltern? Und wo war überhaupt der Vater der drei?

Aber in einem stimmte Karen mit den Kindern überein: Sie hatte auch Hunger.

Als Karen die Landhausküche betrat, saßen ihre drei Schützlinge bereits am Tisch. Rhonda stellte gerade eine Schüssel mit grünem Salat und eine Pfanne mit klitzeklein geschnittenem Hühnchenfilet auf den Tisch.

»Ab morgen wirst du für die Kids kochen«, sagte sie. »Wenn du brätst, arbeite hiermit.« Sie zeigte auf eine Sprayflasche.

»Was ist das?«, fragte Karen, die die Aufschrift nicht lesen konnte. Sie hatte ihre Brille oben gelassen.

»Ölspray. Damit man nicht zu viel Fett beim Braten nimmt.«

Wehmütig dachte Karen an die Extraportion Olivenöl, die sie stets in ihre Salatsoßen und über ihre Nudeln gab. Sie nahm sich eine Spur Salat und Fleisch, es wäre selbst für Sophiechen zu wenig gewesen.

»Wie werden wir den Tag strukturieren?«, fragte sie dann ihre Gastmutter, die in ihrem Essen herumstocherte und die Salatblätter nach einem nicht erkennbaren Muster sortierte.

»Du machst den Kids Frühstück und bringst sie zur Schule. Du kümmerst dich um die Wäsche und gehst *shopping.* Ich werde die Liste schreiben, und Jürgen *can drive you. You take the dog out. At 3 o'clock* holst du die Kids von der Schule ab.« Rhonda ratterte die Anweisungen herunter, als würde sie jede Woche ein neues Au-pair einarbeiten.

»Ich will nicht abgeholt werden«, unterbrach Eliza.

Ihr Teller war bereits leer, aber sich mehr zu nehmen, war nicht möglich. Die Pfanne mit dem fettfreien Huhn und die Salatschüssel waren ebenfalls leer.

»Stop complaining, honey, natürlich wird Karen auch dich abholen.« Rhonda sah zu Karen. »Eliza ist im Moment *difficult.* Nimm es nicht *personally.* So. Du packst ihre Schultaschen für den nächsten Tag. Du machst Dinner für sie *and* räumst die Küche auf. Dann bringst du sie ins Bett«, fuhr Rhonda fort. *»That's it.«*

Sie stand auf. Das Abendessen war vorbei. Und Karen war nicht annähernd satt. Wenn das drei Monate so ging, dann würde sie mit Größe 38 ins Fischbachtal zurückkehren.

Rhonda ignorierte alle drei noch sichtlich hungrigen Familienmitglieder und die neue Granny-Nanny, stand auf und nahm aus einem Hängeschrank mehrere Fläschchen. Sie schraubte sie auf und schüttete verschiedene Pillen heraus.

»Vitamin A, B, C, D, E …«, murmelte sie und verteilte jeweils eine Handvoll davon an ihre Kinder, die sie wie geübte Junkies einwarfen und mit Wasser hinunterspülten.

»Möchtest du auch einen *fatburner,* Karen?«, fragte sie, als sie aus einem verdächtig pinkfarbenen Fläschchen eine Pille herausnahm und sie hastig hinunterschluckte.

»No, thank you«, antwortete Karen und spürte, wie Ärger in ihr aufstieg.

Warum bekamen die Kinder nicht einfach Obst und ein Glas Milch statt Vitamine in Tablettenform? Sie strich sich über ihren Bauch und zog aus der Tatsache, dass darin ihr höchst eigenes Fett war, eine erstaunliche Befriedigung. Und wenn sie wollte, würde sie es schon anders zu verbrennen wissen als mit einer Pille aus einem pinkfarbenen Fläschchen.

Rhonda zog ihre Schürze aus und schien damit auch ihre Mütterlichkeit an den Haken zu hängen. »Ich ziehe mich zurück. Karen übernimmt. *Nighty, nighty, sleepy tighty.«* Sie hauchte den Kindern ein Küsschen zu und rauschte aus der Küche.

Während Karen mithilfe der Kinder den Geschirrspüler fand und einräumte, hörte sie irgendwo im Erdgeschoss etwas leise klirren. Es klang, als ob sich jemand an der Hausbar bediente.

»Na gut«, sagte sie und drehte sich um. »Dann gehen wir mal nach oben, räumen ein bisschen auf und kümmern uns um eure Schulsachen.«

Aber sie erhielt keine Antwort. Die Kinder waren bereits aus der Küche entwischt. Der Herd musste noch sauber gemacht werden, der Müll quoll über und hätte

längst hinausgebracht werden müssen, im Spülbecken lagen Fetzchen von pickliger Hühnerhaut. Karen hatte gedacht, dass sie gemeinsam die Küche aufräumen würden. Falsch gedacht. Über sich hörte sie Gepolter und Gebell.
Sie machte sich seufzend an die Arbeit.

Es war spät, als Karen an diesem ersten Tag ihre Waschutensilien in dem weiß gefliesten Badezimmer einsortierte, sich einen Pyjama anzog und die Zähne putzte. War das wirklich schlau von dir, Karen, fragte sie ihr Spiegelbild. Du bist dreiundsechzig und bestimmt nicht der Typ, den man für zehn Jahre jünger hält. Was machst du in dieser fremden großen Stadt, mit diesen Kindern, mit dieser hungerhakigen Mutter? Warum bist du nicht in deinem schönen Dorf, in deinem schönen Haus geblieben?
Sie konnte sich selbst keine Antwort geben.
Rasch schlüpfte sie ins Bett und hörte ihren Magen laut knurren. Von irgendwoher – wahrscheinlich einer Party beim Attaché – hörte sie leise Swingmusik.
Die Kinder schliefen. Bevor sie nach oben gegangen war, hatte sie noch einmal nach ihnen geschaut. Phoebes Zimmer sah ein kleines bisschen besser aus als vorher, aber nicht viel. Um in dieses Chaos Struktur zu bringen, würde man eine Weile brauchen.
Als sie mit ihnen die Schultaschen für den nächsten Tag hatte packen wollen, hatte sie schnell begriffen, dass die beiden Jüngeren zwar offen und lieb waren, dass Selbstorganisation ihnen jedoch völlig fremd war. Phoebe und Mark waren im Grunde nicht viel anders als Krupp – sie hüpften wild quietschend von hier nach da und kümmerten sich nicht um den Schaden, den sie hinterließen.
Und an Eliza war sie überhaupt nicht rangekommen. Was da wohl zwischen Mutter und Tochter ablief, dass

Rhonda sie *difficult* nannte? Die Tür zu ihrem Zimmer war geschlossen gewesen. Als Karen um halb zehn vorsichtig angeklopft hatte, um Gute Nacht zu sagen, hatte Eliza nicht geantwortet. Vielleicht hatte sie schon geschlafen, aber wahrscheinlicher war, dass sie mit ihrem Handy beschäftigt war. Während des Abendessens hatte es acht Mal geklingelt. Mindestens.

Karen döste ein. Sie wusste nicht, ob überhaupt und wenn, wie lange sie schon geschlafen hatte, als sie irgendwann in der Nacht plötzlich hochschreckte. Etwas hatte sie geweckt. Sie setzte sich aufrecht hin und lauschte mit angehaltenem Atem in das stille Haus hinein.

Da war es wieder.

Jemand kam die Treppe ins Dachgeschoss hoch. Nackte Füße patschten leise auf Parkett. Und dann stand eine kleine Gestalt vor ihrem Bett.

»Ich will bei dir schlafen«, flüsterte Phoebe und legte ein Kuschelkissen neben Karens Kissen.

»Warum das denn?«, fragte Karen erstaunt, aber da war Phoebe schon unter ihre Decke geschlüpft, und Karen spürte ihre kalten Füße an ihren Beinen. »Ich habe vom Traumwolf geträumt«, wisperte sie.

»Wer ist denn der Traumwolf?«, fragte Karen, aber Phoebe antwortete nicht, sondern kuschelte sich an sie.

»Ich bin so froh, dass du unsere Granny-Nanny bist«, sagte sie und gähnte. »Du bist so schön weich. Und dein Gesicht ist so nackt. Ganz anders als Mummys.«

Und schon war sie eingeschlafen.

Vom Bettteilen war nicht die Rede gewesen, als Clara Behrens sie über die Rechte und Pflichten einer Granny-Nanny aufgeklärt hatte. Aber etwas in Karen weigerte sich, die Kleine aufzuwecken und wieder wegzuschicken, auch wenn sie das unbestimmte Gefühl hatte, dass

Rhonda Alley das a) getan hätte und b) es auch von ihr verlangen würde.

Karen machte sich mental zwei Notizen: Erstens interessierte es sie brennend, warum das kleine Geschöpf, das inzwischen sacht neben ihr schnarchte, so verführerisch nach leckeren Schokoladenkeksen roch und warum die Hand, mit der es Karens umklammerte, so klebrig war. War es möglich, dass sich doch nicht alle im Haus sklavenhaft an das mütterliche *Low-carb*-Gebot hielten? Und zweitens durfte sie morgen nicht vergessen, Rhonda zu sagen, dass sie am kommenden Montag freihaben wollte. Frau Behrens hatte vorgeschlagen, dass sich montags alle Granny-Nannys aus Berlin treffen könnten.

8. Kapitel

Hanni war am Rande eines Nervenzusammenbruchs. Mit schweißnassen Händen umklammerte sie das Lenkrad. Seit geschlagenen neun Stunden war sie nun schon in ihrem Corsa unterwegs, was daran lag, dass sie sehr langsam gefahren war. Sie hatte all diese entsetzlichen Autobahnabfahrten und -dreiecke und was nicht alles erstaunlich gut überstanden, aber jetzt war sie in Berlin auf der Avus. Hanni wusste, dass hier früher Autorennen gefahren worden waren. Offenbar gab es Fahrer, die das immer noch taten. Das war nicht gut. Überhaupt nicht. Sie fühlte sich komplett überfordert.

Der Geruch von verbranntem Diesel machte sich im Wagen breit, was daran lag, dass sie wegen der Wärme die Klimaanlage angestellt hatte und praktisch an dem Laster festgeklettet war, der vor ihr fuhr. Sie hätte ihn schon längst überholen sollen, aber sie wagte es nicht, sich in den dichten Feierabendverkehr einzureihen, der auf der Nebenspur vorbeirauschte.

Auf dem Beifahrersitz lagen mehrere aufgeschlagene Karten, die von Berlin und Potsdam ganz obenauf. Immer wieder hatte sie daraufgeschaut. Bens Angebot, ihr für Berlin sein Navi zu leihen, hatte sie weit von sich gewiesen, seine Bemerkung nicht mal richtig verstanden.

»Du brauchst es mir nicht mal zurückzuschicken. Ich hab noch eins im Handy.«

Was hatte ein Navigator mit einem Handy zu tun? Das

war doch zum Telefonieren da, oder? Ihr Handy hatte keine Extras, jedenfalls keine, von denen sie wusste, und das war auch gut so. Aber sie hatte es immerhin mitgenommen, um mit Ben in Kontakt bleiben zu können.

Hanni war bereits an dem steinernen Bären vorbeigekommen, der die Berliner Stadtgrenze markierte, und an der Gedenktafel des Mauerfalls. Sie hatte die Zollstelle Dreilinden passiert und kurz darauf das Kreuz Wannsee. Auf keinen Fall durfte sie jetzt die Ausfahrt Spanische Allee verpassen! Dumm war nur, dass der Laster ihr komplett den Blick versperrte.

Sie bremste abrupt, um etwas Abstand von ihm zu gewinnen, und wurde prompt böse angehupt. Ein hektischer Blick in den Rückspiegel bescherte ihr einen sehr hässlichen Finger eines offenbar entnervten Autofahrers – und das flüchtige Bild von sich selbst. Ihr Haar klebte inzwischen in Strähnen an ihrem Skalp. Es mochte an der Wärme liegen, an dem Stress oder am Wind der Lüftung, der jede kunstvoll gedrehte Locke aus ihrem Haar geweht hatte. Egal woran, das Ergebnis war nicht schön. Und ihr Blick war ängstlich und so unsicher, wie sie sich fühlte. Hinterm Steuer. Und überhaupt.

Zweifel überkamen Hanni. Ihre beige Bluse, am Abend zuvor sorgfältig gebügelt, war schweißnass und sah wahrscheinlich aus wie eine Ziehharmonika. Und ob die dazu passende beige Hose mit den vielen Taschen die richtige Wahl war? Nicht ein bisschen zu bemüht jung? Hätte sie lieber einen beigen Faltenrock und ein beiges Twinset anziehen sollen?

Vor ihr tauchte ein Schild auf: Spanische Allee. Halt! Das war ihre Ausfahrt! Da musste sie raus!

Hanni setzte den Blinker und verließ mit dem Gefühl abgrundtiefer Erleichterung die Autobahn. An einer roten Ampel musste sie halten. Zu ihrer Linken sah sie ein Restaurant, davor eine beträchtliche Anzahl aufgebockter Motorräder und ihre Besitzer in Lederkluft. Sofort musste sie an Ben denken, an ihren liebevollen, aber trotzdem distanzierten Abschied. Sie hatte das unbestimmte Gefühl, dass er erleichtert war, dass sie sich ein Vierteljahr nicht sehen würden.

Wieder warf Hanni einen Blick auf die Karte. Rechts in den Kronprinzessinnenweg und dann links in die Havelchaussee, dann ging es nur noch geradeaus, und kurz vor der Heerstraßenbrücke war es dann: ihr Zuhause für die nächsten drei Monate mit den beiden kleinen Jungs, nach denen sie sich sehnte, ohne sie zu kennen.

Ihr Herz schlug schneller. Diesmal aus Vorfreude und nicht aus Angst. Etwas zuversichtlicher, dass sie es fast geschafft hatte und sich von hier aus unmöglich verfahren konnte, bog Hanni so beschwingt in die Havelchaussee ein, dass die Pappkiste auf dem Rücksitz verrutschte.

Sie hatte sich überlegt, was sie den Zwölfjährigen mitbringen konnte. Monopoli, Mensch ärgere dich nicht? Hatten sie sicher. Dann war ihr Bens Lego eingefallen, das sie sorgfältig auf dem Dachboden verstaut hatte. Der Junge hatte viel damit gespielt und war ordentlich damit umgegangen, sodass keine Steine fehlten. Technische Modelle waren dabei mit kleinen Motoren. Hanni war überzeugt, dass damit Bens Leidenschaft für Autoentwicklung angefangen hatte. Es war eben wichtig, was man den Kindern zum Spielen gab! Entschlossen hatte sie die Kiste eingepackt. Oh, sie freute sich darauf, zwei begeisterte Jungs beim Bauen zu sehen, sich die Werke zeigen zu lassen! Sie sah sich schon auf einer Couch sitzen, die beiden hockten hochkonzentriert mit glänzenden Augen zu ihren Füßen in einem Meer von Legosteinen und setzten mit geschickten Fingern fantasievolle Modelle zusammen.

Für ihre Gastmutter hatte sie beim Schlachter in Weihenzell verschiedene fränkische Spezialitäten – Leberwurst, Sülzwurst, Bregenwurst – eingekauft. Auch frisches Brot hatte sie dabei. Mit aufgeschnittenen Gürkchen würde das ein prima Abendbrot ergeben, vielleicht sogar schon nachher, wenn sie alle am Tisch saßen und sich besser kennenlernten …

Hanni fuhr langsam die Havelchaussee entlang und fragte sich zunehmend verwunderter, ob sie hier tatsächlich richtig war. Das sah nicht nach einer Wohngegend aus.

Links von ihr lag die erstaunlich breite Havel, sogar mit kleinen Strandabschnitten, rechts von ihr war Wald. Gelegentlich überholte sie einen Jogger oder einen Radfahrer, ansonsten war die Gegend menschenleer. Nr. 145 – wo sollte das sein?

Sie war schon eine Viertelstunde gefahren, als sie an einem Restaurant vorbeikam, das sich originellerweise auf einem alten Schiff befand. Dahinter lagen einige Segelklubs. Alle Gebäude befanden sich am Ufer, auf der rechten Seite sah Hanni weiterhin nichts als Wald. Die Uhr im Auto zeigte halb fünf, als sie endlich die richtige Adresse fand. Die Hausnummer hing an einem verrotteten Stück Zaun, der einen Weg in Richtung Wasser absperrte. Hanni verstand gar nichts mehr. Wo sollte man denn dort wohnen? War das ein Scherz? Hatte Clara Behrens einen Fehler gemacht?

Sie parkte auf dem sandigen Seitenstreifen, griff nach ihrer Umhängetasche und stieg aus. Einen Moment lang blieb sie stehen und atmete tief durch, froh, überhaupt irgendwo anders als im Auto zu sein. Es roch wunderbar nach Harz und Bäumen und Tannennadeln und Borke. Und nach dem Wasser. Was immer sie sich unter Berlin vorgestellt hatte – ganz sicher nicht das.

Schließlich nahm Hanni all ihren Mut zusammen, öffnete das Tor und ging langsam den schmalen Weg entlang. Der feuchte Boden gab leicht unter ihren Schritten nach, Laub raschelte, wenn sie darauftrat. Es musste von der mächtigen Trauerweide stammen, an der sie vorbeikam. Die Äste hingen so tief, dass sie sich bücken musste.

Der Weg führte an einer kleinen Holzhütte vorbei, viel zu klein für eine Familie, und endete schließlich an einem Holzsteg. Ganz vorn, auf der linken Seite, lag ein Segelboot und rechts ein großes modernes Hausboot, weiß, kubisch, die Fenster riesige Bullaugen.

Hanni blieb stehen. Irgendwo auf der anderen Seite des breiten Gewässers bellte ein Hund. Ein Motorboot tuckerte vorbei. Kleine Wellen schwappten ans Ufer.

»Suchen Se wen?«

Die tiefe Stimme ließ Hanni zusammenfahren. Ein dunkelhaariger Mann, den sie vorher nicht bemerkt hatte, sprang vom Segelboot auf den Steg. Er war drahtig und braun gebrannt und sah sie äußerst misstrauisch an. Hanni schätzte ihn auf Mitte fünfzig. Während er auf sie zukam, wischte er sich die Hände an seinem Blaumann ab.

»Keina da«, sagte er und wies zum Hausboot.

»Grüß Gott«, erwiderte Hanni nervös, und der Mann kniff die Augen zusammen. »Ich weiß gar nicht, ob ich hier richtig bin.«

»Das weiß ich auch nicht«, sagte er.

»Ich suche Familie Hamm.«

»Dann sind Sie hier richtig, aber die sind ausgeflogen. Zum Glück. Dann ist hier wenigstens Ruhe. Wenn ich Sie wäre, würde ich auch sehen, dass ich wieder wegkomme.«

Hanni schüttelte den Kopf. »Auf keinen Fall. Ich bin die Granny-Nanny für die Zwillinge.«

Der Mann sah sie verdutzt an. »Is' nich' wahr! Die beiden Jöhr'n brauchen 'nen Löwenbändiger, keine Kinderfrau. Dafür sind die schon zu alt. Und Sie …« Er unterbrach sich mitten im Satz, aber sein Blick sprach Bände. Sie auch, hatte er bestimmt sagen wollen. »Aber wenn Sie unbedingt warten wollen, dann warten Sie doch aufm Hausboot. Ist ja schönes Wetter heute.«

Löwenbändiger?, dachte Hanni und betrat vorsichtig den Steg. Zwischen den Holzbohlen sah sie das braungrüne Wasser. Der Steg schwankte, wenn man einen Schritt machte.

»Brauchen Sie Hilfe?«, rief der Mann, der inzwischen bei dem Häuschen an Land angekommen war.

»Nein, nein, das geht schon«, sagte Hanni.

Sie hatte nicht vor, ihm zu sagen, dass sie nicht schwimmen konnte. Als die anderen es in der Schule gelernt hatten, war sie krank gewesen. Danach hatte sie nie wieder Lust verspürt, das nachzuholen. Wasser war ihr unheimlich, und in Franken gab es glücklicherweise kaum Seen.

Etwas unsicher balancierte sie über die schmale Gangway, die vom Steg auf das Hausboot führte. Sie stieg eine Treppe hoch, die auf das Dach führte, das zugleich eine Terrasse war. Der Blick war unglaublich. Quer über das Wasser, auf dem die Spätnachmittagssonne glitzerte, hinüber zum anderen Ufer der Havel, auf der einiges los war.

Erleichtert ließ Hanni sich in einen der beiden gepolsterten Holzliegestühle, die hier standen, sinken. Sie schloss die Augen, spürte die Sonne auf ihrem Gesicht und war einfach unendlich froh, dass sie die Fahrt hinter sich gebracht hatte. Sie öffnete sie erst wieder, als der Duft von frischem Kaffee zu ihr hinüberwehte.

Hanni schnupperte und sah sich um, konnte aber die Quelle nicht entdecken. Alles würde sie jetzt für einen Kaffee geben, alles! Aber sie hatte keine Lust, bis zu dem Restaurant zurückzufahren. Also verbannte sie den Gedanken und beschloss, stattdessen Ben anzurufen.

Sie griff nach ihrer Tasche und suchte ihr Handy heraus, stellte es an und beäugte misstrauisch das Display. Sie musste ihre PIN eingeben. Verdammt! Wie lautete noch die Zahlenkombination? Dann fiel ihr ein, dass es Bens Geburtstag war. Hanni tippte die Ziffern ein und wurde freigeschaltet. Wieder kramte sie in ihrer Tasche, bis sie ihr Notizbuch fand. Natürlich kannte sie Bens Festnetznummer auswendig, aber wenn sie mit dem Handy telefonierte, musste sie ihn schließlich auch auf dem Handy anrufen. Das stimmte doch, oder? Und die Nummer wusste sie nicht aus dem Kopf.

Mit zusammengekniffenen Augen gegen die Sonne tippte Hanni die Ziffern ein, vertippte sich drei Mal, schaltete jedes Mal das Handy aus, weil sie nicht wusste, wie sie die falschen Ziffern löschen sollte, und hatte es dann endlich geschafft.

»Hallo, Mama. Bist du gut angekommen?«, hörte sie ihren Sohn am anderen Ende.

»Woher weißt du, dass ich es bin?«, fragte sie erstaunt. »Ich rufe doch vom Handy aus an!«

»Ach, Mama. Ich kann hellsehen«, sagte Ben, und wie so häufig in letzter Zeit klang er etwas resigniert. »Wie war die Fahrt?«

Sie fing an, von dem ersten Rastplatz zu erzählen und war gerade beim dritten Stopp, als sie erst den Kopf eines Mannes über der Leiter sah, dann den ganzen Mann. Er hatte ein kleines Tablett bei sich, auf dem zwei dampfende Tassen standen.

»Oh«, sagte Hanni erstaunt, »ich bekomme gerade einen Kaffee serviert. Direkt an Deck des Hausboots! Von einem Mann!«

»Von welchem Mann sprichst du? Und von welchem Hausboot?«, fragte Ben neugierig. Auf einmal klang seine Stimme gar nicht mehr resigniert.

»Ben, ich melde mich später noch mal«, sagte Hanni und drückte auf den hoffentlich richtigen Knopf, um das Gespräch zu beenden.

»Ich dachte, Sie wollen vielleicht 'nen Kaffee. Mit ein paar Umdrehungen«, sagte der Mann und setzte das Tablett vorsichtig auf der Lehne des zweiten Liegestuhls ab. »Is' nur Pulver mit heißem Wasser. Mach ich in meiner Landkombüse.« Er zeigte zu der Holzhütte.

»Danke! Das ist aber nett! Was sind denn Umdrehungen?«, fragte Hanni und nahm einen Schluck. Dann rang sie kurz nach Atem. »Alkohol!«

»Jawoll. Halb Baileys, halb Kaffee«, sagte er. »Mein Rezept. Gut, nicht?«

»Ja. Und stark«, murmelte Hanni und nippte erneut.

»Ich bin übrigens der Werner. Werner Wernecke«, fuhr er fort.

»Angenehm. Ich bin Hanni Wiesinger. So wie es aussieht, bleibe ich drei Monate hier. Und Sie teilen sich diesen Steg mit Familie Hamm?«, fragte Hanni interessiert.

Wenn sie schon hier wartete, konnte sie genauso gut mehr über ihre Gastfamilie erfahren. Hanni streckte die Beine weit von sich und machte es sich im Liegestuhl gemütlich. Eins war sicher – die Hose und die sportlichen Schuhe waren genau die richtige Wahl gewesen. Und dass ihre Bluse zerknüllt war, interessierte hier bestimmt auch niemanden.

»Ich teile mir gar nix. Die teilen sich den Steg mit mir.

Es ist meiner. Das Grundstück gehört auch mir und das Segelboot. Ich hab der Madame den Platz vermietet, als sie im Sommer herkam. Aber ich weiß nicht, ob das eine gute Idee war. Die drei sind wirklich sehr … Ach, da sind sie ja!«

Zwei schlaksige Jungen kamen den Weg entlang. Beide trugen eine große Tüte von einem Discounter, beide hatten langes blondes Haar, das ihnen tief ins Gesicht fiel. Ihnen folgte eine große, schlanke, sehr hübsche Frau, ebenfalls blond, ebenfalls mit einer Tüte im Arm. Überrascht blieb sie stehen, als sie Werner und Hanni auf der Dachterrasse des Hausboots sah.

»Hallo!«, rief sie Hanni vom Steg aus zu. »Sie müssen Frau Wiesinger sein. Ich bin Anja Hamm. Warum haben Sie nicht angerufen? Dann wären wir doch rechtzeitig zurück gewesen!«

»Ach, das macht nichts. Ich habe ganz gern gewartet. Es ist wunderschön hier. Um ein Haar hätte ich gar nicht hergefunden«, gab Hanni zurück.

Die drei kamen über die Gangway aufs Hausboot. Die Jungen schauten nur flüchtig zu ihr nach oben. Die T-Shirts hingen schlabbrig an ihren schmalen Körpern herunter, die Hosen saßen auf Halbmast, der eine trug rote, der andere grüne Sportschuhe. Die Zwillinge wären ausnehmend hübsch, dachte Hanni, hätten sie nicht diesen gelangweilten Gesichtsausdruck – ebenfalls identisch. Und sie sahen deutlich älter als zwölf aus.

»Könntet ihr bitte die Tiefkühlsachen wegräumen?«, bat Anja Hamm und gab einem ihrer Söhne ihre Tüte. »Nur wenn es euch passt, natürlich. Sonst mach ich das später.« Dann kam sie nach oben aufs Deck.

»Herr Wernecke …«, sagte sie kühl.

Nicht minder reserviert antwortete er: »Frau Hamm …«

Ach herrje, dachte Hanni. Da sind sich zwei aber gar nicht grün.

»Na, dann geh ich mal«, sagte Werner Wernecke und griff nach den leeren Tassen. »Auf Wiedersehen, Frau Wiesinger.«

»Danke für den Kaffee. Man sieht sich, oder?«

Hanni fragte sich, ob die Frage ein bisschen zu forsch war, aber immerhin war Werner Wernecke der Erste, den sie in Berlin kennengelernt hatte. Und er war, auf seine Berliner Art, sehr freundlich zu ihr gewesen.

»Klar sieht man sich. Bin fast immer auf meiner *Santiano*«, sagte er und verließ das Hausboot.

»Leider. Es tut mir leid, dass Sie als Erstes ausgerechnet auf diesen Griesgram stoßen mussten«, sagte Anja Hamm leise seufzend, und bevor Hanni einwerfen konnte, dass sie den Skipper im Blaumann eigentlich ganz nett fand, strahlte sie Hanni an. »Aber ich freue mich sehr, dass wir uns endlich kennenlernen! Ich wusste nicht mehr, wo mir der Kopf steht. Jungs! Mögt ihr nicht mal hochkommen und Frau Wiesinger begrüßen?«

Hanni war erleichtert, Anja Hamm war ihr auf Anhieb sympathisch. Sie wirkte sehr freundlich, besonders im Umgang mit ihren Söhnen.

»Hallo.« Hände in den Hosentaschen vergraben, standen die beiden jetzt vor ihr. »Ich bin Theo.«

»Und ich Arthur.«

Theo zog etwas aus der Hosentasche und hielt es Hanni ungeniert vors Gesicht, die erstaunt daraufschaute. Es gab ein klickendes Geräusch, dann hielt er den Gegenstand amüsiert seinem Bruder vor die Nase.

»Schön bescheuert, oder? Können wir posten.«

»Was macht ihr denn da?«, fragte Hanni, aber Theo antwortete nicht.

»Nun lasst doch die Fotografiererei. Das ist unhöflich«, mahnte ihre Mutter leichthin.

Hanni verstand nichts. Hatten die beiden sie fotografiert? Ohne sie zu fragen?

»Und ich bin Hanni Wiesinger und freue mich sehr, euch kennenzulernen. Sicher werden wir gut miteinander auskommen«, sagte sie und hoffte, dass das stimmte.

»Wir haben Hunger und deshalb zwei Pizzen in den Ofen geschmissen«, sagte Theo zu seiner Mutter. Er ignorierte Hanni vollkommen.

Anja nickte und wandte sich Hanni zu. »Das sollten Sie wissen, liebe Frau Wiesinger, wenn Sie sich um meine beiden kümmern: Sie essen nur Pizza.«

»Nur Pizza«, echote Arthur. »Deshalb essen wir auch in der Schule nichts.«

»Und morgens?«, fragte Hanni interessiert. »Was esst ihr da?«

»Pizza.«

Hanni lachte. Sie war überzeugt, dass die Jungen sie auf den Arm nahmen. Aber als die beiden und ihre Mutter sie nur anschauten, als verstünden sie nicht, warum sie lachte, brach sie ab. Meine Güte, die machten keinen Scherz! Die aßen wirklich nur Pizza! Sie schluckte.

»Ich habe fränkische Spezialitäten dabei. Von unserem Schlachter«, sagte sie tapfer, aber da waren die Jungen schon auf dem Weg nach unten.

»Oje, hoffentlich halten die sich«, sagte Anja Hamm munter. »Ich bin nämlich Vegetarierin.«

Das fing ja gut an! Aber vielleicht, wenn sie die köstliche Leberwurst aufmachen würde …

»Sie haben übrigens schon Post bekommen, Frau Wiesinger«, unterbrach Anja Hamm ihre Gedanken und stieg die Treppe hinunter.

Hanni folgte ihr und betrat den Raum, der Wohnzimmer, Esszimmer und Küche in einem war.

»Ich? Post?«, fragte sie überrascht, aber da war ihre Gastmutter schon zu dem großen Tisch gelaufen, der den Raum dominierte, hatte nach einer Karte gegriffen und sie ihr in die Hand gedrückt. Sie war aus Hamburg.

Liebe Frau Wiesinger, las Hanni, *ich hoffe, Sie sind gut in Berlin angekommen. Wie ich Ihnen telefonisch sagte, beginnen zeitgleich mit Ihnen zwei andere Damen als Granny-Nannys in der Hauptstadt. Ich habe, Ihr Einverständnis voraussetzend, eine Tischreservierung für Sie, Suse Hartema und Karen Parotat für kommenden Montag um 15:00 Uhr im Café Maiwald gemacht. Sie finden es in der Akazienstraße in Berlin Schöneberg. Die beiden anderen Damen werden ebenfalls am Montag freihaben.*

Herzliche Grüße und viel Spaß als Neu-Berlinerin wünscht Ihnen Clara Behrens

9. Kapitel

Es war früher Nachmittag am kommenden Montag, als die drei Granny-Nannys sich auf den Weg in die Akazienstraße im Bezirk Schöneberg machten. Jede kam aus ihrem Bezirk, jede war sechs Tage schlauer als bei ihrer Ankunft, und jede war etwas aufgeregt, endlich die anderen kennenzulernen.

Inzwischen hatte die unnatürliche Wärme nachgelassen, aber der Altweibersommer hatte Berlin immer noch fest im Griff. Der Himmel war blau, die Blätter an den Bäumen golden, und ein Glanz lag auf der Stadt, der allen Straßenstaub überstrahlte.

Vielleicht hat Clara Behrens das Café Maiwald für uns als Treffpunkt ausgesucht, damit ich wenigstens einmal in die Innenstadt komme, dachte Suse, als sie im Dorfkern von Lübars in den Bus stieg. Das Wissen, dass sie seit einigen Tagen in einer angesagten Großstadt lebte, die Menschen aus der ganzen Welt anzog, und ihr eigenes Gefühl dafür hatte sie in ihrer dörflichen Idylle bis jetzt noch nicht zusammenbekommen. Es war wie eine Schere im Kopf, die sich nicht schließen ließ. Aber vielleicht würde ja dieser Nachmittag etwas daran ändern.

Anderthalb Stunden brauchte sie, um zum Café zu gelangen: Erst musste sie mit dem Bus nach Tegel fahren, um dort die S-Bahn zu nehmen. Dann stieg sie in die U-Bahn, und den Rest ging sie zu Fuß, den Blick immer fest auf den Stadtplan von Berlin in ihrer Hand gerichtet.

Martin hatte ihr erklärt, wie sie nach Schöneberg kam. Aber sein Angebot, sie zu fahren, hatte sie abgelehnt. Dass sie allein den Weg fand, war schließlich ein Teil des Abenteuers.

Ich wollte ja ein städtisches Abenteuer, sagte sich Karen, als sie in den Metrobus 110 stieg und beim Busfahrer ein Ticket löste. Es war für sie eine Premiere, denn bis jetzt war sie noch nicht mit den öffentlichen Verkehrsmitteln unterwegs gewesen. Die Alleys nahmen immer den Wagen. Selbst wenn sie zum Supermarkt wollten, der keine zehn Minuten zu Fuß entfernt war, fuhr der Maybach vor.

Als sie genau nach Zeitplan aus der U-Bahn Eisenacher Straße stieg, war Karen ein bisschen stolz. Ticket kaufen, umsteigen, U-Bahn-Eingang gefunden, die richtige Richtung erwischt. Pah! Berlin war auch nicht anders als London, wo sie im vergangenen Jahr gewesen war. Ein Kinderspiel. Sie kam sich ausgesprochen *street smart* vor.

Hanni hatte kurz überlegt, ob sie mit dem Auto in die Stadt fahren sollte, den Gedanken aber rasch wieder verworfen. Seit ihrer Ankunft hatte sie das Autofahren vermeiden können. Am ersten Tag war Anja Hamm mit ihr und den Jungen allerdings losgefahren, um ihr den Weg zur Schule schon mal zu zeigen, damit sie ihn kannte, wenn die Ferien vorbei waren. Und ihren freien Tag würde Hanni sich bestimmt nicht mit Autostress verderben!

Es war bereits Viertel nach drei, als sie die Akazienstraße entlanghastete und nach dem Café Maiwald Ausschau hielt. Sie war spät dran. Ein Bus war so voll gewesen, dass er an ihrer Haltestelle vorbeigefahren war. Und was auf dem Berliner Stadtplan nah wirkte, war zu Fuß viel weiter, als sie gedacht hatte. Die Dimensionen hier waren anders. Riesig.

Hanni stieß die Tür zum Café auf. Der Duft von geröstetem Kaffee und süßem Kakao schlug ihr entgegen und vermischte sich mit den Abgasen der Stadt und dem Oktoberwind, der durch Schöneberg strich. Das Café war ein bisschen plüschig und mit viel dunkelroten Accessoires eingerichtet, sogar ein großes Bücherregal entdeckte sie. Aber altmodisch war es dennoch nicht. An den Wänden hingen Filmplakate, leise Jazzmusik ertönte, die Bedienung, die sie verbindlich anlächelte, war jung, trug Schwarz und war an allen erdenklichen Stellen gepierct – Nase, Augenbrauen, Ohren, Lippen. Leise Gespräche, Lachen und Klirren, wenn Besteck auf Porzellan traf, war zu hören. Auf dem Tresen stand eine dicke weibliche, bunt bemalte Skulptur, darunter befand sich – entweder ermutigend oder zum Trotz – die Auslage mit verschiedenen köstlichen Kuchen und Torten.

Es war ein warmer, gemütlicher Ort, der zugleich mit dem Bild, das man von einem Café zu haben hatte, ironisch zu spielen schien. So was gab es in Weihenzell nicht. Da gab es nur einen Gasthof, und der hatte bestimmt nichts Selbstironisches. Der nahm sich bitterernst.

Keine Frage, das Maiwald war gut gewählt für drei Frauen, die sich drei Monate auf ein neues Leben einließen, fand Hanni und sah sich suchend um. An einigen Tischen saßen einzelne Männer vor ihren Laptops. Überhaupt kam es Hanni so vor, als würden in Berlin ständig alle auf kleine, viereckige elektronische Geräte starren. An den Haltestellen, in den Bussen, sogar im Supermarkt, während man an der Kasse wartete. Von den Zwillingen ganz zu schweigen …

Wo waren die anderen?

Die Männer konnten es nicht sein. Die zwei Paare da drüben auch nicht.

Doch dann entdeckte Hanni weiter hinten im Café unter einem Spiegel mit einem breiten goldenen Rahmen zwei nicht mehr ganz junge Frauen im Gespräch. Beim Geräusch der sich langsam schließenden Tür blickten sie hoch und in Hannis Richtung. Die eine war blond, die andere hatte dunkelbraun gefärbte Haare … und jetzt winkte die Blonde ihr zu! Das waren sie!

Hanni ging zwischen den Tischen hindurch auf die beiden Frauen zu. »Hallo«, sagte sie, und ihre Stimme war voller Erleichterung, nicht mehr allein zu sein. »Wie schön, dass ich euch gefunden habe!« Das Du ging ihr ungewohnt leicht von den Lippen.

»Wir haben schon auf dich gewartet.«

Die Blonde lächelte, während Hanni sich setzte. Auch geduzt zu werden, klang ungewöhnlich normal. »Dann kann unser Klönschnack ja beginnen. Ich bin die Suse. Suse Hartema.«

»Die Granny-Nanny aus Ostfriesland«, sagte Hanni, und Suse nickte.

Clara Behrens hatte ihr kurz erzählt, wer die anderen Damen waren, die sie nach Berlin vermittelt hatte.

»Und ich bin Karen aus dem Fischbachtal«, beantwortete die andere Hannis unausgesprochene Frage. »Jetzt sind wir komplett.«

Sie sahen sich an und lächelten. Alle drei.

Bald schon wussten Suse, Karen und Hanni sehr viel voneinander: wo sie herkamen, was sie aufgegeben hatten, um ein Vierteljahr ein ganz anderes Leben zu wagen. Aber es waren Antworten aus einer Vergangenheit, die für jede von ihnen eine knappe Woche zuvor für eine Weile unterbrochen worden war. Und sie hatten nichts damit zu tun, was seit ihrer Ankunft passiert war.

Die Kellnerin hatte Kirschstreusel für Suse, ein Mandarinentörtchen für Hanni und gedeckten Apfelkuchen mit Sahne für Karen gebracht. Alle drei tranken sie dazu einen Tee. Das Café Maiwald schien bekannt für seinen Tee zu sein – es gab sogar eine Karte nur für Teesorten.

Nach den ersten Happen, die sie schweigend genossen hatten, sagte Suse nun: »Fast so gut wie bei Sarah Wiener. Aber nur fast.«

»Woher weißt du, wie Sarah Wiener backt?«, fragte Hanni neugierig.

Suse wirkte, als ob ihr diese Frage ein bisschen unangenehm wäre. »Mein Gastvater findet sie großartig.« Erst sah sie aus, als ob sie noch mehr dazu sagen wollte, aber dann schwieg sie.

Karen zeigte mit der Gabel auf die Skulpturen aus Pappmaché, die auf dem Kuchentresen stand. »Kennt ihr diese Figuren?«, fragte sie kauend. Suse schüttelte den Kopf, aber Hanni sagte: »Ist das nicht eine Nana? Von dieser französischen Künstlerin, wie heißt sie noch mal, die in den Siebzigerjahren so populär war?«

Karen nickte. »Genau. Von Niki de Saint Phalle, und das war nicht mal ein Künstlername. Man stelle sich mal vor, man heißt heiliger Schwanz!« Sie kicherten alle drei, und Karen fuhr fort: »Sie hat die Nanas kreiert und bunt bemalt. Ist das nicht eine besonders ansprechende Form der Emanzipation?«

Sie schauten zu der Nana, die mit ausgebreiteten Armen beschwingt über den doppellagigen Torten zu tanzen schien. Leuchtend bunt schwebte die üppige Figur in der Luft, mit bemaltem Busen und Hüften, allen Kalorien zum Trotz. Seht her, schien sie auszudrücken, ich bin kurviger, als ihr es jemals sein werdet, und es ist wunderbar! Ich bin ein *big girl!* Mein Bauch gehört mir und mein Busen und mein Hintern auch! Glaubt nicht der Werbung, glaubt nicht dem Magerwahn, vergesst die kritischen Blicke der anderen und genießt, genießt, genießt! Glücklich ist diejenige, die sich an ihren Formen und ihrem Leben erfreut!

Nachdenklich spießte Karen einen dicken Streuselkrümel auf. »Ich hätte nie gedacht, dass das Thema Essen eine Familie so dominieren, so *tyrannisieren* kann. Aber bei den Alleys erlebe ich es. Ich glaube, ich brauche euren Rat …«

»Das geht mir auch so«, fiel Hanni ihr ins Wort. »Ich dachte immer, alle hätten so ähnliche Essgewohnheiten wie ich. Das erzähl ich euch gleich!«

»Dann wirst du mich ja verstehen. Bei den Alleys ranken sich ums Essen die größten Lügen. Rhonda Alley ist magersüchtig und vermeidet Kohlehydrate. Als ob im Alkohol nicht auch Zucker wäre, und saufen tut sie eine ganze Menge! So strikt sie sonst mit sich ist, auf diesem Auge ist sie blind. Diät hier, Diät da – ihr müsstet sie mal hören! Aber was ich viel schlimmer finde: Sie verbietet auch ihren Kindern Kohlehydrate. Dabei sind die noch im Wachstum und brauchen das doch! Und wisst ihr was? Alle drei kümmern sich gar nicht darum, was ihre Mutter sagt. Die Große kauft Kekse und Schokolade für die Kleinen, und hinter dem Rücken der Mutter futtern sie alle drei Süßkram, was das Zeug hält. Ist das nun gesund, frage ich euch? Wären da Kartoffeln und Quark nicht viel besser? Mal ein Teller mit Nudeln? Was meint ihr? Soll ich mal mit meiner Gastmutter reden? Wenn ich so was früher in meiner Klasse gehabt hätte …«

»Ja, aber das hast du nicht!«, sagte Hanni. »Die Kinder machen dich zur Mitwisserin. Wenn du sie hintergehst, hast du die nächsten drei Monate einen schweren Stand bei ihnen. Wenn du deine Gastmutter hintergehst, hast du vielleicht ein schlechtes Gewissen, aber sie hat es nicht besser verdient.«

»Du könntest natürlich noch weitergehen und für die Kinder etwas kaufen, das du ihnen heimlich gibst. Aber ändern tust du natürlich nichts, wenn du schweigst«, meinte Suse und leckte sich einen Mandarinenkrümel aus dem Mundwinkel. »Auf der anderen Seite: Ist es überhaupt das, was wir als Granny-Nannys wollen? Erziehung der ganzen Familie, weil wir älter als die Eltern sind und es besser wissen?«

»Das will ich bestimmt nicht«, sagte Hanni. »Aber ich will schon, dass es meinen Gastkindern gut geht. Und eine völlig reduzierte Ernährung schließt das aus. Warum ist sie denn so auf Diäten aus? Was steht dahinter?«

Schweigend leerten sie ihre Tassen.

»Ich weiß nicht«, sagte Karen nachdenklich. »Warum machen Frauen überhaupt so häufig Diäten? Was bedeutet es, schlank zu sein? Und bis zu welchem Alter muss man sich dem fügen?«

»Es hat was mit Mäßigung zu tun. Mit Gesundheit«, bemerkte Hanni.

Karen schnaubte. »Nein, die meisten Frauen denken, den Männern gefallen sie dünn besser. Na, egal. Die Alley-Kinder schmeißen die *No-carb*-Jogurts, die sie mitbekommen, immer in den Müll und decken sich beim Kiosk mit Süßkram ein. Ich tue so, als sähe ich es nicht, und komme mir dabei bescheuert vor.«

»Meine Jungs haben auch eine echte Essstörung«, sagte Hanni. »Sie mögen nur Pizza. Morgens, mittags und abends. So etwas habe ich echt noch nicht erlebt. Wie heißen deine Kinder denn, Karen?«

Karen amüsierte sich insgeheim darüber, dass Hanni immer »meine« und »deine« sagte. »Eliza, Mark und Phoebe«, antwortete sie.

»Ich beneide euch um die Kinder ein bisschen«, sagte Suse. »Ich habe mit der kleinen Stella kaum ein Wort gewechselt seit letzten Dienstag. Geschweige denn, irgendwas mit ihr zu tun gehabt. Dabei ist sie wirklich süß.«

»Wieso? Was machst du denn den ganzen Tag?«, fragte Hanni.

»Ich koche. Ich wasche ab. Ich kaufe ein. Ich bereite vor. Ich garniere. Ich mache Service. Ich schreibe Rechnungen.«

»Wieso das denn? Du bist doch eine Granny-Nanny!«, sagte Karen ungläubig.

Suse sah sie ernst an. »Ja, das dachte ich auch. Die Antwort ist: Ich betreibe ein Restaurant. Mit meinem Gastvater.«

Sie begann, von Martin Maron zu erzählen, von der Eröffnung des Restaurants am vergangenen Samstag und davon, wie sie hinterher auf den Erfolg der Kardätsche angestoßen hatten. Wieder mit Champagner. Wieder zu zweit.

Hanni und Karen starrten sie mit offenen Mündern an.

»Aber das geht doch nicht!«, sagte Karen. »Sie haben dich über den Tisch gezogen – buchstäblich! Sie haben dich eingestellt, um die Kosten für eine Köchin zu sparen. Das ist ja eine Frechheit! Ich würde mich beschweren!«

Hanni nickte bestätigend, aber Suse sah auf einmal aus, als fühlte sie sich unbehaglich. »Meint ihr? Zuerst habe ich auch daran gedacht, aber … es macht mir einen Heidenspaß. Wirklich. Ich bewege mich auf sicherem Terrain. Ich meine, ich habe ja keine Kinder und keine Enkel, aber ein Restaurant zu führen, das habe ich von der Pieke auf gelernt. Ich habe lange davon geträumt, mit jemandem zusammenzuarbeiten, der so ähnlich tickt wie ich.«

»Aber es entspricht nicht der Idee der Granny-Nanny!« Hanni verstand nichts mehr.

»Das finde ich nicht schlimm. Wer sagt denn, dass man das nicht ändern kann?«, fragte Suse selbstbewusst. »Gut ist, was einem guttut!«

Nun wechselten Hanni und Karen einen skeptischen Blick.

»Was ist denn dieser Martin für ein Typ?«, hakte Hanni vorsichtig nach. »Ich habe ja keine Erfahrung, was Gastväter angeht. Ich habe ja nur … eine Gastmutter.«

»Er kocht gut. Und er spricht sich mit mir ab. Ganz anders, als es mein Bruder jemals getan hat. Ihr glaubt nicht, was das für ein tolles Gefühl ist!«

Karen lächelte. »Aber er ist natürlich rund zwanzig Jahre jünger als du. Und das ist auch gut so, sonst würdest du dich am Ende in ihn verlieben und den tragischen Weg vieler junger Au-pairs vor dir gehen.«

Suse sah sie erstaunt an. »Aber nein! Martin ist drei Jahre älter als ich! Er war schon zweimal verheiratet, die Ehe mit Hella ist seine dritte. Und Stella ist sein fünftes Kind.« Die beiden anderen schwiegen verblüfft.

»Du bist als Au-pair für das Kind und nicht für den Vater eingestellt!«, sagte Karen dann.

Ein Mann in den Mittdreißigern, der allein am Nebentisch saß und mit leichter Verspätung die Sonntagsausgabe des *Tagesspiegels* las, schaute neugierig in ihre Richtung. Was er sah, schien ihn jedoch zu enttäuschen, und er wandte den Blick wieder ab.

»Warum soll ich mich nicht auch um den Vater kümmern?«, fragte Suse starrköpfig.

»Weil das nicht okay ist! Du sollst einer Familie helfen.«

»Also, hör mal, nun sag das doch nicht so, als ob ich gleich mit ihm ins Bett ginge! Dazu bin ich doch viel zu …«

»… alt«, sagten Karen und Hanni wie aus einem Mund.

Suse schüttelte den Kopf. »Nein. Zu vernünftig, wollte ich sagen. Und ich finde, wir haben jetzt genug über mich gesprochen. Ich halte euch auf dem Laufenden. Ich versprech's. Jetzt seid ihr mal dran. Hanni, erzähl! Was sind das für Jungs, die immer nur Pizza essen?«

Karen durchschaute das Ablenkungsmanöver sofort, aber Hanni ging schnell über die Brücke, die Suse ihr gebaut hatte.

»Kennt ihr euch eigentlich mit Computern aus?«, fragte sie vorsichtig.

Karen lächelte. »Ja, natürlich. Für die Unterrichtsvorbereitung war das immer sehr praktisch, und wir hatten natürlich einen Computerraum in der Schule. Ich mache online-Banking, meine Reisen buche ich per Internet. Und jetzt maile ich gelegentlich mit meiner Tochter.«

Suse nickte. »Die Steuerangelegenheiten für unser Restaurant erledige ich auch immer per Computer … die für die Robbe, nicht die für die Kardätsche«, fügte sie eilig hinzu. »Und ich hab im Netz schon sehr gute Rezepte gefunden. Gelegentlich lese ich Foodblogs. Warum fragst du, Hanni?«

Hanni errötete zart bis zu den Wurzeln ihres mausgrauen Haares, aus Peinlichkeit oder aus einem späten Anfall von fliegender Hitze. »Meine Jungs … sie sitzen immer am Computer. Ich weiß nicht, was sie machen, aber manchmal lachen sie, und wenn ich sie frage, warum, bekomme ich keine Antwort. Überhaupt sprechen sie kaum mit mir. Und ihre Mutter macht überhaupt nichts dagegen. Sie ist immer so nachsichtig.«

»Du könntest ja versuchen, mit ihnen über Technik ins Gespräch zu kommen«, schlug Karen vor. »Im Grunde ist ein Computer nicht so viel anders als ein Handy.«

Hannis Röte vertiefte sich. »Damit kenne ich mich auch kaum aus«, gestand sie sichtlich nervös.

»Du könntest es lernen«, sagte Karen. »Ich weiß, dass es Leute gibt, die sich Computern verweigern. Aber das sind doch in der Regel ältere als wir, Hanni. Ich finde das Internet ganz wunderbar. Es gibt kaum etwas, das du nicht darin finden kannst.«

Hanni machte ein Gesicht, als ob man ihr vorgeschlagen hätte, einen Bungeesprung vom Fernsehturm zu machen.

»Apropos Handy«, sagte Suse auf einmal und zog ihr Handy aus der Tasche. »Ich denke, wir sollten unsere Nummern austauschen.«

Karen griff ebenfalls nach ihrer Tasche und begann darin herumzukramen. Hanni setzte ihre Lesebrille auf und zog einen kleinen Block und einen Stift hervor. Dann sah sie die beiden anderen erwartungsvoll an.

»Was soll das?«, fragte Suse verwundert. »Willst du uns zeichnen?«

»Nein! Ich warte auf eure Telefonnummern«, erklärte Hanni.

»Gib sie doch gleich in dein Handy ein. Dann hast du sie parat, wenn du anrufen willst«, schlug Karen vor.

Hanni ließ den Stift sinken. »Das geht?«

Karen und Suse wechselten einen amüsierten Blick. »Natürlich geht das. Gib mal dein Handy her.« Hanni holte es aus ihrer Tasche und gab es Karen. »Schau mal, hier. Du gehst über Menü und neuer Kontakt.«

»Menü?«, fragte Hanni verwirrt. »Das gibt es bei mir sonntags, wenn ich für meinen Ben koche, Suppe, Braten, Nachtisch.«

Karen lachte und ging in den Grundschullehrermodus über. »Ein Menü hast du heutzutage bei allen elektronischen Geräten. Damit wählst du eine Funktion aus, zum Beispiel Klingelton, SMS und so weiter.« Sie drückte auf mehrere Knöpfe. »Hast du das bis jetzt verstanden?«

Hanni nickte zögernd.

»Gut. Und nun geben wir meine Nummer ein … hier … und meinen Namen … dann speichern wir das … fertig. Und wenn du mich anrufen willst, gehst du wieder über Kontakt, gibst meinen Namen ein – siehst du, ich bin bis jetzt dein einziger Eintrag in deinem elektronischen Adressbuch – und drückst auf Anruf.« Sie tat es. Ihr Handy, das auf dem Tisch lag, fing schnurrend an zu tanzen.

»Willst du jetzt meine Nummer haben?«, fragte Hanni.

»Nein, die habe ich schon. Du hast mich doch eben angerufen. Deine Nummer speicher ich einfach.«

»Und jetzt mach das mal mit meiner Nummer«, sagte Suse.

Hanni griff nach ihrem Handy und tippte vorsichtig auf Menü und neuer Kontakt. Sie machte es richtig, aber noch sehr zögerlich. Langsam sagte Suse die Zahlen herunter. Als Hanni sie eingegeben hatte, rief sie Suse an.

»Fertig«, rief sie erleichtert, steckte das Handy weg und griff nach ihrem Stift. »Aber eure Nummern möchte ich trotzdem auch auf Papier haben. Sagt mal.«

»Warum?«, fragte Karen.

»Weil ich der Technik nicht traue. Ich habe sie nie gebraucht und werde sie auch jetzt nicht brauchen.« Damit schien das Thema Technik für sie erledigt.

Karen und Suse diktierten ihre Handynummer.

»In der Schule würde ich dich als hochbegabt, aber demotiviert bezeichnen«, sagte Karen.

»Ich hab auch eine Weile gebraucht, bis ich mit allen Funktionen klarkam. Heute möchte ich mein Handy nicht mehr missen«, fügte Suse hinzu. »Kommt, ich zeig euch die Marons.« Sie suchte auf ihrem Handy nach Fotos. »Guckt mal, das ist dieser entsetzliche Gaul Blizzard. Das ist Stella, da, an der Hand ihrer Mutter. Und das ist Martin. Martin Maron«, fügte sie hinzu, als wäre die Erwähnung seines Nachnamens ein Beweis dafür, dass ihr Verhältnis rein familiär-kulinarischer Natur war.

»Mein Sohn kann mit seinem Handy auch fotografieren«, sagte Hanni.

»Klar. Das kann man mit den meisten«, erwiderte Karen. »Willst du wissen, wie es geht?«

»Nein. Will ich nicht!«

Karen seufzte. Dann schaute sie auf die Uhr. »Ich weiß, es klingt ein bisschen frivol, weil es noch so früh ist. Aber was haltet ihr von einem Glas Prosecco? Und danach machen wir einen kleinen Spaziergang.«

»Prosecco ja«, sagte Suse und rieb sich die Hände. »Spazieren gehen nein.« Sie erklärte nicht, dass sie mit Martin Maron um fünf verabredet war. Sie hatten im Internet einen französischen Delikatessenladen in Schöneberg entdeckt, den sie auskundschaften wollten. »Lasst uns darauf anstoßen, dass wir …«

»… ein bisschen verrückt sind?«, ergänzte Hanni.

Die beiden anderen lachten.

»Ja, das auch. Aber auch darauf, dass es uns alle drei nach Berlin verschlagen hat, dass wir zu dritt in einem Boot sitzen, das uns über das unsichere Gewässer fremder Familien und unbekannter Buslinien trägt …«, sagte Karen.

»Stoßen wir an auf merkwürdige Essgewohnheiten und die schreckliche Technik …«

»… auf avancierte Hobbyköche und augenrollende Pferde«, fügte Suse hinzu.

Karen winkte der jungen Kellnerin, die sie bereits seit geraumer Zeit umkreiste, offenbar unsicher, ob sie die älteren Damen in ihrem lebhaften Gespräch unterbrechen sollte.

»Hallo? Können Sie uns bitte drei Prosecco bringen? Und wäre es möglich, mit der Besitzerin des Cafés zu sprechen?«

»Was woll'n Se denn von der? Hat der Kuchen nicht geschmeckt?«, fragte die Kellnerin.

»Doch, der Kuchen war köstlich. Aber ich will sie etwas fragen.«

Als die Gläser gebracht wurden, stießen sie an. Eine Sekunde lang sah es aus, als kreuzten sie ihre Schwerter, mit deren Hilfe sie sich jederzeit gegen eine feindliche Welt zur Wehr würden setzen können.

»Auf uns, die drei Granny-Nannys in Berlin«, sagte Karen.

»Auf die Familienrätsel, die wir im nächsten Vierteljahr lösen werden«, sagte Hanni.

»Und auf das Café Maiwald! Was meint ihr? Wollen wir uns am nächsten Montag wieder hier treffen?«, fragte Suse.

Hanni und Karen nickten. Dann tranken sie.

Eine Viertelstunde später verließ Suse das Café Maiwald und ging mit zügigem Schritt los. Martin wollte an der Grunewaldstraße, Ecke Goltzstraße auf sie warten. Je näher sie ihrem Treffpunkt kam, desto heftiger klopfte ihr Herz. Das kommt vom Prosecco, versuchte sie sich zu beruhigen und wusste zugleich, dass sie sich selbst belog. Denn warum stolperte ihr Herz so bedrohlich, als sie den weißen Lieferwagen, der im absoluten Halteverbot an der Kreuzung stand, erblickte? Nein, es war kein Zweifel möglich. Manche Geister erwachten erst, wenn man sie beim Namen nannte. Und das Gespräch mit den anderen hatte etwas geweckt, über das sie lieber nicht nachdenken wollte.

Als Karen und Hanni einige Zeit später denselben Weg entlanggingen, war der Lieferwagen schon längst weggefahren. Beileibe nicht alle, aber immerhin einige Passanten, die ihnen auf der Straße entgegenkamen, warfen Karen neugierige Blicke zu.

Selbst für Berliner Verhältnisse war es ein bisschen ungewöhnlich, dass eine ältere Dame eine riesige grellbunte Nana auf dem Arm hatte.

»Nett, dass Frau Maiwald sie dir verkauft hat«, sagte Hanni anerkennend.

»Für den Preis kann sie sich drei neue kaufen«, erwiderte Karen kritisch. »Aber ich musste sie einfach haben – ein Andenken an Berlin. Mal sehen, was Rhonda dazu sagt.«

»Diese Nana ist wunderschön«, sagte Hanni. »Ich weiß nicht, ob ich einen so großen Busen haben möchte und so einen dicken Hintern. Aber wenn, dann so schön bemalt! Und so losgelöst tanzen würde ich auch gern können.«

Sie lachten und überquerten zusammen die Straße. Bei Rot. Wie zwei gute Freundinnen im mittleren Alter, die sich schon ewig kannten und selbstverständlich wussten, welchen der vier U-Bahn-Ausgänge Eisenacher Straße sie nehmen mussten.

10. Kapitel

Rhonda warf der Nana, die Karen demonstrativ auf der Treppe abgestellt hatte, nur einen flüchtigen, leicht angeekelten Blick zu, kommentierte sie aber nicht. Etwas enttäuscht nahm Karen die Figur mit hoch in ihr Dachzimmer und stellte sie dort auf den Tisch, wo sie von Phoebe inspiziert wurde.

»Sie sieht so schön aus. So rund und bunt! So will ich später auch mal aussehen«, sagte sie bewundernd und versuchte, dünn, wie sie war, mit über dem Kopf erhobenen Armen die Pose der Nana nachzuahmen.

Zum Abendbrot gab es etwas gedünsteten Fisch und zwei Broccoliröschen für jeden, dazu Mineralwasser.

»Ich schreibe die *shopping list* morgen«, sagte Rhonda.

Sie lief zum Kühlschrank, riss die Tür des Tiefkühlfachs auf, griff nach der Wodkaflasche, die dort schon auf sie zu warten schien, und eilte in den Wintergarten, kaum dass die Teller abgeräumt waren.

Ich hätte mir besser ein Stück Kuchen aus dem Café mitnehmen sollen, dachte Karen, als sie wenig später mit knurrendem Magen an Phoebes Zimmer vorbeikam. Kreatives Chaos empfing sie. Das Mädchen lag bäuchlings auf dem Fußboden, vor sich einen merkwürdigen grauen Haufen, von dem Wasser auf den Holzfußboden rann, neben sich eine Schüssel, in dem Undefinierbares – Toilettenpapier? – schwamm. Krupp sprang begeistert um sie herum und schlabberte aus der Schüssel. Die Abdrücke seiner nassen Pfoten waren überall – auf dem Boden, auf Phoebes heller Bettdecke und sogar auf dem roten Overall, den das Mädchen trug.

»Was machst du da, Phoebe?«, fragte Karen perplex.

»Ich bau mir eine Nana. Kiki hat uns gezeigt, wie das geht«, sagte Phoebe hochkonzentriert.

Sie griff in die Schüssel und klatschte noch mehr aufgeweichtes Papier auf den grauen Haufen. Wieder ergoss sich ein kleiner Wasserfall über das gepflegte Parkett.

»Wer ist Kiki?«, fragte Karen.

»Das Au-pair-Mädchen, das wir im Frühjahr hatten. Sie hat viel mit Phoebe und Mark gebastelt«, sagte jemand hinter ihr.

Karen drehte sich um. Eliza stand im Türrahmen und beobachtete ihre kleine Schwester. Ihr Gesichtsausdruck gab nichts preis. Wie schon so oft in den letzten Tagen wünschte Karen, Eliza wäre zugänglicher.

»War Kiki das Au-pair vor mir?«, fragte sie.

»Fünf Au-pairs vor dir«, antwortete Eliza.

»Warum hattet ihr denn so viele?«

Karen hatte so etwas vermutet, aber es jetzt von Eliza bestätigt zu hören, schockierte sie schon ein bisschen.

Eliza trat näher, warf einen Blick auf Phoebe, die versunken in der Papiermatsche planschte. »Sie haben uns heimlich etwas zu essen gegeben«, sagte sie leise. »Mom hat es herausgefunden und sie sofort gefeuert. Seit Daddy geschäftlich so viel unterwegs ist, spinnt sie. Ich kümmere mich nicht mehr darum. Ich hasse ihre Hungerei!«

»Die *chocolate chip cookies* gestern waren *yummy*«, sagte Phoebe, die offensichtlich doch nicht so versunken an ihrer Nana arbeitete, wie es schien.

Karen rang um Fassung, aber sie wollte sich vor den

Kindern keine Blöße geben, und so kauerte sie sich hin und blieb ganz ruhig.

»Phoebe, ich weiß auch, wie man mit Pappmaché arbeitet. Damit haben wir in der Schule oft gebastelt, das macht Spaß. Wollen wir das morgen in aller Ruhe machen? Und jetzt lass uns noch ein bisschen dein Zimmer aufräumen, damit du ins Bett kommst. Es ist schon spät, weißt du?«

Phoebe sah auf. »Okay.«

Mit der Schüssel in der Hand schaute Karen zur Tür. Aber Eliza war schon wieder in ihrem Zimmer verschwunden. Mein Gott, fünf Au-pairs! Sie musste einen Weg finden, den Kindern zu helfen. Und zwar über den Zeitraum hinaus, den sie selbst hier war.

Als sie spätabends mit Krupp an der Leine eine Runde durch die stillen Dahlemer Straßen machte, dachte Karen noch einmal über ihr Treffen mit den anderen Granny-Nannys nach. Wie schön es gewesen war, sich mit ihnen auszutauschen! Sie freute sich auf den kommenden Montag. Karen dachte an Suse und ihren Gastvater, an Hanni und ihre Furcht vor der Technik. Und sie fragte sich, wann sie Mr. Alley mal zu Gesicht bekommen würde und ob er wusste, was in seiner Familie vor sich ging.

11. Kapitel

Liebe Frau Hartema,
ich hoffe, Sie haben sich gut eingelebt. Vermutlich ist der Unterschied zu Ostfriesland weniger groß, als Sie angenommen haben. Und dass Ihr Gastvater ein ambitionierter Koch ist, hat mich im Vorfeld bereits für Sie gefreut. Vorausgesetzt, die Betreuung der kleinen Stella lässt es zu, können Sie sicher mal in die Lübarser Töpfe schauen.
Es grüßt Sie sehr herzlich aus Hamburg
Ihre Clara Behrens

Suse fühlte Martins warmen Körper hinter sich, spürte seinen Atem an ihrem Hals.

»So musst du ihn halten. Ja, so ist es gut. Noch ein bisschen schneller. Gut machst du das. Merkst du, wie es fester wird?«, sagte er und griff Suses Hand, die vor Anstrengung bereits zitterte.

Rhythmisch bewegte sie sich, während sich ein feiner Strahl in die Schüssel ergoss. Gut, dass mich Karen und Hanni jetzt nicht sehen können, dachte Suse.

Sie und Martin standen in der Küche der Kardätsche und schlugen zusammen Mayonnaise. Zu zweit gehe es besser als allein, hatte Martin erklärt. Einer schlägt – er hatte ihr gezeigt, wie man den Schneebesen am besten hielt –, einer gießt. Aber mit keinem Wort hatte er erwähnt, dass Mayonnaise herzustellen durchaus auch ein erotisches Element hatte.

Die Drahtschlaufen des Profischneebesens fegten durch die Eier-Senf-Masse, die Suse unablässig schlug, während Martin Öl hinzugab. Langsam wurde ihr Arm lahm, aber sie hatte etwas erstaunlich Befriedigendes, diese Verwandlung von dünnflüssig zu fest, fand Suse. Es war das erste Mal, dass sie Mayonnaise selbst machte. Sie sollte die Grundlage für verschiedene Saucen sein, die sie für das Abendbüfett vorbereiteten. Der Reiterverein Lübars wollte seine Jahressitzung in der Kardätsche abhalten, und seit dem frühen Morgen standen sie in der Küche.

Schnaufend hielt Suse inne. »Ich glaube, das reicht«, sagte sie.

In der Metallschüssel befand sich eine feste blassgelbe Masse. Martin gab Zitronensaft hinzu, rührte die Masse noch einmal um, gab ein bisschen auf eine Untertasse und kostete.

»Hm, die ist fantastisch geworden! Gut gemacht! Hier, probier mal!«

Er fuhr mit dem Finger durch die Mayonnaise und hielt ihn Suse hin. Es ging ganz schnell. Ohne zu zögern, öffnete Suse den Mund und leckte seinen Finger ab.

Genau in diesem Moment wurde die Tür zur Küche aufgestoßen, und Hella kam herein. Suse machte hastig einen Schritt zurück und spürte, wie ihr das Blut in die Wangen schoss. Sie fragte sich, was Hella sah … Einen Mann und eine Frau, beide im Küchenschürzenpartnerlook, beide ganz nah beieinander, die Frau mit … dem Finger des Mannes im Mund? Dem Finger *ihres* Mannes?

Eine Sekunde lang hatte Suse das Gefühl, dass Hellas Augen kurz aufblitzten, taxierend zu Martin blickten, als suchte sie nach Veränderungen. Oder bildete sie sich das nur ein? Denn jetzt schaute Hella schon wieder so engelhaft wie immer.

Martin wischte sich seinen feuchten Finger an der Schürze ab und lächelte seine Frau an, als wäre nichts geschehen. Ist denn was geschehen?, fragte Suse sich verwirrt. Und wenn nicht, warum fühlte sie sich so unangenehm berührt?

»Schatz, was gibt's?«, fragte Martin launig. »Wir bereiten schon alles für heute Abend vor.«

»Ich wollte mit euch genau darüber sprechen«, sagte Hella. »Ich bin ja die Jugendbeauftragte im Reiterklub. Da will ich von Anfang an bei der Sitzung dabei sein. Und ich dachte … Suse, kannst du Stella vielleicht ins Bett bringen? Beim Büfett muss ja niemand bedienen, und Martin schenkt die Getränke aus.« Sie sah Suse fragend an.

Suse nickte. »Gern mach ich das! Dann lernen Stella und ich uns endlich besser kennen. Muss ich auf etwas besonders achten?«

Hella zuckte mit den Achseln. »Nicht wirklich. Sie wird dir sagen, aus welchem Buch sie vorgelesen haben möchte, und um acht solltet ihr das Licht ausmachen. Der Pyjama liegt auf dem Bett. Oh, und sie muss heute wirklich baden und die Haare waschen.«

»Aber Hella, du weißt doch …«, begann Martin.

Er klang plötzlich alarmiert und warf Suse einen flüchtigen Blick zu.

»*Was* weiß ich, Martin?«, unterbrach Hella ihn ungewöhnlich scharf.

»Nichts, Schatz, gar nichts«, beeilte er sich zu sagen, aber Suse war sicher, dass es sehr wohl etwas gegeben hatte. Etwas, das sie nicht verstand.

»Gut, dann ist das geklärt. Um sechs wär ich gern frei. Ich sage Stella Bescheid«, sagte Hella und wandte sich zum Gehen.

Suse begann, die Küchenutensilien abzuwaschen, Martin kramte in seinem Vorratsschrank, nahm verschiedene Lebensmittel heraus und griff schließlich nach einem Zettel, auf dem sie die einzelnen Gerichte des Büfetts notiert hatten. Es verging eine Weile, bis er etwas sagte.

»Gut, das hätten wir. Was machen wir als Nächstes?«

»Das Roastbeef?«, fragte Suse.

»Da müssen wir mit der Garzeit vorsichtig sein. Es darf nicht zu lange im Ofen sein. Innen muss es rosig bleiben, damit es schön saftig ist«, sagte Martin.

Suse schüttelte, entnervt über sich selbst, den Kopf. Dies war nicht ihr Tag, was Neutralität anging. Rosa, saftig … bei jedem Wort schlichen sich erotische Bilder in ihren Kopf. Gut, dass sie nicht die Gurken für den Salat gehobelt hatte.

Um halb sechs war alles bereit. Die kalten Platten standen in der Kühlzelle, die thailändische Suppe köchelte leise auf dem sechsstrahligen Gasherd vor sich hin und verbreitete ihren appetitlichen Duft – Kokosmilch, Zitronengras und Shrimps. Suse band sich die Schürze ab und hängte sie an den Haken.

»Dann gehe ich mal nach oben und kümmere mich um Stella«, sagte sie, erleichtert, endlich der merkwürdigen Spannung, die seit Hellas Auftauchen herrschte, zu entkommen.

»Ja, mach das. Und vielen Dank für deine Hilfe, Suse«, antwortete Martin, ohne sich nach ihr umzudrehen.

Suse verließ die Küche und ging in ihr Zimmer, um sich einen Moment auszuruhen. Bei aller Freude am Kochen war die Arbeit in der Kardätsche ganz schön anstrengend. Komisch, mit Bodo war das Kochen negativer Stress gewesen, mit Martin positiver, aber unterm Strich blieb das Gefühl gleich. Vielleicht hatte es auch etwas mit dem Alter zu tun, dass sie schneller erschöpft war. Ihr Rücken fühlte sich an, als wollte er zerbrechen. Suse warf einen vorsichtigen Blick auf ihre Füße. Nein, sie waren zum Glück nicht geschwollen vom langen Stehen. Hätte ja sein können …

Als sie am Ende des Flurs Stella kichern hörte, freute Suse sich auf einmal richtig darauf, den Abend mit dem kleinen Mädchen zu verbringen. Vorlesen, ja, das klang gut, und vielleicht ein bisschen malen, dann das Zubettbringen. Und richtig, gebadet werden sollte Stella ja auch.

Zuerst lief alles großartig. Suse las Stella aus ihrem Lieblingsbuch *Mein kleines rosa Pony* vor, wobei die Kleine unbedingt wollte, dass sie zusammen auf dem Sitzsack lagen. Dass sich Stella scheu an sie kuschelte, berührte sie.

Hella hatte bereits etwas zum Abendessen für sie beide hingestellt, das sie an Stellas Kindertisch verputzten. Dazu hörten sie eine CD, in der es wie im Buch um Pferde und Mädchen ging.

Suse wusste zwar nicht genau, wohin mit ihren langen Beinen auf dem kleinen Stühlchen. Aber irgendwie ging es ja darum, die Welt zur Abwechslung mal aus der Kinderperspektive zu sehen. Vielleicht sollte sie mit den Marons reden und von nun an nur noch für Stella da sein.

Schließlich machte sie alles fürs Baden bereit. Aber Stella fand, dass sie es nicht richtig machte.

»Du lässt viel mehr Wasser als Mama ein«, beschwerte sie sich, also ließ Suse wieder Wasser ab.

»So?«, fragte sie.

»Nein, das ist immer noch viel zu viel«, sagte Stella.

Suse ließ noch mehr Wasser aus der Wanne laufen. Aber erst als nur noch zwei Zentimeter lauwarmes Wasser in der Wanne war, ließ Stella sich dazu überreden hineinzuklettern. Steif blieb sie sitzen und schaute Suse mit weit aufgerissenen Augen an.

»Kann ich mein Seepferd haben?«, fragte sie dann und zeigte auf ein Plastikungetüm, das in einem Korb am Wannenrand lag.

»Natürlich«, sagte Suse und reichte es ihr.

Während das Mädchen versunken mit der Mähne des Seepferds spielte, griff Suse nach der Dusche und schaltete das Wasser an. Der Strahl war warm und sanft.

»Achtung«, sagte sie, »ich mach dir jetzt die Haare nass, damit wir sie waschen können.«

Sie hielt die Dusche über Stellas Kopf, und ein Rinnsal lief ihr über Haar, Schultern und Gesicht. Unvermittelt stieß das Mädchen einen gellenden Schrei aus. Es wehrte das Wasser mit beiden Armen ab, als würde es von tausend Bienen angegriffen werden, und schlug gegen die Dusche. In Sekundenschnelle war Suse von oben bis unten nass.

Rasch hielt sie den Duschkopf zur Seite und wollte Stella beruhigen, aber es war bereits zu spät. Immer noch wie am Spieß schreiend, sprang Stella aus der Wanne und flitzte tropfnass aus dem Bad.

Suse setzte ihr nach und versuchte sie festzuhalten, aber es war, als wollte man einen nassen Frosch fangen. Stella glitschte zwischen ihren Händen hindurch und rannte brüllend zur Treppe. Ihre nassen Füße hinterließen kleine Abdrücke auf den Stufen, die sie nun nach ihrer Mama schreiend hinunterstürzte.

Bevor Suse die Kleine erreichen konnte, war Stella schon unten. Sie riss die Tür zum Gastraum auf und verschwand aus Suses Blickfeld. Lautes Weinen, verwunderte Rufe und vereinzeltes Lachen drangen zu Suse hoch, die langsam die Treppe hinunterstieg. Na prima, dachte sie. Die denken bestimmt, ich hätte versucht, Stella zu ersäufen.

Aber die anklagenden Blicke des gesamten Pferdevereins blieben ihr erspart, denn in diesem Moment trat Hella aus der Tür. Sie hatte die splitterfasernackte Stella auf dem Arm, die ihr Gesicht gegen ihre Schulter presste und steinerweichend schluchzte.

Ohne dass sie es begründen konnte, empfand Suse diese Situation plötzlich als geplant. Das Kind weinte so aufgesetzt, als ob es um etwas anderes ginge.

Hella lief schweigend an ihr vorbei. Ihr kurzer Blick schien zu sagen: Das ist meine Tochter. Da bekommst du keinen Fuß in die Tür. Vergiss es.

Suse war sich plötzlich ganz sicher, dass Hella es darauf angelegt hatte. Sie hatte ihr eine Falle gestellt, um sie vor allen dumm und hilflos aussehen zu lassen. Mit ihrer Tochter als Köder.

Sie hatte eine Feindin.

In dieser Nacht konnte Suse nicht schlafen. Und zu allem Überfluss hörte sie ihre Gasteltern beim Sex. Suse war sicher, dass Hella ihr auch damit etwas mitteilen wollte. Vielleicht … das ist mein Mann. Meiner ganz allein. Vergiss es.

Das Gestöhne und das Knarren des Bettes, die kleinen spitzen Schreie und das leise Lachen schienen kein Ende nehmen zu wollen. Irgendwann hörte sie Hella den Flur entlang zum Bad tappen. Als sie an ihrem Zimmer vorbeikam, hielten die Schritte einen Moment inne. Ob ihre Gastmutter sich davon überzeugen wollte, dass die Granny-Nanny wach war und unruhig lauschte?

12. Kapitel

»Die Pizza ist fertig!«, rief Hanni von der Dachterrasse des Hausboots in Richtung Ufer.

Ausnahmsweise hockten die Zwillinge nicht in ihren Zimmern hinter ihren Computern, sondern hatten eine Beschäftigung an der frischen Luft gefunden, was Hanni sehr begrüßte.

Was sie taten, konnte sie allerdings nicht genau erkennen. Sie sah nur, dass immer mal wieder Enten neugierig herangepaddelt kamen und kurz darauf unter Protestgeschnatter erschreckt wegflatterten.

Mittlerweile wusste Hanni, warum Familie Hamm auf dem Wasser wohnte. Anja Hamm, die sich als Architektin auf Hausboote spezialisiert hatte, ließ diese nach eigenen Entwürfen in den Niederlanden bauen, importierte sie dann und kümmerte sich um den Vertrieb in Deutschland. Auf dem Wasser zu wohnen war anscheinend für gestresste Berliner besonders reizvoll. Die Geschäfte liefen hervorragend, hatte Anja erklärt, was der Grund dafür war, dass sie ein Au-pair benötigte.

Hanni dagegen war sich überhaupt nicht sicher, ob sie gern auf dem Wasser wohnte. Einerseits mochte sie die Weite, das Spiel des Lichts, den Geruch, andererseits vermisste sie ihren Garten und ihre persönliche Erdung. Das ewige Schwankende war ihr ein bisschen unheimlich.

In dieser Woche war Anja Hamm wieder in Holland. Seit vier Tagen war sie fort und sollte am Abend zurückkommen. Täglich hatte sie Hanni angerufen, um zu hören, ob alles in Ordnung war, und Hanni hatte nichts zu berichten, außer dass es den Jungen gut ging.

Die Zeit wurde ihr lang, was daran lag, dass es zwischen ihr und den Zwillingen nicht funktionierte. Die beiden sprachen kaum mit ihr. Meistens hockten sie an seltsamen flachen Dingern, die sie »Pätts« nannten, was Hanni nichts sagte. Also beschränkte sich Hannis Aufgabenfeld darauf, ihnen zweimal am Tag Pizza vorzusetzen und sie beim Freizeitvertreib zu beaufsichtigen. Sie hoffte, dass sich das nach den Herbstferien ändern würde. Dann hätten sie wenigstens die Hausaufgaben als gemeinsames Projekt.

Was Hanni noch mehr störte, war, dass den beiden die einfachsten Umgangsformen nicht geläufig zu sein schienen. Guten Tag, auf Wiedersehen, danke, bitte – all das gehörte nicht zum Vokabular der Zwillinge. Sie hatte keine Ahnung, wie sie das ändern konnte.

Und noch etwas irritierte Hanni: der Umgang der Jungen ihrer Mutter gegenüber. Sie brauchten nur mit den Fingern zu schnippen, und Anja erfüllte ihnen jeden Wunsch. Die junge Architektin war eine gestandene Frau, aber was ihre Söhne anging, war sie blind. Und zwar auf beiden Augen.

Bei mehreren Telefonaten mit Ben hatte Hanni ihm ihr Leid geklagt, aber er war nicht an ihren Au-pair-Kindern interessiert und hörte sich immer irgendwie an, als wäre er mit seinen Gedanken ganz woanders. Also hatte Hanni ihre Anrufe bei ihm reduziert. Seltsamerweise machte ihr das nicht so viel aus wie erwartet. Vielleicht, weil sie sich viel mit Werner Wernecke unterhielt. Fast immer war er da und bastelte an seinem Boot herum. Mehrmals schon hatte er sie eingeladen, mit ihm auf seiner *Santiano* zu segeln, aber bis jetzt hatte Hanni sich noch nicht getraut.

Und für heute nun hatte sie sich vorgenommen, den passiven Widerstand dieser maulfaulen Jungen mit Pizza zu knacken. Und zwar mit selbst gebackener Pizza. Es machte deutlich mehr Mühe als die Fertigpizzen, die die Jungen sonst immer aßen, zu bestellen oder aus dem Tiefkühlschrank in den Ofen zu schieben. Man musste den Hefeteig kneten und gehen lassen, ihn ausrollen und den Belag drauf verteilen, den Mozzarella schneiden, den Backvorgang beobachten. Auch die Kosten standen in keinem Verhältnis. Für das, was sie ausgegeben hatte, hätte sie acht Fertigpizzen kaufen können. Hanni hatte sich für eine Focaccia mit Zwiebeln, Anchovis, Oliven und Kapern entschieden. Ben war immer ganz verrückt danach gewesen, und sie hoffte, dass sie den Geschmack der Zwillinge getroffen hatte. Mal etwas anderes als die Formschinkenpizza, die sie sonst immer aßen!

Von ihrer luftigen Position aus beobachtete Hanni, wie die beiden sich erhoben und über den Steg auf das Boot zukamen. Von ihren Handgelenken baumelte eine eigenartige Vorrichtung aus Zweigen und Gummi, ein Karton stand am Ufer.

»Die brechen sich vor Lässigkeit bald 'n Bein«, sagte Werner Wernecke geringschätzig, der auf der *Santiano* Leinen zusammenrollte.

Hanni lächelte ihn über den Steg hinweg an, sagte aber nichts. Sie hatte nicht vor, sich in die Animositäten zwischen Werner und den Hamms einzumischen. Sich mit den Jungen zu arrangieren war auch so schwer genug.

Die Zwillinge betraten das Schiff und schnupperten. »Was riecht denn hier so komisch?«, fragte Arthur misstrauisch und warf das blonde Haar aus der Stirn.

»Stinkt voll nach Fisch«, kommentierte Theo.

Sein Bruder und er gingen an Hanni vorbei, als wäre sie Luft. Ihr Lächeln erlosch, doch sie folgte den beiden tapfer. Vielleicht waren die Anchovis auf der Pizza doch ein Fehler gewesen …

»Was wollt ihr zum Essen trinken?«, fragte sie.

Theo und Arthur hatten sich in der Wohnküche in zwei Korbstühle plumpsen lassen, die an dem großen Tisch standen. Hanni hatte ihn hübsch gedeckt. Meistens aßen die Jungen die Pizza direkt aus der Alufolie, heute sollte das anders sein.

Zwei Seiten des Hausboots – zum Wasser und zum Steg hin – waren verglast. Hanni sah, dass Werner immer noch mit seinen Leinen hantierte.

»Cola«, sagten die Zwillinge wie aus einem Mund.

Hanni schenkte ihnen ein, dann eilte sie zurück zu der Luxusküchenzeile in Lackweiß, um die Pizza aus dem Ofen zu nehmen. Sie sah köstlich aus. Der Teig war perfekt aufgegangen, der dicke Belag zeichnete sich appetitlich unter dem zerschmolzenen Käse ab, der an einigen Stellen leicht gebräunt war. Sie trug das Blech zum Tisch und setzte sich erwartungsvoll hin.

»Na, wie sieht das aus?«, fragte sie und gab beiden Jungen ein großes Stück auf ihre Teller.

Es war eine rein rhetorische Frage, denn man sah ja, wie das aussah: wunderbar.

»Wie Kotze«, sagte Arthur und piekte mit der Gabel in eine Olive. »Ist das etwa eine Olive? Ich esse keine Oliven. Ich hasse Oliven.«

Er begann die Oliven rauszusortieren. Ebenso die Kapern. Und die Zwiebeln. Der Berg, den er abtrug, wurde immer größer. Er zerpflückte die Pizza regelrecht.

Theo hatte sich vorsichtig einen Bissen in den Mund

gesteckt, aber spuckte ihn sofort wieder aus. Auf die Pizza.

»Iiiih, eklig«, sagte er. »Das ist ja echter Fisch!«

Er puhlte sich im Mund herum, bis er ein Fitzelchen Anchovis zu fassen bekam, und schnippte es auf den Teller. Es flog zu weit und landete in der Cola.

Hanni sah der Zerstörung ihres Werks fassungslos zu. »Ich denke, ihr mögt Pizza …«, begann sie, aber da waren die beiden schon aufgestanden.

»Wir mögen nur die andere Pizza. Die mit Schinken. So was essen wir nicht«, erklärte Arthur.

»Was fällt euch ein!«, sagte Hanni.

Sie spürte einen ungeheuren Zorn in sich aufsteigen. Das letzte Mal, dass sie das so empfunden hatte, war an einem Computer gewesen.

»Chill mal«, erwiderte Arthur lässig und griff nach dem Gerät, das er auf den Stuhl neben sich gelegt hatte. »Komm, Theo, wir gehen wieder Enten schießen.«

»Ihr schießt keine Enten, ist das klar?«

Arthur grinste. »Klar schießen wir Enten. Hiermit. Da passiert doch nichts.«

Er hielt eine Art Astgabel hoch, und jetzt erst sah Hanni, dass es eine selbst gebaute Zwille war.

»Schießt ihr etwa mit Steinen auf die armen Enten?«, fragte Hanni fassungslos.

Jetzt grinste Theo. »Nicht mit Steinen. Mit den Legos, die du mitgebracht hast.«

Und weg waren sie.

Zitternd vor Wut ließ Hanni sich auf den Korbstuhl fallen und stützte den Kopf in die Hände. Ihre Legosteine! Bens Legosteine! Wie konnten diese zwei kleinen verwöhnten Mistkerle es wagen …

»Ihr werdet mich kennenlernen«, flüsterte sie. »Oh,

da habt ihr die Rechnung ohne mich gemacht! Von mir aus zerpflückt die Pizza! Eine zweite mache ich euch bestimmt nicht! Esst doch euer Pappzeug! Aber die Steine, die Steine … »

In diesem Moment klopfte es an die Glasscheibe. Hanni hob langsam den Kopf und schaute hinaus. Da stand Werner, mit dem sie sich seit ein paar Tagen wie selbstverständlich duzte. In der Hand hielt er eine orangefarbene Rettungsweste, die er fragend hob und senkte. Sie wollte schon, wie so oft zuvor, verneinend den Kopf schütteln. Aber dann schob sie abrupt den Stuhl zurück und stand auf. Sie band ihre Schürze ab und schmiss sie über die Lehne des Korbstuhls, lief hinaus und schließlich, ohne mit der Wimper zu zucken, auf den schwankenden Steg.

Näher als irgendwann, seit sie bei den Hamms war, blieb sie vor Werner Wernecke stehen, warf den Kopf in den Nacken und sagte mit fester Stimme: »Du willst mit mir segeln gehen, Werner? Gut. Ich komme mit. Aber einen Moment dauert es noch. Ich muss was erledigen.«

Auf dem Absatz machte sie kehrt und stürmte auf die Zwillinge zu, die am Ufer hockten. Dort baute sie sich vor ihnen auf und holte tief Luft. »Jetzt hört mir mal gut zu, ihr beiden! Wenn ihr glaubt, ihr könnt bei mir so eine Show abziehen wie bei eurer Mutter, dann habt ihr euch getäuscht! Wenn ihr Krieg wollt – gut. Dann stellt euch auf ein paar harte Wochen ein. Ich bin nicht neunundfünfzig geworden, um mir von zwei verwöhnten Bengeln auf der Nase rumtanzen zu lassen. Wenn ihr die Pizza nicht mögt, dann könnt ihr mir das auch anders sagen! Aber so? Das geht *gar* nicht. Seid froh, dass ihr euch nicht ein paar Watschen eingefangen habt!«

Die Zwillinge schauten ihre Granny-Nanny wie vom

Donner gerührt an, aber antworteten nicht. Hanni bedachte sie mit einem bitterbösen Blick.

»Na, hat es euch die Sprache verschlagen? Soll mir recht sein. Hauptsache, ihr spurt ab sofort.« Sie wandte ihnen den Rücken zu, aber wirbelte noch einmal herum. »Im Übrigen will ich, dass ihr die Legosteine aus dem Wasser holt. Auf der Stelle. Wenn ich zurückkomme, ist der Karton an Bord. Damit das klar ist!«

Dann marschierte sie entschlossen auf die *Santiano* zu. Das hatte gutgetan! Und was sollte passieren? Schlimmstenfalls musste sie ihre Sachen packen und die Hamms verlassen. Na und?

»Hast du Appetit auf Pizza? Auf selbst gemachte?«, rief sie Werner zu.

»Klar«, rief er zurück, und Hanni ging ins Hausboot, um den nicht zerpflückten Rest in Alufolie einzuwickeln und mitzunehmen. Ihre Jacke schnappte sie sich auch noch schnell.

»Was muss ich tun?«, fragte sie Werner, als sie schließlich vor dem Boot stand.

Galant hielt er ihr die Hand hin. »Einfach an Bord kommen. Bist du schon mal gesegelt?«

»Nein. Noch nie.«

»Dann denk dran: Immer eine Hand fürs Boot und eine für dich. Halt dich schön fest.«

Hanni machte einen großen Schritt, und schon stand sie auf dem schwankenden Schiff. Die Anerkennung in Werners dunklen Augen war das Beste, das ihr an diesem Tag widerfahren war.

»Möchtest du die Schwimmweste?«, fragte er. »Ein bisschen Wind ist ja heute. Nur um auf der sicheren Seite zu sein.«

Hanni nahm auf der Holzbank des Schiffes Platz und

dachte daran, dass sie Nichtschwimmerin war. Kurz überlegte sie, ob sie es Werner jetzt sagen sollte, entschied sich erneut für Nein und nickte dem Wassersportler, der schweigend ihre Antwort abwartete, zu.

»Ja.«

Und so starteten sie zu Hannis Jungfernfahrt. Im Windschatten einer kleinen Landzunge zog Werner das Großsegel hoch, und sie segelten in den Berliner Oktobernachmittag, entlang der grünen und roten Tonnen, die für die Frachtkähne die Wasserstraße auf der Havel markierten.

Zuerst war es relativ windstill, aber als der Fluss breiter wurde und sie weiter aufs Wasser hinausfuhren, blies der Wind stärker in die Segel. Die *Santiano* nahm Fahrt auf und legte sich so stark zur Seite, dass Hanni erschrocken Luft holte. Sie krallte sich noch ein bisschen fester an etwas Rundes, das Werner eine Winsch nannte und um das er eine Leine gelegt hatte, die wiederum am Segel befestigt war. Überhaupt gab es eine ganze Menge Schnüre und Seile, die von irgendwoher irgendwohin führten, was für Hanni nicht wirklich einen Sinn ergab.

Der Skipper lachte vergnügt. »Keine Angst, die *Santiano* ist unsinkbar. Aber immerhin, das sind locker viereinhalb Windstärken! Nicht schlecht für die Havel. Willst du mal ans Steuer?«

Der Wind wehte ihm das Haar aus dem Gesicht. Er strahlte, unzählige kleine Fältchen umgaben seine Augen. Man spürte schon beim Zuschauen, wie viel Spaß Werner der Wassersport machte.

Zum zweiten Mal innerhalb einer Stunde gab Hanni sich einen Ruck. »Warum nicht …«, sagte sie, trat an das Steuerrad und legte die Hand darauf, während Werner es noch hielt. Kühl fühlte sich das Metall in ihrer Hand an.

Ihre zwei Eheringe, die sie übereinander trug, klickerten. »Was muss ich machen?«

»Guck, du musst so steuern, dass der Wind in die Segel kommt. Der Verklicker zeigt dir das. Wenn du die Richtung wie jetzt hältst, ist das prima.«

Werner zeigte hoch zur Mastspitze, wo sich eine kleine Vorrichtung im Wind drehte. Er trat zur Seite, und Hanni griff nun mit beiden Händen ans Steuer. Sie stellte sich breitbeinig hin, um besser die Neigung auszugleichen, die das Schiff immer dann hatte, wenn der Wind stärker wurde. Gelegentlich schaute sie nach oben, aber der Verklicker zeigte immer in dieselbe Richtung, also musste sie den Kurs wohl nicht ändern.

Sie kamen an Fischreusen vorbei, an Schilfgürteln und an kleinen Sandstränden, an denen Leute an diesem sonnigen Herbstnachmittag ihre Hunde spazieren führten.

»Es sind nicht viele Boote unterwegs«, bemerkte Hanni. »Dabei ist doch Sonntag.«

»Absegeln war schon letztes Wochenende«, sagte Werner. »Da holen die meisten Leute ihre Badewannen raus und motten sie über den Winter ein.«

Als sie den Grunewaldturm passiert hatten und an der Insel Lindwerder vorbei waren, nahm der Wind noch mal an Stärke zu. Und auf einmal spürte Hanni, wie ein Lachen in ihr aufstieg. Erst war es ein Glucksen, dann lachte sie schallend.

Werner sah sie erstaunt an. »Was ist denn so komisch?«, fragte er.

Hanni wischte sich eine Lachträne aus den Augen. »Keine Ahnung. Ich hatte vorhin einen schrecklichen Krach mit den Zwillingen, und jetzt muss ich einfach lachen. Vielleicht werde ich auf meine alten Tage noch hysterisch.«

»Ich habe euch gehört. Was du gemacht hast, war richtig. Den Bengeln muss man Grenzen aufzeigen. Ich glaub, denen fehlt der Vater. Oder zumindest etwas mehr Strenge. Mit ihrer Kuschelpädagogik versaut die Hamm die beiden nur.«

Hanni nickte. »Kann sein. Mir ist einfach die Hutschnur geplatzt. Ich bin gespannt, ob sie mir gehorchen. Aber hier auf dem Wasser … sehe ich alles ganz anders. Das Leben aus einer anderen Perspektive. Selbst die Zwillinge. Weißt du, was ich meine?«

Werner sah sie an, und in seinem Blick lag fast so etwas wie stille Andacht. Offenbar hatte er unerwartet eine Seelenverwandte entdeckt.

»Genau so geht es mir auch immer, wenn ich auf dem Wasser bin«, sagte er. »Genau so.«

Dann schaute er überrascht nach vorn. »Huiii, wir machen ganz schön Fahrt, das Ufer ist nah. Wir müssen rum. Klarmachen zur Wende!«

Hannis Sicherheit verflog. »Wie mache ich das?«, fragte sie nervös.

»Ich nehme die Segel nach back, und du steuerst dorthin.« Er zeigte in etwa in die Richtung, aus der sie gekommen waren. »Klar zur Wende?«

»Jawohl«, rief Hanni beherzt und riss das Steuer rum.

Was sollte schon passieren, wenn man seine festgefahrene Richtung änderte? Schlimmstenfalls schoss man übers Ziel hinaus. Aber dann konnte man sich immer noch korrigieren.

»Mein Sohn hat ein Motorrad«, bemerkte sie, als sie wieder auf Kurs waren. »Er sagt immer, er liebt es, den Wind zu spüren. Er fühlt sich dann frei. Jetzt verstehe ich zum ersten Mal, was er meint! Plötzlich bin ich kein bisschen ängstlich mehr. Es ist, als ob ich den Wind nutze, statt mich von ihm treiben zu lassen.«

»Klingt wie ein netter Kerl, dein Sohn«, meinte Werner anerkennend.

»O ja. Es gibt keinen besseren als Ben«, antwortete Hanni aus vollstem Herzen. »Er ist einfach wunderbar.«

»Er kommt sicher nach dir«, sagte Werner und lächelte.

Flirtet er mit mir, oder will er nur freundlich sein, fragte Hanni sich erstaunt, aber da sprach Werner schon weiter.

»Wollen wir langsam zurück? Die Sonne macht sich davon.«

»Ja«, sagte Hanni und spähte zum Verklicker hoch. »Klarmachen zur Wende, Werner.«

»Klar zur Wende, Hanni«, antwortete er und löste mit seinen braun gebrannten Händen geschickt die Leinen, um die Segel auf die andere Seite zu legen.

Aber seine Augen waren dabei auf Hanni gerichtet.

Als sie eine Stunde später anlegten, wurde es bereits dämmrig. Und kühl war es auch, fand Hanni und rieb die Hände aneinander. Während sie beobachtete, wie Werner dicke weiße Rollen – Fender, nannte er sie – zwischen Schiff und Steg hängte, überlegte sie, ob sie überhaupt etwas dabeihatte, was sie zum Segeln anziehen konnte. Fürs nächste Mal, wenn es kälter war. Und dann musste sie ein bisschen über sich selbst lächeln, weil sie schon an das nächste Mal dachte.

Als Werner ihr dabei half, die Schwimmweste zu öffnen, war sie sich seiner Nähe bewusst. Er roch ein bisschen nach modrigem Wasser wie ein Stück altes Holz, das lange von den Havelwellen gegen den schlammigen Untergrund gedrückt worden war. Als er den Kopf nach unten beugte, weil sich der Metallverschluss ihrer Weste verklemmt hatte, sah sie, dass sein dunkles Haar von vielen grauen Strähnen durchzogen war. Und er hatte wie ein

Mönch ganz oben auf dem Kopf eine kleine Tonsur. Die nackte Kopfhaut war irgendwie … rührend. Am liebsten hätte Hanni zart darübergestrichen.

Aber da klickte der Verschluss auch schon, sie schlüpfte aus der Weste. Werner ging wieder auf Abstand.

»Ik hoffe, es hat dir Spaß jemacht«, sagte er und verfiel unwillkürlich ins Berlinern, was er anscheinend sonst vermied, wenn er mit ihr zusammen war.

»Sehr«, sagte sie.

»Jederzeit wieder«, erwiderte er. »Ich muss los.«

»Nimm die Pizza mit«, riet Hanni. Beim Segeln waren sie nicht zum Essen gekommen.

Und während sie ihm hinterhersah, wurde ihr bewusst, dass sie überhaupt nichts von seinem Privatleben wusste. Auf der anderen Seite hatte er sie auch noch nie etwas Persönliches gefragt.

Gedankenverloren drehte sie die beiden Eheringe an ihrem linken Ringfinger und atmete tief durch. Jetzt musste sie erst mal aufs Hausboot und sich die Jungen vorknöpfen. Die nächste halbe Stunde würde über die kommenden Wochen entscheiden. Sie wollte nicht weg aus Berlin, wo sie doch gerade eine neue Seite der Stadt und von sich selbst kennengelernt hatte. Aber wenn es sein musste, dann war es eben so.

Dämmrige Stille empfing sie. Offenbar war Anja Hamm noch nicht von ihrer Geschäftsreise zurück. Hanni stieg die Innentreppe von der Wohnküche nach oben. Hier gab es vier Schlafzimmer. Vor dem Zimmer der Zwillinge blieb sie stehen und lauschte. Ja, sie waren da. Zum Glück. Hanni hätte nicht gewusst, was sie gemacht hätte, wenn die beiden verschwunden gewesen wären, und erstaunt über sich selbst stellte sie fest, dass sie bis zu diesem Moment keinen Gedanken darauf verschwendet hatte, dass sie ihre Fürsorgepflicht vernachlässigt hatte, als sie einfach mit Werner losgesegelt war.

Sie klopfte, wartete aber nicht, sondern trat ein. »Na, Jungs, ist alles okay?«, fragte sie.

Die beiden blickten von ihren elektronischen Spielzeugen, auf denen sie mit den Fingern hin- und herfuhren, auf.

»Ja«, sagte Arthur – wortkarg, aber immerhin antwortete er.

Theo nickte nur.

»Gut. Wisst ihr, wie man den Ofen anheizt, ohne dabei das Hausboot abzufackeln?«

»Ja. Weiß ich. Wir brauchen Holz. Es lagert am Schuppen von dem Wernecke.« Theo legte sein Spielzeug zur Seite. »Soll ich das machen?«

»Gern. Warte, ich komm mit. Dann kannst du mir alles zeigen. Es heißt übrigens Herr Wernecke, nicht der Wernecke«, sagte Hanni resolut.

Theo konnte tatsächlich in ganzen Sätzen sprechen! Das lief ja besser als gedacht! Und er half, das Brennmaterial hereinzuholen. Hanni war überrascht, als Arthur dann Feuer in dem kleinen dänischen Kaminofen machte, und noch erstaunter, als die beiden gegen neun auf ihren Zimmern verschwanden – ohne Diskussionen und ohne heimlich noch einmal die Computer anzuschalten. Als Hanni kurz darauf nach ihnen sah, herrschte Ruhe. Es herrschte wirklich Ruhe.

Draußen war es dunkel, und das Wasser wirkte unheimlich schwarz. Der Wind war zum Abend hin nicht eingeschlafen, sondern noch stärker geworden. Er fuhr durch die Bäume am Ufer und brachte das Hausboot leicht zum Schwanken. Ein blasser Halbmond spiegelte sich in der gekräuselten Oberfläche der Havel.

Aber drinnen war es urgemütlich. Der dänische Ofen

bullerte und verströmte wohlige Wärme im Wohnzimmer. Hanni hatte sich einen kuschligen Sessel davorgeschoben und die Leselampe danebengestellt. Sie schmökerte gedankenversunken in einem Reiseführer über Berlin. Über Schöneberg hatte sie schon alles gelesen. Vielleicht würden sie bei einem ihrer nächsten Treffen im Café Maiwald einen Spaziergang machen, um Berlin ein bisschen besser kennenzulernen.

Als sie Anja aufschließen hörte, schaute Hanni von dem Buch auf. Sie schob sich die Lesebrille auf die Stirn und lächelte ihrer hübschen Gastmutter zu, die erschöpft zurücklächelte und ihre Aktentasche auf den nächsten Korbstuhl warf.

»Ach, wie schön, wieder zurück zu sein. Von den Niederlanden nach Berlin ist es ganz schön weit«, sagte Anja aufatmend und schlüpfte aus ihren Schuhen. »Und dann das Rumgefahre dort zu den Werften und den Häfen! Und die vielen Staus! Als ob die Polder durch Autos zusammengehalten würden.«

Hanni nickte. »Ich war ja schon nach der Reise aus Franken völlig fertig, und Sie waren fast eine ganze Woche unterwegs. Kann ich Ihnen etwas bringen? Vielleicht einen Tee? Oder einen Wein?«

»Wein, gern! Ist mit den Jungen alles okay?«, fragte Anja, rückte einen zweiten Sessel neben Hannis und streckte die Füße in Richtung Kaminofen aus. »Oh, wie tut das gut.«

»Sie schlafen. Möchten Sie roten oder weißen?«, fragte Hanni, ohne auf ihre Frage näher einzugehen.

»Roten, bitte.«

Hanni brachte ihr das Glas an den Sessel, und Anja nahm einen großen Schluck, bevor sie es neben ihren Sessel auf den Boden stellte und sich zurücklehnte.

»So habe ich mir das vorgestellt: Die Zwillinge sind versorgt, und ich habe Zeit, eine Geschäftsreise zu machen, bei der ich mir keine Sorgen machen muss, was zu Hause gerade passiert. Es ist wirklich toll, dass Sie da sind, Hanni. Sie sind die Oma, die mir für die Kinder immer gefehlt hat. In letzter Zeit ist mir vieles über den Kopf gewachsen. Danke, dass Sie bei uns sind.«

Hanni räusperte sich. »Frau Hamm …«

»Sagen Sie doch bitte Anja zu mir. Und was, wenn wir uns duzen?«

»Sehr gern! Also, Anja … Ich hatte heute einen ziemlichen Streit mit den Jungs. Ich bin aus der Haut gefahren, weil sie einfach zu unverschämt waren. Das hätte ich anders regeln sollen. Es tut mir leid, aber ich bin auch nur ein Mensch. Vielleicht hätte ja ein jüngeres Au-pair anders reagiert.«

Hanni seufzte und erzählte, was passiert war. Sie ließ auch nicht aus, dass sie die beiden allein gelassen hatte, während sie selbst mit Werner auf dem Wasser gewesen war.

Als sie geendet hatte, schaute Anja Hamm einen Moment nachdenklich in die Flammen des Kaminofens. »Ich bin zu nachsichtig«, sagte sie dann, als hätte sie Hanni gar nicht richtig zugehört. »Weil sie mir oft zu viel sind. Ich weiß, dass das nicht richtig ist, aber von Anfang an war ich mit ihnen allein und habe ihnen jeden Willen gelassen. Es war leichter, sie zu verwöhnen, als Nein zu sagen. Leichter nachzugeben. Die Kraft zu kämpfen habe ich einfach nicht.« Sie trank einen Schluck Wein. »Und ein Vater fehlt. Wir haben uns getrennt, als ich schwanger war. Er will keinen Kontakt zu den beiden. Er war immer so ein verdammt unabhängiger Freigeist. Damals fand ich das toll. Aber wenn man dann schwanger ist, wünscht man sich einen Mann, der zu einem steht.«

»Anja, sicher wird es noch mal einen Mann in deinem Leben geben, der sich um dich und um die Jungen kümmert«, sagte Hanni zuversichtlich.

Anja sah sie unsicher an. »Ich verstehe es einfach nicht. Ich bin Architektin, ich kann schöne Hausboote und schöne Häuser entwerfen, das Geschäft läuft prima, aber die Bausteine für mein persönliches Glück habe ich noch nicht gefunden.«

»Respekt«, sagte Hanni. »Liebe, Zärtlichkeit, Humor, Treue – aber vor allem Respekt. Respekt ist wichtig.«

Anja seufzte. »Wenn ich so weitermache, verlieren meine Jungs auch noch den Respekt vor mir. Weißt du, was ich neulich gemacht habe? Sie wollten, dass ich ihnen aus einem Amsterdamer Coffeeshop Marihuana mitbringe. Selbst da habe ich mich gefügt.«

»Nein, das hast du nicht!«, sagte Hanni perplex.

»Doch, das habe ich. Aber ich habe es ihnen noch nicht gegeben. Ich dachte, wenn sie nächstes Mal total ausrasten, könnte ich sie vielleicht damit … bestechen.« Das letzte Wort flüsterte sie voller Scham. »Entschuldige«, fuhr sie dann fort. »Ich glaub, das sind die Nerven. Ich bin einfach fix und fertig! Ich weiß, es sind keine schlechten Kinder, bestimmt nicht. Aber ich möchte wirklich einen besseren Job bei ihnen machen. Selbst wenn es Energie kostet, die ich nicht habe. Ich möchte lernen, Nein zu ihnen zu sagen. Ich möchte sie erziehen. Ich möchte aufhören, mich schuldig zu fühlen, weil ich nicht mit ihrem Vater zusammen bin. Könntest du mir dabei helfen?«

Jetzt liefen Anja Tränen über ihr hübsches Gesicht. Sie sah sehr jung aus. Und sehr verzweifelt.

»Wir können es zusammen versuchen«, versprach Hanni, obwohl sie es selbst kaum für möglich hielt.

Wie um alles in der Welt sollte ihnen in wenigen Wochen etwas gelingen, das zwölf Jahre versäumt worden war?

Ohne ein Wort der Erklärung sprang Anja plötzlich auf und rannte die Treppe zu ihrem Schlafzimmer hoch. Sie ist von ihren Gefühlen so überwältigt, dass sie die Unterhaltung nicht fortführen kann, dachte Hanni, aber da hörte sie Anja auch schon wieder die Treppe herunterlaufen. Sie ließ sich in ihren Sessel fallen und drückte Hanni ein kleines, in weißes Plastik eingewickeltes Päckchen in die Hand. »Hier«, sagte sie leise. »Gras. Marihuana.«

Hanni schaute Anja erschrocken an. »Was soll ich denn damit?«, fragte sie. »Das ist … Rauschgift! Warum schmeißen wir es nicht einfach ins Wasser?«

Anja zuckte mit den Schultern. »Das ist relativ mildes Zeug. Nicht stärker als das hier.« Sie zeigte zum Rotwein. »Du kannst damit machen, was du willst. Von mir aus wirf es weg. Aber versprich mir eins.«

»Was denn?«

»Dass du den Jungen niemals sagst, wie schwach ich beinahe geworden wäre.«

»Versprochen.«

Und dann prosteten sie sich zu. Wie zwei, die zwar noch keine Freundinnen waren, aber sich vorstellen konnten, irgendwann mal welche zu werden.

Als Hanni später, angenehm gewärmt vom Feuer und dem Rotwein, ins Bett gehen wollte, musste sie lächeln. Denn auf der Zudecke lag ein kleines Legoauto. Längst nicht so schön wie eines von denen, die Ben früher gebaut hatte, aber immerhin.

Nein, es sind keine schlechten Jungen, dachte Hanni. Vielleicht suchen sie eine Herausforderung. Vielleicht finde ich etwas, mit dem ich sie bei ihrer Teenagerehre erwische. Mal sehen, ob mir da etwas einfällt.

Und als sie das kleine Gefährt hochnahm und auf ihren Nachttisch stellte, kam es ihr so vor, als wären die roten Steine noch ein bisschen feucht vom Wasser der Havel.

13. Kapitel

Liebe Frau Parotat,
haben Sie sich bei den Alleys schon eingelebt? Ich lese im Moment jede Nachricht über Berlin, die ich in die Hände bekomme. Und ich stelle mir vor, dass Sie und die anderen beiden Granny-Nannys, die Sie inzwischen sicher schon kennengelernt haben, den freien Montag dazu nutzen, Berlin besser kennenzulernen. Ich an Ihrer Stelle würde unbedingt zum Festival of Lights gehen! Das muss wunderbar sein.

Es grüßt Sie sehr herzlich aus Hamburg
Ihre Clara Behrens

»Und seit diesem verflixten Abend ist Hella noch viel verschlossener und entzieht mir Stella komplett. Sie hat die Sache mit dem Haarewaschen inszeniert, um mich vorzuführen, die dumme Kuh«, schloss Suse ihren Wochenbericht. »Und Stella schaut mich an, als ob ich sie hätte ertränken wollen. Tssss …«

»Und Martin?«, fragte Hanni.

»Baggert noch mehr«, sagte Suse düster. »Auf so subtile Art, dass ich mich manchmal abends frage, ob ich es mir nur einbilde. Aber wenn man nicht der eigenen weiblichen Intuition trauen darf, wem dann?«

»Du musst versuchen, den Schwerpunkt anders zu legen. Nicht so sehr aufs Zwischenmenschliche, sondern mehr aufs Kochen«, empfahl Karen. »Wenn es das ist, was du machen willst, dann geh doch aufs Ganze! Probier alles aus! Martin kauft sicher das Zeug dazu ein, und du bist zumindest um Kocherfahrungen reicher, wenn deine Zeit hier rum ist. Aber was rede ich … Ich hab es auch nicht geschafft, in dieser Woche etwas zu ändern. Außer dass Phoebe eine hübsche fette Nana gebastelt hat und sie Karen nennt.«

Suse und Hanni lachten. Es war wieder Montag, und sie saßen im Café Maiwald. Sie hatten ihre leer gefutterten Teller vor sich. Suse hatte ein Stück Erdbeersahnetorte verputzt, Hanni hatte sich für ein Walnussbaiser entschieden. Karen war so ausgehungert gewesen, dass sie ein deftiges Stück Quiche Lorraine mit einem gemischten Salat bestellt hatte. Auch ihre Teetassen waren leer. Sie hatten sich etwas später als in der vergangenen Woche getroffen.

»Nächste Woche kann ich nicht«, sagte Karen. »Mein Gastvater kommt für einige Tage, und Rhonda möchte, dass ich mich etwas mehr um die Kinder kümmere.«

»Passt mir gut«, pflichtete ihr Hanni bei. »Anja ist nächsten Montag wieder unterwegs. Da wird sie froh sein, wenn ich dableibe.«

Suse sagte nichts. Was auch. Stella fiel sowieso nicht in ihren Zuständigkeitsbereich.

Es war ein trüber Tag, und draußen wurde es bereits dunkel. Zwei Stunden hatten sie berichtet, was ihnen in dieser Woche widerfahren war, und was immer sie bedrückt hatte, war durch die Anteilnahme der anderen erleichtert worden. Aber Hanni hatte noch etwas auf dem Herzen.

»Wisst ihr, nun sind wir schon fast zwei Wochen in der Stadt, aber ehrlich – ich habe noch nichts von ihr gesehen«, sagte sie sehnsüchtig. »Und ich würd Berlin so gern richtig kennenlernen!«

Karen stocherte gedankenverloren in ihrem Haar. Wieder fiel ihr ein, dass sie es unbedingt färben lassen musste. Unaufhaltsam wuchs das Dunkelbraun heraus, aber sie hatte es noch immer nicht geschafft, zum Friseur zu gehen. Was in erster Linie daran lag, dass sie nicht wusste, zu welchem. Die Friseure, die ihr Rhonda empfohlen hatte, waren ihr schlichtweg zu teuer – allen voran Udo Waltz am nobel-teuren Roseneck. Andere im Umfeld Dahlem kannte sie nicht, und zu den 10-Euro-Hairdressern, wie sie sich nannten, wollte sie nicht.

»Festival of Lights«, sagte sie langsam.

»Was ist das?«, fragte Suse.

»Clara Behrens hat mir eine Karte geschrieben und es erwähnt. Ich habe im Internet nachgeschaut. Es muss zauberhaft sein«, antwortete Karen.

»O ja, da will ich hin! Darüber habe ich im Reiseführer gelesen.« Hanni strahlte begeistert. »Wollen wir uns nächste Woche dazu verabreden?«

Karen musterte sie aufmerksam. Was immer Hanni auf dem Segelboot getrieben hatte – es tat ihr gut. Sie war so eine blasse graue Maus gewesen, als sie sich zum ersten Mal gesehen hatten. Grauhaarig war sie natürlich noch immer, aber sie hatte jetzt etwas mehr Farbe und sehr viel mehr Esprit. Vielleicht belebte sie auch die Kampfansage an die Zwillinge. Wenn sie jetzt noch ein wenig an ihrer konservativen Kleidung ändern würde, wäre sie richtig hübsch, dachte Karen.

»Das Festival findet in der ersten Oktoberhälfte statt«, erklärte sie Suse. »Da werden viele öffentliche Gebäude angestrahlt. Man kann an Touren teilnehmen oder die Stadt auf eigene Faust erkunden. Reichstag, Brandenburger Tor, Berliner Dom … es werden jedes Jahr mehr. Es hat letzte Woche angefangen, und sie erwarten zwei Millionen Besucher.«

Suse griff nach ihrer Tasche. »Na, dann los, Deerns. Ehe wir da sind, ist es dunkel, dann soll uns Berlin mal heimleuchten.«

»Wie, jetzt gleich?«, fragte Hanni.

»Warum nicht?«, erwiderte Karen entschlossen. »Wir haben frei, und wie Cinderella müssen wir erst um Mitternacht zurück sein, richtig?«

»Genau«, sagte Suse und winkte der Kellnerin, die sie sofort wiedererkannt hatte.

»Woll'n Se wieder 'nen Prosecco zum Abschluss? Wie letztes Mal?«, fragte die junge Frau, die offensichtlich ein glänzendes Gedächtnis besaß.

»Nein. Diesmal nur die Rechnung«, antwortete Suse.

»Und wie kommen wir nach Mitte?«, fragte Hanni, als sie in die schummrige Akazienstraße hinaustraten.

»Moment«, erwiderte Karen und schaute konzentriert auf ihren Berlinplan. »Mit dem Bus«, verkündete sie dann. »Folgt mir.«

Sie gingen die Grunewaldstraße bis zum Kleistpark hoch. Dort warteten sie keine fünf Minuten, bis der M48 vorfuhr.

»Kommt, wir gehen nach oben. Da haben wir einen besseren Blick«, sagte Suse und kletterte die steile Treppe hoch.

Sie setzten sich eng aneinandergedrängt in die erste Reihe, und der Bus fuhr los. Mit großen Augen schauten sie auf das bunte Straßenleben, das sich unter ihnen ausbreitete: auf türkische Gemüseläden, von denen es in dieser Ecke von Schöneberg viele gab, auf Cafés und Klubs, Billigläden und Importgeschäfte, auf wild blinkende Spielhöllenneonlichter und Autos, die frech in der Busspur parkten, sodass der Fahrer ihnen ausweichen musste.

Hanni schüttelte den Kopf. »So was gibt es bei uns auf dem Dorf aber nicht«, sagte sie missbilligend.

»Was? Kebab-Stände?«, fragte Suse und beobachtete im Vorbeifahren einen jungen Mann, der von einem Spieß gebräunte Fleischstückchen abschnitt. Es sah aus, als ob er den großen, sich drehenden Fleischklops rasierte.

»Die auch nicht. Aber ich meine die da.«

Sie zeigte auf ein paar Prostituierte, die zwischen den Autos standen und auf Freier warteten.

»Das sind die unschönen Seiten der Großstadt«, erwiderte Karen. »Was nicht heißt, dass es so was nicht auch auf dem Land gibt. Da hat das Laster nur etwas anderes an.«

»*Mehr* an«, fügte Suse hinzu, als sie an einer Frau, die hohe Stiefel, einen roten Tanga und ein schwarzes Spitzenbustier trug, vorbeikamen. Sie beugte sich durch eine heruntergelassene Scheibe in ein Auto und diskutierte mit dem Fahrer.

Hanni seufzte und schaute nach vorn, wo man bereits das markante Dach des Sony Centers sah. Während der Bus die Potsdamer Straße entlangfuhr, wechselte es von Pink zu Grün, dann zu Blau und wiederum zu Pink.

»Da ist es ja schon, das Festival of Lights«, sagte Karen so stolz, als wäre es ihre Idee gewesen, den Potsdamer Platz zu illuminieren. »An der nächsten Haltestelle steigen wir aus.«

Inzwischen war es ganz dunkel geworden.

»Haltet eure Taschen gut fest, hier gibt es sicher Taschendiebe«, murmelte Suse, als sie alle drei nach oben schauten.

Nicht nur das Sony Center leuchtete. Auf der Fassade des Ritz-Carlton machte ein überdimensionaler Daniel Craig als James Bond wahnsinnige Sprünge, als ob das Hotel eine Filmwand wäre.

»Oh, einmal eine Nacht in diesem Hotel zu schlafen, das wäre was«, sagte Karen, die einen heimlichen Hang zum Luxus hatte. Aber wie dumm von mir, Träume zu träumen, die sich nie erfüllen werden, fügte sie in Gedanken hinzu.

Sie wandte den Blick ab und sah zu den Baumreihen, die sich den Marlene-Dietrich-Platz entlangwanden. Sie waren in grelles Orange getaucht, das vor dem dunklen Blau des Abendhimmels nur noch intensiver zu leuchten schien.

»Wow«, sagte Suse. »Das ist ja irre!«

»Eine Kunstwelt«, fand Hanni ein bisschen skeptisch. »Mir sind natürliche Farben lieber.«

»Taxi!«, rief Karen.

Ein kleines Gefährt, das gerade an ihnen vorbeikam, bremste. Es war eine Art beleuchtete Hightech-Rikscha, die pinkfarben strahlte.

»Ik bin keen Taxi nich'. Dit hier is' 'n Leuchtvelo. Ejentlich nehm ik nur zwei mit«, sagte die junge Frau, die das Gefährt lenkte. »Aber na jut. Kommt rin.«

»Das ist aber furchtbar nett von Ihnen«, meinte Karen höflich, und sie zwängten sich zu dritt auf den Sitz.

»Wo sollet denn hinjehn?«, fragte die Frau und drehte sich zu ihnen um.

»Zum Brandenburger Tor«, sagte Suse, aber es klang eher wie eine Frage.

»Da woll'n se heute alle hin«, grummelte die Frau, stieg ächzend in die Pedale und glitt mit ihnen langsam durch die Nacht.

Das war es, das Berlin, das sie sich vorgestellt hatten! Da waren die Menschenmassen, die sich die Straße entlangschoben. Sie kamen vorbei am Denkmal für die im Nationalsozialismus verfolgten Homosexuellen. Auf der anderen Seite sahen sie das Feld mit den Stelen des Holocaust-Mahnmals.

»Autsch, du kneifst mich«, sagte Karen und versuchte, ihren Arm von Hanni wegzuziehen, was wegen der Enge nicht gelang.

»Entschuldige. Aber ich bin plötzlich richtig aufgeregt«, gestand Hanni.

Ihr pinkfarbenes Leuchtei glitt auf das Brandenburger Tor zu. Ein hellblauer Himmel mit luftig weißen Wölkchen war daraufprojiziert. Hinter Fenstern bewegten sich die Silhouetten von Menschen, die tanzten, lachten, feierten.

Während sie näher rollten, erlosch das Scherenschnittschauspiel, und das Wahrzeichen stand stolz, unbewegt und dunkel da. Doch gerade als sie im Begriff waren, zwischen den Säulen hindurchzufahren, ging das Schauspiel von Neuem los. Suse, Karen und Hanni renkten sich fast die Hälse aus, um ja nichts zu versäumen.

»Wie weit woll'n Se noch?«, fragte die Fahrerin über die Schulter nach hinten.

»Hier ist gut«, bestimmte Karen. »Von hier können wir laufen. Was macht das?«

»Fünfundzwanzig Tacken«, sagte die Fahrerin.

Karen zahlte, und sie kletterten aus dem Gefährt.

»Meine Güte, das sieht ja genau wie auf einem Prospekt aus!«, sagte Suse und schaute sich staunend um. »Jetzt sind wir mittendrin! Das ist er, der Pariser Platz!«

»Wir und zwei Millionen andere«, bestätigte Karen.

Um sie herum wimmelte es von Menschen, und es herrschte eine Art friedliche Volksfeststimmung. Einzelne Musiker spielten Gitarre, Leute in alten DDR-Grenzer-Uniformen boten sich den Touristen zum Fotografieren an, Kinder rannten ausgelassen durch Menschenansammlungen.

»Da, das Adlon!«, rief Karen und zeigte auf einen großen kubischen Bau mit vielen Fenstern zu ihrer Rechten.

»Das aus dem Film?«, fragte Suse gespannt.

»Genau das!«

Ein Kaleidoskop von Farben huschte über die Hauswand, malte bunte Kreise und Kringel, dann explodierten die Farben, als wäre Silvester. Zwei Bodyguards standen vor dem Hoteleingang.

»Lasst uns Unter den Linden flanieren«, schlug Hanni vor, und sie gingen langsam weiter.

Das Festival of Lights hatte auch bei den Linden, die dem Boulevard seinen Namen gegeben hatten, nicht haltgemacht. Sie schlenderten durch die Baumreihen auf dem Mittelstreifen, die rechts grün und links rot angestrahlt waren.

Hanni, die in der Mitte ging, flüsterte leise vor sich hin.

»Was murmelst du denn da die ganze Zeit, Hanni?«, fragte Suse und beugte sich näher an sie heran, um sie besser verstehen zu können.

Hanni spürte, dass sie rot wurde, und war froh, dass die anderen das in der Dunkelheit nicht sehen konnten. »Ach, ich bin mit der Betonnung auf der Havel durcheinandergekommen«, sagte sie. »Und die Bäume hier sind genauso erleuchtet, wie die Tonnen gestrichen sind: wenn man stromaufwärts fährt, steuerbord grün, backbord rot. Wenn ich durch die Straße hier durch bin, weiß ich es hoffentlich für immer.«

»Ich verstehe«, sagte Suse und warf Karen einen vielsagenden Blick zu.

Sie hakten sich bei Hanni unter und steuerten sie, ganz ohne Betonnung, durch die Menschenmenge auf einen großen Kuppelbau zu, der am Ende der Straße aufgetaucht war.

»Das ist der Berliner Dom! Schau doch nur, wie verrückt der angestrahlt ist!«, sagte Suse begeistert, als sie die Rasenflächen des Lustgartens erreicht hatten, der sich vom Dom bis zur Alten Nationalgalerie erstreckte.

»Was ist das denn für ein Muster?«, fragte Hanni.

»Das sind Stoffmotive von Joop, habe ich gelesen«, sagte Karen, als der Berliner Dom gerade in Schottenmuster getaucht wurde. Sie blieben, immer noch untergehakt, stehen und beobachteten, wie der Dom sein Gewand in Engelmuster und Nadelstreifen veränderte und schließlich rot mit schwarzen Punkten angestrahlt wurde, sodass er wie ein riesiger klerikaler Marienkäfer aussah.

»Er ist offen. Ich würde gern reingehen. Habt ihr Lust?«, fragte Hanni und zeigte zu dem doppelflügligen Tor, durch das man es golden blitzen sah.

»Neee, wirklich nicht«, sagte Suse. »Ich bleibe lieber hier draußen und schaue mir das Spektakel weiter an.«

Der Dom wechselte gerade wieder mal sein Erscheinungsbild. Große Wellen brandeten über seine Kuppeln, der untere Teil war in Sand getaucht.

»Ich bleibe auch hier. Aber geh du ruhig«, schlug Karen vor.

Hanni sah unentschlossen aus, dann gab sie sich einen Ruck. »Gut. Aber wenn es euch zu lange dauert …«

»Du willst ja wohl nicht darin übernachten. Wir bekommen die Zeit schon rum! Schau mal, Suse, da kann man was zu trinken kaufen. Wollen wir?«

Karen zeigte auf einen Stand am anderen Ende des Lustgartens, der mit kleinen Lichtern dekoriert war.

»Na gut. Dann gehe ich. Wir treffen uns nachher hier.« Hanni griff ihre Handtasche fester und verließ die beiden Freundinnen, die ihr kopfschüttelnd hinterherschauten.

»Manchmal ist Hanni so neugierig und taff …«

»… und dann wieder so ängstlich wie ein kleines Küken«, ergänzte Suse den Satz, den Karen angefangen hatte. »Wir wissen nicht wirklich viel von ihr, findest du nicht?«

»Wie sollten wir auch? Das ist ja erst unser zweites Treffen, Suse. Ich habe Freundinnen, die kenne ich über zwanzig Jahre, und sie wissen weniger von mir als ihr.«

»Auch wieder wahr«, sagte Suse.

Hanni schritt die Treppenstufen zum Eingangsportal des Doms hoch. Als sie oben angekommen war, drehte sie sich um und spähte in den Lustgarten, wo die Menschen in der Dunkelheit standen. Die Freundinnen konnte sie von hier aus nirgends entdecken.

Ich bin allein, dachte Hanni, aber auch frei. Sie konnte entscheiden, wohin die Reise ging, und unzählige Richtungen waren denkbar. Es machte ihr Angst und begeisterte sie zugleich – zwei Gefühle, die sie in letzter Zeit häufig empfunden hatte, und zwar gleichzeitig, sodass sie manchmal ganz erschöpft war. Es hatte nicht so viel mit diesem Tag zu tun, sondern mehr mit der Erkenntnis, die mit dem Granny-Nanny-Job einherging: Du kannst mit deinem Leben machen, was du willst.

Und jetzt wollte sie in den Dom.

Gerade als Hanni in den Vorraum der Kirche trat, erhoben sich im Innenraum Menschen und begannen, dem Ausgang zuzustreben. Immer nur für einen Moment konnte sie das Innere der Kirche betrachten, bevor die Hinausströmenden den Blick wieder versperrten. War gerade ein Gottesdienst zu Ende gegangen? Oder eine andere Veranstaltung? Hanni versuchte gegen den Menschenstrom anzukämpfen, aber er schien kein Ende nehmen zu wollen. Gut, dann würde sie eben draußen warten.

Sie ließ sich ein bisschen weitertreiben und stand unvermittelt vor einer schweren Holztür. Sie war geöffnet, eine steinerne Treppe führte nach unten. Hannis Blick blieb an einem Schild über der Tür hängen: Hohenzollerngruft.

Sie wandte sich um. Noch immer schien der Menschenstrom aus dem Dom kein Ende zu nehmen. Statt im Foyer zu warten, konnte sie genauso gut die alten Hohenzollern besuchen. Und so stieg sie, ihre Handtasche fest umklammernd, die Treppe in die Gruft hinunter.

Unten empfing Hanni die Kühle von altem Stein, der nie die Sonne gesehen hatte. Nur schwach war der unterirdische Raum beleuchtet, was ihm etwas Unheimliches gab, besonders, wenn man sich vorstellte, dass hier fast hundert Kurfürsten, Könige und Kaiser, deren Frauen und Kinder lagen.

Langsam ging sie die Reihen mit den Sarkophagen entlang. Es gab große, verziert mit Totenschädeln und Ranken, auch viele kleine, schlichte Steinsärge. Manche der königlichen Familien hatten fünf und mehr Kinder zu beklagen, entnahm sie den Geburts- und Todesdaten. Das musste schrecklich für die Frauen gewesen sein. All die Geburten, immer in der Hoffnung und in der Pflicht, die Linie des Herrscherhauses zu erhalten. Dann starben die Kinder und die nächste Schwangerschaft folgte …

Hanni fröstelte. Die kühle Luft hier unten hatte etwas Unbewegtes und zugleich etwas Verbrauchtes. Etwas Totes. Ein weiterer Schauer überlief sie, als sie an Hermanns Beisetzung denken musste, an die Kapelle auf dem Friedhof in Weihenzell, in der die Stimmung ähnlich leblos gewesen war.

»Hermann?«, flüsterte sie. »Bist du hier? Hörst du mich?«

Doch der Stein schluckte ihre Worte, als hätte sie sie niemals ausgesprochen.

Hanni zog ihre Allzweckjacke enger um sich und wandte sich dem Ausgang zu. Lieber wieder nach oben, an das Licht, einen Blick in den Innenraum des Doms werfen. Und dann nichts wie zurück zu den Freundinnen, zu ihrem Lachen, ihrem Verständnis. Ihrer Wärme. Ihrem Leben.

Sie hastete den Gang zurück zur Tür, warf einen flüchtigen Blick auf den Sarkophag des Enkels von Kaiser Wilhelm II., als unvermittelt das Licht ausging. Die Tür wurde geschlossen, und ein Schlüssel drehte sich im Schloss.

Hallo!, wollte Hanni rufen, aber der Schreck war ihr auf die Stimme geschlagen, und so klang es eher, als ob ein heiserer Rabe krächzte. Bevor sie zum zweiten Mal rufen konnte, war, wer immer abgeschlossen hatte, schon zu weit entfernt, um sie zu hören.

Hanni war allein. Im Stockdunkeln unter dem Berliner Dom, lebendig begraben in der Hohenzollerngruft mit den Gebeinen von vierundneunzig verblichenen preußischen Herrschern.

»Hanni braucht aber wirklich lange, um den Dom zu besichtigen«, sagte Suse und trank den letzten Schluck ihrer Bionade aus. »Vielleicht findet ja gerade ein Gottesdienst statt. Meinst du, sie ist sehr religiös? Sie kommt ja aus Bayern.«

»Keine Ahnung. Wir müssen sie mal fragen. Wahrscheinlich ist sie katholisch. Der Dom ist eine evangelische Hauptkirche. Da gibt's keinen Weihrauch, und noch so einiges mehr ist anders.«

»Das kann ja wohl keinen Unterschied machen«, gab Suse energisch zurück. »Gott bleibt Gott, ob geräuchert oder nicht. Auf jeden Fall will ich weiter. Mir ist bannig kalt! Wollen wir mal schauen, wo sie bleibt?« Sie stampfte mit den Füßen, um sich ein bisschen aufzuwärmen. In diesem Moment klingelte in den Tiefen ihrer Tasche ihr Handy. »Nanu? Wer ist das denn?«

»Vielleicht Martin«, bemerkte Karen.

Suse schnitt eine Grimasse und begann zu kramen. Endlich fand sie es. »Hallo? Hallo? Wer ist da? Ich versteh nicht …«, sagte sie und sah dann Karen an. »Huch, sie ist weg. Ich glaube, das war Hanni! Wo steckt sie denn?«

In diesem Moment klingelte auch Karens Handy. Sie hatte es in ihrer Manteltasche und griff hastig danach. »Hanni? Bist du das? Was ist los?«

»Ich … Gr… Hilfe … nicht …«, hörte Karen, dann war auch dieser Empfang unterbrochen. Karen und Suse sahen sich erschrocken an.

»Ob sie Hanni entführt haben?«, fragte Suse unruhig. »Es klang, als ob sie aus einem Kofferraum telefoniert hätte!«

»Quatsch«, sagte Karen entschieden. »Warum sollte sie denn entführt werden?«

»Keine Ahnung! Irgendeine Mafia in Berlin, die sie mit jemandem verwechselt hat!« Suse drückte auf die Rückruftaste. »Guten Tag und willkommen bei O2«, flötete eine Frau, und Suse beendete rasch die Verbindung.

»Komm, wir gehen in den Dom und schauen, ob sie noch da ist«, sagte Karen, und sie liefen die Stufen hinauf.

Die Flügeltüren des Doms waren inzwischen geschlossen. Karen drückte sie auf, und sie betraten den Vorraum. Suse ließ den Blick schweifen, dann folgte sie Karen, die schon Richtung Altar lief, und blieb neben ihr stehen.

»Das ist ja beeindruckend«, sagte Karen und schaute andächtig nach oben in den Kuppelbau und zur riesigen

Orgel. Sie war so fasziniert, dass sie ganz vergaß, dass sie Hanni suchten.

Suse allerdings nicht. »Hanni?«, rief sie leise. Ihre Stimme hallte in der leeren Kirche wider. Sie bekam keine Antwort. »Hanni! Bist du hier?«

Nichts. Doch. Was war das? Etwas piepte.

»Ich habe eine SMS bekommen«, sagte Suse zu Karen, die nun den Blick von der Orgel abwandte. Mit gerunzelter Stirn las Suse vor. *»a2binindefrfgruftghammi.«* Sie hielt Karen das Handy vor die Nase. »Hannis Nummer! Was soll das? Verstehst du das?«

Karen suchte nach ihrer Lesebrille und griff nach dem Handy. »Hammi soll wahrscheinlich Hanni heißen. Und a2bin wahrscheinlich einfach nur bin. Bin … in … der Gruft.«

»O Gott«, sagte Suse alarmiert. »Welche Gruft meint sie? Haben sie Hanni lebendig eingemauert?«

»Gruft? Gruft? Moment. Da hab ich doch eben was gelesen!«, sagte Karen. »Komm mal mit.«

Sie gingen zurück in den Vorraum, wo Karen sich suchend umschaute. »Da!«

Sie zeigte auf das Schild über der Tür zur Hohenzollerngruft, versuchte die Tür zu öffnen, aber sie war abgesperrt.

»Jede Wette, dass Hanni da drin ist«, sagte Suse aufgeregt. »Wir müssen jemanden finden, der die Tür aufschließt! Hanni, hörst du uns?«, rief sie durchs Schlüsselloch und drückte das Ohr in der Hoffnung auf eine Antwort an die dicke Holztür. Aber alles blieb stumm.

»Das sollte mich sehr wundern, wenn Ihnen da unten jemand antwortet«, erklang hinter ihnen eine Stimme. Suse und Karen drehten sich um. Ein junger Mann mit langen blonden Locken sah sie amüsiert an. Er trug einen dunklen Anzug und hielt in der Hand eine schwarze Mappe. »Und wahrscheinlich ist es auch besser so. Politisch, meine ich. Die alten Herrschaften wären von der Demokratie reichlich verwirrt. Und wir von ihnen.«

»Das bin ich auch manchmal ohne einen Kaiser«, murmelte Karen.

»Wir glauben, dass unsere Freundin da eingesperrt ist«, rechtfertigte sich Suse. »Haben Sie einen Schlüssel zur Gruft?«

»Ich bin hier nur der Organist«, sagte der Mann. »Aber ich kann ja mal den Hausmeister anrufen. Der wird allerdings schon auf dem Weg nach Hause sein.«

Halt durch, tippte Karen in ihr Handy, *wir holen dich da raus!*

Es dauerte noch einmal eine halbe Stunde, bis der Hausmeister mit dem Schlüsselbund anrückte. Als er die Tür zur Gruft öffnete und das Licht anmachte, fiel Hanni ihnen allen um den Hals – den Freundinnen, dem Hausmeister, selbst dem jungen Organisten. Sie war kreidebleich, ihre Lippen waren blau und ihre Augen rot gerändert.

»Ich … ich war wie tot«, sagte sie zittrig. »Es war grauenhaft.«

Oben angekommen, hakten Suse und Karen Hanni fürsorglich unter. Sie verabschiedeten sich von den beiden Männern, und zu dritt traten sie in die erleuchtete Nacht hinaus. Hanni atmete tief durch.

»Ich brauch jetzt einen Drink.«

»Wie wär's mit einer Bionade?«, fragte Suse.

»Nein, es muss etwas Stärkeres sein. Mir ist kalt bis in die Knochen. Ich will einen Glühwein. Oder noch besser einen Grog.«

In der Sophienstraße hinter dem Hackeschen Markt

fanden sie eine alte Berliner Kneipe, die glücklicherweise nicht von Touristen überlaufen war. Sie bestellten einen Grog für Hanni, einen grünen Tee für Suse und ein kleines Bier und eine Bockwurst mit Kartoffelsalat für Karen (»Gebt mir Kohlehydrate! Wer weiß, wann ich wieder was zu essen bekomme!«).

Nach den ersten Schlucken bekam Hanni allmählich wieder etwas Farbe. »Die Runde geht auf mich. Weil ihr mich gerettet habt«, sagte sie.

»Aber das stimmt nicht, Hanni. Du hast dich selbst gerettet!«, warf Suse ein. »Du hast uns eine SMS geschickt.« Auch wenn wir sie nicht gleich entziffern konnten, verkniff sie sich hinzuzufügen.

Plötzlich sah Hanni richtig stolz aus. »Ja, ich war froh, dass mir das eingefallen ist«, sagte sie und zog ihr Handy aus der Tasche. Sie legte es vor sich auf den Tisch und sah es beglückt an. »Wisst ihr, dass das die erste SMS war, die ich jemals geschickt habe? Ich musste erst probieren, wie das mit diesem mehrfachen Tippen geht. Hat ein bisschen gedauert, bis ich es raushatte. Und wie man die Telefonnummern findet und einsetzt, war auch nicht so leicht. Aber ihr wart die Einzigen, die unter Kontakt standen! Mein Handy hat mir das Leben gerettet!« Sie streichelte das kleine schwarze Gerät.

Karen sah sie beeindruckt an. »Chapeau, Hanni! Ich fand ja neulich schon, dass du nicht unbegabt bist, was die Technik angeht. Nur unwillig.«

Hanni räusperte sich und nahm das Grogglas in beide Hände, um sich daran zu wärmen. »Eigentlich habe ich mich immer dafür interessiert. Wenn wir einen neuen Videorekorder oder später DVD-Rekorder oder einen neuen Fotoapparat gekauft haben, war ich es, die Hermann erklärt hat, wie das Gerät funktioniert.«

»Weshalb hast du denn dann solche Probleme mit Computern und Handys?«, fragte Suse.

Hanni sah sich vorsichtig um, ob sie auch nicht belauscht wurden. Aber die anderen Gäste würdigten sie keines Blickes. Trotzdem beugte sie sich noch ein bisschen vor, sodass nur Karen und Suse ihr Flüstern hören konnten.

»Also, das war so … Vor acht Jahren haben wir einen Computer gekauft. Ben fand, dass wir einen brauchen. Hermann hat sich sofort daraufgestürzt. Zuerst hat er nur seine Fotos übertragen und sortiert. Dann ist er immer länger im Keller geblieben. Da war seine Dunkelkammer, so hat er es genannt. Er hat mich total ausgegrenzt. Ich fand das schade, aber ich hab ihn machen lassen. Ich hatte ja den Haushalt. Und Ben meinte, sein Papa bräuchte was nur für sich.«

Sie trank, wie um sich Mut zu machen, noch einen Schluck von ihrem Grog.

»Und?«, fragte Karen.

»Dann bin ich eines Tages überraschend reingekommen und hab gesehen, dass er da munter Pornoseiten aufruft. Nackiche Frauen mit riesigen Brüsten! Richtiggehende Mopslandschaften! Ich war sauer! Ich meine, schaut mich doch mal an. Wenn er auf so was steht, was hat er denn dann jemals an mir gesehen?«

Sie zeigte auf ihre eigenen mädchenhaften Rundungen, die unter der sorgfältig gebügelten Bluse kaum zu sehen waren.

»Freu dich bloß, dass du nicht so einen großen Vorbau hast«, sagte Karen und verschränkte die Arme vor ihrem üppigen Busen.

»Da ist aber noch mehr, oder, Hanni?«, fragte Suse freundlich.

Hanni fingerte an ihrem Handy herum. »Und zwischen uns … Na ja, wir waren damals über zwanzig Jahre verheiratet, und … ihr wisst schon, das Sexleben war eingeschlafen. Aber ich dachte, wir wären trotzdem ein gutes Team. Ich meine, nach so vielen Jahren Ehe kann doch Sex nicht mehr so wichtig sein, oder? Deshalb hab ich Hermann ein Ultimatum gestellt: ich oder der Computer. Er hat den Computer gewählt. Er war richtig süchtig nach diesen Pornoseiten! Ich fand es widerlich. Und das hat ihn immer häufiger in den Keller getrieben. Da ist er auch gestorben«, raunte sie.

»Hat er einen elektrischen Schlag bekommen?«, fragte Karen, die noch nicht ganz begriff. »Oder ist er die Treppe runtergefallen?«

Hanni schüttelte peinlich berührt den Kopf. »Überanstrengt …«, wisperte sie, »… er hat sich überanstrengt.«

Bei Suse fiel der Groschen. Sie machte eine unmissverständliche Handbewegung, und als Karen endlich verstand, hielt sie sich erschrocken die Hand vor den Mund.

»O nein! Beim …« Sie unterbrach sich.

Hanni nickte düster. »Genau. Dabei. Er hat es echt übertrieben. Er hatte sowieso Probleme mit dem Herzen. Seitdem wollte ich von Technik einfach nichts mehr wissen! Ich hatte so einen Widerwillen! Jetzt sehe ich das anders. Mein Handy hat mich gerettet. Das ist ein Zeichen.«

Sie nahm es behutsam hoch und wärmte es zwischen ihren schmalen Händen. »Ich glaube, es ist an der Zeit, dass ich mich mal ein bisschen damit befasse. Die neue Welt rauscht sonst an mir vorbei.«

»Und wir könnten deine SMS auch besser lesen. Für den nächsten Notfall«, konnte Karen sich nicht verkneifen.

Als Hanni sehr viel später an diesem Abend zurück aufs Hausboot kam – von Berlin Mitte bis an die Havel war es ganz schön weit –, machte sie noch etwas, das sie bis zu diesem Moment nicht für möglich gehalten hätte. Sorgfältig zog sie beide Eheringe ab und legte sie in die Schublade des Nachtschränkchens neben ihrem Bett.

»Mach's gut, Hermann«, sagte sie und lächelte. »Wo immer du auch bist.«

14. Kapitel

Liebe Frau Parotat,
was ich vergessen hatte zu schreiben: Sicher freuen sich die Kinder der Alleys besonders auf Halloween. Obwohl der Brauch ja auch in Deutschland auf dem Vormarsch ist, hat es in den USA eine ungleich größere Bedeutung, sagte mir neulich mein Sohn. Kürbisschnitzen?
Herzliche Grüße aus Hamburg
Ihre Clara Behrens

»Daddy kommt! Daddy kommt! *Look*, Karen, da ist er!«

Aufgeregt stand Phoebe am Fenster und drückte sich an der Glasscheibe die Nase platt. Ihr Bruder stürmte ins Zimmer und versuchte, sie wegzuschubsen, um besser hinausschauen zu können. Aber Phoebe klammerte sich an Karen fest, und sie beide wegzudrängen, schaffte Mark nun wirklich nicht. Auch Eliza stellte sich neben die Kleinen und beobachtete, wie der Maybach vor der Tür hielt.

Das Verhältnis zu Eliza hatte sich in der letzten Woche unmerklich geändert. Sie war immer noch sehr abweisend, aber weniger Karen als vielmehr ihrer Mutter gegenüber. Wenn das Mädchen sie anlächelte, wurde Karen warm ums Herz.

Rhonda dagegen war unverändert – streng auf der einen Seite, unverbindlich und ein bisschen lieblos auf der anderen. Manchmal zog Karen Parallelen zu ihrer Tochter und zu deren Familie. Sie konnte nur hoffen, dass Sophiechen und Vincent miteinander später auch so gut auskamen wie Mark und Phoebe und dass ihre Tochter Anne niemals so eine selbstbezogene Frau wie Rhonda werden würde. Ein Wunsch, der voraussetzte, dass sie es nicht bereits war. Auf der anderen Seite kam Rhonda ihr auch allein gelassen vor. Aber das mochte jetzt, mit der Ankunft ihres Mannes, anders werden.

Der Maybach parkte, und ein Mann stieg aus. Die Kinder begannen wie verrückt zu winken und gegen die Fensterscheibe zu klopfen. Der Mann winkte zurück. Phoebe, Mark und Eliza rannten hinaus.

Karen blieb noch einen Moment am Fenster stehen und schaute in den Vorgarten hinunter. In den vergangenen Nächten hatte es Frost gegeben, und die Blätter an den Bäumen, bis kurz zuvor noch bunt verfärbt, sahen trocken und braun aus, soweit sie nicht sowieso schon weggeweht waren. Es war stürmisch gewesen. Phoebe und Mark liebten es, beim Spazierengehen mit Krupp durch die Laubhaufen zu toben und sich gegenseitig mit Blättern zu bewerfen.

Das ist also Paul Alley, dachte Karen. Insgeheim hatte sie sich manchmal gefragt, ob es ihn überhaupt gab. Einmal hatte sie Rhonda auszuhorchen versucht, aber eine so ausweichende Antwort erhalten, dass sie nicht ein zweites Mal gefragt hatte.

Ihr Gastvater, den Fahrer Jürgen offenbar gerade vom Flughafen abgeholt hatte, hatte rotbraunes Haar wie Eliza, allerdings war nur noch ein Kranz um den Kopf davon geblieben. Mr. Alley trug einen eleganten Nadelstreifenanzug und hielt eine schwere Aktentasche in der Hand. Er war groß und lief ein bisschen gebückt wie jemand, der es gewöhnt war, reflexartig den Kopf einzuziehen. Er war schlank, aber längst nicht so mager wie Rhonda.

»Kein Kunststück! Er isst ja auch nicht hier«, murmelte Karen, die das Gefühl hatte, dass sie inzwischen auch einiges abgenommen hatte.

Sie wunderte sich noch, wo er eigentlich sein Gepäck hatte – Jürgen war bereits zur Garage weitergefahren –, da öffnete sich auch schon die Haustür. Mark und Phoebe stürzten die Eingangsstufen hinunter und auf ihren Vater zu. Ihr begeistertes Geschrei war bis nach oben zu hören. Dann folgte Eliza. Sie blieb vor ihrem Vater stehen. Der schüttelte die beiden Kleinen ab, die sich an seinen Arm gehängt hatten, und breitete die Arme weit aus. Ohne zu zögern, ließ Eliza sich hineinfallen.

Einen Moment wirkte es, als stünden sie beide ganz allein da im herbstlichen Vorgarten vor der dreistufigen Treppe, auf der die Halloween-Kürbisse standen, die Karen mit den Kindern ein paar Tage zuvor ausgehöhlt hatte und in denen jeden Abend Kerzen brannten.

Karen fragte sich, warum der Anblick dieser Vater-Tochter-Umarmung sie so rührte. Wahrscheinlich, weil Eliza ihrer Mutter gegenüber immer so kratzbürstig war. Sie wandte sich ab. Sie wollte nach unten, um Paul Alley ebenfalls zu begrüßen.

Als sie die Treppe herunterkam, waren die Alleys im Flur versammelt. Krupp bellte wie verrückt, die Kleinen turnten um den Vater herum, Eliza hatte sich bei ihm untergehakt. Rhonda allerdings stand stocksteif neben ihrem Mann, ihr Gesicht hinter einer sorgfältigen Make-up-Maske verborgen.

»Paul, *this is our new* Granny-Nanny«, sagte sie und zeigte auf Karen, die langsam die Treppe hinunterging.

»Guten Tag, mein Name ist Karen Parotat. *Nice to meet you,* Mr. Alley«, sagte Karen und reichte ihm die Hand. Er ergriff sie und schüttelte sie mit festem Händedruck.

»Hallo, Frau Parotat. Schön, dass Sie sich um unsere Rasselbande kümmern«, antwortete er.

»Oh, Sie sprechen ja fantastisch Deutsch!«, sagte Karen überrascht. Bis auf einen kleinen Akzent war Mr. Alleys Deutsch perfekt.

»Ja, ich habe vier Jahre in Deutschland studiert. Deshalb haben wir hier ja auch eine Zweigstelle der Firma aufgebaut. *German business.* Leider nur bis Januar, aber das wissen Sie ja. Dann geht es für uns wieder in die States.«

Er lächelte. Er war kein besonders attraktiver Mann, doch sein Lächeln war ausgesprochen gewinnend, geradezu charmant, und Karen lächelte zurück.

Dann wandte er sich wieder seiner Familie zu. »Was haltet ihr davon, wenn ich mich ein bisschen frisch mache und euch dann zum Essen einlade? Sie natürlich auch, Karen.«

Die Kleinen brachen in begeistertes Gebrüll aus, und Eliza warf ihrer Mutter einen triumphierenden Blick zu.

»Italienisch, Daddy, ich habe solchen Appetit auf Pasta!«, bettelte sie, aus den Augenwinkeln beobachtend, wie ihre Mutter darauf reagierte.

»Sure, my little cupcake«, antwortete Paul Alley liebevoll und tätschelte die Wange seiner ältesten Tochter. »Gebt mir zehn Minuten. Rhonda, machst du für uns eine Reservierung bei Antonella's um sechs?«, bat er seine Frau, dann verschwand er im Trakt des Erdgeschosses, in dem Elternbad und -schlafzimmer lagen.

Eine halbe Stunde später stiegen die fünf Alleys in den Maybach. Karen hatte sich angeboten, zu Fuß zu gehen. Erstens fand sie es einfach unmöglich, bei jeder Gelegenheit den Wagen zu nehmen – das Antonella's lag höchstens einen Kilometer von der Villa der Alleys entfernt –, zweitens würde Krupp hoffentlich nicht so durchgeknallt wie sonst immer sein, wenn er vorher ein bisschen laufen konnte, und drittens wollte sie ihrer Gastfamilie die Gelegenheit geben, wenigstens mal kurz miteinander allein zu sein.

Als sie kurze Zeit nach den Alleys das italienische Restaurant betrat und auf den weiß eingedeckten Tisch zusteuerte, spürte Karen jedoch sofort, dass etwas nicht stimmte. Es herrschte Schweigen, was für die Familie ungewöhnlich war. Ein markiges »Heraus mit der Sprache!« kam ja nicht infrage, also versuchte sie an den Gesichtern abzulesen, was geschehen war. Mark und Phoebe strahlten sie an, Eliza beobachtete ihren Vater gespannt. Der hatte den Blick gesenkt und spielte mit einem Bierdeckel, und Rhonda sah aus … als hätte sie Tränen in den Augen.

»Wir gehen zu Halloween ins Ritz-Carlton! Du auch!«, platzte Phoebe heraus, als Karen sich gesetzt hatte.

»Weißt du denn, was das Ritz-Carlton ist?«, fragte Karen, um ihre Überraschung zu verbergen.

»Ein Hotel! Da sind Geister! Und Hexen! Und Vampire! Und Kürbisse!« Phoebe schüttelte sich vor Begeisterung.

Karen war sich sicher, dass es im Ritz-Carlton am Potsdamer Platz keine Geister gab. Was hatten sie Phoebe nur erzählt? Sie sah Eliza fragend an.

»Daddy hat uns ins Ritz-Carlton eingeladen. Von Samstag auf Sonntag. Über Nacht. Dort gibt es an Halloween eine Party. Vorher gehen wir alle ins KaDeWe und suchen uns eine richtig gruselige Verkleidung aus!«, sagte Eliza strahlend.

Jetzt verstand Karen. Sie lachte. »Oh, das ist ja aufregend. Aber wäre es nicht besser, wenn ich zu Hause bliebe? Krupp darf doch sicher nicht mit. Oder soll Jürgen auf ihn aufpassen?«

»Ich bleibe zu Hause«, sagte Rhonda gepresst. Sie warf ihre Serviette auf den Tisch und stand auf. »*Excuse me.* Ich muss mal kurz raus …«

Mr. Alley sah seiner Frau stirnrunzelnd nach. Unmut glaubte Karen in seinem Blick zu lesen, und sie verstand ihn nur zu gut. Konnte Rhonda denn niemals etwas mit ihrer Familie zusammen machen? Musste sie sich immer ausgrenzen? Es war doch reizend von ihrem Mann, sie alle einzuladen! Diese Frau war einfach unmöglich.

Karen griff erst nach ihrer Lesebrille und dann zur Speisekarte. Ihr Blick blieb an den Preisen hängen. Vierundzwanzig Euro für ein simples Nudelgericht? Tomaten und ein paar Kapern? Waren die verrückt? Aber sie schien die Einzige zu sein, der das auffiel. Und als alle bestellten, beschloss sie, den Preis ebenso wie Rhondas wortlosen Vorwurf zu ignorieren und entschied sich für eine große Portion Spaghetti und einen Viertelliter Chianti.

Dementsprechend satt und beschwingt machte Karen sich später – wieder allein – auf den Nachhauseweg. Es war kühl, und sie war froh, dass sie ihren Schal dabeihatte. Der Herbstwind pfiff übers Dahlemer Feld und jagte die Wolken am Abendhimmel vor sich her. Ab und zu blitzte der Mond blass hindurch, dann verschwand er wieder. Auf der Straße wirbelten die Blätter von den Bäumen wie braune Nachtfalter.

Als sie an einem großen Laubhaufen vorbeikam, konnte sie nicht anders. Genau wie Phoebe und Mark wirbelte sie mit den Füßen schwungvoll die Blätter hoch, während Krupp ihnen kläffend nachflitzte. Sie würde im Ritz-Carlton übernachten! Sie konnte es nicht abwarten, Suse und

Hanni beim kommenden Montagstreffen davon zu berichten.

Als Karen am Morgen des großen Events in einem kinderleeren Bett erwachte – sie vermutete, dass Phoebe zu ihrem Vater gekrabbelt war, um dem bösen Traumwolf zu entkommen –, überlegte sie, was sie für die Kinder zur Übernachtung ins Ritz-Carlton mitnehmen musste. Pyjamas, Wäsche, Zahnbürsten … Und für sich selbst ebenfalls. Auch Make-up und etwas Schickes zum Anziehen für das Frühstück. Sie war nicht sicher, ob von ihr erwartet wurde, dass sie die ganze Zeit bei den Kindern blieb. Für den Fall, dass nicht, würde sie auch ein Buch und einen Badeanzug mitnehmen. Paul Alley hatte erwähnt, dass es im Ritz einen Wellness-Bereich gab. Oh, dort im Pool zu liegen wäre himmlisch!

Karen gab es sich selbst gegenüber ungern zu, aber manchmal fiel es ihr schwer, die Treppe bis zum Dachgeschoss hochzusteigen. Seit sie in Berlin war, tat ihr das linke Knie weh. Abnutzung? Arthrose? Musste sie einen Termin mit einem Orthopäden vereinbaren? Jedenfalls war die Aussicht, es einen entspannten Abend lang in warmes Wasser zu tauchen, ausgesprochen verlockend.

Das Frühstück war eine unruhige Angelegenheit, weil Phoebe und Mark es nicht erwarten konnten, dass es losging. Aber wenigstens aßen sie etwas, das die Bezeichnung Frühstück verdiente. Rhondas Einkaufsliste war mit der Ankunft ihres Mannes deutlich länger geworden. Es gab Fruchtjogurt, Toast, Marmelade und Spiegeleier, und die Kinder futterten sich begeistert durch mehrere Schüsseln Cornflakes.

Wie immer schnurrte Elizas Handy in einem fort. Einmal beugte sich Mark neugierig zu ihr hinüber. Eliza war zu vertieft in den Text, um das Handy außer Sichtweite zu bringen, und Mark las, was auf ihrem Display stand. Prompt quiekte er los.

»*Kisses*? Eliza hat einen Freund!«

Er hätte tot umfallen müssen, wenn Blicke töten könnten.

»Hast du wirklich einen Freund, Eliza?«, fragte ihr Vater interessiert.

Er sah ausgeruht aus und war für den Tag mit seinen Kindern lässig-elegant gekleidet: schwarze Jeans, ein hellblaues Hemd und ein dezent kariertes Sportjackett. Jeder Zoll seiner großen Gestalt schien von einer Art Selbstverständlichkeit beherrscht zu sein, dass er und seine Familie sich auf der Sonnenseite des Lebens befanden.

Eliza schüttelte heftig den Kopf. Doch ihre Wangen wurden flammend rot, und Karen war sicher, dass sie schwindelte. Sie beschloss, in nächster Zeit ein bisschen mehr darauf zu achten, mit wem Eliza Umgang hatte.

Rhonda war zum Frühstück gar nicht erst erschienen, und als der Maybach vorfuhr, um sie ins KaDeWe zu bringen, tauchte sie auch nicht auf, um sich von ihrer Familie zu verabschieden. Es schien niemandem außer Karen aufzufallen.

Luxus hat etwas Selbstverständliches, dachte sie zufrieden, als Jürgen sie alle vor dem Kaufhaus absetzte und auf Zuruf in das Parkhaus des KaDeWe fuhr. Geld heißt, nicht warten zu müssen, es bequem zu haben. Es war warm, es war weich, es war ein Seelenpolster … Und kaum hatte sie es gedacht, fühlte sie sich schon ein bisschen schuldig. Nun gut, im Januar würde das schon wieder vorbei sein. Warum es nicht bis dahin genießen?

Das edle Kaufhaus war an diesem Vormittag so gut besucht, als fürchteten die Berliner statt der Nacht der Geister einen Versorgungsengpass. Aber nicht nur Berliner, auch Touristen aus aller Welt bevölkerten das KaDeWe, und viele Sprachen erklangen. Die häufigste war Russisch.

Karen musste aufpassen, dass sie in dem Gedränge die Kinder im Blick behielt. »Halloween-Verkleidungen im vierten Stock«, sagte sie, nachdem sie an der Information gefragt hatte.

»Sie kümmern sich um die Kinder. Ich habe hier unten was zu erledigen. Wir treffen uns hinterher im sechsten Stock in der Champagnerlounge«, ordnete Paul Alley an. »Oh, Eliza, hier ist meine Platincard. Nicht mehr als tausend, okay, *honey?*« Er fischte aus seiner Brieftasche eine Kreditkarte und gab sie Eliza, die sie mit nonchalanter Selbstverständlichkeit entgegennahm.

Tausend? Er meinte doch wohl nicht tausend *Euro?* Was sollten die Kinder denn anziehen: Halloween-Nerze? Karen schluckte, aber sie riss sich zusammen.

»Sollen wir Ihnen auch ein Outfit mitbringen, Mr. Alley?«, fragte sie.

»Nein danke, das ist nicht nötig. Ich werde an dem Spektakel nicht teilnehmen. Das ist Ihre Aufgabe, Karen«, antwortete er freundlich, aber bestimmt.

Dann wandte er sich der Parfümabteilung zu, wo ihm eine Verkäuferin, elegant in Schwarz mit hohen Pumps und dick geschminkt, lächelnd entgegenkam.

So viel zu meinem Besuch in der Wellness-Abteilung, dachte Karen resigniert. Aber hey, ich bin ja hier nur die Granny-Nanny. Und so naiv, dass ich geglaubt habe, ich könnte auch mal einen Tag im Luxus schwelgen! Es war eben ein himmelweiter Unterschied, ob man von reichen Leuten mitgenommen wurde oder ob man selbst reich war.

Eine Stunde später drängelten Karen und die Kinder sich durch die legendäre Fressabteilung des KaDeWe. Karen war nicht nur vom An- und Ausziehen der Verkleidungen erschöpft, sie trug auch vier Papiertüten mit ihren Einkäufen. Phoebe hatte sich für ein blutrotes Teufelskostüm entschieden, Mark würde als Skelett gehen, und Eliza hatte ein punkiges Hexenkostüm gewählt, das nicht anders aussah als die Teile, die in ihrem Kleiderschrank hingen. Allenfalls ein bisschen weniger zerrissen.

Karen hatte zuerst mit einem viktorianischen Vampirkostüm geliebäugelt, in dem sie dank eines geschnürten Lederkorsetts eine erstaunlich schmale Taille hatte, hatte sich dann aber doch für die praktische Geisterkluft entschieden. Sie hatte den Vorteil, dass sie ihre normale Kleidung darunter tragen konnte und sich nicht dramatisch schminken musste. Warum das schnöde Bettlaken mit zwei Augenlöchern über hundert Euro gekostet hatte, verstand sie allerdings nicht. Wahrscheinlich lag es an den mit Silbergarn aufgestickten Ketten.

So kamen sie also abgekämpft zur Champagnerlounge, wo Mr. Alley bereits vor einem halb leeren Glas und einem Teller mit leeren Austernschalen saß.

»Oh, da seid ihr. Habt ihr alles?«, fragte er, während Karen in die Runde sah und die Gläser fixierte.

Sie würde sich definitiv für Champagner Rosé entscheiden! Eiskalt, perlend, den Einkaufsstress vergessend, auf Augenhöhe mit den Oligarchengattinnen, die am anderen Ende der Theke munter im Takt ihre diamantbesetzten Rolexuhren schüttelten …

»Ja, Daddy«, antwortete Mark eifrig. »Willst du mal mein Kostüm sehen?«

»Nein, Mark. Später. Dann lasst uns jetzt gehen«, entschied sein Vater und leerte sein Glas mit einem langen Zug. »Eliza? Meine Karte, bitte.«

Es schimmerte vornehm, als die Karte über den Tresen glitt.

Karens Herz sank. Kein Champagner. Wie schade!

Beladen wie ein Packesel trottete sie ihrer Gastfamilie in Richtung Rolltreppe hinterher, während Paul Alley angeregt mit seinen Kindern plauderte und nichts als ein winziges Tütchen aus der Parfümerieabteilung trug.

»Was hast du in der Tüte, Daddy?«, hörte sie Mark fragen.

»Chanel N°5«, antwortete Mr. Alley knapp und in einem Ton, der Mark verbot, noch weiter zu fragen.

Mark maulte nicht, obwohl Karen bezweifelte, dass er etwas mit dieser Antwort anfangen konnte. Sie dagegen konnte schon etwas damit anfangen. Chanel N°5 war einer der Düfte, die sie immer erkennen würde, auch wenn sie ihn bis jetzt noch nie an Rhonda Alley bemerkt hatte. Wie nett war es von ihrem Mann, ihr etwas mitzubringen! Mit jedem Tag war ihr Paul Alley sympathischer, war sie überzeugter, dass Rhonda so einen charmanten, familienorientierten Mann nicht verdient hatte.

Vor dem KaDeWe holte Jürgen sie wieder ab, und als der Maybach schließlich vor dem Ritz-Carlton hielt, wurde die Tür von einem Pagen geöffnet.

»Jürgen, wir brauchen Sie erst morgen früh wieder. Bitte holen Sie uns um 9:30 Uhr ab«, sagte Mr. Alley.

Jürgen nickte, und kaum waren Vater, Kinder, Karen, Taschen und Tüten ausgeladen, brauste er davon.

Karen sah sich genau um, als sie die Hotellobby betraten, damit ihr ja nichts entging. Diese teure Gediegenheit! Dieser Stil, der Geschmack und Geld vereinte!

»Guten Tag, Mr. Alley«, sagte die Rezeptionistin hinter

dem Empfangstresen. »Wir haben Ihnen die zwei zusätzlichen Zimmer eine Etage höher reserviert. Wie Sie es gewünscht haben. Ich hoffe, Sie und Ihre Kinder haben Spaß bei unserer Halloween-Party!«

Wie die Dame es sagte, fand Karen sehr freundlich, *was* dagegen unerklärlich. Warum waren ihre Zimmer nicht auf einem Flur? Und wie war die Zimmerverteilung überhaupt gedacht? Und warum begrüßte die Rezeptionistin Mr. Alley wie einen … Stammgast?

»Ich schlafe bei Karen«, verkündete Phoebe da auch schon.

»Kann ich bei dir schlafen, Daddy?«, fragte Mark.

»Nein, *son*«, antwortete Paul Alley entschieden. »Du teilst dir das Zimmer mit Eliza. *Let's go.*«

Er schritt voran zum Fahrstuhl, Karen und die Kinder folgten ihm wie eine kleine Schafherde. Mark durfte auf den Knopf drücken. Im sechsten Stock öffneten sich mit einem klangvollen, aber dezenten Pling die Türen. Mr. Alley gab Karen zwei elektronische Zimmerschlüssel.

»Bitte bestellen Sie für sich und die Kinder Lunch per Zimmerservice«, sagte er. »Die Halloween-Party beginnt um fünf. Wenn alle umgezogen sind, rufen Sie mich bitte an. Ich komme dann und schaue, wie die Kinder aussehen. Ich habe Zimmer 611. Sie können durchwählen.«

Er verließ den Fahrstuhl, die Türen schlossen sich wieder. Eine Etage höher stiegen die Kinder und Karen aus. Der dicke Teppich unter ihren Füßen verschluckte jedes Geräusch, das ihre Schritte machten, und sie schwiegen, bis sie ihre Zimmer erreicht hatten. Mark und Eliza verschwanden in dem einen, Karen öffnete das andere, und Phoebe und sie traten ein.

Sie sah sich um. So wohnten also die Reichen auf Reisen … elegantes Ambiente herrschte auch hier. Zwei breite Betten waren durch einen Nachttisch aus Glas getrennt, an der gegenüberliegenden Wand hing ein gigantischer Flachbildschirm. Ihre Tasche und Tüten hatte ein unsichtbarer Hausgeist ordentlich neben das erste Bett gestellt.

Der Blick aus dem Fenster war spektakulär. Der Potsdamer Platz lag ihnen zu Füßen. Karen musste daran denken, wie sie, Suse und Hanni dort neulich erst in das Leuchtvelo gestiegen waren.

Phoebe inspizierte den Raum, untersuchte die Minibar und riss schließlich die Tür zum Bad auf. Es war ein großzügiger Traum aus Marmor und weißem Porzellan, die Badewanne ein riesiger Whirlpool. Hinter der Tür hing ein Bademantel für sie und einer in Kindergröße.

»Oh, kann ich baden, Karen?«, fragte Phoebe aufgeregt.

»Wirst du davon nicht zu müde?«, sorgte Karen sich.

Aber Phoebe schüttelte den Kopf, dass die roten Haare nur so flogen. »Bitte!«

»Na gut.«

Phoebe ließ Wasser in die Wanne laufen und leerte sämtliche Badeschaumproben, die sie entdeckte.

»Bevor du badest, können wir was zu essen bestellen«, sagte Karen. An einem Tisch, der vor dem Panoramafenster stand, lag eine Speisekarte. »Frag doch mal Mark und Eliza, was sie wollen!«, bat sie.

Phoebe rannte mit der Karte in der Hand zum Nachbarzimmer.

»Eliza will Sushi und Mark Hamburger«, verkündete sie, als sie eine Minute später zurückkam. »Ich will auch einen Hamburger!«

Karen entschied sich für Lachs an Spinat und gab die Bestellung durch, Phoebe verschwand in der Riesenwanne. Karen hörte sie fröhlich planschen und setzte sich auf das gemütliche Bett, das dem Fenster am nächsten stand.

Sie faltete die Hände über ihrem Bauch, der in den letzten Wochen deutlich kleiner geworden war. Sie atmete tief durch. Ja, es ging ihr gut, sehr gut sogar in diesem Moment, umgeben von allergiefreier Bettwäsche, mit Aussicht auf ein leckeres Essen und eine Party, auf der sie nichts weiter zu tun hatte, als die kostbaren Alley-Kinder im Blick zu behalten. Auch ihr Knie schmerzte im Moment überhaupt nicht. Jetzt sollte ihre Tochter Anne sie mal sehen!

Aber auf der anderen Seite wusste Karen, dass sie für kein Geld der Welt ihre Unabhängigkeit aufgeben wollte. Weder als Nanny für immer noch als Ehefrau eines reichen Mannes, dessen Launen sie ertragen müsste, weil sie nicht auf ihren Luxus verzichten mochte.

Wie kam sie eigentlich auf diesen Gedanken? Es hatte ihr ja nun wirklich niemand einen Antrag gemacht. Und schon gar kein Millionär.

»Seid ihr so weit? Dann rufe ich jetzt euren Daddy an«, sagte Karen, nachdem sie alle gegessen hatten und verkleidet waren, und griff zum Telefonhörer.

»Moment«, rief Eliza und schminkte sich die Lippen noch schwärzer.

»Mr. Alley, die Kinder sind bereit, um auf die Party zu gehen«, sagte Karen, als er das Gespräch annahm. »Euer Daddy kommt gleich«, informierte sie die Kinder.

Sie setzten sich vorsichtig und mit einem Gesichtsausdruck, als wäre ihnen unbehaglich zumute, nebeneinander auf die Bettkante. Schweigend.

Karen fand, dass die Atmosphäre eher einer Truppenabnahme als der Vorfreude auf eine Party entsprach. Phoebe und Mark starrten auf den dunklen Bildschirm des Fernsehers, Eliza hatte ihr Handy herausgezogen und schrieb mit fliegendem Daumen eine SMS. Unwillkürlich musste Karen an Hanni denken. Sie stellte sich vor, wie sie unbeholfen in der Gruft auf den Tasten herumgedrückt haben musste im Vergleich zu diesem Mädchen, das, ohne hinzusehen, rasend schnell eine Nachricht tippte. Das ist es, was den Altersunterschied ausmachte, dachte sie. Diese Selbstverständlichkeit, mit etwas Neuem umzugehen.

»Na, schreibst du wieder an deinen Freund?«, fragte Mark, als es klopfte.

»Das ist Daddy«, rief Phoebe, sprang auf, rannte zur Tür und riss sie auf. *»Look,* Daddy, *I'm a* Teufel!«

Er ließ seinen Blick kritisch über die Kinder schweifen und strich sich dabei über die Glatze. Dann nickte er. Karen, die inzwischen ebenfalls ihr Geisterkostüm übergeworfen hatte, schien er kaum zu bemerken.

»Gut. Dann benehmt euch, denkt immer daran, dass ihr Alleys seid, und habt viel Spaß. Karen wird euch beaufsichtigen. Eliza, du darfst bis zehn bleiben, wenn dann noch etwas los ist. Verstanden?«

»Yessir«, antworteten alle.

»Good. Dann sehen wir uns morgen um halb neun beim Frühstück.«

»Und warum kommst du nicht mit, Daddy?«, fragte Mark.

Paul Alley lächelte seinen Sohn milde an. »Ich brauche einen ruhigen Abend.«

Und dann ging er.

Karen spürte die Sehnsucht seiner Kinder, aber konnte nichts dagegen tun.

Unten in der Lobby des Hotels und in zwei geschmückten Sälen herrschte ein Getümmel, gegen das das KaDeWe vergleichsweise leer gewesen war. Kinder und Jugendliche in gruseligen Kostümen lachten, johlten und schrien durcheinander, begleitet von Erwachsenen, die nicht sehr viel zurückhaltender waren.

Karen fühlte sich in ihrem Geisterkostüm wunderbar frei. Unwillkürlich fragte sie sich, ob viele Kinder in Begleitung einer Nanny waren, was das Motto der Party – Family-Halloween – irgendwie ad absurdum führte.

An verschiedenen Indoor-Ständen konnten Hot Dogs, Burger, Pommes frites und Süßkram erstanden werden. Die Räume waren herbstlich mit bunten Blättern geschmückt, überall standen Kürbisse, in die Fratzen geschnitzt waren. Jetzt, da es schummriger wurde, waren die Kerzen darin angezündet worden, und es leuchtete gespenstisch aus ihnen heraus. Flackernde Lichterketten sorgten für eine gruslige Stimmung.

Mark zog sie zu einem Stand, an dem es »künstliches Blut« zu trinken gab, das sich als Blutorangensaft herausstellte. Phoebe kicherte, als sie Kopfhörer aufbekam und unheimliche Geräusche erraten sollte. Ein Spiel begeisterte selbst Eliza, die das Treiben zuerst von oben herab beobachtet hatte: Mit verbundenen Augen mussten sie in einem großen Gefäß nach Gegenständen tasten und erraten, was es war.

»Schweineaugen?«, raunte ein Hexenmeister mit hohler Stimme, der das Spiel leitete.

Phoebe quietschte halb begeistert, halb entsetzt, aber es waren nur Weintrauben, die sie berührte.

»Oh, ein Gehirn in deiner Hand«, sagte der Geist dumpf, während Mark heldenhaft in kalte, glibbrige Spaghetti grabschte.

»Ich geh mal in die Disco«, sagte Eliza und zeigte auf einen kleinen Raum, aus dem laute Musik erklang.

»Ich sage dir Bescheid, wenn ich mit den beiden hochgehe«, erwiderte Karen, und Eliza tänzelte, ganz Punkhexezaubergrufti, davon.

»Schau mal da, da will ich hin. Das klingt spannend«, quengelte Mark und zerrte Karen zu einem Raum, über dessen Tür *Creatures of the Night* stand.

»Ich auch«, rief Phoebe.

In dem Raum war es so dunkel, dass sie zuerst nichts sahen. Allmählich nahmen sie ein leises, unheimliches Glühen von der Bühne her wahr, vor der etliche Stuhlreihen standen. Karen nahm Platz und rückte ihr Geisterkostüm zurecht. Phoebe setzte sich links von ihr und Mark rechts. Immer mehr Partygäste – Hexen, Zombies, Vampire, Gespenster, Monster und Mumien in allen Größen und Ausführungen – füllten den Raum. Plötzlich erlosch das Glühen, und es wurde so dunkel, dass man die Hand nicht mehr vor Augen sah. Es war wie … in einem Grab mit vielen Menschen.

Das Lachen und Sprechen war mit dem Glühen verschwunden. Stille herrschte, alle schienen gespannt den Atem anzuhalten. Karen spürte, wie Phoebe nach ihrer Hand griff, und drückte sie beruhigend.

Und dann hörte man plötzlich ein Hecheln wie von einer Hundemeute, nur viel lauter, und eine dunkle Männerstimme. »Ihr seid gekommen, weil wir euch gerufen haben. Wir wollen euch. Wir wollen euer Blut. Wir wollen es in dieser Halloween-Stunde, in der die Geister erwachen. Wir sind … die Wölfe der Nacht.«

Mit dem letzten Wort ging ein Scheinwerfer an und warf grünliches Licht auf eine Gestalt, die ein blutbesudeltes zerrissenes Fell trug. Das Gesicht war blass und um den Mund herum rot verschmiert. Spitze Eckzähne ragten über die Unterlippe hinaus. Verfilztes, strähnig graues Haar wucherte nicht nur auf seinem Kopf, sondern auch im Gesicht. Das Wesen sah grauenhaft aus, und Karen fragte sich, ob die Maskenbildner oder wer immer dafür verantwortlich zeichnete, es nicht ein bisschen übertrieben hatte. Schließlich waren ja auch jüngere Kinder im Publikum.

In unserer Schule hätten wir so was nicht gemacht, dachte sie entschieden, als ein schriller Schrei erklang. Er ging von panisch klagend in ein entsetztes Wimmern über, dann schwoll das Schreien wieder an. Es klang, als ob ein Kind in Todesangst schwebte. Und zwar genau neben Karen.

Es war Phoebe, die schrie, und sie schrie, als ob sie nie wieder aufhören wollte.

»Phoebe, so beruhige dich doch. Das ist doch nur ein Theater«, flüsterte Karen eindringlich.

Sie versuchte, die Kleine auf ihren Schoß zu ziehen. Aber Phoebe war in eine Art Starre gefallen, und Karen fragte sich besorgt, ob sie gleich krampfen würde. Um sie herum begannen die Zuschauer zu flüstern und zu zischen.

Der Wolf der Nacht auf der Bühne schien die verzweifelten Schreie als Bestätigung aufzufassen, seinen Auftritt noch dramatischer zu gestalten. Er begann zu knurren und kam mit gehobenen Klauen auf sie zu. Als Phoebe das sah, kreischte sie ohrenbetäubend.

Jetzt reicht's, dachte Karen.

»Komm, Mark«, sagte sie entschieden und stand auf.

Sie wollte Phoebe auf den Arm nehmen, aber plötzlich schoss ein fürchterlicher Schmerz durch ihren Rücken. Es fühlte sich an, als würde ihr jemand mit einem rot glühenden Messer in die Bandscheiben stechen. Karen ging in die Knie, setzte Phoebe ab und schleppte sich, Mark und Phoebe hinter sich herzerrend, zur Tür. Wie von Geisterhand öffnete sie sich und spuckte sie alle drei hinaus.

Als sie in der Lobby standen, beruhigte Phoebe sich

langsam wieder. Das Schreien ging in Schluchzen und Wimmern über. Ihr Körper bebte, und sie versuchte etwas zu sagen, doch Karen verstand sie nicht.

»Phoebe, meine Kleine, alles ist gut«, sagte sie sanft. »Was sagst du? Sag es noch einmal!«

»Der … der Traumwolf«, stammelte die Kleine und sah sie mit zitternder Unterlippe und tränennassem Gesicht an. »Das ist er! Er kommt jede Nacht! Ich will zu … zu Daddy! Daddy soll kommen! Daddyyyyyyy!«

Die anderen Halloween-Gäste, die zwischen den Buden umherschlenderten, drehten sich neugierig nach dem weinenden Teufelchen um.

»Gut, wir gehen erst mal nach oben«, sagte Karen erschöpft.

Sie wollte nur weg von dieser grässlichen Party, auf der die schrecklichen Kreaturen der Nacht gefeiert wurden und auf der kleine Mädchen zu Tode erschreckt wurden. Außerdem stimmte mit ihrem Rücken etwas nicht. Ein böser Halloween-Geist schien Freude daran zu haben, das rot glühende Messer darin langsam herumzudrehen.

Erst im Fahrstuhl, den sie glücklicherweise für sich allein hatten, ließ Phoebes Schluchzen etwas nach. Vorsichtig, weil inzwischen jeder Schritt schmerzte, ging Karen mit den Kindern zu ihrem Zimmer. Sie schloss auf und machte Licht.

»Phoebe und Mark, wollt ihr fernsehen?«, fragte sie in der heimlichen Hoffnung, dass ihr so erspart blieb, nach Mr. Alley zu suchen.

»Ja!«, rief Mark erfreut, schnappte sich die Fernbedienung, lümmelte sich auf eins der Betten und begann zu zappen.

»Nein«, sagte Phoebe kläglich. »Daddy soll kommen! Ich will Daddy!«

Die Tränen flossen wieder. Es war nicht zum Aushalten.

»Ich hole deinen Daddy«, versprach Karen und humpelte vorsichtig, ihren Rücken haltend, zur Tür. »Ihr bleibt beide hier und verlasst das Zimmer nicht, okay?«

»Was hast du?«, fragte Mark neugierig. »Du läufst wie eine alte Frau.«

»Ich *bin* eine alte Frau. Eine alte, müde Gespensterfrau«, gab Karen ungehalten zurück.

Erst vor Mr. Alleys Zimmertür fiel Karen ein, dass sie ihr Kostüm hätte ablegen können. Wie sah sie denn aus! Als Gespenst wandelte sie durch die vornehmen Gänge des Ritz-Carlton … Irgendwie hatte sie sich diesen Abend anders vorgestellt. Schöner. Eleganter.

Sie klopfte an Mr. Alleys Zimmertür, aber niemand öffnete. Als sie das Ohr gegen die Tür presste, hörte sie nichts. Dafür erntete sie einen misstrauischen Blick, als ein Paar aus dem gegenüberliegenden Zimmer trat.

»Was denn? Noch nie ein lauschendes Gespenst gesehen?«, fragte sie patzig.

Die beiden wandten sich pikiert ab.

Karen überlegte. Wo steckte Paul Alley? Vielleicht in einem der Restaurants? Im Fahrstuhl zog sie das Kostüm vorsichtshalber aus. Skeptisch musterte sie sich im Spiegel. Sie sah schrecklich aus. Ihre Straßenkleidung war zerknittert, die Haare waren zerzaust … Mein Gott, sie musste wirklich dringend zum Friseur! Der Haaransatz war nicht grau, wie sie immer geglaubt hatte, sondern schlohweiß. Seit wann war das so? Seit Berlin?

Karen ordnete ihr Haar so gut es ging und marschierte in das erstbeste Restaurant. Sie sah sich um, sprach mit der Kellnerin – kein Mr. Alley. Auch bei den anderen drei Restaurants im Haus hatte sie kein Glück. Sie ging in die Lobby, aber die Dame an der Rezeption sagte, Mr. Alley habe den Schlüssel nicht abgegeben, und sie habe ihn auch nicht gesehen, was bedeute, dass er im Hause sein müsse.

Aber wo?

Karen wollte schon unverrichteter Dinge zurück zu Phoebe und Mark, als ihr der Wellness-Bereich einfiel. Beherzt lief sie zum Fahrstuhl zurück und fuhr ins Untergeschoss.

»Im nächsten Leben werde ich Hotelpage«, murmelte sie.

Chlorgeruch lag in der Luft, aber in der Wellness-Abteilung herrschte Stille. Blaugrünes Wasser, leere Liegen, kein Bademeister, keine Masseure – nichts. Der Badebereich war leer. Karen zog ihre Schuhe aus und sah in der finnischen Sauna nach. Ebenfalls nichts. Und dann stand sie vor der römischen Dampfsauna. Sie zögerte einen Moment und öffnete die Tür einen Spalt.

Heißer, parfümierter Wasserdampf schlug ihr entgegen. Sie schnupperte. Seit wann wurden Dampfsaunen mit Chanel N°5 beduftet? Von der Türschwelle aus konnte Karen nichts in dem feuchten Nebel erkennen, dafür hörte sie etwas – rhythmisches Stöhnen und Keuchen, dem ein kleiner spitzer Schrei folgte, definitiv von einer Frau. Einen Moment darauf ertönte eine strenge Männerstimme.

»Was machen Sie denn hier, Karen?«

Aus dem Wasserdampf trat Mr. Alley. Nackt. Der rote Haarkranz klebte nass an seiner Glatze. Böse sah er aus und … erregt. Sehr erregt. Karen wandte den Blick ab.

»I'm so … so sorry, Mr. Alley«, stammelte sie durch den Türspalt. »Aber Phoebe hat auf der Halloween-Party den Traumwolf gesehen, und Sie wissen ja, vor dem hat sie schreckliche Angst. Sie hat furchtbar geschrien und ließ sich nicht beruhigen, und sie wollte unbedingt zu Ihnen …«

»Paul, *who is she?*«

Die weibliche Stimme schien körperlos zu sein, doch dann trat eine sehr kurvige Frau mit langem, nassem blondem Haar aus dem Dampf und reichte Mr. Alley ein Frotteetuch. Achtlos schlang er es sich um die Hüften. Sie dagegen schlang einen Arm um seine Taille und liebkoste seine nackte Brust. Ihre langen Fingernägel waren blutrot lackiert, sie ähnelten denen eines Werwolfs. Aber das war definitiv nicht der einzige Grund, warum Karen heilfroh war, dass Phoebe nicht dabei war. Es wäre schwer zu erklären gewesen, was ihr Daddy da im Dampf trieb. Und mit wem.

»She is our Granny-Nanny, *Darling. I told you. She takes care of the kids because Rhonda is completely incapable*«, antwortete Paul Alley und sah Karen ungehalten an. »Wie kommen Sie dazu, mich wegen so einer Lappalie zu stören? Ich denke, Sie sind pädagogisch ausgebildet! Sehen Sie zu, dass Phoebe sich abregt. Wofür bezahle ich Sie denn?« Und damit knallte er die Tür zum Dampfbad zu.

Karen war entlassen, wenn auch nur aus dieser Situation. Dafür dampfte sie, und zwar vor Wut. Wie hatte sie Mr. Alley nur nett finden können? Und wer war dieses blonde Gift mit dem Riesenbusen, das er in der Sauna vernaschte? Gehörte die zum Hotelservice? Aus der Minibar war sie sicher nicht! Irgendwas kam Karen seltsam an der Begegnung vor – mal von dem Offensichtlichen abgesehen –, ohne dass sie genau sagen konnte, was es war. Sie würde später darüber nachdenken. Oder nein. Sie würde es mit Hanni und Suse besprechen. Doch erst mal würde sie sich etwas sehr Gutes einfallen lassen müssen, um Phoebe zu erklären, dass ihr geliebter Daddy unabkömmlich war und absolut keine Zeit hatte, sein Töchterchen zu trösten.

Erschüttert verließ Karen den Wellness-Bereich und nahm den Fahrstuhl zurück in den siebten Stock. Und ein einziges Mal an diesem grauenhaften Halloween-Abend hatte sie Glück: Mark und Phoebe schliefen sanft und selig vor dem laufenden Fernseher. Karen stellte den Ton leise und schaute fern, bis sie nebenan Eliza hörte. Sie humpelte zu ihr und sagte, dass Mark bei ihnen war, dann ging sie ins Bad und ließ heißes Wasser in den Whirlpool einlaufen. Als sie ihren geschundenen Körper vorsichtig hineinsinken ließ, war sie zutiefst für die behindertengerechten Griffstangen dankbar, die sich an der Wand befanden.

Sie konnte nur hoffen, dass ihre Rückenschmerzen bis zum kommenden Morgen nachlassen würden.

Es überraschte Karen überhaupt nicht, dass Phoebe nachts zu ihr ins Bett kroch. Dass Mark wenig später schlaftrunken dazuschlüpfte, schon eher. Es war das erste Mal, dass er das tat, und sie hoffte, dass es eine Ausnahme war. Sonst würde es allmählich ein bisschen eng werden. Zumal auch Krupp immer dort schlief, wo Mark war …

Als sie am nächsten Morgen erwachte, räkelte Karen sich vorsichtig mit angehaltenem Atem. Dann atmete sie erleichtert aus. Ja, das Bad schien geholfen zu haben. Sie sorgte dafür, dass Phoebe, Mark, Eliza und sie pünktlich zum Frühstück antraten. Mr. Alley saß bereits am Tisch und las die *New York Times.*

»Guten Morgen«, sagte er knapp in Karens Richtung, seine Kinder begrüßte er ein bisschen liebevoller. »Ich hoffe, ihr hattet gestern *fun.*« Aber er schien keine Antwort zu erwarten und las weiter.

Karen fand Paul Alley regelrecht herzlos. »Wer kommt mit zum Frühstücksbüfett?«, fragte sie. Sie hatte Hunger.

Als sie zu viert mit voll beladenen Tellern zurück zum

Tisch gingen, roch Karen den Duft des Grauens, bevor sie die Quelle ausmachen konnte. Dann sah sie sie: Die Chanel-N°5-Blondine saß einige Tische weiter und machte sich gerade über gegrillte Frühstückswürstchen her. Keine Frage, sie war eine schöne, sehr gepflegte Frau, sorgfältig geschminkt, das weizenblonde Haar in weiche Wellen gelegt. Sie trug deutlich mehr als in der Dampfsauna – eine weiße Hose und einen smaragdgrünen Samtblazer mit einem auffälligen leuchtendblauen Knopf, der Mühe zu haben schien, sich gegen ihre Oberweite zu behaupten. Neben ihr stand ein großer Koffer und ein kleiner Kosmetikkoffer, beides von Louis Vuitton. Karen hätte zwei Monate ihrer Beamtenpension drauf verwetten können, dass es sich dabei nicht um Fakes handelte.

Die Blondine bemerkte ihren Blick. Sie zog die linke helle Augenbraue hoch, deutete ein wissendes Lächeln an und biss, zielgerichtet und anmutig zugleich, in das nächste Würstchen. Karen hatte keine Ahnung, wer sie war, und war damit deutlich im Nachteil. Aber zwei Dinge fielen ihr in diesem Moment auf: Die Frau war keinen Tag jünger als Rhonda, fiel also aus der Kategorie »jüngere Geliebte« heraus. Und allein, wie sie die Frühstückswürstchen genießerisch zwischen ihre geschminkten Lippen schob, um davon zu knabbern, war so sinnlich, dass es einen Mann, der in einem eher lustfeindlichen Ambiente zu Hause war, todsicher um den Verstand bringen konnte.

Um halb zehn checkte Mr. Alley aus. Karen und die Kinder standen im Eingangsbereich und warteten auf Jürgen. Pünktlich fuhr er vor und lud ihr Gepäck ein. Fast hätte Karen es übersehen, aber bevor er den Kofferraum schloss, sah sie zwei unterschiedlich große Koffer von Louis Vuitton. Wo sollten die denn hin? In die Alley-Villa?

Das Rätsel wurde gelöst, kaum dass der Wagen sich in Bewegung gesetzt hatte.

»Sie bringen mich zum Flughafen und hinterher die Kinder nach Hause«, ordnete Mr. Alley an.

»Daddy, warum denn zum Flughafen? Du bist doch erst vor ein paar Tagen gekommen!«, sagte Eliza.

Sie versuchte cool zu klingen, aber Karen hörte den panischen Unterton. Es war das Erste, was Eliza an diesem Morgen sagte. Sie war ungewöhnlich schweigsam, selbst ihren kleinen Geschwistern gegenüber.

»*Honey,* ich bin nur für ein paar Tage und für die Halloween-Party nach Berlin geflogen. Das Geschäft schläft nicht. Ich muss zurück«, erwiderte ihr Vater.

»Und wann kommst du wieder?«, fragte Phoebe kläglich.

»Ihr kommt am 1. Januar nach Washington, das wisst ihr doch«, sagte er knapp.

»Und Weihnachten?«, wollte Mark wissen.

»Feiert ihr mit Mummy und Karen. Dann ist bald Silvester, und *New Year* kommt ihr alle zu mir nach Washington.« Er warf einen Blick in den Rückspiegel und sah Karen kühl an.

»Wann ist Weihnachten?«, fragte Phoebe. Ihre Unterlippe zitterte.

»In ein paar Wochen«, antwortete Karen und legte beschwichtigend einen Arm um das kleine Mädchen. Aber es war bereits zu spät.

»*I don't want you to leave,* Daddy«, heulte Phoebe los.

Mr. Alley ignorierte sie völlig. »Ich muss zum Terminal A«, sagte er und schaute von seinem Smartphone hoch. »Halten Sie hinter dem Taxistand. Ja, hier ist es gut.«

Jede Wette, dass es hier gut ist, dachte Karen entrüstet. Sie hatte Ms. Chanel N°5 bereits entdeckt, sie stand wartend vor dem Eingang zu Gate 3.

Paul Alley drehte sich um und schaute nach hinten. »*Kids, be good now.* Phoebe, benimm dich nicht wie eine Diva. Wir sehen uns bald wieder. Eliza, Finger weg von den Jungs, und Mark, du musst dich in der Schule mehr anstrengen. Karen, passen Sie auf die Rasselbande auf.«

Er stieg aus, Jürgen lud das Gepäck aus und stieg wieder ein. Und während er losfuhr, klebten die beiden Kleinen am Fenster und winkten wie verrückt. Eliza dagegen winkte nicht. Karen auch nicht. Sie bezweifelte, dass ihr Gastvater das registrierte. Dann erst fiel ihr ein, dass das aller Wahrscheinlichkeit nach ihre erste und letzte Begegnung mit ihm gewesen war.

Gut so.

Bedrückte Stille herrschte im Auto, die erst von Phoebe unterbrochen wurde, als sie auf die Stadtautobahn fuhren. Noch immer strömten ihr Tränen übers Gesicht.

»Was ist eine Diva?«, fragte sie Karen ratlos.

15. Kapitel

Liebe Frau Wiesinger,
sicher ist die Betreuung der Zwillinge gelegentlich nicht ganz leicht. Ich empfehle, die Montage besonders zu genießen! Kosmetik, Friseurbesuche, eine Massage. Wer hart arbeitet, muss es sich auch mal gut gehen lassen. Das stammt nicht von mir, sondern von meiner Mutter, meinem Vorbild.
In diesem Sinne herzliche Grüße
Ihre Clara Behrens

Der November stand vor der Tür, der graue Monat hatte sich schon angekündigt. Es war feucht und ungemütlich kalt in Berlin. Der Wind hatte die letzten Blätter von den Bäumen gefegt und für die nächsten Monate den Ruf der Stadt zerstört, sie sei grün. Die orangeroten Männer von der Berliner Stadtreinigung fuhren umher und fegten, was die Besen hergaben. Das Orange würde sicher die einzige heitere Farbe sein, die man in den kommenden Wochen sah.

Karen war morgens beim Arzt gewesen und hatte sich gegen die Rückenschmerzen eine Spritze geben lassen. Hexenschuss, hatte der Arzt gesagt, was bei einer Erkrankung, die man sich am Halloween-Abend zuzog, die einzig logische Erklärung war, wie Karen fand. Außerdem hatte er eine Neigung zu Bandscheibenvorfall, eine Schrägstellung der Hüfte und einen leichten Plattfuß festgestellt, was in der Summe der Grund für ihre Knieschmerzen war – und genau der Grund, warum Karen sonst Arztbesuche vermied: Sie fühlte sich hinterher immer schlechter und gebrechlicher als vorher. Aber wenigstens wirkte die Spritze. Und sie hatte sich beim Arzt gewogen und überrascht festgestellt, dass sie in dem einen Monat fast vier Kilo abgenommen hatte.

Und jetzt war Montagnachmittag, und sie war auf dem Weg ins Café Maiwald. So schlecht, dass sie dieses Treffen ausfallen lassen würde, konnte es ihr gar nicht gehen. Diesmal war sie die Letzte, die dazukam.

»Was für eine Woche!«, stöhnte sie, als sie Hanni und Suse begrüßt hatte und sich in den roten Plüschsessel an ihrem angestammten Tisch sinken ließ.

»Erzähl«, sagte Suse, und Karen erzählte.

Sie ließ nichts aus, wiederholte Wort für Wort, was ihr Gastvater gesagt und beschrieb vor allem, was er getan hatte. Als sie geendet hatte, sahen Hanni und Suse sehr nachdenklich aus.

»Dieser Familie geht es schlecht«, sagte Hanni.

Suse nickte. »Dass Rhonda sich und euch mit dem Essen so knapp hält, könnte gut etwas mit der Affäre ihres Mannes zu tun haben.«

Sie wusste, dass Essen in einer Beziehung mit sehr viel mehr als mit Sattwerden zu tun hatte.

»Dann muss das schon eine ganze Weile so gehen, denn die anderen Au-pairs vor mir mussten ja gehen, weil sie die Diäten hintergangen haben«, erwiderte Karen.

»Du sagst ja, dass er bei der Blonden seine Kinder und seine Frau erwähnt hat, als wäre sie mit der Situation bestens vertraut.«

»Vielleicht fährt er schon eine Weile zweigleisig. Deine Gastmutter kann einem direkt leidtun, findest du nicht?«, mutmaßte Suse.

Karen schüttelte den Kopf. »Nein, nicht wirklich. Mir tun die Kinder leid. Rhonda hat alle Möglichkeiten dieser Welt. Sie kann sich von ihm trennen, sie hätte die Zeit in Berlin für etwas Interessantes nutzen können, aber das Einzige, was ihr einfällt, ist zu hungern und zu saufen und zu rauchen. Das ist doch Quatsch. So kittet man doch keine zerbrochene Ehe oder erschließt sich selbst eine neue Perspektive!«

»Ich frage mich, wie diese Ehe anfing. Ob sie immer schon den Hungerwahn hatte und er deshalb etwas Üppiges als Geliebte hat oder ob sie als Reaktion auf die Üppigkeit der Blondine hungert«, wunderte sich Suse.

»Was bedeuten würde, dass sie sie zumindest schon mal gesehen hat«, spekulierte Hanni.

Karen zuckte mit den Schultern. »Ich weiß es nicht. Mal sehen, wie es weitergeht. Wie war denn eure Woche?«

Hanni zögerte einen Moment. »Mit den Zwillingen ist es nicht leicht«, sagte sie dann. »Ich würde sie so gern umsorgen … Aber sie lassen mich nicht. Keine Ahnung, wie ich an sie herankomme. Ich wär so gern ihre Ersatzomi für diese paar Wochen! Versteht ihr das?«

Karen und Suse schüttelten den Kopf. »Verrenn dich nicht in etwas Emotionales, das du nicht bekommst«, sagte Suse, die wusste, wovon sie sprach.

Hanni seufzte. »Du hast ja recht. Und die Jungs wollen ja auch gar nicht so viel Nähe.« Dann fiel ihr etwas anderes ein, und plötzlich lächelte sie. »Aber ich war wieder segeln! Mit Werner! Obwohl es ganz schön stürmisch war. Wenn ich mit Werner auf dem Wasser bin, hab ich überhaupt keine Angst. Wenn es bei uns in der Nähe ein größeres Gewässer gäbe, würde ich glatt im nächsten Sommer den Segelschein machen.«

Sie errötete und rührte, um sich selbst davon abzulenken, in ihrem Oolong-Tee. Seit sie ihn das erste Mal auf der Karte entdeckt und bestellt hatte, freute sie sich jeden Montag darauf.

Karen und Suse schauten sich vielsagend über den Tisch hinweg an.

»Und bei dir, Suse?«, fragte Karen dann.

»Auf dem Granny-Nanny-Sektor gibt's nichts Neues. Hella hält Stella unter Verschluss. Ich gebe auf. Dafür haben wir jede Menge Arbeit im Restaurant. Zu St. Martin soll in Lübars wohl traditionell eine Menge los sein. Martin und ich rüsten uns schon.«

Es sah aus, als würde ihr Montagstreffen nicht so lange wie die bisherigen dauern, bis Karen sagte: »Schade, dass Montag unser freier Tag ist.«

»Wieso?«, fragte Hanni.

»Weil montags die Friseure geschlossen haben. Sonst hätte ich jetzt noch rasch hingehen können. Zum Nachfärben. Wird allerhöchste Zeit.«

»Na, dit is' vielleicht uffm Kaff so, aber bei uns könn' Se montags zum Friseur jehn«, erklang eine Stimme vom Nachbartisch. Die junge Kellnerin, von der sie inzwischen wussten, dass sie Sasha hieß, kassierte gerade ein Paar ab, hatte jedoch offenbar ihrem Gespräch zugehört. »Hier um die Ecke is' die HAARSPALTEREI. Die schneiden echt jut. Da jeh ick ooch immer hin.«

Karen, Hanni und Suse schauten skeptisch auf Sashas Punkfrisur, auf das gespikte Durcheinander von Schwarz und Grün. Sasha bemerkte ihren Blick und lachte.

»Keene Sorge, muss ja nix Verrücktes sein. Die können ooch Rentnerlöckchen.«

»Hoffentlich können sie dort auch etwas, das ungefähr dazwischen liegt«, raunte Karen.

»Danke für den Tipp«, sagte sie dann zu Sasha. »Wir möchten gern zahlen.«

Eenmal links, zweemal rechts, so hatte Sasha den Weg beschrieben. Als sie vor der HAARSPALTEREI standen, wollte Karen sich von Hanni und Suse verabschieden, aber die beiden schüttelten den Kopf.

»Kommt nicht infrage. Wir wollen mit!«, sagte Suse energisch, und Hanni nickte zustimmend.

Als sie die Tür öffneten, schlug ihnen laute Swingmusik entgegen. Links und rechts hingen Spiegel, darüber auf der einen Seite ein Wandgemälde von Marilyn Monroe und auf der anderen Seite eins von James Dean. Die meisten Stühle waren belegt, überwiegend von jungen Leuten, hinter denen emsig schnippelnde Friseure und Friseurinnen standen.

»Hallööööle, ich bin Kimmy. Bei wem habt ihr denn einen Termin?«

Ein Geschöpf, das sich erst auf den zweiten Blick als männlich herausstellte, tänzelte auf sie zu. Es war dezent geschminkt, trug lange Ohrringe und über seiner Lederhose merkwürdigerweise eine verblichene Küchenschürze.

»Ich habe keinen Termin. Aber wenn möglich, würde ich jetzt gern nachfärben lassen«, sagte Karen beherzt und stieß Suse in die Rippen, die feixend neben ihr stand.

Kimmy schaute ihr kritisch auf den Scheitel. »Ich versteh. Das geht ja so was von gaaaaar nicht. Mal sehen … Doreeeeen? Hast du den Messercut fertig?«

Aus dem hinteren Raum kam eine stämmige Gestalt, die erst auf den zweiten Blick als weiblich zu erkennen war. Sie trug einen Jeansoverall, hatte einen Gang wie ein Kerl und kurzes wasserstoffblondiertes Haar, das in spitzen Stacheln vom Kopf abstand.

»Ja, geht klar«, sagte Doreen mit tiefer Stimme.

»Du Glückliche!«, jubilierte Kimmy und fächelte sich aufgeregt mit seinen lackierten Fingern Luft zu. »Dich schneidet die Chefin persönlich!«

Er tänzelte zu dem nächsten Kunden, der gerade den Laden betreten hatte, um ihn einer Friseurin zuzuweisen.

»Dann kommt mal mit. Ihr beiden, schnappt euch einen Stuhl, dann könnt ihr neben uns sitzen und zuschauen … Wie heißt du eigentlich?«, fragte sie Karen.

»Karen.«

»Also, Karen, du willst wirklich nachfärben? Das Weiß bekämpfen? Ist doch ein schönes Weiß. So klar. Und du hast total dickes Haar.« Sie ließ eine Strähne durch ihre Finger gleiten.

»Ich will aber kein weißes Haar. Und schon gar nicht kurzes«, sagte Karen entschieden. »Das macht so alt.«

»Muss nicht. Du hast doch tolle braune Augen. Das gibt einen guten Kontrast. Und dein hübsches Gesicht, so altersweise mit den Fältchen … Das könnte richtig toll aussehen!«

Hübsches Gesicht? Altersweise? So was hatte ihre Friseurin im Fischbachtal noch nie gesagt. Karen betrachtete sich irritiert im Spiegel, sah hinter sich Doreen und dahinter Suse und Hanni.

»Karen, Doreen hat recht«, sagte Suse, während Doreen unternehmungslustig mit ihrer Schere klapperte. »Warum traust du dich nicht? Du kannst sie ja wieder wachsen lassen und färben, wenn es dir nicht gefällt.«

Karen schwieg nachdenklich.

»Wollt ihr was trinken? Kaffee, Wasser oder einen Prosecco vielleicht?«

»Prosecco«, riefen sie alle drei wie aus einem Munde.

»Kimmy?«, brüllte Doreen. »Drei Prosecco!«

»Tirrilitirrila, bin gleich wieder da!«, flötete Kimmy zurück und verschwand in dem hinteren Raum.

»Also, was ist, Karen?« Suse ließ nicht locker.

Karen fuhr sich durch ihr Haar, das früher in schweren dunklen Wellen ihren Rücken hinuntergeflossen war. Sie erinnerte sich an die lang zurückliegende Bemerkung aus ihrer Schulzeit, die sie mal voller Stolz mit angehört hatte, weil sie ihr galt – »Die Kleine hat göttliches Haar« –, und sie erinnerte sich an Ingo, an die Anfänge ihrer Beziehung …

»Mein Mann war immer verrückt nach langhaarigen Brünetten«, sagte Karen leise. »Sie waren für ihn wie ein Aphrodisiakum. Ich glaube, deshalb konnte ich mich nie von meiner Haarfarbe trennen. Sie steht für mich für die Erinnerung. Daran, wie es früher war. Begehrenswert zu sein. Jung zu sein. Alles noch vor sich zu haben. Ich hab mein Haar früher lang getragen. Ganz lang.« Sie seufzte.

Einen Moment war ihr, als wäre der Spiegel, in den sie blickte, ein Zeittunnel. Karen sah sich als junge Frau, geprägt von den späten Sechzigerjahren, von den Studentenunruhen, von denen sie in Darmstadt nur wenig mitbekommen hatte. Sie sah sich als Ehefrau, in den ersten Jahren noch im Studium und später im Beruf. Sie sah sich als Annes Mutter, als Ingos Frau, sie sah sich beim Hausbau und bei all den Veranstaltungen in der Schule und mit den Nachbarn. Und zugegeben, von all dem war wenig mehr übrig geblieben als die Mahagoni-Intensivtönung.

Auf einmal schoss ihr durch den Kopf, wie sie in den letzten achtzehn Jahren allein ihren Mann gestanden hatte und finanziell komplett unabhängig gewesen war. Und irgendwie tauchte in diesem Bild auch Rhonda Alley auf, die für alles stand, was Karen nie in ihrem Leben gewollt hatte.

»Hängst du noch an ihm?«, fragte Hanni mitfühlend und streichelte ihren Arm.

»An wem? An Ingo? Ach, um Gottes willen, nein! Seit er mit der brünetten Französischlehrerin aus unserem Kollegium durchgebrannt ist, hab ich mit dem Mistkerl abgeschlossen«, gab Karen resolut zurück.

Als Kimmy mit den drei Proseccos zurückkam, fuhr sie sich noch einmal prüfend durchs Haar. Plötzlich kam es ihr wie ein Relikt aus vergangenen Zeiten vor. Wie war das nur möglich? Ihr Haar war gleich geblieben, während sie selbst sich weiterentwickelt hatte? Was war in ihrem Fall mit der ungeschriebenen Regel, dass Frauen, wenn eine Beziehung vorbei war, sofort ihre Frisur änderten?

»Und, hast du dich entschieden?«, fragte Doreen.

»Ja«, antwortete Karen mit fester Stimme. »Ab damit. Höchste Zeit für eine Typveränderung.«

»Ach, wie schön«, sagte Doreen enthusiastisch. »So viel Mut würde ich mir bei meiner Omi auch mal wünschen! Dann komm mal mit zum Waschen.«

»Gleich. Einen Moment. Warte mal. Ich muss erst mit meinen Freundinnen anstoßen.«

Eine Stunde später schaute Karen in den Spiegel. War wirklich sie das, die da zurückschaute? Diese Frau mit dem schneeweißen, sehr kurzen Haar, das ihre dunklen Augen auf subtile Weise betonte? Die mit ihrer Frisur wortlos ausdrückte: Schaut mich an, ich bin nicht mehr jung und trotzdem schön? Ich habe Stil! Ich bin ein Typ! Ich weiß, was mir steht, und ich traue mich etwas! Ich stehe zu mir, zu meinem Gesicht, zu der Farbe, die mir die Jahre gegeben haben! Zu den Falten um die Augen, die größtenteils vom Lachen und nur ganz wenig vom Weinen gekommen sind! Und beides war gut, weil es mich zu dem gemacht hat, was ich jetzt bin!

Das war sie?

»Was jetzt noch fehlt, ist das«, sagte Doreen und ging zu dem kleinen Kosmetikregal des Friseursalons. »Hier, das schenke ich dir. Weil ich dich toll finde. So will ich auch mal sein, wenn ich so alt bin wie du.«

Es war ein korallenroter Lippenstift. Karen zögerte einen Augenblick, dann lächelte sie, nahm die Verschlusskappe ab und zog sich beherzt die Lippen nach. Ungläubig betrachtete sie das Resultat.

»Doreen, wenn Berlin nicht so weit vom Fischbachtal entfernt wäre, würde ich immer zu dir kommen«, sagte sie, überwältigt von ihrem Erscheinungsbild, stand auf und folgte Doreen zur Kasse. »Danke. Das ist … einfach klasse.«

»Und superpflegeleicht«, nickte Doreen. »Das macht dann fünfunddreißig Tacken.«

»Vierzig«, sagte Karen strahlend und reichte ihr zwei Scheine.

Sie konnte sich nicht erinnern, jemals bereitwilliger Geld beim Friseur gelassen zu haben. Sie wandte sich zur Tür, wo Suse bereits stand, aber da …

»Hast du jetzt noch einen Termin frei?«, fragte Hanni, die die ganze Zeit über sehr still Karens Veränderung beobachtet hatte.

Karen und Suse blieben überrascht stehen, und auch Doreen sah aus, als ob sie Hanni zum ersten Mal wahrnähme. Was wahrscheinlich sogar der Fall war. Hanni hatte so etwas … Unscheinbares. Sie war lieb und nett, aber ihr Aussehen schien sich in ihrer Persönlichkeit auszudrücken. Oder vielleicht war es auch umgekehrt. Sie war jemand, den man erst auf den dritten Blick registrierte.

»Jaaa«, sagte Doreen überrascht, »eigentlich schon …«

Hanni spürte das leichte Zögern der Friseurin und überlegte, ob das ein Zeichen war, möglichst schnell den Laden zu verlassen und den Gedanken zu vergessen, dass auch sie sich optisch verändern könnte. Zu ihrem Vorteil. Vielleicht ein bisschen verjüngern. Ja, das war es. Die anderen würden vielleicht lachen, aber sie würde wirklich gern ein bisschen jünger aussehen. Die Zeit etwas zurückdrehen.

Hanni nahm ihr Herz in beide Hände und beschloss zu bleiben. »Ich würde auch gern … anders aussehen.«

Sie atmete tief durch. Jetzt hatte sie es laut ausgesprochen, hatte alle Zweifel in ihrem Kopf übertönt.

»Anders?«

Hanni sah, wie Doreens Blick über ihr dünnes mausgraues Haar glitt, das sie blasser machte, als sie war. In Franken hatte sie ihr Haar immer mit Lockenwicklern aufgedreht. Nicht, dass sie es für jemanden getan hatte, außer vielleicht für Ben, wenn er sonntags zum Essen kam. Aber sie hatte es eben immer so gemacht und nicht die Notwendigkeit gesehen, das zu ändern. Es gab niemanden, der sie so genau ansah, dass sich eine Änderung gelohnt hätte. Nicht mal sie selbst sah sich so an. Seit sie in Berlin war, versuchte sie ihr Haar mit einer Rundbürste zu föhnen, um ihrer Gastfamilie den Anblick einer Granny-Nanny mit Lockenwicklern zu ersparen. Doch die Frisur hielt nie länger als einen halben Tag.

»Anders …«, sagte Doreen zum zweiten Mal, nahm eine Strähne zwischen die Finger, betrachtete die Haarstruktur genau und nickte bedächtig. »Du hast extrem feines Haar.«

»Das war vor den Wechseljahren anders. Erst danach sind sie so dünn geworden. So ist das eben, wenn man älter wird«, sagte Hanni trotzig.

»Gut.« Doreen klang, als ob sie bereit wäre, die professionelle Herausforderung anzunehmen. »Das kriegen wir hin. Dann komm mal mit zum Waschen.«

»Habt ihr noch Zeit, oder wollt ihr los?«, fragte Hanni die beiden anderen.

»Nie würden wir uns das entgehen lassen!«, rief Karen.

»Noch einen Prosecco, die Damen?«, fragte Doreen und wartete die Antwort gar nicht erst ab. »Kimmy! Drei Prosecco! Aufs Haus!«

»Tirrilitirrila!«, schallte es zurück.

Doreen verdrehte die Augen. Dann lächelte sie. »Das macht Spaß mit euch. Ihr seid ja richtig abenteuerlustig. Vielleicht sollte ich mal von Gay Cutting auf Seniorenservice umstellen.«

»Gay Cutting?«, fragte Suse leise in Karens Richtung. »Was'n das für'n Schnack?«

»Offenbar sind wir bei einem Schwulen- und Lesbenfriseur gelandet«, erwiderte diese.

Und dann sagten sie erst mal nichts mehr. Es war zu spannend zu beobachten, was Doreen mit Hanni anstellte.

Eine Stunde später strahlte Hanni ihr Spiegelbild an. Doreen hatte eine Tönung aufgetragen, die das Mausgrau abdeckte. Jetzt war ihr Haar wieder hellbraun, wie es ursprünglich gewesen war. Der Fransenschnitt war garantiert lockenfrei und wirkte unternehmungslustig-sportlich. Genau das Gefühl, das Hanni zu schätzen gelernt hatte, seit sie in Berlin war! Dafür waren ihr sechzig Euro nicht zu viel!

»Noch wer?«, fragte Doreen und sah Suse an. »An deiner Farbe würde ich nichts ändern. Die sieht total natürlich aus. Ein Superjob, den dein Friseur da macht. Aber vielleicht willst du Extensions?«

»Meine Farbe *ist* natürlich«, sagte Suse einen Tick beleidigt. »Und längere Haare sind nichts für mich.«

»Da könnte sie ja Haare in der Suppe finden«, flüsterte Karen Hanni zu, und sie kicherten beide.

»Hanni, du siehst so viel jünger aus«, sagte Suse bewundernd, als sie zu dritt den Laden verließen und zur U-Bahn gingen. »Jetzt brauchen wir nur noch ein paar neue Plünnen. Dann ist die Typveränderung komplett.«

»Komisch, dass du das sagst.« Hanni errötete. Sie hängte sich bei Suse ein, und gemeinsam überquerten sie die Grunewaldstraße. Der Wind, der zwischen den Häusern hindurchpfiff, wehte ihr die frechen Strähnen aus dem Gesicht und streichelte ihre Wangen. »Das wollte ich euch auch vorschlagen. Habt ihr Lust, das nächste Mal shoppen zu gehen?«

»Ich dachte, ihr fragt nie«, sagte Karen. »Schon so lange in Berlin und noch nichts gekauft! Aber zuerst treffen wir uns im Café Maiwald, okay? Vielleicht kann Sasha uns einen guten Tipp geben. Seit heute trau ich ihrem Geschmack sehr!«

Sie stiegen die U-Bahn-Treppe hinunter, entwerteten ihre Tickets und traten auf den Bahnsteig.

»Okay«, antwortete Suse.

»Tirrilitirrila«, flötete Hanni.

Wieder lachten sie. Dann spähten sie in den dunklen Tunnel, in dem es dumpf rumpelte. Der Luftstrom, der ihnen von dort entgegenblies und ihre Mäntel und Jacken flattern ließ, kündigte die nächste U-Bahn an. Sie würden für eine weitere Woche in ihr Granny-Nanny-Leben zurückkehren.

16. Kapitel

»Jungs, habt ihr einen Moment Zeit? Ich möchte mal etwas mit euch besprechen.«

Arthur sah erstaunt von seinem iPad auf (natürlich wusste Hanni mittlerweile, was das war und wie es sich schrieb) und Theo von seinem Smartphone, als Hanni in ihr Zimmer kam. Seit dem Streit neulich gaben sie sich wirklich Mühe, sich an ihre neue alte Granny-Nanny zu gewöhnen. Schließlich war es Hanni, die sie morgens zur Schule fuhr und die sie bekochte – auch wenn sie neuerdings gelegentlich einen Salat zu ihren Lieblingspizzen stellte (den sie ja gern allein essen konnte). Sie ließ sie weitgehend in Ruhe und störte sie auch nicht bei ihren Computerspielen. Allerdings hatte sie bis jetzt auch noch nie etwas mit ihnen besprechen wollen.

Vielleicht ist Theos Idee mit dem kleinen roten Legoauto gar nicht mal so schlecht gewesen, überlegte Arthur. Ein bisschen gemein war es ja auch schon, mit Legosteinen auf Enten zu schießen. Aber sie wollten der Granny-Nanny endlich klarmachen, dass sie keine Babys waren. Das war ihnen scheinbar gelungen.

Bei ihrem letzten Montagstreffen hatte sich Hanni, wie sie die Granny-Nanny inzwischen nannten, dann auf einmal äußerlich irgendwie verändert. Steinalt war sie natürlich immer noch, das war klar – deutlich älter als ihre Mutter, und die war ja schon nicht mehr jung. Doch sie sah eindeutig anders aus. Ihrer Mutter war es sofort aufgefallen. Das sieht ja toll aus!, hatte sie begeistert ausgerufen. Hanni, das ist ja nicht zu fassen, wie verändert du wirkst. Gibst du mir die Adresse des Friseurs?

Und auch Arthur und Theo fanden sie … *anders.* Die Haare flimmerten irgendwie. Sie sah jetzt nicht mehr wie eine alte Oma aus – mehr wie eine jüngere Oma. Und sie ging auch anders. Irgendwie schwungvoller. So als ob sie kleine Gumminoppen unter ihren komischen beigen Schuhen hätte.

Am Morgen war Mama wieder auf Geschäftsreise gefahren, und bis zum Ende der Woche waren sie mit ihrer Granny-Nanny allein.

Bis jetzt lief alles gut. Hanni hatte ihn und Theo pünktlich von der Schule abgeholt, war sogar ein bisschen flinker als sonst nach Hause und einmal sogar bei Gelb über die Ampel gefahren. Die Pizza war prima gewesen. Und als Theo was bei den Deutschhausaufgaben nicht verstanden und nachgefragt hatte, konnte Hanni es ihm so gut erklären, dass er es hinterher ihm selbst hatte erklären können. Und er hatte festgestellt, dass diese Sache mit den Kommaregeln bei Relativsätzen ja eigentlich ganz einfach war.

Warum aber stürzte Hanni mitten in einem strategisch wichtigen Winkelzug von Warcraft in ihr Zimmer und wollte was von ihnen? Arthur klickte sich in den Pausenmodus. Theo legte das Smartphone weg.

»Was is'n?«, fragte Arthur und sah auf die Uhr.

Es war erst kurz nach acht, und bis neun machte Hanni nie Stress mit dem Schlafengehen. Dann allerdings sagte sie unerbittlich: Schluss, Jungs. Ganz anders als Mama, mit der man diskutierte, um mithilfe endloser Argumente später ins Bett gehen zu können. Das ging mit Hanni nicht. Wenn die »Schluss, Jungs, keine Diskussion« sagte, dann gingen sie ins Bett. Allerdings, wenn Hanni unten war, im Wohnzimmer, wo sie gern las, standen sie wieder auf und spielten weiter. Das bekam sie sowieso nicht mit.

Nur eins klappte bei ihr nicht: das Verwechslungsding. Hanni konnte sie immer auseinanderhalten. Sogar, wenn sie sich gleich anzogen, wie sie es in der ersten Woche ein paarmal gemacht hatten, um sie zu verwirren. Es hatte nichts gebracht. Arthur fragte sich, wie sie das machte. Und warum setzte sie sich jetzt auch noch auf sein Bett, als ob sie es sich gemütlich machen wollte? Er warf leicht beunruhigt sein blondes Haar zurück.

»Also, es ist so«, fing Hanni an und griff sich ein Kopfkissen, als müsste sie sich daran festhalten. Arthur folgte ihren Händen mit dem Blick. »Ich habe von moderner Technik keine Ahnung. Mein Handy zum Beispiel … ist uralt.«

Die Zwillinge lächelten abschätzend. »Hat nicht mal eine Kamera, das Teil«, sagte Arthur.

»Kein Internet«, meinte Theo. »Ist kein Schlauphone.«

Hanni nickte. »Seht ihr, so was fällt euch sofort auf. Ich wüsste nicht mal aus dem Kopf, was für eine Marke es ist.«

»Nokia«, sagten Arthur und Theo wie aus einem Mund.

»Und neulich ist mir was passiert … was Grässliches«, fuhr Hanni fort.

»Was denn?«, fragte Arthur.

Hanni erzählte, wie sie in der Gruft eingesperrt gewesen war. Sie schmückte es aus. Sie dramatisierte. Sie erinnerte sich an ihre Zeit als Erzieherin, als sie die Kleinen in der KiTa mit selbst erdachten Märchen begeistert hatte. Sie deutete sogar die Existenz eines Geistes an. Dann beschrieb sie, wie sie im Dunkeln die SMS an die Freundinnen geschrieben hatte, die sie gerettet hatten.

Und sie verfehlte die Wirkung nicht.

»Krass«, sagte Arthur tief beeindruckt.

Mit seinen weit aufgerissenen Augen sah er richtig kindlich aus, fand Hanni.

»Hammer«, echote sein Spiegelbild Theo.

Hanni unterdrückte ein Schmunzeln. Die beiden sahen sich wirklich verblüffend ähnlich, aber für sie war es vom ersten Tag kein Problem gewesen, sie auseinanderzuhalten. Sie sah mit dem Herzen, und das zeigte ihr, dass die Charaktere der Zwillinge so unterschiedlich waren wie Tag und Nacht.

Hanni nickte. »Ja. Hammerkrass. Aber dabei ist mir aufgefallen, dass ich keine Ahnung von den neuen Medien habe. Ich will mehr darüber wissen! Ich will nicht so ausgegrenzt sein. Die Welt, in der wir leben, ist ja ohne Technik nicht vorstellbar. Was hab ich mir da nur vorgemacht! Jungs, könnt ihr mir vielleicht helfen? Ihr wisst doch, wie man Mails schreibt, habt Ahnung von Facebook, vom Surfen und wovon man sonst so liest. Wäre doch eine eurer leichtesten Übungen, mir das beizubringen, oder?«

Arthur und Theo schauten sich verblüfft an. *Sie* sollten *ihr* was beibringen? Aber das ging doch nicht! Das war doch sonst immer andersrum! Die Erwachsenen brachten ihnen etwas bei. Beziehungsweise versuchten es. Und außerdem … kein Erwachsener fand es gut, dass sie so viel am Computer saßen.

»Du bist alt«, versuchte Arthur seine Zweifel in einem Satz zusammenzufassen.

»Na und?«, gab Hanni zurück. »Deshalb kann ich doch noch was lernen!«

»Aber wir sind doch … *Kinder.* Keine Lehrer!«, versuchte es Theo.

»Ihr seid keine Kinder mehr. Ihr seid junge Männer. Fachmänner, wenn's um Computer geht«, widersprach Hanni lebhaft.

Theo und Arthur fühlten sich sichtlich geschmeichelt, so sehr, dass sie nicht merkten, wie sich das Netz um sie zuzog.

»Na guuut«, sagte Arthur gedehnt. »Wir können es ja versuchen.«

»Wie wunderbar, dass ihr eurer alten Granny-Nanny helfen wollt!«

Hanni lächelte großmütterlich, aber insgeheim klopfte sie sich selbst kräftig auf die Schulter. Was für Kindsköpfe die beiden doch noch waren … Und gerade deshalb freute sie sich so sehr darauf, mehr Zeit mit ihnen zu verbringen, die Mauer, die sie so gern um sich zogen, einzureißen. Komisch, dass ihr dieser zugegeben sehr raffinierte Schachzug erst heute eingefallen war. Und sie lernte sogar noch etwas dabei! Lag das etwa an dem flotten Haarschnitt? Sorgte er nicht nur für eine lebhafte Veränderung *auf* dem Kopf, sondern auch *im* Kopf? Machte etwas Äußeres mit einem auch etwas Inneres?

Natürlich war sie nicht jung in dem Sinn, dass die Frisur zwanzig Jahre wegschummelte. Wie sollte sie auch. Aber trotzdem lag die Vermutung nah: dass sie hier mit den Zwillingen saß und auf einmal jede Minute genoss, lag an Doreens HAARSPALTEREI.

An diesem Abend kamen die Jungen erst gegen zehn ins Bett, was daran lag, dass sie beide fast zwei Stunden lang eifrig versuchten, Hanni das Internet schmackhaft zu machen. Hanni schwirrte der Kopf, aber sie war ganz bei der Sache. Sie passte auf, fragte nach, und als die iPads ausgingen, wusste sie immerhin schon eine Menge mehr als vorher. Alles hatte sie natürlich noch nicht verstanden, was bestimmt auch daran lag, dass die beiden sich ständig dabei überboten hatten, ihr alles über Browser, Programme,

Websites und was nicht noch zu erzählen. Aber sie war zuversichtlich, dass sie sich beim nächsten Mal besser anstellen würde. Und etwas hatte der Abend ganz sicher gebracht – die Zwillinge hatten sie mit leuchtenden Augen und roten Wangen angeschaut, ganz so wie früher Ben, wenn er etwas mit Lego-Technik gebaut hatte.

Und noch etwas Gutes hatte es: Die Zwillinge gingen gleich ins Bett und standen danach nicht noch einmal heimlich wieder auf, wie sie es sonst immer taten. Hanni hatte sich in den letzten Wochen ganz schön zusammennehmen müssen, um das einfach zu ignorieren. Jetzt war sie plötzlich sehr froh darüber.

»Für 'ne Oma is' sie cool«, murmelte Arthur verschlafen.

»Echt ma«, antwortete Theo, schon im Halbschlaf.

Aber ihr was beizubringen war wirklich anstrengend.

Wie so oft, wenn Hanni die Zwillinge in die Schule gebracht hatte und Anja Hamm unterwegs war, klopfte Werner am nächsten Morgen an die Tür des Hausboots. Als Hanni ihm öffnete, erschrak er so sehr, dass der Kaffee, den er immer für sie beide mitbrachte, überschwappte.

»Hanni … was … was hast du denn gemacht?«, fragte er verblüfft. »Du siehst ja aus wie … du siehst ja ganz anders aus als vorher!«

»Ich finde es praktischer«, entgegnete sie, fröhlich und verlegen zugleich, und nahm ihm eine Tasse ab. »Komm doch rein, Werner. Es ist ganz schön frisch heute, findest du nicht?«

»Das Wasser im Tank war heute gefroren. Der Winter ist nicht mehr weit«, murmelte er und ließ sie nicht aus den Augen, während er die Wohnküche des Hausboots betrat.

Er benimmt sich heute so anders als sonst, stellte Hanni

verwundert fest. Lag das an ihrer Frisur? Das konnte sie sich nicht vorstellen. Der Werner, den sie in den letzten Wochen kennengelernt hatte, war schlagfertig, ein bisschen respektlos und jemand, der sich von niemandem die Butter vom Brot nehmen, sich von niemandem überraschen ließ. Weder von einer Frau noch von einem Mann. Er ließ sich immer gleich in den nächstbesten Korbstuhl fallen und erzählte, was ihm gerade in den Kopf kam, meckerte und lachte ein bisschen über Gott und die Welt und nahm dabei kein Blatt vor den Mund. Als wären sie beide schon lange Kumpel. Jetzt dagegen blieb er stehen und umschlang seine Kaffeetasse mit beiden Händen, als müsste er sich daran festhalten. Er sah sie an, schien auf etwas Unbestimmtes zu warten und wirkte zugleich, als wüsste er nicht, worauf.

»Sag mal, Werner, isst du gern Hausmacherwurst?«, fragte Hanni, um ihn davon abzulenken, was immer ihn zu beschäftigen schien.

Schlagartig sah Werner ein bisschen mehr wie der Werner aus, den sie kannte. »Na klar ess ich gern Hausmacher. Wieso?«

Hanni lehnte sich vertraulich über den Tisch. »Ich hab verschiedene Spezialitäten von unserem Schlachter zu Hause mitgebracht. Aber die Jungs und auch Anja essen das überhaupt nicht. Was hältst du davon, wenn wir zusammen frühstücken und danach segeln gehen? Heute ist so ein schöner Tag.«

Einen Moment schwieg Werner, aber seine dunklen Augen leuchteten, und er sah aus, als ob Ostern und Weihnachten auf einen Tag gefallen wären. Und dann räusperte er sich.

»Du bist eine ganz famose Frau, Hanni«, sagte er. »Hat dir das schon mal jemand gesagt?«

Hanni überlegte. »Ich glaube, in den letzten dreißig Jahren keiner mehr. Danke schön, Werner«, sagte sie und stand auf, um die fränkischen Wurstspezialitäten zu holen.

»Ist dein Mann schon lange tot?«, fragte Werner, als sie die Leinen losgemacht und die Segel hochgezogen hatten.

»Seit drei Jahren«, sagte Hanni und konzentrierte sich aufs Steuern.

Sie waren immer abwechselnd Vorschoter, also für die Leinen zuständig, und Steuermann. Beziehungsweise Steuerfrau, so wie sie an diesem Morgen.

»War er krank?«

»Es war sein Herz«, gab Hanni zurück.

Auch das war etwas Neues. Noch nie hatte Werner sie etwas Persönliches gefragt.

»Und deine Frau?«

»Welche Frau?«

Das war eine typische Werner-Antwort. Hanni kannte den alten Seemann inzwischen gut genug, um sich nicht von seiner gelegentlich bärbeißigen Art abschrecken zu lassen.

»Du warst doch garantiert mal verheiratet.« Dass er es nicht mehr war, wusste sie bereits.

»Ja. Das war ich mal. Früher. Komisch, dass du ausgerechnet heute danach fragst.«

»Wieso ausgerechnet heute?«

Er antwortete nicht, schaute nur nach oben, als gäbe es am Verklicker etwas besonders Aufregendes zu entdecken. Hanni folgte seinem Blick. Aha. Klares Ablenkungsmanöver – der Verklicker stand genau so, wie er stehen musste.

»Und was ist geschehen? Ist sie gestorben?«

Er zuckte mit den Achseln und wandte den Blick von

der Mastspitze ab. »Weiß ich nicht. Hab keinen Kontakt mehr. Vielleicht.«

»Ach so. Sie ist nicht gestorben, als ihr noch verheiratet wart. Woran ist denn eure Ehe gescheitert?«

»Steuerfrau, wir landen gleich im Schilf.«

»Ach herrje! Klar machen zur Wende.«

»Ree.«

Hanni fand eigentlich, dass sie noch eine ganze Ecke von dem Schilf entfernt waren. Klarer Fall – zweites Ablenkungsmanöver. Es gab offenbar eine ganze Menge Themen, über die Werner nicht reden wollte. Aber gut, sie riss das Steuer herum.

Üblicherweise segelten sie bis Schwanenwerder, das jetzt unmittelbar vor ihnen lag. Also blieb ihr noch der gesamte Rückweg, um behutsam nachzufragen. Doch Werner wies auf die große Skulptur am westlichen Ufer des Wannsees, an Schwanenwerder vorbei.

»Halt mal auf den Goldenen Löwen da zu«, sagte er. »Und wenn wir dicht dran sind, stellst du die *Santiano* in den Wind. Dann nehm ich die Segel runter.«

»Und dann?«

»Legen wir am Seehasen an, und ich lade dich zu was Heißem ein. Ist ein tolles Restaurant. Ist dir nicht kalt?«

»Doch.«

Hanni nickte. Das war ihr. Sehr sogar. Der Himmel war klar, der Wind pfiff – aber es waren höchstens 5 Grad. Sie waren wieder mal die Einzigen, die unter der Woche morgens auf dem Wasser waren. Bekloppt genug, um bei dieser Kälte rauszufahren, wie Werner es auszudrücken pflegte.

Aber Hanni hatte sich nicht beschwert. Lieber zog sie drei Strumpfhosen übereinander an und schlüpfte in Werners alte Daunenjacke, die er ihr angeboten hatte, als es kühler geworden war. Sie hatte so viele Löcher, dass Hanni hinterher jedes Mal überall kleine Federn fand. Und die Jacke roch ein bisschen stockig, weil sie immer an Bord war und nie richtig trocken wurde. Aber sie war wunderbar warm.

Als sie am Steg des Seehasen angelegt hatten, reichte Werner ihr höflich die Hand, um ihr vom Schiff zu helfen. Auch die Art und Weise, wie er das tat, war ungewöhnlich: Sonst sagte er »Hepp!«, griff ihre Hand und ließ sie wieder los. Heute dagegen sagte er nichts und hielt ihre Hand fest, bis Hanni sie ihm vorsichtig entzog.

Nebeneinander gingen sie den Steg entlang, der mächtige Löwe hielt sie starr im Auge.

»Warum sagst du Goldener Löwe? Er ist doch grün«, bemerkte Hanni, während Werner ihr die Tür zum Seehasen aufhielt.

Sie wählten einen Tisch, von dem aus man aufs Wasser sah – auf die *Santiano,* die einsam am Gästesteg lag, und weiter, quer über den Wannsee, bis hin zum Strandbad. Schon längst war die Badesaison beendet, die Strandkörbe waren in langen Reihen zusammengestellt.

»Patina«, erklärte Werner und reichte ihr die Speisekarte. »Den haben die ollen Preußen im deutsch-dänischen Krieg erbeutet und hier aufgestellt. Nach dem zweiten Weltkrieg haben ihn die Engländer den Dänen zurückgegeben. Ist ein Duplikat, was hier steht. Ursprünglich 'ne Kupferlegierung, jetzt mit dick Grünspan drauf. Weißt du schon, was du nimmst?«

»Eine heiße Schokolade.«

»Nix zu essen?«

»Nein. Ich bin noch satt vom Frühstück.«

»Ich auch. Zweimal Schokolade«, rief er dem Kellner zu. Sie waren die Einzigen im Restaurant.

»Werner, das ist nett von dir, mich einzuladen«, sagte Hanni.

Er lächelte und strich sich das dunkle Haar zurück, in dem doch sehr viel mehr graue Strähnen waren, als sie damals, Anfang Oktober, wahrgenommen hatte.

»War ich vorhin zu neugierig? Als ich nach deiner Frau gefragt habe?«

Sein Lächeln wurde vorsichtiger. »Du lässt mir nüscht durchgehen, oder?«

»Du mir auch nicht. Zumindest nicht beim Segeln.« Sie lächelte zurück. Es stimmte. Werner wies sie geduldig, aber unerbittlich auf ihre Fehler hin.

»Also gut.« Er seufzte. »Regina und ich sind seit acht Jahren auseinander. Damals bin ich vorzeitig aus dem Polizeidienst raus.«

»Du warst Polizist?«

Hanni war verblüfft. In ihren süddeutschen Ohren klang sein Berlinerisch zu … gewöhnlich für jemanden, der Protokolle schreiben musste. Ich bin ein Sprachsnob, registrierte sie erstaunt.

»Jawoll. Gehobener Dienst, Wasserschutzpolizei. Wassersport war immer schon meins. Und dann mit Mitte fünfzig endlich frei sein, ein eigenes Schiff zu haben, Fahrten damit zu machen … Die Aussicht war herrlich. Ich hab die *Santiano* heimlich gekauft. Um ihr 'ne Freude zu machen.«

Hanni stützte das Kinn in die Hand. »Das kann ich mir vorstellen!«

»Ja, siehste. *Du* kannst dir das vorstellen. Regina konnte das nicht. Für die ist Wassersport nur, wenn sie auf der Aida im Liegestuhl liegt. Und das ist so gar nicht meins. Entweder sie oder die *Santiano,* hat sie gesagt. Das war für mich nicht schwer zu entscheiden.«

Der Kellner kam mit zwei Tassen heißer Schokolade, und während Hanni kleine Schlucke nahm, versuchte sie sich vorzustellen, wie man mit Werner Wernecke zusammen sein konnte, ohne seine Liebe zum Wassersport zu teilen. Aber dafür reichte ihre Vorstellungskraft nicht aus. Es war, als wäre man mit ihr zusammen und mochte keine Kinder …

»Warum magst du die Zwillinge nicht?«, fragte sie.

»Is' 'ne verwöhnte Bande. Wissen nich', was Verantwortung ist. Leben nur für sich und ihre Spielereien. Solche wie die haben oft ihre Schulpraktika bei uns auf dem Boot gemacht. Ich war immer heilfroh, dass sie die Aufnahmeprüfung bei der Polizei nicht geschafft haben.«

»Arthur und Theo geben mir Unterricht.«

»Worin? Anderen auf der Nase rumzutanzen?«, fragte er ungläubig.

»Nein. Internet. Ich hab keine Ahnung davon. Gestern haben wir damit angefangen. Sie sind sehr … eifrig.« Hanni stellte ihren leeren Kakaobecher hin und sah auf die Uhr. »Sie haben heute um eins Schluss. Wir sollten langsam zurück, damit ich sie rechtzeitig von der Schule abholen kann.«

»Is' gut. Ich bezahle.«

Als sie die *Santiano* losmachten, der Wind die Segel bauschte und sie Fahrt bekamen, beschränkten sie sich beide auf die notwendigsten Kommandos. Hanni dachte über das nach, was Werner erzählt hatte. Viele Dinge an ihm mochte sie. Zum Beispiel, wie kompromisslos er die Freiheit auf dem Wasser genoss. Aber dass er so negativ war, wenn es um die Zwillinge ging, gefiel ihr nicht. Vielleicht hatte er ja sogar recht, selbst Anja Hamm hatte schließlich ihre Erziehungsfehler zugegeben. Aber als

Granny-Nanny widerstrebte es ihr, dass er ihnen keine Chance gab. Und als Mensch sowieso.

Auch Werner schwieg während der Rückfahrt, als ginge ihm vieles durch den Kopf.

»Hast du noch eine halbe Stunde Zeit?«, fragte er dann, als sie am Steg anlegten, an dem das Hausboot lag.

Hanni sah auf ihre Armbanduhr. »Ja, klar. Warum?«

»Ich möchte die *Santiano* winterfest machen.«

»War's das mit dem Segeln?«, fragte Hanni. Und war es das mit uns, wollte sie schon hinzufügen, verkniff es sich aber.

»Ich denke schon. Es soll nächste Woche Frost geben. Einen mächtig frühen Wintereinbruch sagen sie voraus. Da muss ich klar Schiff machen.«

Werner ging zu seiner Holzhütte, schloss sie auf, joggte zurück zum Steg und verschwand unter Deck, während Hanni vor der *Santiano* stehen blieb, sich die Hände rieb und abwartete.

Schließlich tauchte er aus dem Schiffsrumpf wieder auf. Er hatte eine Kiste im Arm und reichte sie Hanni. »Kannst du die in meine Landkombüse bringen? Das sind Farbdosen. Halb leer, aber sie müssen nicht einfrieren. Oder ist sie dir zu schwer?«

Hanni nahm ihm die Kiste ab und maß das Gewicht. »Kein Problem«, sagte sie. Da waren die Legos schwerer gewesen.

»Stell sie irgendwo ab«, hörte sie Werner rufen, als sie die kleine Holzhütte erreichte, deren Tür weit offen stand.

Bis jetzt hatte sie wohl mal höflich angeklopft, und Werner war dann herausgekommen. Drinnen war sie noch nicht gewesen. Neugierig ging sie hinein und schaute sich um. Es war schummrig. Unter dem kleinen Fenster stand ein gemütlicher Lehnstuhl, daneben lagen Zeitschriften und Bücher, die, so wie es auf den ersten Blick aussah, alle etwas mit Wasser zu tun hatten. An der hinteren Wand lehnte ein schlichtes Holzregal.

Hanni stellte die Kiste ab und sah dann in einen Spiegel, der neben dem Fenster hing. Unwillkürlich prüfte sie ihre neue Frisur und zupfte ein paar Strähnen zurecht. Sie lächelte sich zu und wollte sich schon zum Gehen wenden, als sie ein kleines Bild sah, das in den Rahmen geklemmt war. Hanni trat näher, um es zu betrachten, wozu sie die Augen zusammenkneifen musste, weil sie ihre Lesebrille nicht dabeihatte. Es zeigte Werner und eine Frau. Er war deutlich jünger als jetzt, vielleicht zehn Jahre – das musste seine Frau gewesen sein.

Stirnrunzelnd schaute sie sich die Frau genauer an. Sie kam ihr irgendwie sehr bekannt vor. Zuerst dachte Hanni, sie würde sich täuschen. Dann dämmerte es ihr. Die Frau war nicht nur schlank wie sie und hatte ungefähr dieselbe Größe und ein ähnlich schmales Gesicht. Vor allem hatte sie eins – denselben Haarschnitt.

Sie hätte Hannis Zwillingsschwester sein können! Kein Wunder, dass Werner sie am Morgen so irritiert angeschaut hatte!

Vielleicht war es genau diese erstaunliche Ähnlichkeit, die Hanni einen Entschluss fassen ließ. Sie verließ die Holzhütte, ging an der Leiter vorbei, die am Ufer stand – für Notfälle, um Ertrinkende zu retten, hatte Werner erklärt, auch wenn Hanni sich beim besten Willen keine Situation vorstellen konnte, bei der man mit Leitern Ertrinkende retten konnte – und kehrte auf den Steg zurück.

Werner hatte die *Santiano* weiter ausgeräumt. Grünweiß gestreifte Kissen und Flaschen, ein Kanister und mehrere Kleidungsstücke lagen auf dem Steg. Sie hockte sich daneben.

»Weißt du, woran ich beim Segeln immer denken muss, Werner?«

»Na?«, fragte er und stellte eine Box mit Reinigungsmitteln zu den anderen Sachen.

»In dem Film *Ziemlich beste Freunde* gibt es eine Szene, in der der Millionär mit seinem schwarzen Pfleger Paragliding macht. Er ist gelähmt, vom Hals abwärts, und trotzdem ist er in diesem Moment völlig frei. So frei fühl ich mich auch immer beim Segeln.«

»Den Film hab ich nicht gesehen, klingt aber gut«, sagte er und sah sie von unten an. »Läuft er noch irgendwo? Wir könnten ja zusammen hingehen.«

»Ich könnte mal im Internet nachschauen«, antwortete Hanni. »Die Zwillinge zeigen mir bestimmt, wie das geht.«

Sie stand auf, und zusammen brachten sie auch noch den Rest in die kleine Holzhütte. Als Werner wegfuhr, blieb Hanni noch einen Moment an der Havelchaussee stehen und winkte ihm hinterher. Dann ging sie langsam zum Hausboot zurück.

Es war wirklich nicht schwer gewesen, mit Werner eine Verabredung zu treffen, die mal woanders als auf dem Wasser stattfand. Das musste man sich mal vorstellen! Sie, Hanni Wiesinger, neunundfünfzig Jahre alt, hatte eine Verabredung. Ein richtiges Date!

An diesem Abend brachten die Zwillinge ihrer Granny-Nanny bei, wie man im Internet nachsehen konnte, wo welcher Film gezeigt wurde. Hanni fühlte sich von der Anzahl der Kinos, die es in Berlin gab, erschlagen. In Weihenzell hatte es nur ein Lichtspieltheater gegeben, und das war seit letztem Frühjahr geschlossen. Dazu kam, dass sie keine Ahnung hatte, wo sich welches Kino befand und wie sie dorthin kommen sollte.

Also zeigten ihr die Zwillinge gleich noch den Berliner Stadtplan über Google Maps und die Startseite der BVG, wo sie die Verbindungen mit öffentlichen Verkehrsmitteln herausfinden konnte. *Ziemlich beste Freunde* wurde sonntags in der Matinée in einem Schöneberger Kino gezeigt.

Langsam machte alles mehr Sinn. Die Zwillinge fanden es zwar komisch, dass sie sich die einzelnen Schritte in einem Notizbuch aufschrieb, aber Hanni konnte unmöglich behalten, wie die Websites zu finden waren. Ihre Wangen glühten, als sie tiefer und tiefer in die Parallelwelt des Netzes eintauchte.

Es war schon wieder halb zehn, als Theo fragte: »Arthur, warst du schon auf Facebook heute? Miriam hat was echt Schräges gepostet.«

Hanni sah erschrocken auf die Uhr. Wo war die Zeit geblieben? »Jungs, ihr solltet langsam ins Bett. Morgen schreibt ihr einen Englischtest! Da müsst ihr ausgeschlafen sein.«

»Och, Hanni, nur noch einen Moment.«

Arthurs Finger fegten über die Tastatur, er loggte sich ein, und schon fing er vergnügt an zu kichern.

»Arthur, Schluss jetzt!«, sagte Hanni energisch.

»Kennst du denn niemanden bei Facebook?«, gab er zurück, was Hanni sofort als Ablenkungsmanöver durchschaute.

Sie überlegte trotzdem. »Ich weiß nicht. Meine Freundinnen in Berlin sind da sicher nicht. Aber du kannst ja mal bei Wiesinger nachschauen …«

»Kennst du 'ne Gitta Wiesinger?«, fragte Arthur einen Moment später.

»Ja, das ist meine Schwiegertochter«, sagte Hanni überrascht.

»Hier, die hat ihre Seite für Fremde nicht gesperrt.«

Und da sah Hanni auch schon Fotos von Gitta. Sie lächelte in die Kamera. Die Aufnahmen hatte sicher Ben gemacht.

Hanni las interessiert die Angaben, die unter »Info« standen – hat in Nürnberg studiert, wohnt bei Ansbach, arbeitet bei Modimay. Und dann kam der Punkt »Beziehungsstatus«. Allerdings stand da nicht »verheiratet mit Benjamin Wiesinger«, sondern »kompliziert«.

»Wieso ist es kompliziert?«, fragte Hanni, als sie das las.

Darauf hatten die Zwillinge keine Antwort, doch sie zeigten ihr, wie sie auf Facebook ihr eigenes Profil anlegen konnte. Sie machten sogar ein Foto von ihr, das sie posteten. Damit alle, die mit Hanni Wiesinger befreundet sein wollten, auch wussten, wie sie aussah. Dann lernte Hanni noch, wie sie Gitta eine Freundschaftsanfrage schicken konnte. Großmütig überließ Arthur ihr sein iPad, und während die Zwillinge sich bettfertig machten, erhielt Hanni von ihrer bass erstaunten Schwiegertochter bereits die Bestätigung der Anfrage.

Als die Zwillinge schliefen, begann Hanni auf Gittas Seite zu lesen. Es war schockierend einfach, sich durch die Kommentare zu klicken. Manche Freunde kannte sie, manche nicht. Einer Jenny – der Name sagte Hanni nichts – schien Gitta in letzter Zeit das Herz besonders ausgeschüttet zu haben. Hanni las und las, klickte sich in die Kommentare, scrollte runter. Und plötzlich verstand sie, was Gitta mit dem Beziehungsstatus »kompliziert« meinte …

17. Kapitel

Zuerst fiel Suse und Karen nichts an Hanni auf.

Sie hatten sich um drei Uhr im Café Maiwald getroffen, von wo aus sie später shoppen gehen wollten. Nun tranken sie ihren Tee und aßen vergnügt Kuchen dazu. Das hieß, nur Suse und Karen aßen Kuchen. Hanni aß nichts, sie nippte nur gelegentlich an ihrem Oolong.

»Und, wie war denn deine Woche?«, fragte Karen schließlich, nachdem sie eine Weile mit Suse geplaudert hatte. Suse war aufgeregt, sie und Martin bereiteten ein großes Projekt vor.

»Ich kann mich nächsten Montag nicht mit euch treffen«, sagte sie. »In Lübars wird ganz groß Sankt Martin gefeiert. Am Montag gibt's ein Gänseessen in der Kardätsche. Martin und ich sollen das kulinarisch ausrichten.«

»Ach, dann kann ich nächsten Montag noch mal zum Orthopäden gehen«, sagte Karen. »Da muss man immer ewig warten. Ist das okay für dich, wenn wir unser Treffen am nächsten Montag ausfallen lassen, Hanni?«

Hanni hatte immer noch kaum ein Wort gesagt.

»Ja, das ist okay«, antwortete sie nun und spielte gedankenverloren mit ihrem Teelöffel.

»Was ist denn? Du bist heute so schweigsam«, fragte Suse. »Hast du Stress mit den Zwillingen? Es sind ja nur noch ein paar Wochen, bis du sie wieder los bist. Wir haben bald schon Halbzeit.«

»Nein. Mit den Zwillingen geht es viel besser.« Hanni

legte den Löffel hin. »Sie bringen mir bei, wie man mit dem Computer umgeht. Meine neue Frisur kam super an. Bei Anja und vor allem bei Werner.« Sie lächelte etwas verlegen, aber dann verdüsterte sich ihr Gesicht auch schon wieder.

Suse entging das nicht. »Wenn alles prima ist, was guckst du dann so bedröppelt, lütte Deern?«

»Ist ja nicht alles prima. Glaube ich jedenfalls.«

»Versteh ich nicht. Erklär's uns«, sagte Karen.

»Ich bin jetzt auch bei Facebook, die Zwillinge haben mir gezeigt, wie es funktioniert. Seid ihr eigentlich bei Facebook?«

Suse und Karen schüttelten den Kopf.

»Schade. Sonst hätte ich euch eine Freundschaftsanfrage gestellt.«

»Wir *sind* doch befreundet«, gab Suse befremdet zurück.

»Ja, schon. Aber nicht digital vernetzt.«

Suse und Karen schauten sich bedeutungsvoll an. Digital vernetzt ... aber hallo. Hanni machte offenbar rasch Fortschritte unter der Anleitung der Zwillinge.

»Ich hab meiner Schwiegertochter eine Freundschaftsanfrage geschickt, die sie mir beantwortet hat«, fuhr Hanni fort. »Gitta Wiesinger. War ganz leicht, sie zu finden. Nun kann ich alles lesen, was auf ihrer Seite steht. Und was lese ich da?«

»Nun, was liest du da?«, fragte Karen.

»Gitta und Ben haben sich getrennt! Sie ist schon vor einem Vierteljahr aus dem gemeinsamen Haus ausgezogen. Sie wollen sich scheiden lassen! Gitta hat das ihrer Freundin geschrieben, und ich konnte die Einträge lesen!«

Hannis Lippen zitterten. Sie kniff die Augen zusammen, um die Tränen zurückzudrängen.

»Ach, Hanni, das tut mir ja leid«, sagte Karen und griff über den kleinen Tisch, um ihr tröstend die Hand zu tätscheln. »Aber weißt du, so was passiert! Menschen leben sich auseinander. Ehen scheitern. Und wenigstens haben sie keine Kinder. Sie können beide noch mal ganz neu anfangen. Du musst auch keine Angst haben, dass dir die Enkelkinder genommen werden, weil deine Exschwiegertochter zum Beispiel nach … nach Indien zieht.«

»Quatsch. Gitta würde nie nach Indien ziehen. Das ist es ja auch gar nicht«, sagte Hanni. Eine einzelne Träne hielt der Überflutung nicht mehr stand und kullerte ihr die Wange hinunter. »Es ist, wie ich es erfahren musste! Ben hat mir kein Wort davon gesagt, dabei telefonieren wir regelmäßig, und er kommt fast jeden Sonntag zum Essen! Ich dachte, wir erzählen uns alles! Ich dachte, er vertraut mir! Stattdessen verheimlicht er mir so etwas Wichtiges.« Weitere Tränen folgten, und Hanni griff nach einer Serviette, um sie abzutupfen.

Die Freundinnen schwiegen eine Weile, dann sagte Suse: »Nimm mir die Frage nicht übel, aber hast du deiner Mutter alles gesagt? Bodo und ich haben fast nie was erzählt. Weder als Kinder noch später.«

»Natürlich nicht«, antwortete Hanni und schnäuzte sich. »Wir waren drei Kinder zu Hause, und wir haben viel allein unter uns abgemacht. Aber Ben und ich, wir stehen uns so nah, das ist was ganz anderes als früher …«

»Vielleicht wollte er dich nicht beunruhigen. Oder er hat dir die Wahrheit nicht zugetraut. Oder vielleicht hat er auch Andeutungen gemacht, die du nicht verstehen wolltest«, sagte Karen.

Hanni überlegte, dann hielt sie sich plötzlich die Hand vor den Mund, und ihre dunkelgrauen Augen weiteten sich vor Schreck. Sie murmelte etwas.

»Wie bitte?«, fragten Suse und Karen gleichzeitig.

Hanni ließ die Hand sinken. »Vielleicht hat er mir die Granny-Nanny-Anzeige nur gezeigt, weil er mich aus dem Weg haben wollte! Oh, das wäre aber sehr feige von ihm!«

»Nun, dass Männer besonders mutig sind, wenn's um Konflikte geht, wäre mir auch neu. Ich habe zwar keinen Sohn, aber ich kann mir nicht vorstellen, dass dein Ben eine Ausnahme ist«, sagte Karen und wedelte mit der Hand, um Sashas Aufmerksamkeit zu erregen.

»Das ist nicht nett, so was zu sagen«, begehrte Hanni auf.

»Aber wahr«, sagte Sue.

Die punkige Kellnerin stand hinterm Tresen und ordnete gerade die Kuchenvitrine. Als sie Karen bemerkte, nickte sie ihr zu und trat kurz darauf an ihren Tisch.

»Sasha, der Friseurtipp war super«, begann Karen.

»Is' mir sofort uffjefalln, wie verändert Se aussehn«, sagte die Kellnerin zufrieden. »Viel cooler.«

»Und deshalb gleich noch eine Frage«, fuhr Karen fort. »Wir wollen heute noch shoppen gehen. Haben Sie irgendwelche Vorschläge?«

Sasha ließ die gepiercte Zunge nachdenklich über ihre Oberlippe gleiten. »Wat suchen Se denn? Normalen Kram? Den jibts am Ku'damm. Oder in der Wilmersdorfer. Oder in Steglitz. C&A, P&C, H&M – dit janze Alphabet der üblichen Klamotteria.«

Hanni nickte, Karen sah unschlüssig aus, Suse schüttelte den Kopf.

»Oder wolln Se wat Außerjewöhnlichet?«

Hanni schüttelte, immer noch niedergeschlagen, den Kopf, Karen sah unschlüssig aus, Suse nickte.

»Dann würd ik ma Secondhand probiern. Is' nich' so langweilich. Da wird Shoppen zum Abenteuer.«

Sie zupfte an ihrem schwarzen löchrigen Spitzenoberteil, das unter der korrekten Schürze hervorlugte.

»Gebrauchte Sachen …«, sagte Hanni zweifelnd.

»Ist das denn hygienisch?«, fragte Karen.

Suses Augen leuchteten.

»Waschen kann man et ja noch ma, bevor man et anzieht. Ik jeh jern in die Garage am Nollendorfplatz. Fuffzehn Euro das Kilo. Und voll Retro. Da findet man abjefahne Sachen. Ihr seid ja so im Alter wie die Vivienne Westwood. Die würd ooch nich' zu C&A jehn, obwohl se schon siebzich is'.«

»Wir sind noch nicht siebzig!«, protestierte Karen, aber keiner hörte ihr zu.

»Nach Kilo? Egal, welche Marke?«, fragte Suse interessiert.

Sasha nickte. »Schuhe ham se ooch. Mäntel. Jacken. Pullis. Abendkleider. Dirndl. Badeanzüge. Schlüppa. Allet eben.«

»Ich weiß nicht so recht …«, zweifelte Hanni. »Alte Schuhe …«

»Ich möchte da unbedingt hin!« Suse war Feuer und Flamme. »Lasst uns das probieren. Wir müssen ja nichts kaufen, aber angucken können wir uns die Plünnen doch mal! Wie kommen wir denn da hin, Sasha?«

Karen griff nach ihrer Tasche und machte Anstalten, den BVG-Plan herauszukramen, aber Sasha winkte ab. »Zur Ahornstraße kommt man gut zu Fuß. Die Goltz runter, dann übern Winterfeldplatz und über die Nolle, Se wissen schon, Nollendorfplatz, dann sind Se schon fast da.«

Zehn Minuten später gingen sie die Goltzstraße hoch. Es war bereits dämmrig. Die Fenster der Restaurants der vielen Geschäfte, die sich wie kunterbunte Großstadtperlen aneinanderreihten, beleuchteten den grauen Novemberabend.

Karen zog Suse von einem österreichischen Restaurant fort, vor dem sie stehen geblieben war, um die Speisekarte interessiert zu studieren.

»Komm, Suse, sonst sind wir ewig unterwegs! Willst du am Ende auch eine Sarah Wiener werden?«

»Nein, ich will nur mal gucken, was die Konkurrenz so kocht«, rechtfertigte sich Suse, aber lief gehorsam weiter.

»Gebrauchte Klamotten … Ich musste immer was von meinen Geschwistern auftragen. Ich weiß nicht, ob mir das gefällt«, sagte Hanni. »Ben kennt so was ja nicht …«

Sie unterbrach sich, als hätte sie etwas Falsches gesagt, und schwieg, bis sie in die Ahornstraße einbogen, an deren Ende die Garage lag. Sie gingen die Treppe hinunter und betraten eine große Halle. Kleiderständer standen kreuz und quer, Schuhregale streckten sich der Betondecke entgegen, auf Ablagen kringelten sich Schals und Mützen wie geringelte Wollschlangen. Laute Musik dröhnte durch den großen Raum. Überall standen junge Leute, die in der Kleidung kramten, anprobierten, sich gegenseitig etwas zeigten.

Die drei sahen sich um. »Wonach suchen wir überhaupt?«, fragte Hanni.

»Keine Ahnung, wonach du suchst. Ich such nach nichts, aber bin kaufbereit. Das ist ja der ganze Spaß«, antwortete Karen und ging zielstrebig in den hinteren Hallenteil, wo an langen Stangen Kleider hingen.

Die anderen folgten ihr.

»Mir ist noch was eingefallen … Das geht in beide Richtungen«, sagte Suse. Sie stand hinter Hanni und kramte in einer Box mit Dessous.

»Was geht in beide Richtungen?«, fragte Hanni und begann einen Ständer langsam zu drehen und dabei die Röcke, die daran hingen, zu begutachten.

»Du hast den Anspruch, dass dir dein Sohn alles sagt. Aber sagst du ihm alles?«

Hanni drehte sich verblüfft nach Suse um. »Was denn zum Beispiel?«

»Na, zum Beispiel, dass du neuerdings gern segelst. Mit einem Mann. Oder wie es um deine Ehe bestellt war.«

»Bist du verrückt? Das kann ich doch nicht meinem Sohn sagen!« Hanni sah die Freundin an, als hätte sie den Verstand verloren.

»Warum denn nicht? Weil es zu intim ist?«

»Genau.«

»Für ihn ist das Thema Scheidung vielleicht auch zu intim!«

»Du weißt nicht, wovon du redest. Du hast doch keine Kinder. Du hast keine Ahnung, wie traurig es einen machen kann, wenn sie einem etwas sehr Wichtiges verheimlichen.«

Ungehalten riss Hanni einen Rock vom Bügel und hielt ihn sich an. Er reichte bis übers Knie, war aus Popeline und leicht ausgestellt. Die Farbe lag genau zwischen Grau und Beige.

»Dazu brauche ich keine Kinder, dazu brauche ich nur gesunden Menschenverstand!«, gab Suse scharf zurück und wedelte mit einem neogrünen Tanga, den sie aus einem Stapel Unterwäsche herausgefischt hatte. »Ihr seid beide erwachsen, da könnte man sich wohl von dieser Mutter-Sohn-Rolle lösen. Vielleicht hätte er es dir dann eher gesagt. Aber so, wie du es erzählst, klingt es, als ob jeder von euch genau weiß, was er dem anderen sagen kann. Und was nicht.«

Hanni warf den Kopf hoch. Sie sah so wütend aus, wie Suse sie noch nie gesehen hatte.

»Entschuldige, Hanni. Aber so sehe ich das nun mal«, sagte Suse beschwichtigend.

In diesem Moment kam Karen zu ihnen herübergeschlendert. Über ihrem Arm hing etwas Langes, silbern Glänzendes. Sie hatte von Hannis und Suses Unterhaltung nichts mitbekommen und strahlte sie beide an.

»Schaut mal, was ich entdeckt habe! Ist das nicht unglaub-lich?« Sie hielt das silberne Teil hoch, damit die anderen ihren Fund bestaunen konnten. Es war ein Cocktailkleid mit einem dazu passenden Schal aus fließendem Seidenstoff. »Das will ich mal anprobieren! 42 … vielleicht passt es ja. Hoffentlich auch obenrum. Meine Oberweite nimmt proportional zum Alter zu, seit ich mit den Wechseljahren durch bin. Völlig unerklärlich. Möpse im Kampf gegen die Schwerkraft. Ist das bei euch auch so?«

Suse lachte. »Ich hatte immer schon 80b«, sagte sie.

»Ich war obenrum immer eher das Modell Teebeutel«, erklärte Hanni.

Karen seufzte und blickte dann skeptisch auf den Rock, den die Freundin fest an sich gepresst hatte. »Nimm diesen Rock bloß nicht, Hanni. Die Farbe ist nicht schön.«

Hanni sah sie überrascht an. »Findest du? Ich hab Schuhe in derselben Farbe. Und eine Hose. Und zwei Blusen. Und eine Jacke. Und eine Handtasche.«

»Ich weiß. Du hast fast alles in Greige. Warum eigentlich?«

»Der Modeladen bei uns im Dorf hat in dieser Farbe immer eine große Auswahl an Damenbekleidung. Sie ist praktisch … und klassisch. Man sieht den Schmutz nicht so schnell. Alle Frauen aus Weihenzell kaufen dort«, rechtfertigte sich Hanni.

Karen überlegte, wie sie ihren nächsten Satz formulieren sollte. »Weißt du, Hanni, es gibt bestimmte Farben, die unlösbar mit einer bestimmten Gruppe verbunden sind. Hellblau zum Bespiel …«

»… ist für kleine Jungs«, sagte Hanni.

»Genau. Und Pink …«

»… lieben alle kleinen Mädchen. Stella zum Beispiel«, sagte Suse, die inzwischen an einen Ständer mit Jacken getreten war.

»Und Greige tragen auch ganz bestimmte Leute …« sagte Karen behutsam.

Statt Hanni, die schwieg, antwortete Suse. Sie zog schaudernd die Schultern hoch. »Rentner tragen Greige. Männer mit Lochsandalen. Frauen mit Gesundheitsschuhen und Stützstrümpfen. Leute, die nicht mehr auffallen wollen. Die Angst haben, dass sie wer ansehen könnte. Die sich auf nichts Neues einlassen. Am schlimmsten sind Ehepaare, die Greige tragen. Das sind die, die sich heimlich hassen.«

»Willst du weiter aussehen wie ein alterndes Chamäleon?«, fragte Karen.

Hanni sah an sich hinunter. Sie trug eine sorgfältig gebügelte greige Bluse und dazu eine Hose in derselben Farbe. Ihre halb lange Winterjacke war ebenfalls greige.

»Steht die Farbe mir nicht?«, fragte sie Suse und Karen leise.

Beide schüttelten den Kopf. »Diese Farbe steht *niemandem*«, antwortete Suse entschieden. »Du könntest Angelina Jolie in Greige stecken. Dann wär Brad Pitt wieder auf dem Markt.«

»O Gott. Mein Haar war auch greige, oder? Frau Holst, die Besitzerin des Modeladens bei uns, hat immer gesagt, dass dieser Ton gut zu mir passt. Ist zeitlos eben. An kräftigeren Farben sieht man sich doch so schnell satt.«

Karen und Suse nickten wissend.

»Sie ist ein alter, schlauer Dorffuchs, deine Frau Holst. Sie will nur ihre hässlichen Plünnen verkaufen!«, sagte Suse. »Und wenn sie zeitlos dazu sagt, dann heißt das, dass diese Farbe nie modern war und es niemals sein wird!«

»Aber jetzt hast du uns«, fügte Karen hinzu. »Schluss mit Greige! Du kannst mal ein paar Farben wagen!«

»Alternde Chamäleons …«

Hanni starrte angeekelt auf den Rock in ihrer Hand, als sähe sie ihn zum ersten Mal. Dann ließ sie ihn fallen und schubste ihn mit dem Fuß unter den Ständer, wo er zerknüllt liegen blieb. »Okay. Ich sehe, was ihr meint. Nie wieder Greige. Aber das heißt, dass ich ziemlich viel neue Kleidung brauche. Und eure Hilfe. Ich hab keine Ahnung, was mir steht.«

»Das machen wir gern! Haukes Schwester war Stilberaterin. Sie hat mir ewig Vorträge gehalten. Endlich sind sie mal zu was gut!« Suse rieb sich die Hände. »Du bist ein Sommertyp! Hellbraune Haare, dunkelgraue Augen! Lass sehen: Himbeere, Taubenblau, Schilfgrün und Jeans! Pastellpudrig! Welche Größe hast du?«

»38«, sagte Hanni verzagt.

»Na, dann mal los.«

»Und ich ziehe dieses Schätzchen an«, sagte Karen und zog mit ihrem Silberdress ab in Richtung Umkleidekabine.

Suse war wie im Rausch. Sie steckte Hanni so damit an, dass sie nicht länger über Ben nachdachte. Zusammen durchkämmten sie die Ständer, nahmen von Bügeln, hielten an und verwarfen wieder. Manche Kleidungsstücke, die Suse ihr zeigte, fand Hanni abwegig. Aber trotzdem wurde der Stapel der Anziehsachen, die ihr gefielen, immer größer.

Irgendwann verschwand Hanni in der Umkleidekabine und probierte an. Mehrmals kam sie heraus, erntete anerkennende Blicke oder skeptisches Kopfschütteln, ging zurück in die Kabine, zog etwas anderes an, und als sie alles vorgeführt hatte, blieben zwei Jeans, ein dicker brombeerfarbener Pulli, eine stahlblaue gesteppte Winterjacke, zwei fliederfarbene T-Shirts, ein bordeauxrotes Wickelkleid und ein paar hellgraue Fellstiefel mit Silberschnallen. In einem großen Drahtkorb mit Winterkleidung fand Suse auch noch Schal, Mütze und Handschuhe in Mint.

»Ich sehe aus wie ein After-Eight-Eis. Fehlen nur noch die Schokostreusel«, murmelte Hanni, als sie sich im Spiegel betrachtete.

»Wie ein *hübsches* After-Eight-Eis«, korrigierte Suse.

Bei einem Nachthemd, das Suse ganz zum Schluss anschleppte, hätte Hanni fast gestreikt. Nachtwäsche von einer Fremden … iiiih. Aber jede einzelne Farbe der Sommertypskala schien man darin wiederzufinden.

»Wenn du das kaufst, weißt du immer, welche deine Farben sind. Das musst du einfach nehmen, das ist wie für dich gemacht! Pack's in die Kochwäsche, dann ist es wie neu«, sagte Suse, und Hanni griff zu.

Auch Karen hatte sich wieder zu ihnen gesellt. Sie war total in das silberfarbene Kleid verliebt, das ihr tatsächlich passte. Nicht wie angegossen, was sowieso zu eng gewesen wäre, aber doch so, dass sie sich wunderbar darin bewegen konnte.

»Du bist ein Wintertyp«, sagte Suse anerkennend, als Silberkaren sich das Kleid vor dem Spiegel noch einmal anhielt. »Dir steht das. Und besonders zu dem weißen Haar und deinen dunklen Augen sieht das super aus, Karen. Schwarz und Weiß ist auch toll bei dir.«

»Und was sind deine Farben?«, fragte Karen.

»Oh, ich bin ein Frühlingstyp. Blond eben. Ich kann gut Hellrot tragen, Türkis und Sonnengelb. Kräftige Farben.«

»Dann musst du den hier nehmen«, sagte Karen und zeigte auf einen roten Samtmantel, den eine elegisch wirkende Anziehpuppe anhatte.

Suse betrachtete den Mantel nachdenklich. Dann zog sie die Puppe kurz entschlossen aus und schlüpfte hinein.

»Hübsch«, sagte Hanni anerkennend, die gerade mit einem brombeerroten Blazer aus der Kabine kam. Den wollte sie auch noch mitnehmen.

»Aber mit Loch«, sagte Karen und zeigte auf den Ellenbogen.

»Könnte ich nähen«, meinte Suse und zog den Mantel wieder aus. »Aber das mache ich nicht. Gebraucht ist okay, kaputt nicht.«

Hanni ging mit ihrem Klamottenstapel zur Kasse, wo Karen bereits gespannt zuschaute, wie die Verkäuferin das Silberkleid auf die Waage legte. »7,20 Euro«, las sie ab.

»Wow«, schwärmte Karen andächtig und zückte einen Zehn-Euro-Schein. »Das schönste Kleid, was ich jemals hatte. Und das preiswerteste.«

Die Verkäuferin grinste und gab ihr das Wechselgeld. Dann schaute sie auf Hannis Stapel, der sich auf dem Tresen türmte. »Das wird aber teurer«, sagte sie und packte es in mehreren Chargen in die Waagschale, schrieb die Summen auf und addierte zum Schluss. »Das sind genau sieben Kilo«, sagte sie. »Hundertfünf Euro.«

»Nicht mal ein halber Au-pair-Monatslohn«, antwortete Hanni und zahlte.

»Sind Sie nicht ein bisschen alt für ein Au-pair?«, fragte die Verkäuferin kess.

»Das Alter ist kein Kerker, sondern ein Balkon, von dem man zugleich weiter und genauer sieht«, antwortete Karen genauso kess an Hannis Stelle.

Dann schnappten sie sich alle drei je eine Tüte und verließen die Garage.

»Ist der Spruch von dir?«, fragte Hanni, als sie aus der Garage draußen waren.

Karen lachte. »Ach, i wo. Der ist von Marie Luise Kaschnitz. Aber er passt doch, um diesem jungen Ding den Mund zu stopfen, oder?«

Unter den Straßenlaternen gingen sie die stille Ahornstraße entlang. Erst als sie am Nollendorfplatz waren, brandete ihnen der Stadtverkehr entgegen. Sie stiegen in die U-Bahn, um sie zwei Stationen später, am Zoologischen Garten, wieder zu verlassen.

»Wollen wir noch irgendwo eine Kleinigkeit essen, bevor wir uns trennen?«, fragte Karen, als sie auf den Bahnsteig traten.

»Au ja«, sagte Hanni. »Eine Berliner Curry! Die wollte ich immer schon mal probieren.«

Durch die Menschenmenge bahnten sie sich einen Weg in Richtung Treppe. Taxis reihten sich vor dem Bahnhof auf, Busse fuhren an den zahlreichen Haltestellen vor, Menschen mit Rollkoffern und Aktentaschen strömten in den Bahnhof hinein, andere drängten hinaus. Und inmitten dieser Hektik stand ein Imbissstand: Curry 36.

»Ich lade euch ein«, sagte Hanni und stellte ihre Tüte an einem runden Stehtisch ab. »Wie wär's mit einem Frank-Zander-Menü?« Sie zeigte auf ein kleines Schild am Verkaufstresen. Eine Currywurst, ein Piccolöchen, das Label designt von Frank Zander.

»Ooookay«, meinte Karen.

Suse nickte, und Hanni bestellte. Kurz darauf trat sie mit drei Piccolos und drei Schälchen an den Tisch.

»Das ist nett von dir, Hanni«, sagte Suse, piekte das erste Stückchen auf und kostete. »Hmmm! Lecker! Aber warum lädst du uns eigentlich ein?«

Hannis Gäbelchen blieb reglos in der Luft stehen. Das Neonlicht des Imbissbudenschriftzugs fiel auf ihre greige Winterjacke, die sie an diesem Abend zum letzten Mal tragen würde, und auf ihr fein geschnittenes Gesicht, das ernst und glücklich zugleich aussah.

»Das fragst du nicht im Ernst, oder?«, sagte sie leise. »Als Dankeschön!«

»Wofür?«, fragte Karen.

»Zum einen für die Stilberatung …«

»Aber gern! Das hat mir Spaß gemacht! Jederzeit wieder!«, gab Suse enthusiastisch zurück und fuhr mit einem Brötchen durch die scharfe Soße.

»Und zum anderen für die Wahrheit. Lügen können alle, aber für die Wahrheit muss man gut befreundet sein.«

»Du musst dich für die Wahrheit nicht bedanken«, gab Karen zurück und widmete sich dem Rest ihrer Currywurst, um ihre Rührung zu verbergen.

Sehr viel mehr sprachen sie an diesem Tag nicht. Schweigend verputzten sie ihre Wurst, schweigend öffneten sie ihre Piccolos, prosteten sich zu und tranken.

Aber Hanni hatte immer noch glänzende Augen, als sie, ihre drei Tüten fest im Griff, in den M49er stieg.

18. Kapitel

Liebe Frau Hartema,
inzwischen haben Sie mit der kleinen Stella sicherlich viel Spaß. Wenn Ihre Gasteltern Glück haben, dürfen sie sicher gelegentlich von Ihrer Beratung im Restaurant profitieren, aber natürlich sollte Stella die Nummer 1 für Sie sein und bleiben. Dafür hat Ihre Gastfamilie Sie ja schließlich eingestellt.

Herzliche Grüße
Clara Behrens

Der allerletzte Hof in Lübars, der da stand, wo fast schon die Mark Brandenburg begann, war Lemkes Geflügelhof. Bauer Lemke fütterte seine Hühner, Puten, Enten und Gänse biologisch und musste sich um seinen Absatz keine Sorgen machen. Der Berliner Markt war groß, dankbar und sehr hungrig. Wer zu Sankt Martin und Weihnachten nicht im Voraus bestellte, ging leer aus.

Martin Maron hatte fünfzehn Gänse für das Lübarser Sankt-Martins-Essen in der Kardätsche bestellt. Er und Suse fuhren am Morgen mit dem Lieferwagen hin, um die Gänse abzuholen.

Kalter Regen klatschte gegen die Autoscheibe, das gefallene Laub, das noch nicht zusammengekehrt war, glänzte, die nackten Äste der Bäume links und rechts der Straße zeigten deprimierend in den grauen Himmel. Heute schien es überhaupt nicht hell werden zu wollen.

Suse rieb ungehalten die Hände gegeneinander. Ihr war kalt, der Weg zu Bauer Lemke war nicht lang genug, um die Heizung im Lieferwagen auf Touren zu bringen. Außerdem passte es ihr nicht, dass sie wegen des Gänseessens am Montag ihre Freundinnen nicht sehen würde.

»Heute werde ich deine Hilfe mehr denn je brauchen«, sagte Martin.

Er trug seine gewachste Barbourjacke und hatte sich gegen die feuchte Kälte einen dunkelgrünen Kaschmirschal um den Hals geschlungen, der genau die Farbe seiner Augen hatte. Seine hellgrauen Locken ringelten sich verwegen in der Feuchtigkeit.

Suse musste lächeln. Die letzten Tage mit Martin in der Küche waren wunderbar gewesen. Gemeinsam hatten sie Rotkohl blanchiert, sautiert, mariniert und anschließend probiert, mit Orangen, Nelken und Ingwer experimentiert. Sie hatten Berge von Grünkohl entstielt, gehackt, gekocht, gewürzt, wieder aufgewärmt und gläserweise Schmalz hinzugegeben. Sie hatten exotische Gänserezepte durchgesehen, Gans Indisch und Peking-Gans erwogen. Aber schlussendlich hatten sie sich, weil es das erste Mal war, dass die Kardätsche ein Martinsgansessen anbot, für Gans Treudeutsch entschieden.

»Die Gänse sind ungerupft. So waren sie preiswerter«, fuhr Martin fröhlich fort. »Ich denke, du bekommst das hin. Das macht ihr doch da auf dem Land auch selbst, oder?«

Jetzt lächelte Suse nicht mehr. »Wie bitte? Die Viecher sind noch mit Federn? Fünfzehn Gänse sind sehr viel«, protestierte sie. »Da rupfe ich mir die Finger blutig.«

»Ach komm, Suse, ich helf dir dabei«, beschwichtigte Martin sie. »Es wäre toll, wenn wir es heute noch hinbekämen. So schlimm wird das schon nicht werden. Dann haben wir morgen genug Zeit, alles Weitere vorzubereiten.«

»Hast du schon mal eine Gans gerupft?«, fragte Suse, immer noch schockiert. »Die muss man vorher überbrühen! Trocken rupfen geht gar nicht!«

»Bis jetzt noch nicht«, gab Martin unbesorgt zurück. »Aber einen großen Kessel haben wir doch.«

Das stimmte.

Suse schwieg. Dreihundert Euro, dachte sie. Dreihundert miese kleine Euro im Monat. Mehr bekomme ich dafür nicht. Wenn es bloß nicht so nett wäre, mit ihm zu arbeiten!

Aber noch etwas als der Charme ihres Gastvaters hielt sie seit einiger Zeit davon ab, dieser Ausbeutung ein Ende zu setzen, Clara Behrens anzurufen und dann ihre Koffer zu packen: Hanni und Karen. Der Gedanke, die Montage zu versäumen, an denen sie sich alles erzählten, an denen sie in Rekordzeit zu Freundinnen geworden waren. Sie in Berlin zu wissen und mit hängenden Ohren vorzeitig zu Bodo zurückzukehren – nein. Das war unvorstellbar. Was wohl hieß, dass sie Gänse rupfen würde.

Geschlachtet und ausgenommen waren die Gänse aber wenigstens. Sonst hätte Suse gestreikt. So schleppte sie zusammen mit Martin und Bauer Lemke fünf rote Plastikkisten, in denen das Federvieh kopf- und beinlos lag, zum Wagen. Martin zahlte, und zurück ging's zum Pferdehof Maron.

Als sie auf den Hof fuhren, klingelte Suses Handy. Sie schaute auf das Display – es war ihr Bruder.

»Hallo, Bodo«, antwortete sie verwundert.

Seit sie in Berlin war, hatten sie erst einmal miteinander gesprochen, gleich in der ersten Woche, und es war unschwer herauszuhören, dass er immer noch böse war, dass sie ihn allein gelassen hatte, und zugleich trotzig, weil er ihr beweisen wollte, dass er es auch ohne sie hinbekam.

»Moin, Suse«, sagte er am anderen Ende. »Stör ich? Wie ist es in Berlin denn so?«

»Schön«, sagte sie und freute sich tatsächlich ein kleines bisschen, seine Stimme zu hören. So vertraut klang sie. »Die Arbeit ist okay. Und ich hab zwei andere Granny Nannys kennengelernt, mit denen ich an meinem freien Tag immer etwas unternehme.«

»Gut, gut«, antwortete Bodo. Er klang zerstreut. »Warum ich anrufe, Suse: Der alte Wilms hat morgen seinen 80. Geburtstag, den wollen die Fontings in der Robbe feiern. Eine Gans haben sie bestellt. Sag mal, wie gar ich die genau? Wie lange kommt das Vieh in den Ofen? Was mach ich dazu?«

»Ist die Gans schon gerupft?«, fragte Suse vorsichtig.

Bodo schnaubte. »Na hör mal! Hältst du mich für bekloppt? Wer kauft denn eine ungerupfte Gans?«

Suse schaute hinter sich in den Lieferwagen, wo die fünfzehn Gänse lagen, und seufzte. Dann begann sie zu erklären.

»Dat is' ja man 'ne ganze Menge, auf dat ich achten muss«, sagte Bodo, als sie fertig war. »Na, guck'n wir mal, ob ich dat hinkrieg.« Er schwieg einen Moment, dann fügte er hinzu: »Danke, Schwesting. Ohne dich … isses manchmal gar nicht so leicht hier. Pass gut op di öpp«, verfiel er in Platt, die gemeinsame Sprache ihrer Kindheit, und beendete das Gespräch.

Suse steckte das Handy nachdenklich weg. Sie konnte sich beim besten Willen nicht daran erinnern, wann er sie das letzte Mal *Schwesting* genannt hatte.

In der Edelküche band Suse sich zuerst ihre Kardätschenschürze um. Aus Erfahrung wusste sie, dass das, was jetzt kam, eine große Sauerei war. Das musste man auf ihrem dunkelblauen Rolli und den Jeans nicht sehen.

Martin setzte in dem großen Kupferkessel Wasser auf, und während sie warteten, dass es zu sieden begann, erklärte Suse ihm, worauf er achten musste. Martin nickte, als hätte er alles verstanden, und als das Wasser köchelte, tauchte er die erste Gans hinein. Sofort erfüllte der Geruch von lauwarmem Fleisch und nassen Federn die Küche.

Er ließ die Gans abtropfen und trug sie dann zu Suse, die auf einem Stuhl saß, eine leere Plastikwanne vor sich. Sie klemmte die Gans zwischen die Knie, griff in das nasse Federkleid und zog. Anstandslos lösten sich die Kiele aus der Haut, und Suse warf die Federn in die Wanne.

Eine halbe Stunde später war die kopflose Gans zwischen ihren Knien nackt. Suse richtete sich stöhnend aus der verkrampften Haltung auf und hielt Martin den gerupften Vogel hin.

»Hier«, sagte sie. »Ein paar Kiele sind noch drin. Die musst du rausziehen. Notfalls mit einer Pinzette. Und dann häng die Gans an einem Haken auf, damit sie noch etwas austrocknen kann. Gib die nächste her, Martin.«

Sie griff nach der zweiten Gans und rupfte weiter. Als sie eine halbe Stunde später auch damit fertig war, musste sie nach Martin rufen, der im hinteren Teil der Küche werkelte. »Kannst du die Federn wegbringen? Die Daunen fliegen hier überall rum«, bat Suse.

»Kann man mit den Daunen nicht noch was machen?«, fragte er.

»Klar. Vielleicht will Hella Kissenhüllen nähen. Mit Pferdemotiv. Frag sie doch«, antwortete Suse eine Spur anzüglich. »Wo ist die nächste Gans?« Sie schaute auf die Uhr. »Es ist schon nach zwei. Wir werden hier ganz schön lange sitzen.«

»Ich komm ja schon! Ich komme! Stress mich nicht!«, sagte Martin eifrig und lief mit wehender Schürze zum Kessel, wo die nächste gebrühte Gans darauf wartete, von Suse gestrippt zu werden.

Weitere elf Gänse später konnte Suse kaum noch ihre Fingerspitzen spüren. Es ging auf zehn Uhr abends zu, als sie aufstand. Ihr Rücken drohte zu brechen.

Martin hatte ihr kaum geholfen. Dafür hatte er mit Hella und Stella zu Abend gegessen, hatte mit Hella nach den Pferden gesehen, hatte gelegentlich telefoniert – einmal mit Sarah Wiener. Und was hatte Suse gemacht? Um ihr Leben gerupft.

Zwischen fünf und halb sechs hatte sie sich ernsthaft gefragt, warum sie sich so ausbeuten ließ. Sie hatte keine eindeutige Antwort darauf. Zum einen wohl, weil sie Arbeiten gern anständig erledigte, zum anderen, weil sie schon als Kind dann am meisten gemocht worden war, wenn sie gut als Hilfe funktioniert hatte. Aber zugegebenermaßen war der dritte Grund der komplizierteste. Und der stand jetzt vor ihr.

»Suse, ich hab etwas für uns!«, sagte Martin jetzt und eilte mit zwei Gläsern in den Händen auf sie zu.

Sie fragte sich, was er eigentlich seit geraumer Zeit trieb. Sie hatte keine Ahnung. Eine der vielen Maschinen hatte geschnurrt, Edelstahl hatte auf Edelstahl gescharrt, und hackende Geräusche hatte sie gehört.

»Der Beste für die Beste!« Er hielt ihr ein Glas Champagner Rosé hin.

»Die beste Gänserupferin, meinst du wohl. Zwei hab

ich noch. Aber ich kann echt nicht mehr. Willst du es nicht mal versuchen, Martin?«

»Nein, Suse, ich möchte viel lieber mit dir anstoßen!« Er reichte ihr ein Glas, stieß sanft mit ihr an und nahm einen langen Schluck. Dann sagte er geheimnisvoll: »Du hast dich sicher gefragt, was ich inzwischen gemacht habe.«

»Ehrlich gesagt habe ich mich eher gefragt, warum du mir nicht hilfst«, gab sie jetzt doch ein wenig verärgert zurück.

Martin ignorierte ihre Bemerkung, hob achtungsgebietend den Zeigefinger und verschwand im rückwärtigen Teil der Küche, während Suse sich wieder müde auf den Stuhl sinken ließ und mit trüben Augen die toten Gänse betrachtete.

Als Martin erneut zurückkehrte, trug er einen kleinen Teller, auf dem mehrere Placken Undefinierbares, Gräuliches geschmiert waren. Er sah genau so zufrieden aus wie zwei Wochen zuvor, als sie zusammen ein Käsesoufflé gezaubert hatten, das nicht beim ersten Luftzug zusammengefallen war.

»Hier, probier mal«, sagte er eifrig. »Es hat ewig gedauert. Die Küchenmaschine ist ständig verkleistert. Was meinst du: Braucht die hier mehr Portwein? Und wie ist es bei der mit den gestoßenen Koriandersamen? Zu viel? Oder muss der Schweinefettanteil größer sein, um die Konsistenz zu verbessern, den Thymiangeschmack besser zu transportieren?« Er stach mit einer zierlichen Gabel in einen der klebrigen Klumpen und hielt ihn Suse hin.

Endlich begriff Suse, womit er beschäftigt gewesen war, während sie sich die Finger blutig gerupft hatte. Ihre Augen verengten sich zu Schlitzen. Langsam erhob sie sich und richtete sich, ungeachtet des Schmerzes im Kreuz, zu ihrer vollen Größe auf, einer friesischen Zornesgöttin gleich. Wütend piekte sie ihren Zeigefinger in seine Brust.

»*Du* lässt mich hier vorn die Drecksarbeit machen, damit du ein paar Euro für das Scheißrupfen sparst, und nutzt die Zeit dahinten, um *Gänseleberpasteterezepte* auszuprobieren?«, fuhr sie ihn an. »Jetzt reicht's aber, Martin! Ich bin nicht vierundfünfzig geworden, um mich von dir, von überhaupt jemandem über den Tisch ziehen zu lassen! Wenn ich mich hier seit fünf Wochen schinden lasse, dann doch nur, weil es mir auch Spaß macht, mit dir Rezepte auszuprobieren! Nicht, weil ich hier gern das Küchenaschenbrödel bin und du der Prinz! So nicht, nicht mit …«

Weiter kam sie nicht. Martin hatte blitzschnell den Teller abgestellt, sie an sich gezogen und ihren Mund mit einem Kuss verschlossen. Suses erster Impuls war, ihn von sich zu schubsen und ihm eine schallende Ohrfeige zu geben. Aber dann überlegte sie es sich anders. Sie schlang die Arme um seinen Hals, woraufhin er sie noch enger an sich zog und noch stürmischer küsste.

Es schien Suse, als legte er in diesen Kuss alles, was sie selbst empfand: die Freude, jemanden gefunden zu haben, mit dem man seine Träume teilen konnte, die Sinnlichkeit von unbekannten Speisen, der Ehrgeiz, etwas Neues aus bekannten Zutaten zu zaubern, die Kochbegeisterung – eine Seelenverwandtschaft, die sie so stark noch nie jemandem gegenüber empfunden hatte.

Immer heißer wurde Martins Kuss. Seine Hand fand langsam den Weg zu ihrer nackten Haut. Weiße Daunen stoben auf, als der Stuhl umfiel, sie sich gegen die Wand lehnten und Suse ein Bein um Martins Hüfte schlang, um ihn besser und näher an sich zu spüren. Da gab es allerlei zu spüren, dazu der Geschmack von Koriander, Portwein und Thymian – ein erregendes Potpourri. Es war schon eine ganze Weile her, seit sie so leidenschaftlich geknutscht hatte.

Erst als im ersten Stock eine Tür zufiel, fuhren sie auseinander.

»Es ist ein Hauch zu viel Koriander«, flüsterte Suse erhitzt.

»Zu spät. Jetzt ist er drin. An manchen Dingen kann man nichts mehr ändern«, gab Martin, ebenfalls flüsternd, zurück.

Sie starrten sich an.

»Und morgen wird ein langer Tag. Lass mich schnell die letzten beiden Gänse rupfen«, sagte Suse schließlich halb laut und zog ihren Pullover herunter.

Sie konnte nicht verhindern, dass ihre Stimme ein bisschen bebte.

»Ich helfe dir. Damit wir endlich ins Bett kommen.«

Noch immer stand er vor ihr und sah sie unverwandt an. Es kostete Suse viel Kraft, sich zusammenzureißen, und um sich selbst abzulenken, sagte sie das Erstbeste, das ihr in den Sinn kam.

»Warum werden zu Sankt Martin eigentlich Gänse geschlachtet?«

Martin lachte, und der gefährliche Moment, in dem alles möglich gewesen wäre, war endlich vorbei.

»Weil sie einen großen Fehler begangen haben.«

»Welchen denn?«

»Martin von Tours sollte zum Bischof ernannt werden, was er nicht wollte. Er versteckte sich in einem Gänsestall. Als man nach ihm suchte, haben die Gänse ihn durch ihr Geschnatter verraten. Seitdem werden sie zu Sankt Martin geschlachtet.«

Er sah sie an, eine Augenbraue hochgezogen. »Das hat

man davon, wenn man geschwätzig ist und einen guten Mann verrät. Strafe muss sein.«

Als Suse eine gute Stunde später erschöpft unter die Decke schlüpfte, legte sie sich vorsichtshalber das Kissen auf den Kopf. Das Letzte, was sie an diesem Abend hören wollte, war Hellas temperamentvolles Beischlafgestöhne.

Sie sollte nicht an den Kuss denken, sollte sich nichts darauf einbilden. Und schon gar nicht sollte sie sich irgendwelche Hoffnungen machen! Mein Gott, der Mann war gebunden – an eine Frau, die halb so alt war wie sie selbst und halb so alt aussah, er hatte mit ihr ein Kind, eine Existenz, was *wollte* sie denn von ihm?

Aber in der Stille, die sie umfing, konnte sie wenigstens daran glauben, dass Martin jetzt genauso sehnsuchtsvoll an sie dachte wie sie an ihn.

»Ich geh mit meiner Laterne und meine Laterne mit mir. Dort oben leuchten die Sterne, und unten, da leuchten wir. Ein Lichtermeer zu Martins Ehr! Rabimmel, rabammel, rabum.«

In roten Gummistiefeln und rotem Regenmantel mit großen weißen Punkten stapfte Stella allein über den schummrigen Hof und sang dabei lauthals und ein bisschen quäkend mit ihrer Kleinmädchenstimme das alte Martinslied. Ihr dicker geflochtener Zopf schwang hin und her, und im Takt dazu schwenkte sie eine leuchtende Laterne.

Sie übte für den Laternenumzug, der in einer halben Stunde von der Kirche am Dorfplatz aus starten sollte. An diesem Sonntag fand die große Familienfeier statt, Montag das Essen in der Kardätsche. Die Lübarser feierten offenbar gern. Stella würde dort mit ihrer Mutter hingehen, hatte Suse aus den aufgeregten, wenn auch etwas wirren Erklärungen der Kleinen entnommen, und natürlich war gar nicht die Rede davon gewesen, dass Suse sie begleiten sollte.

»Geht die Kerze bei dem Hin- und Hergewackel nicht aus?«, fragte Suse, die in der Küche stand, die Maronen für die Gänsefüllung vorbereitete und dabei immer mal wieder in den Hof spähte und Stella beobachtete.

»Hella hat sich für ein batteriebetriebenes Licht entschieden«, sagte Martin, der gerade Zwiebeln hackte. »Sie findet das sicherer. Stella geht ja allein in ihrer Kindergruppe, da ist kein Erwachsener, der ständig mit dem Feuerzeug bereitsteht, wenn die Kerze ausgeht.«

Als Suse sich am Morgen an den Frühstückstisch gesetzt hatte, an dem Martin, Hella und Stella bereits saßen, hatten sie kaum miteinander gesprochen, sich nur betont höflich den Salzstreuer oder die Butterschale über den Tisch gereicht. Suse fragte sich, ob Hella nichts auffiel. Und wenn ja, welche Schlüsse sie daraus zog.

»Wieso? Wo ist denn Hella während des Umzugs, wenn nicht bei Stella?«, fragte Suse jetzt, als plötzlich das Schlagen von Pferdehufen auf Stein erklang.

Martin ließ das Messer auf das Brettchen sinken und schaute nun auch aus dem Fenster. Sein Gesichtsausdruck verklärte sich. Blizzard, der riesige Hengst, trabte von der Weide in den Hof. Im Sattel saß ein gut aussehender junger Mann, sein tiefroter Mantel wehte im Novemberwind hinter ihm her. Er trug eine Bischofsmitra. Seine schwarzen Reiterstiefel, in denen die hellen Hosenbeine steckten, glänzten in Blizzards Steigbügeln. Mit einer Hand hielt er die Zügel, die andere Hand hatte er locker in die Hüfte gestemmt. An der Seite hing sein blitzendes Schwert. Er bot einen erhabenen Anblick.

Als Stella den Reiter bemerkte, blieb sie wie angewurzelt stehen. Suse hatte nicht die leiseste Ahnung, wer er war und was er auf dem Hengst tat, den niemand außer Hella jemals ritt.

»Wer ist denn das?«, fragte sie und versuchte angestrengt, den Mann im Schummerlicht zu erkennen.

Sie kannte inzwischen viele Reiter, die auf dem Hof ein- und ausgingen. Aber diesen hier … den hatte sie noch nie gesehen. Der wäre ihr aufgefallen.

»Das ist Hella! Sieht sie nicht fantastisch aus?«, sagte Martin verzückt. »Sie führt den Laternenumzug der Kinder und Erwachsenen an. Das Kostüm hat sie sich aus einem Theaterfundus geliehen.«

Suse hätte ihm am liebsten die Esskastanien ins Gesicht geschmissen. Nur mit Mühe beherrschte sie sich. Draußen lachte Stella auf, als ihre Mutter sie zu sich aufs Pferd zog.

Gemächlich ritten die beiden nun vom Hof, mit wippender Laterne und blitzendem Schwert. In der Ferne verklangen die Hufschläge.

Suse versuchte, sich wieder auf ihre Arbeit zu konzentrieren.

»Ich fange mit dem Würzcidre für die Großen und dem Apfelpunsch für die Kinder an«, sagte Martin jetzt.

»Wofür denn das?«, fragte Suse.

»Na, hab ich dir nicht erzählt, dass der Laternenumzug bei uns endet? Dass hier die Familien zusammen singen?«

Suse seufzte. Nein, das hatte Martin ihr nicht gesagt.

Das Lagerfeuer, das Martin auf dem Hof entzündet hatte, loderte in der Dunkelheit. Die Pferde wieherten unruhig auf der Weide, aber Blizzard, sonst eher nervös, stand lammfromm inmitten eines großen Menschenkreises. Auf seinem Rücken saß Hella, die unbestrittene Hauptperson des Sankt-Martin-Festumzugs, um sie herum standen die Erwachsenen und Kinder der Dorfgemeinschaft. Die Laternen der Kinder leuchteten anheimelnd durch die Dämmerung.

Das Schauspiel war fast zu Ende: Mit einer energischen Bewegung hatte Hella den roten Samtumhang zerteilt, eine Hälfte dem Bettler gegeben, der zuvor ein großes Drama aus seinem Frieren gemacht hatte. Die andere Hälfte hatte Hella sich wieder über die Schulter gelegt. Jetzt stimmte der Pfarrer der Lübarser Gemeinde im Feuerschein seine Gitarre, und alle begannen zu singen. *»Sankt Martin, Sankt Martin, Sankt Martin ritt durch Schnee und Wind …«*

Suse stand neben Martin und Stella und nahm ihre Stimmen wahr. Sie schaute auf das Blatt Papier, das ihr irgendwer in die Hand gedrückt hatte. *Sankt Martin, Sankt Martin …* wollte sie einstimmen, aber Worte und Melodie blieben ihr im Halse stecken. Das Bild, wie Hella den Mantel zerteilt hatte, ließ sie nicht los.

Was, wenn sie der Bettler war, der bei Martin um ein bisschen Wärme flehte? Wenn seine Liebe der Mantel war und sie, bestenfalls und nur weil er großzügig war, die Hälfte bekam? Oder nein, noch viel schrecklicher, und bei diesem Gedanken brach Suse trotz der Wärme des Feuers der Schweiß aus: Vielleicht war sie ja selbst der Mantel! Vorher heil und warm und dann mit einem mächtigen Schwertstreich zerteilt? Und was, wenn der Mantel gar kein Mantel, sondern ihr Herz war?

Oder aber es war alles viel einfacher. Sie war weder der Bettler noch der Mantel. Sie war lediglich eine dumme Gans.

Martins Gans.

19. Kapitel

Liebe Frau Parotat,
herzliche Thanksgiving-Grüße sendet Ihnen Clara Behrens aus Hamburg! Nach dem großen Fest beginnt ja unweigerlich der Endspurt in Richtung Weihnachten. Aber nun erst mal viel Spaß bei dem Truthahn, der sicher auch bei Ihrer Gastfamilie traditionell aufgetischt wird.
Herzliche Grüße
Ihre Clara Behrens

Als Karen am Montagmorgen erwachte, war ihr erster Gedanke, dass sie am Nachmittag endlich Hanni und Suse sehen würde. In der vergangenen Woche waren Hanni und sie erkältet gewesen, und das Treffen hatte erneut ausfallen müssen. Karen hatte vorgeschlagen, sich in dieser Woche dann nicht im Café Maiwald zu treffen, sondern gleich auf dem Weihnachtsmarkt an der Gedächtniskirche, der bereits aufgebaut worden war. Hanni und Suse hatten sofort zugestimmt. Die Glühweinsaison fing in Berlin früh an.

Karen freute sich auf das Treffen mit den Freundinnen. Sie drei Wochen nicht zu sehen, war ihr lang vorgekommen. Zu lang, trotz der täglichen SMS, die sie sich hin- und herschickten. Am emsigsten war Hanni gewesen, die von dem Kinobesuch berichtet und davon geschwärmt hatte. Der Name Werner war dabei auffallend oft gefallen.

»Nächsten Donnerstag ist Thanksgiving. Machen wir

einen Truthahn?«, fragte Eliza ihre Mutter, als sie sich alle zum Frühstück in der Küche versammelt hatten.

In ihrer Stimme schwang so viel Feindseligkeit mit, dass Karen ihren Toast mit Magerquark sinken ließ und zu Rhonda sah.

»Wohl kaum«, antwortete diese und rührte gedankenverloren in ihrem schwarzen Kaffee. »Macht furchtbar viel Arbeit …«

»Keinen Turkey?«, fragte Mark und kratzte in seiner Schüssel, um auch den letzten aufgeweichten Cornflake zu erwischen.

Karen sorgte immer dafür, dass die Kinder mit dem Frühstück begannen, bevor Rhonda im Morgenmantel die Küche betrat. Das gab ihr die Möglichkeit, ihnen ein bisschen mehr zu essen zu geben.

»Keinen *apple pie?*«, fragte jetzt auch Phoebe, und ihre Unterlippe zitterte. »Wenn Daddy da ist, feiern wir immer Thanksgiving. Mit *turkey* und *stuffing* und *cranberries*.«

Rhonda knallte den Löffel auf den Tisch, mit dem sie in ihrem schwarzen Kaffee gerührt hatte. »Daddy ist aber nicht da. Wenn ihr unbedingt einen *turkey* wollt, dann müsst ihr den mit Karen machen. Ich stell mich nicht den ganzen Tag in die Küche. Außerdem macht ein Thanksgiving-Dinner fett.«

Sie stand auf und rauschte hinaus. Phoebe und Mark sahen ihr verwirrt hinterher, Eliza mit einem Ausdruck tiefster Verachtung.

»Ich habe noch nie Thanksgiving gefeiert«, sagte Karen, der die Kinder mal wieder schrecklich leidtaten. »Aber wenn ihr wollt, dann machen wir einen Truthahn. Und einen *apple pie* bekommen wir auch noch hin. Was brauchen wir denn noch für das Fest?«

»Eine vernünftige Mutter«, sagte Eliza zornig und stand auf. »Ich muss los.«

Eine Stunde später brachte Karen die Kleinen in die Schule. Bedrückt trabten sie neben ihr her. Nur Krupp hüpfte vergnügt an ihr hoch. In den letzten Tagen war es sehr kalt geworden. Die Luft, die sie ausatmeten, kondensierte und wurde zu kleinen Nebelwölkchen. Karen hatte, in Erinnerung an Suses Farbberatung, zu ihrem schwarzen Mantel einen schwarz-weißen Schal und schwarz-weiße Handschuhe angezogen, was sich als genau richtig herausstellte. Nicht wegen der Farbe, sondern wegen der Kälte.

Als die Kinder in der Schule waren, beschloss Karen, eine Extrarunde mit Krupp auf dem Dahlemer Feld zu machen. Rhonda und ihre minimalistische Einkaufsliste konnten warten.

In Gedanken an Truthahn, Apfelkuchen und daran, dass sie erst mal im Internet nachschlagen musste, was zu Thanksgiving überhaupt alles gehörte, wanderte sie durch die Winterlandschaft. Die Sonne stieg höher und ließ den Raureif auf den trockenen Gräsern funkeln, aber brachte ihn nicht zum Schmelzen. Dazu war es an diesem Morgen zu kalt.

Krupp trug gegen die Kälte ein Hundemäntelchen mit der amerikanischen Flagge. Karen hatte ihn von der Leine gelassen, und so flitzte er als mobiles Stars-&-Stripes-Banner durch das gefrorene Gras des Dahlemer Feldes. Er raste kreuz und quer über die weitläufige Anlage, war mal hinter ihr, dann wieder vor ihr oder neben ihr, und manchmal verschwand er ganz aus ihrem Blickfeld. So auch jetzt. Karen wollte gerade nach ihm rufen, als sie plötzlich hinter sich eine Männerstimme vernahm.

»*Down*, Krupp! *Down*, hab ich gesagt, *down!*«

Karen drehte sich um. In einiger Entfernung sah sie einen Mann in Sportbekleidung. Er hatte volles silbergraues Haar, war braun gebrannt und wirkte für sein Alter – Karen schätzte ihn auf sechzig – gut durchtrainiert. Er sah aus wie jemand, der viel an der frischen Luft Sport trieb. Falls er jedoch jetzt vorgehabt hatte zu joggen, war das kaum möglich. Krupp sprang wie ein Wahnsinniger an ihm hoch – aus dem Stand wie ein Flummi aus Fell. Genau wie damals, als die Alleys Karen am Flughafen begrüßt hatten.

Karen beeilte sich, zu dem Mann zu gelangen, so schnell es ihr immer noch schmerzendes Knie erlaubte.

»*Out*«, sagte sie atemlos, als sie endlich vor ihm stand. »Es heißt *out!* Auf *down* hört er nicht.«

Sie hatte Glück. Bei *out* hielt Krupp verblüfft mitten in der Bewegung inne, was Karen reichte, um ihn blitzschnell an die Leine zu nehmen. Dann richtete sie sich wieder auf.

»Entschuldigung«, sagte sie. »Er ist manchmal außer Rand und Band.«

Der Mann reckte seine langen, sehnigen Arme abwechselnd nach oben und trappelte dabei auf der Stelle. »Ich weiß«, sagte er, und Karen hörte einen leichten englischen Akzent in seinem ansonsten perfekten Deutsch. »Die Alleys haben versäumt, ihn zu erziehen, als er ein Puppy war. Und jetzt ist es zu spät.«

Krupp riss wieder so heftig an der Leine, dass er sich beinahe strangulierte, aber Karen hielt eisern fest.

»Sie kennen die Alleys?«, fragte sie.

»Ja«, sagte er. »Ich bin der Nachbar.«

»Der Ättätschi?«, fragte Karen und biss sich auf die Zunge, kaum dass sie es ausgesprochen hatte.

Aber er lachte nur. »Ja, der. Und Sie?«

»Ich bin die Granny-Nanny der Alley-Kinder«, antwortete Karen und wartete auf die übliche, meist etwas abwertende Bemerkung über ihr Alter, das stets folgte, wenn sie sich so vorstellte.

Aber sie kam nicht. Stattdessen musterte der Attaché sie aufmerksam. »Das ist interessant. Wie sind Sie denn darauf gekommen, bei den Alleys als Granny-Nanny zu arbeiten?« Er machte keine Anstalten weiterzujoggen, sondern ging gemächlich neben ihr her.

Karen begann zu erzählen. Der Attaché war ein guter Zuhörer, und zum ersten Mal, seit sie in Berlin war – von ihren Montagsfreundinnen mal abgesehen –, sprach sie mit jemandem, der sie nicht als ältere Angestellte sah, sondern als Mensch.

Zusammen gingen sie übers Dahlemer Feld, und als sie wieder vor dem Haus der Alleys standen, wusste der Botschaftsangehörige, in der Tat ein diplomatischer Nachbar, viel von Karen: dass sie Lehrerin gewesen war, dass sie Englisch sprach, dass sie gern mit Kindern zusammen war, sogar, dass sie vor ihrer übergriffigen Tochter geflohen war. Aber das hatte sie nur angedeutet.

Zum Abschied reichte der Attaché ihr höflich die Hand. »Frau Parotat, es war sehr interessant, mit Ihnen zu reden. Hoffentlich sieht man sich bald wieder!« Dann ging er mit schnellem Schritt weiter zu seinem Anwesen.

Karen schloss auf, und Krupp tobte sofort hoch in den ersten Stock. Sie folgte ihm langsam. Da konnte man mal sehen! Sie, Karen Parotat, plauderte beim Gassigehen mit einem waschechten Mitarbeiter der diplomatischen Vertretung! Der sich sogar für ihren pädagogischen Background interessierte! Das war hohe Politik zum Anfassen! Wenn sie das nachher Suse und Hanni erzählte! Die würden staunen! Sprach eigentlich was dagegen, wenn sie an ihrem Wagen ein CD-Schild befestigte? Corps Diplomatique? Zu dumm, dass Französisch die Diplomatensprache war, wo sie doch Englisch so gut konnte!

Oben angekommen, rückte sie sich einen Stuhl zurecht und schaltete den Computer an. Jetzt vergiss mal die hohe Politik, und kümmere dich um Thanksgiving, mahnte sie sich und vertiefte sich ins Lesen der Rezepte.

Eine Stunde später wurde Karen bewusst, wie herzlos es von Rhonda war, ihren Kindern Thanksgiving vorzuenthalten. Es war *das* Fest in den USA. Man sagte danke für alles, was die Natur hervorgebracht hatte, erinnerte an die ersten Siedler und gab zugleich den Startschuss für die Vorweihnachtszeit. Von den köstlichen Sandwiches mit kaltem Truthahn, die dem Thanksgiving-Fest folgten, ganz zu schweigen.

Allerdings war es auch ein großes Familienfest, zu dem die Verwandten aus allen Teilen des Landes zusammenkamen. Und eins war sicher: Mr. Alley würde dieses Jahr nicht dabei sein. Vielleicht war das ja der Grund, dass Rhonda nicht feiern wollte …

Ach ja, Familientreffen, sinnierte Karen, die sind gar nicht so einfach zu organisieren. Es gibt oft Streit, wenn man Kinder und Enkel hat. Anne und ich sind dieses Jahr zu Weihnachten auch nicht zusammen. Ist das nun schlecht oder gut?

Gedankenverloren malte sie joggende Strichmännchen an den Rand ihres Notizzettels, auf dem bereits stand:

Truthahn bei Niedrigtemperatur garen
Brotfüllung mit Apfel und Maronen
Cranberry-Sauce mit Ahornsirup
Süßkartoffelauflauf
Rosenkohl mit Mandelbutter
Selbstgebackene kleine Brötchen

Was eine Familie ausmachte, war, dass alle zusammenkamen an Feiertagen. Und genau das war Rhondas Problem, da war Karen sicher. Wenn ihr Mann nicht da war, fühlte sie sich nicht als Familie. Entweder eine Feier mit der ganzen Familie oder gar keine Feier, schien ihre Gastmutter zu denken.

Wie krank war das denn! Mein Gott, mit dieser Einstellung würden sämtliche Scheidungskinder in Deutschland auf Weihnachten verzichten müssen. Man konnte doch getrennt von seinem Partner und trotzdem lieb zu seinen Kindern sein, oder?

Und eigentlich ist Mr. Alley nicht besser, dachte sie seufzend, während sie die Einkaufsliste für all das schrieb, was sie für das Festessen am kommenden Donnerstag besorgen wollte. Macht in den USA einen auf Single-Swinger, pimpert eine vollbusige Blondine mit Louis-Vuitton-Köfferchen und liefert seine drei Kinder seiner magersüchtigen Frau aus.

Karen schaute auf die Uhr. Herrje, so spät schon! Montags hatten die Kinder doch früher Schluss. Auch wenn es ihr freier Tag war, holte sie die drei gern ab. Und dann musste sie sich sputen, um pünktlich in die Stadt zu kommen.

20. Kapitel

Liebe Frau Wiesinger,
ich wünsche Ihnen, Frau Parotat und Frau Hartema einen schönen ersten Advent! Sicher basteln Sie mit Ihren Schützlingen, aber vielleicht schaffen Sie es auf einen der vielen Weihnachtsmärkte, die Berlin zu bieten hat. Es sollen unzählige sein, habe ich gelesen.
Herzliche Grüße von der Alster sendet Ihnen
Clara Behrens

Über den Treffpunkt auf dem Weihnachtsmarkt hatten sie debattiert und dann kurzerhand beschlossen, sich an der ersten Bude von der Tauentzienstraße aus links gesehen zu treffen.

Die Gedächtniskirche ragte in der Mitte des Platzes empor, davor stand ein hohes, sparriges Teil, grässlich-hässlich aus Metall- und Plastikresten, dessen Funktion sich nicht auf den ersten Blick erschloss. Und auch nicht auf den zweiten.

Dicht an dicht reihten sich rings um die berühmte Kirche und die Nebenbauten Holzbuden mit Bratwürsten, Popcorn, Mutzemandeln und kandierten Äpfeln, mit billigen und auch teuren Geschenken. Aus etlichen Lautsprechern plärrte Weihnachtsmusik.

Karen war als Erste da. Sie schüttelte sich, als sie das Schild des Bratwurststandes zu ihrer Rechten las: RIESENWÜRSTE ZUM LECKERSCHLECKEN. Bald kam Suse und leistete ihr Gesellschaft. Gemeinsam hielten sie Ausschau nach Hanni.

Hanni war mit dem M49 zum Zoologischen Garten gefahren und musste sich von der Rückseite durch den Weihnachtsmarkt schlängeln. Eigentlich wäre sie pünktlich gewesen. Aber sie war an einem Stand vorbeigekommen, der wunderschönen Glasschmuck zum Verkauf anbot. In allen Grün- und Blautönen des Wassers schimmerten die Perlen, in genau den Sommerfarben, die ihr standen!

Unschlüssig hatte sie eine Kette nach der anderen anprobiert, sich in dem Spiegel, den die hoffnungsvolle Verkäuferin ihr hingehalten hatte, bewundert und sich zum Schluss doch nicht überwinden können, neunundsechzig Euro für etwas auszugeben, das man nicht unbedingt brauchte. Hanni verstand nicht, woran es lag, dass sie bei sich selbst manchmal so knauserig war. Was war denn schlimm daran, sich mal etwas Schönes zu gönnen? Sie nahm sich vor, das Schmuckstück auf dem Rückweg zu kaufen.

Als Hanni endlich ihren Treffpunkt erreichte – wegen der eisigen Kälte in wolliges Brombeerrot und helles Mintgrün gehüllt –, hatten Suse und Karen schon einen Becher Glühwein in der Hand. Karen strahlte, sie sah ganz in Schwarz-Weiß, sogar schwarze Lederhandschuhe trug sie, sehr elegant aus. Suse dagegen wirkte blass.

»Entschuldigung«, sagte Hanni und lachte atemlos. »Aber ich habe mich in eine Kette verliebt!«

»Ich wünschte, das könnte ich auch sagen«, sagte Suse und trank einen Schluck von ihrem Glühwein. »Wo denn?«

»Dahinten an dem Schmuckstand. Die Kette ist traumhaft, aus Glasperlen in den schönsten Wasserfarben. Und für dich haben sie ganz tolle schwarz-weiße Glasohrclips, Karen! Sie werden dir gefallen!«

»Dit is' die Dritte, uff die ihr jewartet habt?«, sagte der Bratwurstverkäufer, als sie sich umarmt hatten.

Er war gerade dabei, mit einer langen Zange schwungvoll eine Riesenwurst auf dem Rost umzudrehen. Trotz der Kälte trug er über seinem T-Shirt nur eine schmuddlige Schürze, auf der »Probier meine Riesenwurst« stand. Wahrscheinlich war es am Grill warm genug. Oder er hatte hohen Blutdruck. Jedenfalls war sein rundes Gesicht hochrot.

»Und? Will die Dritte von euch ooch 'nen Glühwein?«, fragte er und legte die Zange zur Seite.

Suse nickte und lächelte müde. »Sicher doch. Und wir beide nehmen noch einen zweiten. Meinen mit Schuss, bitte.«

»Das ist dann aber ganz schön stark«, sagte Karen.

»Na und?«, schnappte Suse. »Ich vertrag 'ne ganze Menge.«

Hanni und Karen sahen sie überrascht an.

»Welche Weihnachtsgans ist dir denn über die Leber gewatschelt?«, fragte Karen.

»Gans? Erwähn dieses Wort nicht«, antwortete Suse und kniff die Lippen zusammen.

Karen zuckte mit den Schultern. »Ich jedenfalls«, sagte sie stolz und so laut, dass Hanni und Suse und selbst der Bratwurstmann es hörten, »ich hab heute einen echten Botschaftsangehörigen kennengelernt, einen Attaché. Ist ein toller Mann! So kultiviert, so distinguiert …«

»Na, da kannste dir ja wat druff einbilden, Meechen«, meinte der Bratwurstverkäufer überhaupt nicht beeindruckt.

Was er schon hinter seinem Stand erlebt hatte … ihn konnte so leicht nichts beeindrucken. Ein diplomatischer Vertreter hatte die Olle angequatscht? Na wennschon. Sie sollte lieber eine seiner Riesenwürste kaufen!

Er stand an einer großen Warmhaltekanne und füllte nacheinander drei Becher. Der Geruch von Glühwein, von Zimt und Nelken vermischte sich mit dem Bratwurstduft, der um ihn herumwaberte. Er reichte zwei Becher über den Tresen, einen für Hanni, einen für Karen. In den dritten gab er einen ordentlichen Schuss Rum, bevor er ihn Suse gab.

»Also, erzähl, wie kommst du zu einem Botschaftsangehörigen?«, fragte Suse.

Ihre Stimme klang provokant, ja, fast ein bisschen spöttisch. Nicht wie sonst entspannt und mit diesem plattdeutschen Einschlag, der so charmant wirkte.

Karen begann von dem Spaziergang und von ihrem Gespräch zu erzählen, und Hanni lauschte angemessen beeindruckt. Hin und wieder nahm sie einen winzigen Schluck von ihrem Glühwein.

»Und, was meinst du? Wird das was zwischen dir und dem Attaché?«, bohrte Suse weiter. Ganz anders als Hanni nahm sie einen großen Schluck. Schon war ihr Becher wieder leer. Sie stellte ihn nachdrücklich auf den Tresen. »Noch einen. Und diesmal mit doppeltem Schuss. Mit Amaretto«, verlangte sie. Es klang wie »Armageddon«.

»Was ist denn heute mit dir los, Suse? Trink doch nicht so viel.«

Karen nahm beschwichtigend ihren Arm, doch Suse schüttelte sie ab.

»Sag mir lieber, ob er der Richtige für dich ist, dein Attaché«, zischte sie.

»Jetzt ist aber gut«, gab Karen erbost zurück. »Was soll denn das? Ich erzähl euch doch nur, was heute Morgen passiert ist. Und klar, wenn sich mit mir, Karen Parotat aus dem Fischbachtal, ein Kulturattaché unterhält, ist das natürlich ein großes Ding für mich! Aber tu nicht so, als ob ich mich dem Erstbesten an den Hals werfe. Dazu bin ich nicht nach Berlin gekommen!«

Der Bratwurstverkäufer sah interessiert von einer zur anderen – zu der blonden Großen, der weißhaarigen Lady und zu der Zarten mit der hellgrünen Mütze. Vielleicht hatte er ja doch noch nicht alles gesehen, was sich vor seinem Stand so abspielen konnte. Dass sich mal zwei angeschickerte Weiber wegen eines Kerls in die toupierten Haare geraten waren, hatte er schon erlebt. Aber Zickenkrieg in diesem Alter? Hörte das denn nie auf?

»Je olla je dolla. Ihr seid jedenfalls janz jut dabei«, kommentierte er. »Hey, Heinzi«, rief er dann seinem Gehilfen zu, einem hageren Mann mit Vokuhila und schmutzig grauem Bart, der auf der anderen Seite des Standes mit launigen Sprüchen Brötchen aufschnitt und Senf aus einer gelben Plastikflasche mit einem obszönen Geräusch auf weiße Pappen spritzte, »such mal den Amaretto. Die Lady hier will dit in ihren dritten Glühwein.«

»Warum bist du heute so ungehalten?«, fragte Hanni, während sie auf Suses doppelten Schuss warteten.

»Tut mir leid, Karen. Ich wollte dich nicht anfahren. Es ist Martin. Er gibt mir widersprüchliche Zeichen«, sagte Suse zerknirscht. »Er ist … absolut reizend zu mir. Und dann himmelt er wieder seine Frau an.«

»Er hat recht, sie anzuhimmeln. Es *ist* seine Frau! Dir sollte er gar keine Zeichen geben. Und wenn, solltest du nicht darauf eingehen. Du benimmst dich wie ein Au-pair-Mädchen, das sich in den Gastvater verknallt«, empörte Hanni sich.

»Du musst gerade reden! Du hast deinen Werner und siehst jedes Mal, wenn wir uns treffen, glücklicher aus«, sagte Suse unglücklich und viel zu laut. »Und nun noch du, Karen! Fängst was mit einem Attaché an! Was glaubt ihr denn, wie ich mich fühle!« Sie hickste und hielt sich die Hand vor den Mund. Dann sah sie Heinzi an und donnerte: »Wird das heute noch was?«

»Ik hab ihn!«

Er schwenkte die Amarettoflasche, drehte den verkleisterten Schraubverschluss auf und gab so viel in Suses Becher, dass kaum noch Platz für Glühwein war.

»Hau rein, Heinzi«, sagte Suse. »Wurde auch Zeit.« Sie griff nach dem Becher und trank. Als sie ihn absetzte, schüttelte sie sich. »Verdammt süß, das Zeug!«

»Wir müssen weg von hier«, sagte Karen leise zu Hanni. »Das nimmt kein gutes Ende.«

»Okay. Du versuchst, Suse wegzulotsen, ich zahle.«

Aber Suse war widerspenstig, und der Amaretto stieg ihr blitzschnell zu Kopf, wo er auf den Glühwein und den Rum stieß.

Bevor Karen sie erwischen konnte, war sie schon hinter den Tresen gestürmt und hatte Heinzi hervorgezogen. »Komm, wir tanzen«, rief sie.

Bei dem Versuch, den Bratwurstverkäufer zu einem kessen Foxtrott zu *Rudolph, the Red-Nosed Reindeer* zu bewegen, der aus Lautsprechern über den Weihnachtsmarkt schallte, stolperte sie jedoch so unkontrolliert, dass Heinzi nach einigen Schritten die Lust verlor.

Er ließ Suse stehen. »Lass mal, Kleene. Als Alleintänzer für ältere Damen bin ik nich' der Richtije.«

»Du kannst nicht führen«, begann Suse zu pöbeln. »Das ist das Problem mit euch Kerlen. Ihr könnt einfach nicht führen. Was heißt denn ältere Damen? Glaubst du, du könntest besser führen, wenn wir jünger wärn? 'ne Menge Gedöns um nichts, das macht ihr, einer wie der andere …«

Karen bemühte sich nach Kräften, Suse zum nächsten Stand zu drängen, aber sie widersetzte sich, während

Heinzi und sein Chef sich drohend hinter dem Tresen aufbauten.

»Ik kann nich' führn? Komm her! Ik zeig dir, wie ik führn kann!«, sagte Heinzi drohend und ließ seine Muskeln spielen.

»Karen, mach was!«, zischte Hanni. »Der wird ungemütlich.«

Karen hakte die widerstrebende Suse energisch unter.

»Sooooo, Suse, komm, wir gehen jetzt«, sagte sie und zog die Widerstrebende weiter, bevor Heinzi die Senfflasche auf sie richten konnte.

»Ich möchte zahlen.« Hanni zog ihr Portemonnaie aus der Tasche. »Wie viel macht das?«

»Das ist ein schrecklicher Weihnachtsmarkt«, krakeelte Suse einen Stand weiter. »Da haben wir in Ostfriesland viel smuckere! Der hier ist mannich zu laut und zu trubelich und zu billich…«

»Neunundsechzig Euro«, sagte der Bratwurstverkäufer, und Hanni starrte ihn mit offenem Mund an.

»Wie bitte?«, fragte sie im Glauben, sich verhört zu haben. Das war ja der Preis für die wunderschöne Glasperlenkette!

»Neunundsechzig Euro«, wiederholte er mit einem hässlichen Grinsen. »Glaubt ihr, ich verschenk den Suff an euch?«

Er sah verächtlich auf Suse, die mit irrem Lachen am Nachbarstand eine kunterbunte Andenmütze anprobierte.

Hanni schmiss ihm das abgezählte Geld hin. »Sie sind ja nicht sehr nett zu Damen«, sagte sie empört.

»Zu Damen schon«, gab der Bratwurstverkäufer zurück, nahm das Geld und pfefferte es in seine Kasse.

Hanni wandte sich ab und folgte hoch erhobenen Hauptes den Freundinnen, die gerade weitergingen. Das heißt, Karen versuchte zu gehen und die torkelnde Suse mit sich zu ziehen.

»Ich kann nicht mehr«, schnaufte Karen, als Hanni sie eingeholt hatte.

Sie hakten Suse zu zweit unter und bugsierten sie mit vereinten Kräften durch die Menge.

»Ihr seid bannig gute Freundinnen«, rief Suse unkontrolliert und stolperte über den Pfeiler eines Standes, der Mutzemandeln verkaufte. Es roch entsetzlich nach altem Fett.

»Wir müssen uns irgendwo hinsetzen. So geht das nicht«, keuchte Karen.

Um ein Haar wären sie in einen Stand mit kandierten Äpfeln gekracht.

»Aber wohin denn bloß?«

Langsam wurde es dunkel. Die Lichter an den Losbuden tauchten den Weihnachtsmarkt in grelles Bunt, die Musik war kitschig und zu laut. Es war ungefähr so romantisch wie eine Autoscooterfahrt.

»Dorthin.« Karen zerrte Suse die Stufen zur Gedächtniskirche hoch.

»Auf der Treppe können wir nicht sitzen, da holen wir uns alle drei den Tod«, ächzte Hanni, als Suse sich stöhnend gegen sie lehnte, sodass sie alle drei um ein Haar umgefallen wären.

Sowie man die schützende Nähe der Budengänge verließ, spürte man den eisigen Wind, der ihnen um die Nasen pfiff. Die Treppenstufen waren kalt wie blankes Eis.

»Lass uns in die Kirche gehen«, bestimmte Karen und zeigte auf die Gedächtniskirche.

Sie wankten nach oben und schauten durch die Tür in den Innenraum, auf den Mosaikboden und die historischen Wandgemälde.

»Da kann man auch nicht sitzen«, sagte Hanni zunehmend verzweifelt. Suse hing zwischen ihnen wie eine schwere Marionette, die Augen geschlossen. »Mir is' nich' gut. Fühl mich wie Bodo, wenn er zu viel Jever intus hat.«

»Dann eben hier«, bestimmte Karen.

Schwankend wie ein Dreimaster in stürmischen Wogen, stolperten sie die Treppe hinunter und steuerten auf den Kirchenrundbau zu ihrer Linken zu. Als Karen das Portal aufstieß und sie hineinwankten, empfing sie Stille. Der Lärm von außen war kaum zu hören. Die bunten Glasfenster waren angestrahlt und tauchten das Innere der Kirche in blaubuntes mildes Licht. Schlichte, gepolsterte Stühle standen links und rechts vom Mittelgang in langen Reihen nebeneinander.

Sie waren die Einzigen in dem großen, runden Raum. Hanni und Karen drängten Suse gleich in die hinterste Reihe und nahmen neben ihr Platz.

Suse stöhnte und verbarg das Gesicht in den Händen. »O Gott. Ich kann nicht mehr. Alles dreht sich.«

»Für ein Stoßgebet bist du hier an der richtigen Stelle«, wisperte Hanni. »Wie kannst du dich nur so schrecklich betrinken?«

Suse hickste. »Martin.«

»Das hast du schon gesagt, aber das ist doch kein Grund!«

»Wir haben geknutscht. In der Küche … Und beinahe hätten wir miteinander geschlafen. Der Kuss war sooo süß. Und leidenschaftlich. Und wild. Und er hat nach Gänseleberpastete geschmeckt, nach Koriander und nach Portwein … Ich glaub, ich hab mich in Martin verliebt.«

Unvermittelt hielt Suse sich die Hand vor den Mund. »O Gott. Mir wird schlecht.« Sie sprang auf, drängte an Hanni vorbei und schlingerte dem Ausgang zu.

Hanni und Karen sahen sich an.

»Geknutscht?«, fragte Karen verblüfft und zog die Augenbrauen hoch. »Beinahe miteinander geschlafen? Verliebt? Das glaub ich jetzt nicht! Und mir wirft sie vor, ich würde mich dem Ättätschi an den Hals werfen?«

»Du sollst den Namen des Herrn nicht umsonst aussprechen«, sagte Hanni.

Dann sprangen sie beide auf und rannten Suse hinterher, die bereits aus der Kirche gestürzt war. Als sie das Portal aufdrückten, schlugen ihnen der Lärm, der aufdringliche Geruchsmix und die eisige Winterkälte entgegen. Aber wo war Suse?

»Da«, sagte Hanni und zeigte auf das komische Gebilde aus Schrottresten, das vor der Gedächtniskirche in den Himmel ragte.

Sie sahen, wie Suse unsicheren Schrittes darauf zuwankte, sich die Hand vom Mund riss und sich in einem großen Schwall gegen das Metall erbrach.

»O Mann«, sagte Hanni angeekelt, während sie zu Suse eilten. »Hast du ein Taschentuch, Karen?«

Aber noch bevor sie Suse erreicht hatten, war bereits jemand anders bei ihr – ein Mann mit einer Kamera und ein zweiter mit einem Mikrofon. Während der eine den Scheinwerfer auf Suse richtete, die unsicher und mit roten, tränenden Augen ins Licht starrte, hörten Hanni und Karen im Näherkommen, was der andere ihre Freundin fragte:

»Guten Abend, mein Name ist Ulli Zelle. Wir sind vom RBB und übertragen live vom größten Weihnachtsmarkt der Stadt. Sagen Sie, wie dürfen wir Ihre Übelkeit deuten? Ist sie eine Reaktion auf den Weihnachtsbaum, der in den letzten Tagen in Berlin so kontrovers diskutiert wurde? Finden Sie also, genau wie viele in unserer Stadt, dieses Schrottkunstwerk zum – Verzeihung, liebe Zuschauer – Kotzen?«

Suse setzte gerade zu einer Antwort an, als plötzlich Heinzi vom Bratwurststand angerannt kam und anklagend auf sie zeigte.

»Von wegen!«, schrie er ins Mikro. »Die Olle hier is' 'n klarer Fall von Komasaufen! Alle sagen, dit machen nur die Teenies. Stimmt ja nich'! Die hier hat jepichelt, als ob es keen Morjen jibt! Und die beiden sind ooch nich' viel bessa.«

Letzteres bezog sich auf Karen und Hanni, die nun endlich bei Suse angekommen waren und versuchten, sie aus dem grellen Scheinwerferlicht zu ziehen.

Doch Ulli Zelle und sein Kameramann reagierten schneller. Schon waren auch Karen und Hanni ins grelle Licht des Scheinwerfers getaucht, und das Mikro erschien vor ihren Gesichtern.

»Wir übertragen live vom Breitscheidplatz! Wir fragen diese beiden Damen im besten Alter: Wie gefällt Ihnen der diesjährige Weihnachtsmarkt?«

»Das wollen Sie nicht wissen«, sagte Karen resolut. »Bestimmt nicht.«

Sie und Hanni hakten Suse unter, und mit einem großen Schritt über die Lache von Erbrochenem wandten sie den Reportern den Rücken zu und traten den geordneten Rückzug an, unendlich froh, dem Scheinwerferlicht zu entkommen.

»Ich fasse es nicht«, sagte Hanni. »Und jetzt müssen wir sie auch noch irgendwie nach Hause bekommen.«

»In ein Taxi setzen?«, fragte Karen.

»Nach Lübars? Das würde Suse ein Vermögen kosten!«

»Wir legen zusammen und bezahlen den Taxifahrer im Voraus. Dann ist das eben unser Weihnachtsgeschenk für Suse.«

Da geht meine schöne Kette endgültig dahin, dachte Hanni, als sie Suse zum nächsten Taxistand zerrten, einem Fahrer die Adresse gaben, ihr gesamtes Bargeld zusammensuchten und schließlich dem Taxi hinterhersahen, das sich mit ihrer betrunkenen Freundin an Bord in den Feierabendstau einreihte.

21. Kapitel

Am nächsten Morgen begann Karen mit den Vorbereitungen zum Thanksgiving-Fest, und fast – aber nur fast – verstand sie ihre Gastmutter. Es war wirklich unglaublich viel Arbeit, doch zugleich hatten sie Spaß. Die Kinder waren mit Begeisterung dabei, sogar Eliza half. Sie kümmerte sich um die Cranberry-Sauce.

Und dann war der letzte Donnerstag im November da, der traditionelle Thanksgiving-Tag. Als Karen mit Eliza, Mark und Phoebe von der Schule nach Hause kam, duftete es in der Alley-Villa bereits appetitlich nach dem Truthahn, der seit den Mittagsstunden vor sich hin garte. Den Apfelkuchen hatte sie schon am Vortag gebacken, Süßkartoffeln geschichtet, Bohnen geputzt, Teig für die Bisquits vorbereitet. Einmal hatte sie sogar Suse angerufen, die ihr geduldig Ratschläge gegeben hatte.

Jetzt tat Karen der Rücken weh, und das Knie schmerzte – dieses Mal vom langen Stehen in der Küche. Außerdem hatte sie sich die Hand am Ofen verbrannt. Zum Glück gab es nur noch Weniges zu tun.

Um fünf Uhr war dann endlich fast alles fertig.

»Bitte deckt den Tisch«, sagte Karen zu den Kindern, während sie ein letztes Mal den Truthahn überprüfte. Er sah köstlich aus.

»In der Küche?«, fragte Mark und sah sich um.

»Natürlich nicht«, fuhr Eliza ihn an. »Es ist Thanksgiving! Da essen wir im Esszimmer, Dummy.«

»Wir essen nur im Esszimmer, wenn Daddy da ist«, protestierte Mark.

»Aber er ist nicht da, und wir feiern ohne ihn Thanksgiving. Und wenn Thanksgiving ist, essen wir immer im Esszimmer«, sagte Phoebe mit bestechender Logik.

Mark sah sie verwirrt an.

»Krupp braucht einen Teller«, lenkte er ab und nahm einen sechsten Teller aus dem Geschirrschrank. Er stellte ihn neben den Tisch auf den Boden. »Er soll auch wissen, dass Thanksgiving ist, *right,* Krupp?« Der Hund sah ihn mit glänzenden Knopfaugen an.

Phoebe faltete mit Elizas Hilfe Servietten. »Du hast heute Post bekommen, Karen«, sagte Eliza plötzlich und sah auf. »Ich habe den Brief auf dein Bett gelegt.«

»Ach ja?«

Karen hörte gar nicht richtig hin. Gelegentlich schickte ihr Anne einen Brief, aber bis jetzt hatten immer unwichtige Nachrichten darin gestanden. Am Tag zuvor hatte sie mal wieder eine Karte von Clara Behrens erhalten. Und sich gefreut. Sie fand es reizend von der Agenturchefin, ihnen allen sporadisch zu schreiben.

»Wer sagt denn das *blessing,* Karen?«, fragte Mark, als sie mit den frisch gebackenen Brötchen das Esszimmer betrat.

»Welches *blessing?*«

»Das Thanksgiving *blessing.*«

»Eure Mutter, vermute ich.«

»Was soll ich tun?«, erklang in diesem Moment eine kühle Stimme von der Tür.

Alle drehten sich um. Rhonda stand im Türrahmen. Sie trug einen Lammfellmantel und eine Pelzmütze und sah aus, als ob sie bei Dr. Schiwago mitspielen wollte.

»Wo gehst du hin, Mommy?«, fragte Phoebe.

»Wenn ich mich gleich vollstopfen muss, will ich wenigstens vorher noch einen Spaziergang machen. *I'll take* Krupp *with me.*«

»Um halb sechs wollen wir essen«, sagte Karen. »Krupps Leine hängt an der Garderobe, Rhonda.«

»Aber Mummy …« Mark war sichtlich beunruhigt. »Du gehst nie mit ihm spazieren!«

»Heute schon, Darling. Komm, Krupp.«

Der Hund tänzelte aufgeregt um Rhonda herum, die Tür schlug hinter ihnen zu.

»Dann decken wir mal weiter«, sagte Karen.

Ihr Blick wanderte immer wieder zur Uhr, die in der Küche hing. Als es auf halb sechs zuging, begann sie die Schüsseln zu füllen. Eine Viertelstunde später drehte sie die Hitze herunter, damit der Truthahn nicht zerfiel. Nach einer weiteren Viertelstunde waren die frisch gebackenen Brötchen nicht mehr warm. Allmählich wurden die Alley-Kinder unruhig.

»Wo ist Mummy?«, fragte Phoebe.

»Ich habe keine Ahnung. Ruft sie doch mal auf dem Handy an«, sagte Karen.

»Haben wir schon versucht. Sie geht nicht ran. Macht sie nie, wenn wir sie brauchen«, sagte Eliza ungehalten. »Sollen wir mal draußen nachschauen?«

Karen sah unschlüssig zum Ofen und auf die Arbeitsfläche. Schüssel an Korb an Terrine mit leckeren Beilagen reihten sich dort aneinander. Und alles wurde kalt.

»Es ist alles fertig … wenn ihr zu lange wegbleibt …«

Jemand schloss die Haustür auf.

»Da ist sie! Mummy *is back!*«, rief Mark und flitzte zur Tür.

Die Mädchen rannten hinterher.

Karen atmete unwillkürlich auf. Na endlich! Dann

konnte es ja losgehen. Ein sengender Schmerz durchschoss ihren Lendenbereich, als sie den knusprigen Truthahn aus dem Ofen hochhob. Sie biss die Zähne zusammen und schaffte es gerade noch so, das schwere Blech auf die Ablage zu stellen. Hoffentlich halte ich noch bis Neujahr durch, dachte sie und rieb sich stöhnend das Kreuz.

In diesem Moment erklang im Flur ein Schrei, auf den klägliches Weinen folgte. Die Haustür schlug krachend zu, Fußgetrappel war auf dem Weg zu hören, dann fiel das Gartentor ins Schloss.

Karen humpelte so rasch sie konnte in den Flur – niemand. Wo steckten alle? Was war passiert? Das Haus schien menschenleer. Dann hörte sie aus dem Wintergarten ein leises Klirren und folgte dem Geräusch.

Da stand Rhonda. Sie hatte noch ihren Mantel an und die alberne Fellmütze auf. Vor ihr stand ein Glas, in das sie gerade zitternd Whiskey schenkte, so viel, dass es Karen, die fast doppelt so viel wog wie Rhonda, umgeworfen hätte.

»Was ist los?«, fragte sie.

Rhonda nahm einen großen Schluck. »Krupp *is gone.* Ich habe ihn von der Leine losgemacht.« Sie sah Karen ratlos mit ihren dunkelblauen Augen an. »Er hat einen Fuchs gesehen, und weg war er. Wie kann er es wagen, mir das anzutun? *I am his* Frauchen!«

Karen verspürte die unbändige Lust, Rhonda eine schallende Ohrfeige zu geben.

»Und die Kinder?«, fragte sie und dachte mit Sorge daran, wie sehr die Kleinen an dem durchgeknallten Jack Russell hingen.

»Sie suchen ihn.«

»Allein im Dunklen?«

»Eliza ist dabei.« Rhonda zuckte nur mit den Achseln und nahm einen weiteren Schluck.

»*I'll watch* TV«, erklärte sie dann und machte den Fernseher an.

Sie ließ sich, angezogen, wie sie war, auf die Couch sinken und starrte auf die Mattscheibe. Eine Sitcom lief, dröhnendes Gelächter erklang aus dem Off.

Karen konnte es keine Sekunde länger ertragen. Sie drehte sich um und eilte zurück in die Küche, wo sie nach ihrem Handy griff.

»Wo seid ihr?«, fragte sie besorgt, als Eliza ranging.

»Krupp! Krupp!«, hörte sie Mark und Phoebe im Hintergrund rufen.

»Auf dem Dahlemer Feld«, antwortete Eliza atemlos.

»Ich komme und helfe euch zu suchen«, sagte Karen entschlossen. »Lass dein Handy an.«

Eine Stunde später kehrten sie zu viert in die Villa zurück. Sie hatten gerufen, bis ihnen die Kehlen wehtaten. Sie hatten atemlos in die kalte Nacht hineingelauscht. Aber kein Krupp hatte in der Ferne japsend gebellt, kein Krupp war auf sie zugerast. Er war und blieb verschwunden.

Eliza schwieg, und Karen ahnte, wem sie die Schuld gab. Zu Recht, Karens Meinung nach. Mark und Phoebe waren untröstlich. Sie schmissen ihre Mäntel auf die Bank, die unter der Garderobe stand, was Karen ihnen normalerweise nicht durchgehen ließ, und rannten schluchzend die Treppe hoch. Eliza folgte ihren jüngeren Geschwistern.

»Und was ist mit unserem Thanksgiving-Essen?«, rief Karen ihnen hinterher, aber sie erhielt keine Antwort.

Das fällt dann wohl aus, beantwortete sie sich die Frage selbst und ging in die Küche. Die knusprige Haut des nun kalten Truthahns war längst nicht mehr knusprig. Die Bohnen waren kalt, auf dem Süßkartoffelauflauf wellte sich die erstarrte Eiersahnehaut.

Karen hätte schreien können. Drei Tage Arbeit – umsonst. Das große Fest – verdorben. Die Kinder – verzweifelt. Rhonda Alley – betrunken. Krupp – verschwunden. Sie selbst – fix und fertig.

Wie viel schrecklicher konnte es noch kommen?

Es war halb acht, als sie die Küche sauber, den Tisch abgedeckt und das ungegessene Essen verstaut hatte. Erschöpft schlich sie die Treppe zum Dachgeschoss hoch. Die Kinder waren, wirklich ungewöhnlich, allein ins Bett gegangen. Es herrschte Stille.

Oben angekommen, bemühte Karen sich nicht mal, das Licht anzumachen, sie zog nur die Schuhe aus und ließ sich müde aufs Bett sinken. Unter ihr knisterte es. Einen Moment hielt sie inne, dann fiel ihr der Brief ein, von dem Eliza erzählt hatte. Das musste er sein.

Karen griff danach. Aber was sie in der Hand hielt, war nicht einer der Din-A4-Umschläge, in denen ihr Anne immer die Post nachschickte. Neugierig knipste Karen das Licht an und griff nach ihrer Lesebrille. CULTURAL ATTACHÉ OF THE UNITED KINGDOM stand auf der Rückseite als Absender.

Der Attätschi? Was wollte der denn von ihr?

Karen öffnete den Umschlag und fischte eine Karte heraus:

We cordially invite you to attend our monthly Cocktail-party on

Thursday, 28th November, 7.30 p.m.

Subject will be: International youth exchange

Chances, visions, perspectives

Karen starrte auf die Karte, auf schweres champagnerfarbenes, goldfarben bedrucktes Papier. Dann flog ihr Blick zur Uhr. Fünf nach halb acht!

Um elf Minuten vor acht ging Karen leise die Treppe hinunter. Ihr silbernes Cocktailkleid umgab sie wie gewebtes Mondlicht – oder wie sie sich gewebtes Mondlicht vorstellte –, ein dezentes Make-up kaschierte die Thanksgiving-Küchenblässe. Ein wenig Kajal ließ ihre Augen dunkel und geheimnisvoll wirken und ihr Haar noch heller leuchten. Das Korallenrot ihres Lippenstifts sah fantastisch dazu aus. Und dank der Ibuprofen 500 hatte sie die Rückenschmerzen zu einem dumpfen, nur noch leicht unbehaglichen Gefühl reduzieren können.

Unten schlüpfte Karen in ihre schwarzen Pumps und ihren schwarzen Wintermantel und verließ das Haus, ohne irgendwem Bescheid zu sagen. Sie eilte die wenigen Meter bis zur nächsten Einfahrt, bog ein, lief auf das Licht am Ende des Weges zu und klingelte um Punkt acht.

Ein schlanker junger Mann mit einer dunklen Lockenmähne, makellos und dennoch lässig gekleidet, öffnete die Tür. Karen überlegte, ob sie die Einladung hätte mitbringen sollen, aber als sie ihren Namen erwähnte, wusste er sofort, wer sie war.

Charmant stellte er sich als Gustavo Santolucci vor und führte sie in einen großen Raum, in dem an Stehtischen Grüppchen standen und plauderten, ein Feuer loderte im Kamin. Von hübschen Kellnern wurden Drinks und Fingerfood angeboten.

Der Attaché stand inmitten einer Gruppe und unterhielt sich lebhaft, doch als er Karen entdeckte, kam er gleich auf sie zu. »Frau Parotat, wie schön, dass Sie es zu uns geschafft haben! Ich hatte schon befürchtet, dass

Sie heute wegen Thanksgiving keine Zeit haben«, sagte er warmherzig.

Ein wahrer Augenschmaus in seiner grauen Hose, dem blütenweißen Hemd und dem dunkelblauen Sportjackett mit den goldenen Knöpfen, dachte Karen. Jeder Zentimeter seines durchtrainierten Körpers drückte in ihren Augen weltmännischen Charme aus. Allerdings war er leider. Sie schaute auf Gustavo, der dicht neben dem Attaché stand und ihm vertraulich die Hand auf die Taille legte.

»Thanksgiving fiel bei den Alleys dieses Jahr aus persönlichen Gründen unerwartet aus«, antwortete Karen und griff nach einem Sektglas, das ihr ein Kellner reichte.

»Ich hoffe, es ist nichts Ernstes«, sagte der Attaché mitfühlend.

Karen winkte ab. Sie wollte jetzt nicht über das Krupp-Desaster reden. Lieber nahm sie einen Schluck. Mmh … Champagner. Es kam ihr vor, als hätte sie noch niemals in ihrem Leben etwas Köstlicheres getrunken. Was vermutlich an der Qualität lag, aber mehr noch an den Umständen.

Der Attätschi war noch nicht fertig. »Ich freue mich sehr, dass Sie Ihr pädagogisches Knowhow bei uns einbringen wollen! Auf unserem kleinen Spaziergang haben Sie mich sehr beeindruckt. Kommen Sie, ich stelle Sie den anderen Gästen vor. Gustavo haben Sie ja bereits kennengelernt«, fuhr er in formvollendeter Gastgebermanier fort und nahm ihren Arm.

»Und Sie können sich überhaupt nicht vorstellen, wie sehr ich mich über Ihre Einladung gefreut habe!«, sagte Karen und ließ sich von ihm zu einer Gruppe führen, in der gerade ein lebhaftes Gespräch über die Altersstruktur bei Au-pairs stattfand. Frau Professor hier, Herr Doktor da, ein Harvard-Austauschstudent dort und nicht zu vergessen ein Gesandter aus Loma-Koli, der gerade über Klassengrößen in finnischen Schulen sprach …

Karen holte tief Luft. O ja, zu diesem Thema hatte sie etwas zu sagen.

Es war ein zauberhafter Abend gewesen. Beschwingt ging Karen drei Stunden später denselben Weg zurück, den sie gekommen war, den Kopf voll interessanter Eindrücke von Menschen, die an den verschiedensten Orten der Welt gelebt hatten, sich in fremden Kulturen auskannten und lebhaft über Erziehung und Pädagogik diskutiert hatten.

Sie fragte sich, ob sie den Abend auch so genossen hätte, wenn Thanksgiving bei den Alleys schöner gewesen wäre. Ach, Unsinn, dann wäre sie ja nicht zum Attaché gegangen! Wie seltsam, dass manchmal Glück und Unglück so nah beieinanderlagen.

Und als sie die Gartenpforte der Alley-Villa erreichte, saß da Krupp und sah ihr erwartungsvoll entgegen. Er wedelte wie verrückt mit dem Schwanz, bellte aber nicht, als ob er Rücksicht auf die Kinder nehmen wollte, die sicher unter Tränen eingeschlafen waren.

Karen spürte nichts als grenzenlose Erleichterung.

»Krupp! Du bist einfach unmöglich«, sagte sie kopfschüttelnd und tätschelte ihm den weißbraunen Kopf, worauf er ihr die Hand leckte. »Nein, schlimmer als unmöglich! Du bist ein richtiger Kerl«, sagte sie und schloss die Tür auf. »Kommst und gehst, wann es dir passt, und hinterlässt nichts als Tränen. Rein mit dir. Aber trotzdem schön, dass du wieder da bist.«

Als Antwort blaffte er nur kurz und rannte dann die Treppe hoch, um seinen angestammten Platz in Marks Bett einzunehmen. Er machte einen kleinen Jungen zu später Stunde sehr glücklich.

22. Kapitel

Liebe Frau Hartema,
es heißt, das größte Glück liege auf dem Rücken der Pferde. Hatten Sie schon mal Gelegenheit, auf dem Hof der Marons zu reiten, wenn Sie und die kleine Stella dort unterwegs sind? Sicher sind Sie mit Pferden vertraut, da Sie ja aus Ostfriesland stammen. Gerade in der kalten Jahreszeit ist es in einem Stall so lauschig. Ein bisschen beneide ich Sie alle direkt um das Berlin-Abenteuer!
Herzliche Grüße
Clara Behrens

Es dauerte nach den dramatischen Ereignissen auf dem Breitscheidplatz drei Tage, bis Suse sich wieder vollständig hergestellt fühlte. Glücklicherweise grassierte in Lübars ein Magen-Darmvirus, und sie konnte den Marons glaubwürdig versichern, dass dieser Virus sie erwischt hatte. Und zwar mitten auf dem Weihnachtsmarkt an der Gedächtniskirche, weshalb sie sich, als sie der Taxifahrer am Pferdehof absetzte (»Dit ham Ihre Freundinnen ja schon jezahlt«), sofort in ihr Zimmer zurückzog und auch Dienstag als Küchenhilfe ausfiel.

Als die Kopfschmerzen nachließen und Suse gerade überlegte, wie sie sich bei Hanni und Karen bedanken beziehungsweise entschuldigen könnte, hörte sie, wie jemand langsam die Treppe hochkam. Einen Moment später klopfte es an die Tür.

»Herein«, sagte Suse, froh, dass sie das hübsche Leinennachthemd mit dem handgeklöppelten Spitzeneinsatz anhatte. Es sah gleichermaßen keusch wie weiblich aus, fand sie.

Als sie sah, dass es Martin war, der die Tür öffnete, war sie doppelt froh.

»Na, geht's dir besser? Ich hab dir eine Hühnersuppe gemacht. Das soll gegen Krankheiten jeder Art helfen, weil die Hühner so eine Art körpereigenes Antibiotikum eingebaut haben, das man aus ihnen herauskocht«, erklärte Martin übereifrig. »Das Huhn ist von Bio-Lemke. Und den Eierstich hab ich auch selbst gemacht. Mit gehacktem Estragon.«

Er kam in Richtung Bett, wo Suse sich aufsetzte und die Kissen und die Decke so sortierte, dass der Spitzeneinsatz des Nachthemdes besonders gut zur Geltung kam. Beziehungsweise das, was sich darunter befand.

»Danke, Martin. Das ist lieb von dir«, sagte sie immer noch matt und nahm das Tablett entgegen.

Die Suppe sah gut aus, ein Brötchen hatte Martin auch noch dazugelegt. Ihr fiel auf, wie hungrig sie war. Seit der ekligen Bratwurst hatte sie nichts mehr gegessen, und davon war ja nichts dringeblieben … Sie schüttelte sich innerlich.

Martin setzte sich auf die Bettkante, und um nichts auf der Welt hätte Suse ihn von dort weggestoßen. Sicher, er war der Grund für ihren Alkoholexzess gewesen, aber doch nur, weil er noch nie dort war, wo er sich jetzt gerade befand! Sie machte sich eine mentale Notiz, das ihren Freundinnen am kommenden Montag zu erklären. Gleichzeitig ärgerte sie sich, weil sie das Gefühl hatte, sich ständig vor ihnen rechtfertigen zu müssen.

»Dann sieh mal zu, dass du schnell wieder auf die Beine kommst«, sagte er und tätschelte durch die Bettdecke ihr Knie. »Ich brauch dich.«

Suses dummes Herz machte einen Satz. »Ist in der Küche viel zu tun?«, fragte sie und tauchte den Löffel in die Suppe, um sich davon abzuhalten, nicht wie ein verliebtes Mondkalb in Martins grüne Augen zu starren.

»Nein, heute war es sehr ruhig. Aber Hella fährt über den ersten Advent zu den Schockemöhles. Da gibt es allerlei für uns hier zu tun.«

»Oh, heißt das, dass ich mich endlich mal intensiver um Stella kümmern soll?«, fragte Suse.

»Keineswegs.« Er tätschelte immer noch ihr Knie, das unruhig unter der Decke zuckte. »Stella fährt selbstverständlich mit. Wir sind allein mit dem Restaurant und den Pferden.«

Platsch machte der Löffel, als Suse ihn fallen ließ. Mit spitzen Fingern fischte sie ihn heraus und trocknete ihn an der weißen Kardätsche-Serviette ab.

Dann sah sie Martin doch an, und … hätte das Besteck um ein Haar wieder fallen lassen. Denn sein Blick sagte ihr: Wir beide haben bis Sonntag Zeit. Für alles, was du willst.

Am Freitagmorgen sicherte Hella Stella in ihrem Kindersitz und verabschiedete sich mit einem langen, liebevollen Kuss von Martin sowie einem langen, prüfenden Blick von Suse. Dann setzte sie sich in ihre Edelkarosserie und brauste mit einem kurzen Hupen vom Hof.

Suse war wieder genesen. Sie hatte geduscht, sich die Haare geföhnt und sogar etwas geschminkt. Als sie jetzt neben Martin stand und sie dem Wagen hinterherwinkten, kam sie sich vor, als winkten sie beide Tochter und Enkeltochter hinterher.

Der Wagen verschwand, und Martin rieb sich unternehmungslustig die Hände. Er trug einen grauen, grob gestrickten Wollpullover (strickte Hella?), dazu eine dunkelblaue Jeans. Rasiert hatte er sich heute nicht. Die grauen Bartstoppeln gaben ihm das Aussehen eines in die Jahre gekommenen, nichtsdestotrotz sehr attraktiven Koch-Piraten.

»Also, ich schlage vor, wir trinken einen Kaffee und planen, wer für was in den nächsten Tagen zuständig ist, ja? Komm.«

Wie selbstverständlich nahm er Suses Hand. Und sie entzog sie ihm nicht.

Es war dann wie immer, wenn sie in der Küche waren und fürs Wochenende planten, und trotzdem war es ganz anders. Suse lauschte nicht mit einem Ohr auf Türen, die im oberen Stockwerk schlugen, fuhr nicht innerlich zusammen, wenn die Küchentür aufging und Stella hereinstürmte, um ihrem Papa etwas zu erzählen. Sie schaute auch nicht aus dem Fenster, weil da draußen Hufschläge zu hören waren oder Hella gerade mit einem Reitschüler sprach. Nein, sie konnte sich völlig auf Martin konzentrieren. Sein Lächeln, seine Blicke, seine Aufmerksamkeit, seine Zeit gehörten ihr ganz allein.

Die Vorbereitungen gingen ihnen als eingespieltes Team gut von der Hand. Wenn sie nicht gerade Zwiebeln hackten, flirteten sie, lachten und redeten. Irgendwann am späten Nachmittag ging Martin fort, um die Pferde zu füttern.

Und dann kam der Abend. Sie kochten und bedienten die Gäste, und als der letzte Restaurantbesucher gegangen war, schloss Suse hinter ihm ab. Die Küche glänzte, als sie die Schürze an den Nagel hängte.

Und die Spannung wuchs ins Unermessliche.

Jetzt, jetzt würde er ihr ein Zeichen geben, würde einen Champagner Rosé öffnen …

Martin gähnte. »Das war ganz schön anstrengend heute. Ich geh ins Bett. Gute Nacht!«

Er blies ihr ein Küsschen zu, ging aus der Küche und ließ Suse verdattert stehen.

Sie verstand die Welt nicht mehr. Welche Signale hatte sie denn da falsch verstanden? Oder hatte er ihr keine Signale gegeben? War da nicht eine Art unausgesprochenes Einverständnis zwischen ihnen gewesen? Oder hatte er es gestern Abend mit Hella so wild getrieben, dass es gleich für mehrere Tage reichte? Und dann wich die Verwirrung Ärger. Wie konnte er es wagen, schamlos mit ihr zu flirten und sich dann aus dem Staub zu machen!

Suse war wütend. Wütend auf Martin. Aber auch wütend auf sich selbst. Sie stürmte aus der Küche, trampelte lauter als nötig die Treppe hoch, überlegte einen Moment, ob sie in sein Zimmer gehen und ihm die Meinung sagen sollte, ließ es jedoch und knallte stattdessen ihre Zimmertür zu.

Der nächste Tag lief fast genauso ab, außer dass Hella am frühen Abend anrief, gerade als die Gnocchi aus dem Wasser gefischt werden mussten. Suse fuhrwerkte mit dem Schöpflöffel herum, ließ die Gnocchi in einem Sieb abtropfen und gab sie schließlich auf einen Teller – dabei hörte sie das Gespräch mit, ob sie wollte oder nicht.

Es war das Übliche: Hella, der Stahlengel, flötete offenbar Befehle, die Martin gefügig entgegennahm. Suse hörte irgendwann auf zu zählen, das wievielte Mal er »Mach ich, Schatz« sagte.

Kopfschüttelnd träufelte Suse Salbeibutter über die Gnocchi und verließ dann rasch die Küche. Sonst wäre ihr schlecht geworden.

Als sie die Kardätsche später schlossen, erwartete sie

nichts weiter als ein freundliches Gute Nacht. Sie war ja vorgewarnt, und zudem war die Stimmung zwischen ihnen an diesem Tag viel nüchterner als am Vortag gewesen. Wie jeden Abend band Suse die Schürze ab, hängte sie an den Haken und lief zur Tür, um sich zurückzuziehen.

Aber dann geschah doch noch etwas.

»Suse, kannst du mir noch einen Moment helfen?«, fragte Martin und hielt ihr höflich die Tür auf, die in den Hausflur führte.

»Ich helfe dir den ganzen Tag, falls du das noch nicht bemerkt hast«, gab sie zickig zurück.

Martin warf ihr sein Wenn-ich-so-lächle-machst-du-sowieso-alles-was-ich-will-Lächeln zu. »Ich weiß. Aber ich hab noch bei den Pferden zu tun.«

Suses erste Reaktion war, deutlich zu sagen, was er ihrer Meinung nach mit den Pferden tun konnte. Aber sie riss sich, geschult durch Jahre harter Bodo-Frustresistenz, zusammen. Für was auch immer Martin sie im Stall brauchte – bei einer gemeinsamen Aktion kam vielleicht mehr als nur ein Gratiseinsatz heraus. Die Hoffnung starb ja bekanntlich zuletzt.

»Na gut. Solange ich ihnen nicht zu nahe kommen muss.«

Sie wollte in ihren Wintermantel schlüpfen, aber Martin hielt sie zurück.

»Zieh lieber das an.«

Er zeigte auf Hellas dicke Stalljacke, die am Haken hing, auf Hellas Gummistiefel, die darunterstanden … Genauso gut hätte Suse versuchen können, sich in die Kleidung einer Reit-Barbie zu zwängen. Sie hatte bestimmt drei Schuhgrößen mehr, war zehn Zentimeter größer als Hella, viel breiter in den Schultern. Und in den Hüften. Und überhaupt überall.

»Das passt mir nie im Leben, Martin.«

»Dann nimm die hier.« Er reichte ihr eine Jacke von sich und deutete auf Gummistiefel, die mindestens Größe 44 hatten. »Die zieh auch besser an.«

Suse schlüpfte hinein.

Aus dem warmen Haus gingen sie in den kalten Abend hinaus und überquerten den kopfsteingepflasterten Hof. Suses Füße schlingerten beim Gehen in den Stiefeln wie zwei kleine Kutter im Nordseesturm hin und her.

Die alte Feldsteinscheune, die als Stall diente, lag dunkel und groß vor ihnen, das doppelflüglige Eingangstor war geschlossen. Martin schob es auf. Es knarrte, und der Geruch von Pferdemist, Heu und Getreide schlug ihnen entgegen. Martin schaltete das Licht an.

»Willkommen in Hellas Reich. Kaum zu glauben, dass du noch nicht ein Mal hier drin warst«, sagte er.

Suse presste verärgert die Lippen zusammen. Es gab kein Reich auf der Welt, in dem sie sich weniger willkommen fühlte. Sie standen in einem langen Gang, von dem links und rechts Pferdeboxen abgingen. Die Pferde streckten ihre Köpfe heraus und schauten in ihre Richtung. Manche schnaubten, andere wieherten leise.

»Was gibt's denn hier zu tun?«, fragte Suse.

»Moment, ich zeig's dir.«

Martin betrat die erste Box auf der linken Seite, in der kein Pferd stand. Hier waren Putzzeug, Zaumzeug und Sattel, Eimer, Schaufeln und zwei Schubkarren untergebracht. Er griff nach einem Eimer und öffnete eine Kiste. Sie war randvoll mit Hafer.

»Du füllst diesen Eimer.«

Wortlos nahm Suse ihm den Eimer ab und begann, das Getreide hineinzuschaufeln. Sie achtete nicht weiter auf Martin, der hinter ihr fuhrwerkte.

»Fertig«, sagte sie und drehte sich um.

»Ich auch«, sagte Martin. In eine Schubkarre hatte er silberschwarzes Zaumzeug gelegt. »Stell den Eimer mit rein, dann brauchst du ihn nicht zu tragen.«

Suse wuchtete den Eimer in die Schubkarre und fragte sich, ob Hella das normalerweise allein machte. Dann musste sie kräftiger sein, als sie aussah.

»Und nun?«

»Nun gehen wir.«

Martin schob die Schubkarre aus der Box und den Gang entlang, vorbei an riesigen Köpfen mit gelben Zähnen, schnaubenden Nüstern und rollenden Augen, die sie misstrauisch über die Holzwände anstarrten. Lediglich ein kleines weißes Pony, das fast am Ende des Ganges untergebracht war, wirkte freundlich.

»Das hier ist nett«, sagte Suse und tätschelte es. Verzückt schloss es die Augen und wackelte mit den Ohren.

»Das ist Flocke«, bemerkte Martin abwesend. »Stellas Weihnachtsgeschenk. So, da wären wir.«

Vor der Box daneben blieb er stehen und setzte die Schubkarre ab. Kein Pferd war zu sehen.

»Na, schläfst du schon?«, raunte er über die Boxenwand wem auch immer zu.

In der Box gab es einen Rums, und das Poltern von Hufen gegen Holz war zu hören. Dann schob sich ein gewaltiger Pferdekopf in den Gang.

Suse wich zurück. Es war Blizzard, der monströse Tyrann unter den Gäulen. Blizzard, ihr Albtraum. Blizzard, Hellas Ein und Alles.

»Natürlich ist das Blizzard! Ruhig, Junge, ruhig«, sagte Martin, als der Hengst begann, gegen die Boxentür zu treten. »Hella hat mich gebeten, ihn etwas zu bewegen. Er wird sonst so unruhig.«

Nur mit Mühe unterdrückte Suse den Impuls, auf dem Absatz kehrtzumachen und aus dem Stall zu stapfen. Wenn er sich um diesen Teufelsgaul kümmern wollte – bitte schön. Sie wollte es sicher nicht.

Aber da hatte Martin bereits die Boxentür geöffnet. »Keine Angst. Du musst nicht mit in die Box«, beruhigte er sie. »Aber kannst du mir den Eimer geben?«

Suse hob den Eimer mit dem Hafer aus der Schubkarre. Martin verschwand damit in der Box, und kurz darauf drang ein malmendes Geräusch zu Suse, die sich die Zeit damit vertrieb, Flocke zwischen den Ohren zu kraulen.

»Kannst du auch schnurren?«, flüsterte sie dem Pony leise zu, aber es sah sie nur nachdenklich aus seinen großen braunen Augen an.

Martin kam wieder heraus und griff nach dem Zaumzeug. Suse hörte, wie Blizzard ungehalten wieherte, als er ihn zäumte, dann aber schnaubend weiterfraß. Erneut erschien Martin. Er nahm den schweren Sattel aus der Karre.

»Jetzt wird es ernst«, sagte er bedeutungsvoll. »Das mag er nicht besonders. Eigentlich hält er nur bei Hella still.«

Na prima, dachte Suse.

Martin verschwand ein drittes Mal im Stall. Einen Moment später hörte man protestierendes Wiehern und schlagende Hufe.

»Ruhig, Junge, ruhig, Junge, ruhig, Junge …«, sagte Martin.

Es klang wie ein Pferdemantra. Und dann kamen sie beide aus der Box. Martin führte Blizzard an der Trense, der seinerseits den Kopf hochriss, ungehalten die Zähne bleckte und versuchte, das Metallstück in seinem Maul zu zerbeißen, was ihm nicht gelang. Seine Hufeisen schlugen auf den Steinfußboden, und Suse war sicher, dass sie Funken stieben sah. Sie ließ die beiden in sicherem Abstand passieren, dann folgte sie. Sie konnte nicht anders – sie war von Martin beeindruckt. So viel Durchsetzungsvermögen hatte sie ihm gar nicht zugetraut. Nannte man das nicht Pferdeverstand?

»Soll ich noch irgendwas machen?«, rief sie ihm leise hinterher.

Beim Klang der ihm fremden Stimme warf Blizzard wieder den Kopf hoch und wieherte.

»Komm uns nach«, sagte Martin mit verhaltener Stimme, um das Pferd nicht noch mehr zu beunruhigen.

Langsam folgte Suse ihnen. Sie überlegte, wann sie zum letzten Mal in einem Stall gewesen war. Es war Jahre her. Damals hatte sie Haukes Nichten bei Bauer Barthe abgeholt. Mit roten Wangen waren die beiden auf sie zugestürmt, hatten vom Longieren und vom Ausreiten erzählt, was für Suse friesische Dörfer waren. Sie mochte Pferde nicht, damals genauso wenig wie heute.

Beim Gehen musste sie die Zehen zusammenkrallen, um die Stiefel nicht zu verlieren. Sie steckte die Hände tief in Martins wattierte Jacke, denn im Stall war es frischer als gedacht. Sie schnupperte. Was allerdings schön war, war der Duft von Heu, so süß, so einladend. Sie und Martin im Heu, vielleicht nachher, wenn sie das Monster wieder in seine Box gebracht hatten …

Als Suse durch das Tor schlurfte, schlug ihr wieder eiskalte Winterluft entgegen. Martin hatte Blizzard zu einer kleinen Vorrichtung geführt, die mitten auf dem Hof stand – eine kleine Treppe. Er schlang den Ledergurt um das Holz, sodass Blizzard nicht weglaufen konnte. Ungehalten schnaubte der Hengst, es klang laut in der klaren Winternacht. Von irgendwoher antwortete ein Pferd wiehernd. Das Pferd, dessen heißer Atem in der kalten Luft kondensierte, erinnerte Suse an einen Drachen, der im Begriff war, Feuer zu speien.

Martin wandte sich ihr zu. »Nun komm, Suse. Hepp.«

Suse war in sicherer Entfernung stehen geblieben.

»Wie, hepp?«, fragte sie.

»Du steigst auf die Treppe und dann aufs Pferd.«

»Spinnst du, Martin? Das mache ich keineswegs!«

»Doch, das machst du.«

Er schlenderte auf sie zu, und kurz kam ihr der Gedanke, dass er für jemanden, der ihr gerade vorgeschlagen hatte, sich schnurstracks in die Hölle zu begeben, einfach unwiderstehlich wirkte. Seine Augen glänzten, er roch nach Salbei und Thymian und Mann. Unverwechselbar nach Martin eben.

Suse musste ihre Hände in den Taschen der Jacke zusammenballen, um Martin nicht anzufassen, um nicht seine abgetragene weiche Cordjacke zu streicheln und sich vorzustellen, es wäre seine nackte Haut.

»Martin, ich hab Angst vor Pferden«, sagte sie leise. »Verlang nicht von mir, dass ich mich auf Blizzard setze. Wozu sollte das gut sein?«

Jetzt zog er sie auch noch an sich! »Du bist doch nicht allein auf Blizzard. Wir reiten zusammen. Hella hat mich gebeten, ihn zu bewegen. Er wird sonst verrückt in seiner kleinen Box. Stell dir vor …« Jetzt küsste er sie auch noch auf den Hals! »Wir beide. So nah. So eng. Die Nacht, die langsam an uns vorbeizieht. Komm, Suse. Sag Ja. Es wird dir gefallen.«

»Du bist ja so was von unfair«, murmelte Suse.

Sie wandte sich ihm so zu, dass er gar nicht anders konnte, als sie auf den Mund zu küssen. Was er auch tat. Dann nahm er sie bei der Hand und führte sie zu dem Treppchen. Langsam stieg Suse hoch.

Führte der Weg zum Schafott nicht auch immer eine Treppe hoch? Oben angekommen, blickte sie hilfesuchend zu Martin.

»Und jetzt?«

»Schwing dein rechtes Bein über den Rücken, und setz dich hinter den Sattel.«

Suse tat wie ihr befohlen, ganz schnell, damit sie nicht weiter darüber nachdenken konnte, was nun passierte. Als Blizzard das Gewicht auf sich spürte, riss er den Kopf hoch und wieherte. Siebzig Kilo – das kannte er von seiner Besitzerin nicht!

Suse beugte sich vor und krallte sich an die Mähne, überzeugt, dass gleich etwas Schreckliches geschehen würde. Aber da hatte Martin das Pferd bereits losgemacht und saß vor ihr im Sattel, die Füße in den Steigbügeln, die Hände an den Zügeln. Er schnalzte mit der Zunge, und Wunder, o Wunder, Blizzard gehorchte. Langsam ging er in Richtung Weide.

Es war, als ob man auf einem Berg säße, der sich langsam und etwas schlingernd unter einem bewegte. Aber Martin schien zu wissen, was er tat. Auf der Suche nach Halt umschlang Suse seine Taille. Ihr Atem, der angstvoll flach gewesen war, wurde wieder tiefer und regelmäßiger. Sie spähte in die Dunkelheit, in der sie allmählich Konturen erkennen konnte – vorn war der Weidezaun, weiter hinten schienen die Senke zu sein und das Tegeler Fließ, noch weiter weg der alte Grenzwachturm.

»Ich wusste nicht, dass du reiten kannst«, sagte Suse leise und lehnte ihren Kopf gegen Martins Schulter.

Er lenkte Blizzard auf den Sandweg, der zum Fließ führte. »Unsere Kanzlei hatte früher eine Reitbeteiligung bei einer Grunewalder Reitschule. Als Maßnahme zur Work-Life-Balance«, antwortete er ebenso leise.

Suse hatte nicht die leiseste Ahnung, was das bedeutete, aber sie wollte auch nicht fragen. Martin erklärte gern und vergaß darüber alles andere. Sie erinnerte sich ungern an seinen Drei-Stunden-Vortrag über japanische Messer, bei dem sie mit verschränkten Armen auf der stählernen Küchenfläche eingeschlafen war, weil es schon nach zwölf Uhr nachts gewesen war.

Unvermittelt stieß Martin dem Hengst in die Flanken. Er wieherte protestierend, aber lief jetzt schneller. Suse federte bei jedem Schritt hoch und plumpste dann wieder auf Blizzards Rücken hinunter.

»Du musst im Rhythmus mitgehen«, riet Martin.

»Wie denn?«, fragte Suse und hielt sich verzweifelt an Martin fest. Der Pferderücken war glatt.

»Wie? Na, wie beim Sex. Wenn du auf einem Mann sitzt und ihn reitest«, gab Martin über seine Schulter zurück.

Ach so. Suse verstand. Das kannte sie.

Und weil das nicht der Ort war, um schockiert zu sein, sondern der Ort, an dem sie nur überleben wollte, bewegte sie sich genau so. Wie bei Hauke. Oder bei Vincent. Oder bei Jürgen. Oder bei … den Namen hatte sie vergessen. Hoch und runter, vor und zurück. Im Einklang mit Martin, dessen Bewegungen sie zwischen ihren geöffneten Beinen allzu deutlich wahrnahm.

Suse seufzte sehnsuchtsvoll, während sie sich an Martin schmiegte und ihre Hüften tanzen ließ. War das der Grund, weshalb Hella so gern ritt?

Jenseits des Grabens im Tegeler Fließ lag ein Fuchs inmitten einiger welker Grasbüschel zusammengerollt und schlief. Das heißt, er hatte geschlafen, bis er von Vibrationen geweckt worden war. Er gähnte füchsisch, dann stand er auf, streckte sich und lauschte, hörte, wie ein großes Tier näher kam. Aber es beunruhigte ihn nicht weiter. Er kannte das. Was ihn mehr beunruhigte, war sein Hunger. Er nagte an ihm und zwang ihn, sich auf die Suche zu machen.

Leichtfüßig überquerte er das gefrorene Fließ und schnürte dann in Richtung Sandweg. Auf der anderen Seite des Weges, wo im Sommer die großen Tiere standen, gab es immer auch Getreidereste. Und wo Getreide war, waren auch im Winter Mäuse.

Mit jedem Meter fand Suse mehr Gefallen am Reiten. Kalt war ihr nicht mehr. Das Auf und Nieder hielt sie warm. Hinter Martins Rücken fühlte sie sich sicher. Der Mond war nur eine schmale Sichel, unerhört viele Sterne leuchteten, und die Milchstraße zog sich als breiter Streifen über den Nachthimmel. Die Wiesen um sie herum schimmerten silbrig grau, die Landschaft sah aus wie auf magische Weise schockgefroren. Die Winternacht hatte alles zum Stillstand gebracht. Nichts regte sich …

In diesem Moment flitzte etwas Rotbraunes direkt vor Blizzards Vorderhufen über den Sandweg. Der Hengst erschrak, wieherte, stieg hoch und kam wieder auf den gefrorenen Untergrund. Suse krallte sich an Martin fest. Martin nahm die Zügel enger.

»Ruhig, Junge, ruhig, Junge …«, sagte er.

Vergebens. Blizzard schnaubte und warf den Kopf hoch. Er wurde schneller und noch schneller. Seine Hufe donnerten über den hart gefrorenen Sandweg. Aus dem Trab wurde gestreckter Galopp. In einer Ecke seines Pferdehirns ging ihm wohl auf, wie viel Kraft er hatte, wie klein und bedeutungslos der Mensch war, der ihn zu bändigen versuchte. Den Druck der Zügel, den sein Reiter in seinem weichen Maul ausübte, ignorierte er. Blizzard ging durch.

Verzweifelt spürte Suse, wie sie auf dem glatten Pferderücken hin und her geschleudert wurde. Als Blizzard einen Sprung über einen umgestürzten Weidenstamm machte, konnte sie sich nicht länger halten.

Martins Jacke wurde ihrem Griff entrissen, sie glitt über Blizzards glattes Hinterteil unaufhaltsam nach hinten, fiel – und landete hart. Der Aufprall presste ihr die Luft aus den Lungen. Stöhnend rang sie um Atem.

»Suse, alles okay?«, hörte sie Martin rufen.

»Nein«, ächzte sie. »Nichts ist okay.«

Aber sie war sicher, dass Martin es nicht mehr hörte. Er schien sich noch auf Blizzard halten zu können, beugte sich vor und galoppierte durch die Nacht, dorthin, wo Wiese und Fließ sich trafen. Das Donnern der Hufe und sein gekeuchtes »Ruhig, Junge, ruhig, Junge, ruhig …« entfernten sich, wurden leiser und verstummten schließlich.

Als Suse endlich wieder durchatmen konnte, rappelte sie sich hoch. »Du verdammter Gaul! Du gehörst in die Wurst!«, rief sie dem entschwundenen Blizzard hinterher. »Und du verdammter Martin auch«, fügte sie leiser hinzu.

Sie fühlte sich grenzenlos allein in der Kälte, mit den spöttisch funkelnden Sternen über sich und mit einer gnadenlosen Wut in sich, dass sie wieder mal etwas getan hatte, von dem sie von Vornherein gewusst hatte, dass es ihr nicht guttat.

Los jetzt, auf mit dir, befahl sie sich dann. Du kannst hier nicht warten, bis Martin zurückkommt und dich einsammelt wie ein Bündel Lumpen, das er auf dem Hinweg verloren hat.

Suse stemmte sich hoch, setzte einen Fuß auf, wollte den nächsten danebensetzen – und wimmerte auf. Ein stechender Schmerz fuhr ihr durch den rechten Knöchel. Er brachte sie aus dem Gleichgewicht, und sie fiel stöhnend auf den gefrorenen Boden zurück.

O mein Gott, was war das? Hatte sie sich etwas gebrochen? Oder nur verrenkt? Verstaucht? Suse versuchte, ihren schmerzenden Knöchel durch den Gummistiefelschaft abzutasten, was nicht gelingen wollte, und überlegte. Na super. Jetzt war sie nicht nur allein mit der Kälte hier unten und den Sternen da oben, sondern auch noch mit ihrem Schmerz. Und wie sollte sie bitte schön nach Hause kommen?

Einen Moment lang war sie schwach genug zu erwägen, Bodo anzurufen. Aber nein. Wie sollte ihr der Bruder, mehr als fünfhundert Kilometer entfernt, helfen? Irgendwie musste es ihr gelingen, sich selbst aus dieser Situation hinauszumanövrieren. Sie hatte sich schließlich auch selbst hineingeritten. Im wahrsten Sinne des Wortes.

Suse versuchte, den Schmerz im Knöchel zu ignorieren, tastete um sich und bekam etwas Langes, Festes zu fassen: ein Stück Zaunpfahl, kalt und vermoost. Sie klammerte sich daran, setzte den unversehrten Fuß auf und schaffte es so, sich hinzustellen. Regungslos, den anderen Fuß wie ein Storch angewinkelt, blieb sie stehen. Dann versuchte sie, einen Schritt zu machen, aber sobald sie den Fuß belastete, tat er unerträglich weh.

Zornig schüttelte Suse den viel zu großen Gummistiefel ab und pfefferte ihn auf die Weide. Ihr blieb nichts anderes übrig, als auf einem Bein und mit einem abgebrochenen Zaunpfahl als einziger Stütze den langen Weg nach Hause zu hüpfen.

23. Kapitel

»Herrje, Suse, was hast du denn gemacht? Als wir dich letzte Woche ins Taxi gesetzt haben, war dein Bein doch noch heil! Und als wir Mitte der Woche telefoniert haben, auch.«

Hanni sah der Freundin entsetzt entgegen, Karen war nicht minder besorgt.

Mit einer dicken Laufschiene am rechten Fuß, gestützt auf pinkfarbene Krücken, humpelte Suse unbeholfen auf ihren Tisch im Café Maiwald zu. Eine rote Stofftasche hing über ihrer Schulter. Die Leute an den anderen Tischen rückten beiseite, um der großen Blonden Platz zu machen, bevor sie eine Krücke traf. Suse wirkte ein bisschen ungelenk.

»Mitte der Woche war ja auch noch alles in Ordnung«, sagte sie und ließ sich stöhnend auf einen Stuhl sinken. »Ihr glaubt ja nicht, wie das schmerzt.«

»Das Bein?«, fragte Hanni mitfühlend.

»Nein. Der Muskelkater vom Gehen an diesen Krücken. Bannig neue Bewegungsabläufe.«

Sie lehnte die Gehhilfen in Griffweite an den Tisch, hängte die rote Stofftasche über die Rückenlehne, zog die Jacke aus, legte sie achtlos hinter sich und ließ dann ihre verkrampften Schultern kreisen.

»Bist du deshalb heute später gekommen?«, fragte Hanni.

»Nein. Ich bin extra früh losgefahren, weil das Laufen

ewig dauert. Aber ich musste noch was besorgen. Hab ich euch doch gesimst.«

»Was ist denn passiert?«, fragte Karen, eher kritisch als mitfühlend.

»Martin wollte mit mir ausreiten.«

Suse sah aus, als ob sie es vorzöge, keine weiteren Fragen zu beantworten. Aber da kannte sie Karen schlecht. Jahrzehntelanger Umgang mit renitenten Schülern ließ die Lehrerin in ihr ahnen, dass gerade die knappsten Sätze die größten Lügen verbargen.

»Wie kommst du vom Ausreiten zu den Krücken? Dazwischen muss doch noch was passiert sein«, fragte sie.

»Kann ich mir nicht erst mal was bestellen?«

»Nein«, sagten Karen und Hanni gleichzeitig.

Suse seufzte. »Bevor ich es euch erzähle, nur das: Ich weiß, dass ich ein selten dämliches Kamel bin.« Trotzig fügte sie hinzu: »Und soll ich euch was sagen? Ich finde ihn immer noch toll.«

Dann begann sie den Freundinnen zu schildern, wie der Samstagabend gewesen war, mit ihr, Martin und Blizzard.

»Wann siehst du endlich ein, dass dieser Mann nicht gut für dich ist?«, fragte Hanni empört, als sie geendet hatte. »Wie kannst du dich von ihm in Situationen bringen lassen, die dich so unglücklich machen, dass du dich betrinkst oder in Gefahr gerätst? Und wo war er, als du hilflos in der Kälte lagst?«

»Da setzte er gerade zu einem eleganten Sprung mit Blizzard über das Tegeler Fließ an. Ach Hanni, schimpf doch nicht mit mir. Ich ärgere mich über mich selbst schon genug. Hinterher war er sehr zerknirscht. Aber wenigstens ist er mit mir zum Orthopäden gefahren und hat mir dann diese Krücken organisiert. Die Farbe durfte ich mir auch aussuchen!«

»Und was habt ihr Hella erzählt, als sie wieder zurückkam?«

Suse zögerte einen Moment. »Wir haben gesagt, ich sei in der Küche ausgerutscht«, sagte sie.

»Du lernst nichts aus deinen Fehlern!«, sagte Hanni bedrückt. »Du wirkst so entschieden, und dann machst du immer wieder dieselben.«

»Doch«, widersprach Suse. »Ich lerne etwas.«

»Und das wäre?«, fragte Karen schnippisch.

Suse griff in ihren roten Stoffbeutel. »Dass ihr großartige Freundinnen seid.« Sie schob Karen ein kleines Päckchen und Hanni eine bunte Tüte hin. »Danke, dass ihr mich letzten Montag nicht vollgekotzt unterm Schrottweihnachtsbaum habt liegen lassen. Danke, dass ihr mir die Nachhausefahrt spendiert habt.«

Hanni nahm die Tüte zögernd entgegen, öffnete sie und spähte hinein.

»Suse!«, rief sie erschrocken. »Das geht doch nicht! Woher wusstest du denn, dass es die hier war?«

»Auch wenn ich betüdelt war, hab ich schon noch mitbekommen, was du gesagt hast … wie du sie beschrieben hast.« Sie griff Hannis Hand und drückte sie. »Schön, dass sie dir gefällt.«

Hanni stand auf und umarmte Suse spontan. »O ja! Ich wollte sie mir kaufen … und das ging dann nicht mehr … und …« Ihre Stimme versagte, als sie die Glasperlenkette herausnahm, die ihr auf dem Weihnachtsmarkt an der Gedächtniskirche so gut gefallen und die sie Suses sicherem Heimtransport zuliebe geopfert hatte. Sie legte sie sich um den Hals. »Wie sieht sie aus?«

»Perfekt für einen Sommertyp«, sagte Suse zufrieden.

Dann beobachtete sie, wie Karen ihr Päckchen auspackte. Es war ein kleines silbernes Etui mit einem Minispiegel für einen Lippenstift, und der Lippenstift, der sich darin befand, war kirschrot.

»Diese Farbe steht dir genauso gut wie das Korallenrot«, befand Hanni, als Karen ihn auftrug.

»Er ist von Dior«, sagte Suse bescheiden, aber glühte innerlich vor Stolz und Freude, dass ihre Geschenke so gut ankamen. Bodo reagierte immer ganz gleichgültig, wenn sie ihm etwas schenkte, dabei machte es ihr solche Freude zu geben. »Und jetzt würde ich wirklich gern etwas bestellen!«

Sie winkte Sasha, die mit gezücktem Block an ihren Tisch geschlendert kam.

»Diese Geschenke sind zauberhaft, Suse«, sagte Karen, als Suse ein Stück Mangokäsecreme und einen Assam-Tee bestellt hatte. »Jedes Mal, wenn ich mir die Lippen nachziehe, werde ich an dich denken. Aber was ist denn mit deinem Bein?«

»Ich hab mir einen Bänderanriss am Sprunggelenk zugezogen«, sagte Suse. »Solange ich die Schiene trage, geht es. Sie ist innen gepolstert. Aber so wie ich sie ausziehe, tut es schrecklich weh. Es soll mindestens sechs Wochen dauern.«

»Du Arme«, sagte Hanni. »Gut, dass du dir nichts gebrochen hast. Hast du schon mal deine Knochendichte messen lassen?«

Suse schüttelte den Kopf.

»Aber ich«, sagte Karen düster. »Wenn ich mich nicht vorsehe, ende ich eines Tages wie meine Mutter. Oberschenkelhalsbruch und dann …« Sie rührte in ihrer Tasse.

»Ich nehme Kalziumtabletten dagegen«, sagte Hanni. »Soll helfen. Sonst müsste ich acht Liter Milch pro Tag trinken. Und vier Kilo Magerquark essen. Der hat besonders viel Kalzium. Alles, damit ich im Alter nicht langsam zerbröckle.«

»Da liege ich doch mit einer Käsetorte gut im Rennen«, sagte Suse und begann zu essen. Im Nu hatte sie das Stück Kuchen verputzt. »Vielleicht esse ich noch eins.«

»Geht ihr regelmäßig zu Ärzten?«, fragte Karen.

»Ja«, sagte Hanni.

»Nur wenn ich was habe«, meinte Suse. »Wieso?«

Karen spielte nervös mit einer Papierserviette. »Ich habe ein schrecklich gespaltenes Verhältnis Ärzten gegenüber. Einerseits mache ich mir oft Sorgen um meine Gesundheit, andererseits schiebe ich Arztbesuche ewig auf. Letztes Jahr zum Beispiel. Da bin ich erst gegangen, als die Stelle hier richtig groß war. Ich hatte Angst, dass es Hautkrebs war.« Sie nahm ihre Brille ab und zeigte auf einen roten Fleck am Nasenflügel. »Schließlich bin ich doch zu einer Hautärztin, und was sagt sie?«

»Hautkrebs?«, fragte Hanni.

»Nein. Eine ...« Das letzte Wort sagte sie so leise, dass die Freundinnen es nicht hören konnten.

»Eine was?«, fragte Hanni laut und beugte sich vor.

»Eine Alterswarze. Sie wurde weggelasert. Es roch, als ob man eine Gans abgesengt hätte«, sagte Karen leise. »Alterswarze! Ist das nicht ein grässliches Wort?«

»Haarige Alterswarze wäre noch schlimmer«, sagte Suse.

Karen sah sie böse an. »Was ich meine, ist, dass diese komischen Krankheiten sich heranschleichen, ohne dass sie jemand gerufen hätte. Blasenschwäche, Gebärmuttersenkung, Venenverstopfungen, Osteoporose, und in null Komma nix ist dein Arzt dein bester Freund. Dein einziger Freund, wenn noch die Einsamkeit dazu kommt, der Einzige, der dich noch anfasst. Der Letzte, mit dem du eine Art Körperlichkeit praktizierst. Aber der verschreibt dir einen Haufen Pillen, dabei wolltest du nur, dass er dich sanft untersucht. Und dann – tara, deine Beerdigung als dein letztes gesellschaftliches Event.«

Hanni und Suse wechselten einen Blick.

»Nun bleib mal ruhig! Ich hab nur einen Bänderanriss«, protestierte Suse.

»Es ist die Summe der Lebenssünden, die sich addieren«, sagte Hanni. »Überlegt mal, wie man sich früher in der Sonne hat braten lassen, um schön braun zu sein. Da kannst du dich freuen, dass es nicht Hautkrebs war!«

Sie nahm sich vor, in Zukunft nur noch mit Sunblocker auf allen exponierten Teilen aufs Segelboot zu gehen. Sollte es mit ihr und der *Santiano* eine Zukunft geben.

»Mit den Wechseljahren fing es bei mir an. Plötzlich knarrte und quietschte es an allen Ecken und Enden. Die Haut! Die Haare! Das war auch die Zeit, als mich Ingo verlassen hat. Ich hab mich gefragt, ob es sein kann, dass die Kerle einen aus dem Gefühl heraus verlassen, dass man für die Fortpflanzung nicht mehr dienlich ist …« Karen schien heute vor nichts zurückzuschrecken.

»Du meinst, dass das Begehren sich nur entwickelt, wenn sie in den Frauen die zukünftige Mutter ihrer Kinder sehen?«, fragte Hanni erstaunt. »Das habe ich noch nie gehört.«

»Ach komm, jetzt übertreibst du aber«, sagte auch Suse.

Sie fing Sashas Blick auf und zeigte auf den leeren Teller, dann hob sie einen Finger hoch. Die Bedienung nickte und kam einen Augenblick mit einem zweiten Stück Torte zurück.

»Ich übertreibe nicht«, beharrte Karen.

»Tust du doch! Es gibt sehr wohl Männer, die sich noch für uns interessieren. Alter kommt doch nicht mit einer Tarnkappe einher«, erwiderte Suse. »Sex mag ja unwichtiger werden, aber die Erotik bleibt. Oder?« Unsicher geworden, schaute sie in die Runde.

»Für mich ist die Zeit in Berlin wie eine zweite Pubertät«, sagte Hanni. »Nur ohne Pickel und mit geregeltem Einkommen. Und mit einem ersten Freund. Na ja, so ähnlich …« Sie wurde rot.

»Hast du keine Angst vor Cholesterin?«, fragte Karen, während sie beobachtete, mit wie viel Appetit Suse ihr zweites Stück Torte verputzte.

Suse fing ihren Blick auf und legte die Gabel neben den Teller. Sie sah Karen aufmerksam an. »Was ist denn heute mit dir los? Du meckerst so viel. Ist etwas passiert?«

Dass Karen kompromissloser als Hanni und sie selbst war, kannte Suse schon. Aber dass sie so auf ihrer pessimistischen Weltsicht herumritt, war ungewöhnlich.

Karen seufzte. »Ich habe heute eine Mail von einer ehemaligen Kollegin bekommen. Eine gemeinsame Freundin ist beim Unterrichten zusammengebrochen. Sekundentod. Sie war zweiundsechzig, ein Jahr jünger als ich. Nächstes Jahr wollte sie aufhören.«

»Ach herrje«, sagte Suse. »Und sie hatte nichts?«

»Irgendwas wird sie schon gehabt haben. Im Zweifelsfall Stress in der Schule. Und dich mit Krücken zu sehen war mir eine Unberechenbarkeit zu viel. Du hast mich erschreckt.« Sie sah sich suchend um. »Weißt du was? Ich nehme auch noch ein Stück Kuchen.« Sie winkte Sasha heran. »Ein Stück Himbeer. Mit viel Sahne.«

»Ich habe im Internet einen Artikel übers Lachen gelesen«, sagte Hanni. »Lachen ist gesund.«

»Das ist eine Binsenweisheit.«

»Aber warum, wissen die meisten nicht! Durch Lachen werden die Kapillaren besser mit Sauerstoff versorgt, dadurch sind sie mehr durchblutet, und dadurch entsteht weniger Krebs. Es gibt sogar Lachyogakurse!«

»Hahaha«, machte Suse.

»Dann verlängert die Zeit in Berlin sogar unser Leben«, spekulierte Karen und sah Sasha erwartungsvoll entgegen, die mit einem Kuchenteller auf den Tisch zukam. »Mit euch lache ich viel mehr als im Fischbachtal.«

»Ich habe auch etwas über einen Mann gelesen, der Krebs hatte und sich mit Vitamin C und Lachen geheilt hat. Er hat sich den ganzen Tag Dick-und-Doof-Filme angesehen«, fuhr Hanni fort. »Wir sollten unseren Prosecco ab sofort mit Orangensaft trinken. Kein Winter ohne Zitrusfrüchte!«

»Ich würde mir lieber Loriot anschauen«, sagte Karen. »Sagen Sie jetzt nichts, Hildegard.« Sie spießte eine Himbeere auf und tunkte sie in den Sahneberg.

»Kosakenzipfel«, sagte Suse, und sie kicherten alle drei.

»Ich frage mich, ob Lehrerinnen eine kürzere Lebenszeit haben als andere«, sinnierte Karen.

Suse nahm an, dass das der Kern ihres Unmuts war.

»Das glaube ich nicht«, antwortete Hanni. »Ihr habt doch Ferien, in denen ihr euch entspannen könnt. Ich denke, viel mehr Leute sterben an den Nebenwirkungen ihrer Pillen. Die meisten wissen nicht mal, was sie schlucken! Bei uns im Dorf haben wir eine spindeldünne alte Frau. Die Meierin. Die war schrecklich nervös, und dann fielen ihr auch noch die Haare aus. Alle waren alarmiert und dachten, ihr letztes Stündchen hätte geschlagen. Sie ging zum Arzt, und was war? Ein anderer Arzt hatte ihr Schilddrüsenhormone verschrieben. Also hat sie immer, wenn es auf dem Hof drunter und drüber ging und sie sich darüber ärgerte, eine Handvoll Schilddrüsenhormone eingeworfen. Kein Wunder, dass sie hypernervös war. Sie ist wie von der Tarantel gestochen die Dorfstraße hoch- und runtergerannt!«

Alle drei lachten.

»Eine andere Freundin von mir hat sich die Kniegelenke operieren lassen«, gestand Karen. »Dann war sie auf dem Abiball ihres Sohnes, und es wurde Twist gespielt. Sie ist begeistert auf die Tanzfläche gesprungen, aber beim ersten Twist ist ihr das Gelenk weggeknackt. Sie mussten sie liegend abtransportieren.« Karen unterdrückte ein Lachen, dann wurde sie wieder ernst. »Hanni, Suse hat ihre Verletzung, mein Rucken zwackt immer noch, du bist die Einzige, der noch nichts passiert ist. Pass schön auf dich auf, hörst du? Und lass dich nicht von einem Mann zu etwas Unvernünftigem hinreißen wie eine gewisse andere Person an diesem Tisch!«

»Natürlich mache ich nichts Unüberlegtes«, sagte Hanni im Brustton der Überzeugung. »Ihr kennt mich doch. Immer vernünftig, immer kontrolliert.«

24. Kapitel

Liebe Frau Wiesinger,
der Presse entnehme ich, dass es in Berlin Rekordtemperaturen gibt – minus, wohlgemerkt. In Hamburg ist es auch sehr frisch, aber die Wassernähe fängt doch einiges auf. Das kann man bei Ihnen vermutlich leider nicht sagen, oder?
Es wünscht Ihnen dicke Schals, schöne Mützen und warme Socken
Ihre Clara Behrens

In Berlin herrschte Dauerfrost. Die Leute, die keine guten Ausreden hatten, drinnen zu bleiben, hatten bedenklich rote Nasen, die in der blassen Dezembersonne glänzten. Es war eine nackte, klirrende, schneelose Kälte, die den Menschen in die Glieder und der Stadt in Stein und Beton fuhr. In den Außenbereichen der Stadt war es noch ein paar Grad kälter als in der City, aber ob minus 17 oder minus 20 machte kaum einen Unterschied.

Über das Radio wurde eine Entwarnung rausgegeben. Auf den Seen der Stadt konnte seit einigen Tagen offiziell gerutscht und geschliddert werden, sogar die Havel war zugefroren. Alles, was sich in ihr befand, hatte das Eis fest umschlossen: die Reusenstangen der Fischer, die Steganlagen und vor allem die Schiffe, die nicht an Land geholt worden waren. Selbst das Havelgemünd, wo sonst schwere Frachter ein- und ausfuhren, war so dick zugefroren, dass der Schiffsverkehr zum Erliegen gekommen war. Das Wasser lag im Winterschlaf, natürlich auch das Hausboot.

Als Hanni an diesem Morgen parkte – sie hatte die Zwillinge in die Schule gebracht und gleich den Wochenendeinkauf erledigt –, entdeckte sie sofort Werners Wagen vor dem Grundstück.

»Guten Morgen, Werner!«, rief sie ihm zu, als sie durch das Gartentor trat und den kleinen Weg entlangging.

Eigentlich hatte sie für den Vormittag geplant, sich im Internet nach ein paar netten Weihnachtsgeschenken umzuschauen, für die Jungs und Anja, für Ben und Gitta. Wie praktisch es war, sich von Seite zu Seite zu klicken und sich einfach alles ins Haus kommen zu lassen! Noch immer konnte sie nicht fassen, dass sie sich dem Internet so lange verweigert hatte. Wie viel Spaß ihr da entgangen war!

Werner stand vor der geöffneten Laubentür und schaute in Richtung Wasser beziehungsweise Eis. Als er ihre Stimme hörte, eilte er auf sie zu, um ihr die Einkaufstüten abzunehmen.

»Guten Morgen, Hanni«, sagte er heiser.

Er trug eine grüne Wollmütze, die sein dunkles, nach hinten gekämmtes Haar bedeckte, ein bisschen, als hätte er einen dicken Tuff Moos auf dem Kopf. Seine Fingerhandschuhe hatten dieselbe befremdliche Farbe. Werner hatte eine abgewetzte hellbraune Lammfelljacke an, deren Kragen hochgeschlagen war. Seine Cordhosenbeine steckten in schweren Stiefeln mit grauen Filzschäften, ungefähr in der Farbe seiner Augen, die an diesem Morgen allerdings rot unterlaufen waren. Hanni überlegte, ob sie sich trauen sollte, ihm eine neue Mütze und neue Handschuhe zu Weihnachten zu schenken.

»Wie geht es dir? Du warst ja ein paar Tage nicht da.«

Sie sagte nicht, dass sie ein bisschen enttäuscht war, dass er sich nicht gemeldet hatte.

»Ich war erkältet«, sagte er, und zusammen gingen sie den Steg entlang. Vor dem Hausboot setzte Werner die Tüten ab. »Bin's immer noch, aber hab wenigstens keine Temperatur mehr. Ich hab nur geschlafen. Sonst hätt ich mich mal bei dir gemeldet. Ging aber nicht.« Aus den Tiefen seiner Jackentasche zauberte er ein Taschentuch hervor und schnäuzte sich ausgiebig.

Das vage Gefühl der Enttäuschung, das Hanni in den letzten Tagen verspürt hatte, verflog bei seinen Worten. Sie schloss die Tür auf, und wohlige Wärme schlug ihr entgegen.

»Aber heute musste ich einfach mal an die frische Luft. Da geht's mir immer am besten. Außerdem wollte ich nachsehen, was die *Santiano* macht.« Er hustete und trat, die Taschen wieder in der Hand, ein.

Hanni schloss hinter ihm rasch die Tür und wandte sich zum Fenster. »Die *Santiano* macht gar nichts, weil sie nicht kann. Sie ist nämlich eingefroren, vom Bug bis zum Heck. Willst du einen Kaffee? Hast du schon gefrühstückt?«

Für Werner war sie sogar bereit, den Computer später zu starten.

Werner sah Hanni unentschlossen an. »Na, vielleicht eine Tasse. Frühstück … och nö. Mein Appetit ist irgendwie weg. Außerdem muss ich nachher noch mal zum Arzt. Bronchien abhören.« Er zog die Lammfelljacke aus, legte sie auf einen Korbstuhl und nahm auf einem anderen Platz. »Kann mich nicht mehr daran erinnern, wann die Havel das letzte Mal so dick zugefroren und so spiegelglatt war.«

»Ja«, sagte Hanni, die Kaffee in einen Filter gab und Wasser in die Kaffeemaschine. »Schon letztes Wochenende war auf dem Eis ganz schön was los.«

Werner schnaubte. »Die Leute sind unvorsichtig. Nie können sie abwarten, bis der ganze Fluss zu ist, und dann brechen sie ein und die DLRG hat die Sauerei. Gefährlich ist das. Dumm! Sie hören einfach nicht auf die Durchsagen der Wasserschutzpolizei. Was haben wir uns damals immer schon darüber geärgert.«

Der Kaffee war durchgelaufen. Mit zwei Tassen – einmal schwarz, einmal mit Milch, inzwischen wusste Hanni, wie Werner seinen Kaffee trank – kam sie zum Tisch und nahm ihm gegenüber Platz.

»Aber jetzt kann man drauf«, fuhr Werner fort, und Hanni war froh, dass der pessimistische Werner dem fröhlichen gewichen war. So war er ihr sympathischer. »Jetzt könnte man mit einem Bagger auf dem Eis fahren, und nichts würde passieren. Wir könnten rüber nach Siemenswerder oder das Ufer entlang bis zur Alten Liebe runter. Hast du Lust?«

Hanni unterdrückte ein Schaudern. »Mir ist diese große dunkle Fläche unheimlich ... Hinter dem Hausboot liegt unter dem Eis ein Riesenfisch. Ein Karpfen, glaub ich. Man sieht ihn von der Reling aus. Er hat das Maul aufgerissen, als ob er verzweifelt nach Luft schnappen wollte und nicht konnte.«

Werner war wenig beeindruckt. »Logisch. Er ist erstickt. Deshalb schlagen die Angler Löcher ins Eis. Dann kommen die Fische dorthin, weil dort mehr Sauerstoff ist und zack ... Hast du es denn schon mal probiert?«

Hanni schluckte. »Was? Löcher ins Eis zu hacken?«

»Nein, Hanni! Auf der gefrorenen Havel spazieren zu gehen.«

»Werner, hör auf! Ich sag doch, dass mir das unheimlich ist. Was du mir erzählst, macht es nicht besser!«

»Und früher, warst du da schon mal auf dem Eis?«

Hanni wollte schon abwehren, aber dann fiel ihr etwas ein, das so lange her war, dass sie es beinahe vergessen hätte. Sie lachte leise, ein kleines bisschen wehmütig.

»Ja, früher … ganz, ganz früher waren Hermann und ich manchmal Schlittschuhlaufen. Ich konnte es ganz gut, aber da war ich auch noch keine zwanzig. Dann sind wir von Bayreuth nach Weihenzell gezogen, da gab es keinen Fluss und keinen See in der Nähe, und dann kam Ben, und wir haben das Haus gebaut, und dann war das auch vorbei.«

»Wieso, was denn noch?«, fragte Werner.

Die Unbeschwertheit, hätte Hanni fast gesagt, aber sie sagte stattdessen: »Das Schlittschuhlaufen.«

»Auf dem Eis zu sein findest du also ein bisschen gefährlich«, stellte Werner fest. Er trank seinen Kaffee aus und stellte die leere Tasse auf den Tisch. »Kann ich nicht verstehen. Für mich ist es die Freiheit.«

»Für dich ist Wasser *immer* die Freiheit. Egal, in welchem Aggregatzustand«, konterte Hanni. »Wenn's flüssig ist, versteh ich dich ja. Aber gefroren …«

»… hast du es noch nicht versucht. Jedenfalls nicht in den letzten … wie vielen Jahren?«, ergänzte Werner eine Spur kämpferisch und stellte die leere Tasse mit einem leisen Klirren ab. »So, ich muss. Danke für den Kaffee.«

»In den letzten vierzig Jahren. Gern geschehen«, antwortete Hanni und überlegte, ob sie und Werner soeben ihren ersten Streit hatten.

Es fühlte sich so an. Mit Hermann war das immer anders gewesen. Wenn sie unterschiedlicher Meinung gewesen waren, hatten sie beide so lange geschwiegen, bis sie nicht mehr wussten, worum es eigentlich ging. Keiner hatte was gesagt, bis die Stille alles Kontroverse zugedeckt hatte. Ja, wenn sie darüber nachdachte, waren nicht nur ihre Kleidung und ihre Haarfarbe, sondern auch ihre Streitkultur greige gewesen. Und nein, sie wollte kein Greige mehr in ihrem Leben.

Hanni gab sich einen Ruck. »Bist du jetzt böse auf mich?«, fragte sie Werner, der gerade in seine Jacke schlüpfte.

Er lächelte, aber er sah dabei ein bisschen traurig aus. »Nein. Bin ich nicht. Ich find es nur schade, dass du dir immer dann eine Grenze setzt, wenn es spannend wird. Und dass du mir nicht vertraust.«

»Wieso vertraue ich dir nicht?«

»Ich war über dreißig Jahre bei der Wasserschutzpolizei. Wenn ich sage, ein Spaziergang auf dem Eis ist ungefährlich, dann ist er es auch. Und wenn ich sage, es ist schön, dann ist es das ebenfalls. Auf der *Santiano* vertraust du mir doch auch.«

Plötzlich hatte Hanni einen Kloß im Hals. »Ich glaube dir ja, aber …«

»Was machst du heute Nachmittag?«, unterbrach er sie und knöpfte konzentriert seine Jacke zu.

»Ich hole die Jungs von der Schule ab, mache Essen und kümmere mich um sie. Wie immer.«

»Gut«, sagte er und ging zur Tür.

Hanni starrte ihm nach. Gut was? Er öffnete die Tür und drehte sich noch mal um. »Welche Schuhgröße hast du?«

»Wieso?«

Er schnalzte ungeduldig mit der Zunge. »Sag's mir einfach.«

Hanni verstand gar nichts mehr. »38.«

»Alles klar. Bis später dann.« Und dann war er auch schon weg.

Während der Nachmittag verging, sah Hanni gelegentlich auf die Uhr. Es wurde vier, es wurde fünf, die Sonne verschwand hinter den Bäumen, es wurde dämmerig, es wurde dunkel. Die Jungs verdrückten zum Abendbrot jeder eine Riesenpizza, weil sie den ganzen Nachmittag auf dem Eis herumgerutscht waren. Nach dem Essen verzogen sie sich nach oben.

»Macht Schularbeiten, hört ihr«, rief Hanni ihnen nach, nahm sich aber vor, das später zu überprüfen.

Wenn Anja wieder da war, dann konnte, nein, musste sie das machen, aber bis dahin war es Hannis Aufgabe.

Als der Vollmond schließlich über der Havel aufging, seufzte sie erleichtert auf. Was immer Werner vorgehabt hatte, dafür war es jetzt zu spät!

Doch dann klopfte es an die Tür. Durch das Glas erkannte Hanni Werners vertraute Silhouette. Sie öffnete ihm, und er trat mit zwei großen Tüten in der Hand ein.

»Hallo, Hanni!«, begrüßte er sie strahlend. »Da bin ich wieder. Der Arzt sagt, alles okay. Keine Bronchitis. Ist ein bisschen später geworden. In der Stadt war unfassbar viel los. Die Leute kaufen Geschenke, als ob nach Weihnachten die Welt unterginge. Bist du fertig?«

»Inwiefern fertig?«

»Na, wir haben draußen minus 20 Grad. Zieh dich warm an.«

»Du willst wirklich noch auf dem Eis spazieren gehen?«

Er reichte ihr eine der Tüten. »Nein. Schlittschuhlaufen. Ich hab dir ein Paar gekauft. Ein vorgezogenes Weihnachtsgeschenk. Größe 38.«

Hanni starrte die Tüte an, als befände sich darin eine dicke, hungrige Python. »Schlittschuhe …«, sagte sie langsam.

Werner nickte. »Ja. Schlittschuhlaufen verlernt man

nicht. Wie Schwimmen. Und du hast doch erzählt, dass du als junges Mädchen …«

»Wovon redest du? Ich kann nicht schwimmen«, erwiderte Hanni heftig. »Was, wenn ich mir die Haxen breche? Weißt du eigentlich, wie alt ich bin, Werner?«

»Ich hab keine Ahnung, wie alt du bist. Es ist mir auch egal. Und nun zieh dich an. Du weißt nicht, wie schön es ist, wenn du es nicht probierst. Mach nicht immer einen Rückzieher. Glaub einfach an dich. Sonst tut's niemand.«

Das saß. Hanni öffnete den Mund in stummem Protest ähnlich dem Karpfen, der hinter dem Hausboot sein Ende gefunden hatte. Dann schloss sie ihn wieder, drehte sich, immer noch wortlos, um und ging nach oben. In ihrem Zimmer schlüpfte sie in eine dicke Strumpfhose und Wollsocken, darüber zog sie ihre Jeans, es folgten mehrere Pullis. Rasch ging sie ins Zimmer der Jungs.

»Ich gehe mit Werner Schlittschuhlaufen«, erklärte sie mit gepresster Stimme. »Dauert bestimmt nicht so lange.«

»Krass. Ich wusste nicht, dass du das kannst«, sagte Arthur beeindruckt.

»Ich auch nicht«, antwortete Hanni verzweifelt, und die Jungs sahen sie erstaunt an, bevor sie sich wieder ihren Computern zuwandten.

Hannis Schlittschuhe lagen in jungfräulichem Weiß auf dem Tisch, bereit, mit ihrer Trägerin allerlei Drehungen, Pirouetten und Sprünge zu wagen. Werner hatte seine Schlittschuhe schon angezogen, abgetragene Eishockeyschuhe. Mit Schonern unter den Kufen stand er mitten im Zimmer, viel größer als sonst.

»Schön warm eingepackt?«, fragte er in genau dem gleichen Tonfall wie einige Wochen zuvor, als Hanni das erste Mal zu ihm auf die *Santiano* gekommen war.

Hanni nickte. Sie setzte sich auf den nächstbesten

Korbstuhl, griff nach den Schlittschuhen und schlüpfte hinein.

»Passen«, murmelte sie und beugte sich vor, um die Schnürsenkel zuzubinden.

Kurze Zeit später staksten sie und Werner hinaus aus der Wärme in die klirrend kalte Dunkelheit. Das heißt, so dunkel war es gar nicht, denn inzwischen stand der Mond hoch am nächtlichen Himmel und beschien die kahle Eisfläche. Für Hanni wirkte er dennoch keineswegs wie ein romantischer Himmelskörper, sondern frostig und feindselig wie ein rund geschliffener Eisklumpen. Selbst ihr eigener Schatten, den sie im Mondlicht warf, kam ihr fremd und gefährlich vor. Aber wenigstens gaben ihr die Plastikschoner an den Kufen genug Halt, auf dem Holzsteg nicht allzu wacklig bis zur Badeleiter zu gehen.

Werner kletterte die Stufen zuerst hinunter, dann folgte ihm Hanni. Als sie auf dem Eis stand, zog sie vorsichtig die Schoner ab und legte sie auf den Steg. Und dann war unter ihr nichts als spiegelblankes Eis. Mit beiden Händen hielt sie sich am Steg fest. Sie versuchte zuversichtlich zu sein und ihre Angst zu vergessen, glitt mit dem einen Fuß vor, mit dem anderen zurück, winkelte die Füße abwechselnd an, sodass die Spitzen ins Eis hackten.

Hanni schüttelte den Kopf. War sie eigentlich wahnsinnig? Seit fast vierzig Jahren war sie nicht mehr Schlittschuh gelaufen! Noch ein guter Monat, dann war sie sechzig. Und das war alt, jedenfalls zu alt für solche Eseleien! Sie wollte wieder auf den Steg, sie wollte weg von dem Eis, sie wollte nicht …

»Komm«, sagte Werner sanft und griff nach Hannis behandschuhter Hand. »Versuch's. Und wenn du fällst, halte ich dich.«

»Ach, Werner.«

Zögernd ließ Hanni den Steg los und umklammerte Werners Hand. Dann machte sie einen winzigen Trippelschritt aufs Eis hinaus. Dann noch einen und noch einen und noch einen und noch einen und noch einen …

»Du musst nicht stöckeln. Du musst gleiten«, sagte Werner. Sein Atem gefror in der klaren Luft. »Stoß dich ein bisschen ab.«

Im Nachhinein konnte Hanni nicht sagen, wann genau der Moment war, in dem sie sich mutiger gefühlt hatte. Nach den ersten Gleitschritten vielleicht. Oder als es ihr bei einer winzigen Unebenheit die Beine wegriss, sie aber nicht fiel, weil Werner sein Versprechen hielt und sie auffing. Oder vielleicht als sie Hand in Hand etwas schneller wurden. Oder als ihr allmählich wärmer wurde. Oder vielleicht traute sie sich auch erst mehr zu, als vom anderen Ufer die Rufe eines Käuzchens zu ihnen drangen. Was mit dem Sirren der Kufen und ihrem eigenen Atemrhythmus eine ganz eigene Wintersymphonie ergab und in ihr das Gefühl weckte, dass sie ein kleiner, unbedeutender Teil der Natur war und zugleich stark und frei genug, alles in ihrem Leben zu tun, was sie wollte. Auch wenn sie das bis jetzt noch nie getan hatte …

Auf jeden Fall war Hanni, als sie das andere Ufer erreicht hatten und sich auf einem umgestürzten eingefrorenen Baum niederließen, sich sicher: Diese Nacht auf dem Eis würde sie nicht vergessen, solange sie lebte. Weil es eine der allerschönsten Nächte war, die sie jemals erlebt hatte. Was sie auch Werner sagte.

»Das vergesse ich auch nicht«, antwortete er schlicht, und dann schwiegen sie eine Weile, schauten zum Mond hoch und lauschten dem ständig wiederkehrenden Ruf des Nachtvogels.

»Warum hast du mir nicht gesagt, dass du nicht schwimmen kannst?«, fragte er irgendwann in die bitterkalte Stille hinein.

Einen Moment musste Hanni überlegen, wie Werner darauf kam, dann fiel ihr ein, dass sie es ihm gesagt hatte.

»Es ist nichts, worauf ich stolz bin. Vielleicht hatte ich auch Angst, dass du mich dann nicht an Bord haben willst.«

»Hanni, ich finde, du hast zu viel Angst im Leben«, sagte er.

»Werner, ich weiß. Ich versuche das zu ändern, aber es ist wirklich schwer«, antwortete Hanni.

»Wie alt bist du nun?« Wieder eine Frage, die sich auf ihr Gespräch bezog. Wenn das so weiterging, würde sie wirklich vorsichtiger sein müssen.

»Ich werde im Januar sechzig. Und du?« Eine Bewegung vor dem Mond erregte ihre Aufmerksamkeit. Ein Vogel flog vorbei, dunkel vor dem hellen Hintergrund.

»Ich bin auch neunundfünfzig.«

Plötzlich erklangen von der anderen Seite des Eises dumpfe Schläge. Ein peitschendes Geräusch jagte quer über die Fläche zu ihnen, als ob das Eis plötzlich unter Hochspannung stünde und riss. Wieder erklang das Geräusch. Es hörte sich an wie ein Schuss.

»Was ist das?«, fragte Hanni alarmiert.

»Das werden Angler sein«, sagte Werner. »Kein Grund zur Sorge. Die hacken ein Loch, darauf reagiert das Eis. Auch wenn es wärmer wird, hört man das. Das knallt ganz schön durch die Nacht.« Gedankenverloren schwieg er einen Moment, dann fragte er: »Kennst du Georg Heym?«

»Georg wie?«

Hanni überlegte, ob es einen Nachbarn gab, der Georg hieß. Oder vielleicht meinte Werner einen Angler. Aber ihr fiel niemand ein.

»Na, Georg Heym, das ist ein Dichter. Anfang des

20. Jahrhunderts, glaub ich. Mit seinen Gedichten kann ich nix anfangen, wildes Zeug um Tod und so. Aber der ist beim Schlittschuhlaufen im Wannsee ertrunken. Haben wir damals auf der Polizeischule gelernt. In ein Anglerloch im Eis gestürzt, um seinen Freund zu retten, der eingebrochen ist. Vom Grunewaldturm bis zum Wannsee waren sie auf den Schlittschuhen unterwegs. Zwanzig Minuten haben sie um Hilfe gerufen, haben die Waldarbeiter später berichtet. Hätten ja auch mal nachgucken können. Haben sie aber nicht. Als man die beiden ein paar Tage später rausgefischt hat, hatten die Leichen noch die Schlittschuhe an.«

»Das ist ja schrecklich! Hättest du mir das nicht sagen können, wenn wir wieder drüben sind?«, fragte Hanni und machte sich mental eine Notiz, Georg Heym zu googeln.

»Ich dachte, es interessiert dich«, rechtfertigte Werner sich. »Ist ja schon hundert Jahre her!«

»Es hätte mich mehr interessiert, wenn wir wieder drüben sind. Ich würde jetzt gern zurück«, sagte Hanni.

Werner stemmte sich hoch und half ihr aufzustehen.

»Autsch, ich spüre meine Füße«, stöhnte sie, als sie wieder stand. »Und meine Fesseln. Und meine Schienbeine. Überhaupt alles.«

Hand in Hand machten sie sich auf den Rückweg. Hanni konzentrierte sich immer noch darauf, nicht zu stürzen, fühlte sich aber viel unsicherer als auf dem Hinweg. Jetzt bloß nicht hinfallen …

Dann plötzlich ertönte wieder das peitschende Geräusch. Ausgerechnet in dem Moment, als sie von beiden Ufern gleich weit entfernt waren, zwei kleine Figuren in der dunklen Nacht. Hanni starrte auf das Eis vor sich. War dieser lange Riss vorher auch schon da gewesen?

»Das ist unheimlich«, sagte sie und versuchte ein bisschen schneller zu gleiten.

Da, schon wieder knallte es!

»Das klingt nur so«, sagte Werner, aber griff ihre Hand fester.

Trotzdem war Hanni froh, als das Hausboot allmählich näher kam, als sie das Licht im Jungenzimmer sah, das durch die Nacht glimmte. Noch hundert Meter, noch fünfzig … Sie atmete tief durch, als sie den Steg endlich wieder erreicht hatten.

»Da, sieh mal«, sagte Werner und deutete ein Stückchen weiter aufs Eis in Ufernähe, wo Hanni Personen auszumachen glaubte. »Da sind die Angler! Von daher kommen die Geräusche. Wusste ich's doch. Kein Grund zur Sorge.«

Sie kletterten die Badeleiter wieder hoch und gingen zurück zum Hausboot. Noch nie war Hanni so glücklich gewesen, es zu betreten. Sie hatte es geschafft, es war schön gewesen, sie und Werner …

»Alles klar da oben?«, rief sie und bekam ein zweistimmiges halb lautes Ja als Antwort.

Hanni warf ihre Jacke über eine Stuhllehne. Von der Wärme des Zimmers begannen ihre Wangen zu glühen. Sie begann, die Schlittschuhe auszuziehen. Als sie herausschlüpfte, bewegte sie prüfend die Zehen. Bis auf ein leichtes Ziehen auf dem Spann fühlte sich alles normal an. Erleichtert stand sie auf und legte ein Stück Holz nach. In Weihenzell würde sie als Erstes einen dänischen Kaminofen einbauen lassen, so viel stand schon mal fest.

»Möchtest du was trinken, Werner?«, fragte sie gerade in dem Moment, als er zu husten anfing.

Erst flach, dann tiefer, und schließlich war es ein tiefes stoßweises Keuchen.

»Hast du dich verschluckt?«, fragte sie besorgt, aber er schüttelte nur weiterhustend den Kopf und zog seine Schlittschuhe aus.

»Es ist diese Misterkältung«, sagte er schließlich heiser, als er wieder zu Atem kam, und wischte sich die Tränen aus den Augen. »Deshalb war ich ja heute Morgen beim Arzt. Das kommt und geht. Das war jetzt doch anstrengender, als ich vermutet habe. Oder vielleicht ist's auch der Temperaturunterschied – draußen die Kälte und hier drinnen die Wärme.«

»Soll ich dir einen Tee machen?«, fragte Hanni.

Werner stand auf. Er schwankte ein bisschen, stützte sich rasch am Tisch ab und schüttelte dann resigniert den Kopf. »Hanni, das hat keinen Zweck. Ich muss nach Hause ins Bett. Hoffentlich hab ich mich nicht übernommen.«

»Zwiebelsud mit Kandis. Das hab ich Ben immer gegeben, wenn er Husten hatte«, riet Hanni, aber da war er schon angezogen und hatte sich seine Schlittschuhe geschnappt.

Sie begleitete ihn zur Tür und legte ihm ihre Hand auf den Arm. »Melde dich, wenn es dir wieder besser geht. Und melde dich auch, wenn es dir schlechter geht. Dann komme ich und kümmere mich um dich. Ich hab ja den Wagen.«

»Du weißt ja gar nicht, wo ich wohne«, sagte Werner und legte seine Hand auf ihre Hand.

»Das sagst du mir dann schon«, antwortete Hanni.

Überraschend beugte er sich vor und gab ihr einen Kuss auf die Wange. »Danke, dass du mir vertraut hast. Ich weiß, dass es für dich nicht leicht ist, deine Angst zu überwinden. Umso besser, dass du es heute getan hast.«

Und dann war er aus der Tür raus und ging, mit leicht wiegendem Schritt wie ein Seemann, der er in der Tiefe seines Herzens ja auch war, den Steg entlang.

Verdutzt sah Hanni ihm nach und legte die Handfläche auf die Stelle, wo sein Mund ihre Haut berührt hatte.

Er hatte sie geküsst! Es fühlte sich erstaunlich an. Es war so verdammt lang her, dass ein Mann irgendetwas anderes in ihr sah als … dass ein Mann überhaupt etwas in ihr sah! Und es fühlte sich so verdammt gut an.

Einen Moment lang erlaubte sie sich, dieses Gefühl auszukosten, und ließ ihre Hand, wo sie war. Sie hatte keine Ahnung, wie das mit Werner weiterging. Noch gut drei Wochen, dann war sie wieder weg.

Und plötzlich erschien ihr die Aussicht, ab Januar wieder allein in ihrem Haus in Weihenzell zu sein, nicht sehr reizvoll. Komisch, vorher war ihr noch nie aufgefallen, wie wenig Wasser es in ihrer Umgebung gab! Und damit praktisch keine Gelegenheit, Schlittschuh zu laufen, keine Gelegenheit, Wassersport zu betreiben.

Sie schaute auf die Uhr: schon nach acht. Es war mal wieder an der Zeit, die Jungs ins Bett zu scheuchen. Eigentlich kamen sie, seit sie das Internetagreement getroffen hatten und Hanni ihnen ihre Pizza ließ, gut miteinander aus. Mit einer Ausnahme – Arthur und Theo wollten einfach nicht schlafen gehen. Es war wie ein Sport, bei dem sie sich gegenseitig anspornten.

Aber auch da hatte Hanni sich inzwischen einen Trick überlegt. Wenn Arthur und Theo im Bett waren, ging sie noch mehrmals rein. Spätestens beim dritten oder vierten Mal war es den beiden zu langweilig, ihre iPads wieder aus dem Versteck zu holen. Dann blieben sie, wo sie waren, und schliefen. Und wenn sie schliefen, konnte sie so leicht nichts und niemand mehr wachbekommen.

Um halb zehn war es so weit. Die beiden rührten sich nicht mehr, und Hanni überlegte, was sie noch machen konnte. Normalerweise sah sie fern, las etwas oder telefonierte auch mal mit Ben. Aber dazu war sie heute zu aufgekratzt. An diesem Abend war ihr nach etwas anderem zumute! Ein Glas Wein? Langweilig. Zwei Gläser Wein? Noch langweiliger! Es war ein berauschender Abend gewesen, jawohl, berauschend. Sie, Werner, das schwarze Eis, die kalte, klare Nacht, die Geräusche, seine warme Hand, die ihre kalte festhielt, das Käuzchen ... Das wollte sie auskosten. Das sollte noch nicht vorbei sein! Etwas Neues, nie Gewagtes wollte sie tun! Es war ein Abend, um Grenzen zu überschreiten, eine Nacht der neuen Erfahrungen! Aber was?

Hatte sie berauschend gedacht?

Plötzlich fiel Hanni das Päckchen ein, das Anja ihr gegeben hatte. Achtlos hatte sie es in ihren Nachttisch gelegt und gelegentlich daran gedacht, es ins Wasser zu werfen.

Was sie nie gemacht hatte.

Leise ging sie in ihr Zimmer und holte es aus seinem Versteck. Zurück im Wohnzimmer legte sie es auf den Tisch, wickelte es aus und betrachtete den Inhalt.

Wie hatte Anja das Zeug genannt – Gras? Das passte irgendwie. Na ja, genau genommen waren es eher trockene Blätter. Sie ähnelten vergammelten Brennnesseln, die schon ein paar Tage auf dem Kompost in der Sonne gelegen hatten. Oder nein, eigentlich eher Beifuß.

Vorsichtig nahm Hanni ein Blatt zwischen zwei Finger und zerbröselte es. Sie feuchtete den Zeigefinger an, dippte in die Krümel und kostete.

Es schmeckte auch wie Beifuß.

Und was machte man jetzt damit? Rauchen, hatte Anja gesagt, aber Hanni hatte weder Pfeife noch Zigarettenpapier. Sie rauchte ja nicht.

Bist du denn verrückt, mahnte sie sich und wollte das zerbröselte Zeug mit einer energischen Handbewegung zusammenpacken, als ihr Blick auf die Keksrolle fiel, die auf dem Tisch lag. Die mit Schokocreme gefüllt waren. Die Rolle für Prinzen.

Plötzlich hatte sie eine Idee. Konnte man das Gras nicht auch *essen?* Vielleicht war ja nur wichtig, dass es sich in Wärme entfaltete?

Hanni nahm sich ein Messer und einen Keks und machte sich an die Arbeit. Vorsichtig teilte sie ihn, streute die feinen Blattkrümel auf die Schokomasse, setzte den Keks wieder zusammen und ging damit zur Mikrowelle. Eine Minute stellte sie ein, das musste reichen.

Als es Pling machte, nahm sie den Keks heraus und biss vorsichtig ab. Nichts passierte, außer dass sie sich die Zunge an der fast flüssigen Creme verbrannte und dass diese etwas würzig-krümelig schmeckte. Eben wie mit Beifuß angereichert.

Hanni verputzte den ganzen Keks. Dann packte sie das restliche Gras sorgfältig wieder ein und brachte es auch gleich in ihr Zimmer. Das fehlte noch, dass es die Jungen am nächsten Morgen fanden!

Als sie wieder nach unten kam, hatte sie plötzlich Lust auf Musik. Sie durchstöberte Anjas CDs, bis sie auf eine selbst gebrannte von Rod Stewart stieß. Oh, denn kannte sie von früher!

Wie hieß noch sein ganz großer Hit?

Hanni legte die CD in den Player, schaltete ein und ließ sich in den bequemen Sessel davor sinken. Nach den ersten Tönen stemmte sie sich wieder hoch. Nicht laut genug, fand sie. Sie fummelte an den Knöpfen herum. Oh, das war zu laut! Moment … ja, so war es besser.

Bevor sie sich wieder setzte, rückte sie den Sessel vors Fenster. Seufzend ließ sie sich hineinfallen und blickte hinaus. Hinter ihr sang Rod Stewart *Maggie May.*

Das musste man sich mal vorstellen. Sie und Schlittschuhlaufen. Auf ihren eigenen Füßen. Ein Fuß. Zwei Fuß. Beifuß. Grasfuß. Hanni kicherte.

Überhaupt waren Füße lustig … Sie streckte die Füße in die Luft und wackelte mit den Zehen. Diese Zehen da vorne dran und dann noch die Nägel, und wie sich das alles bog und krümmte! Das sah so komisch aus! Sie wollte sich ausschütten vor Lachen.

Hinter ihr sang Rod Stewart *Da Ya Think I'm Sexy.*

Plötzlich bekam Hanni Heißhunger. Eigentlich hatte sie mit den Jungen zu Abend gegessen. Das schien nicht gereicht zu haben. Sie brauchte mehr!

Sie ging zur Küchenzeile, riss den Kühlschrank auf und inspizierte den Inhalt: Käse, Wurst, Mayonnaise, Toastbrot, Gürkchen. Lecker! Sie nahm alles heraus und baute sich ein Riesensandwich, das sie auf einen Teller packte. Dann kehrte sie zu ihrem Sessel zurück. Die Lebensmittel ließ sie, wo sie waren. Und die Kühlschranktür machte sie auch nicht zu.

Hinter ihr sang Rod Stewart *Forever Young.*

In Rekordgeschwindigkeit verputzte sie das Sandwich und leckte sich zum Schluss die Finger ab. Dann blickte sie erschöpft, aber gespannt nach draußen.

Warum war ihr noch nie aufgefallen, wie die Sterne da draußen am Himmel angeordnet waren?

Als ob sie an Schnüren hingen!

Das All als riesengroßer Weihnachtsbaum!

Das war mal ein philosophischer Gedanke!

Ob das eine geheime Botschaft war?

Das war ja der Wahnsinn!

Das hatte doch jemand so angeordnet, um ihr, Hanni Wiesinger, etwas mitzuteilen!

Hinter ihr sang Rod Stewart »I Don't Want To Talk About It«.

Entschlossen nahm Hanni den leeren Teller vom Schoß und stand auf. Sie musste da raus! Die Sterne, das Eis, der

Himmel – sie warteten auf sie. Und sie war überzeugt, dass es viel wärmer war als vorhin! Ja, sie war überzeugt, dass sie in dieser Nacht das Wetter kontrollieren konnte!

»Vierzehneinhalb Grad«, murmelte sie und sah den Himmel streng an.

Dann schlüpfte sie in Mantel und Schuhe, verzichtete auf Schal, Mütze und Handschuhe – es würde ja sowieso gleich wärmer werden – und verließ das Hausboot.

Hinter ihr sang Rod Stewart *I am Sailing*.

Der Wind pfiff ihr ins Gesicht. Hui, das war ja doch ziemlich kalt. Hanni stolperte den Steg entlang und kletterte aufs Eis. Dann ging sie ein paar Schritte, den Blick fest auf den hellen Himmelskörper am Ende der Havel gerichtet.

»Ich komme, ich komme, du alter Mond«, rief sie und breitete die Arme weit in seine Richtung aus.

Sie machte eine Pirouette, was mit den grauen Pelzstiefeln weit besser ging als mit den Schlittschuhen, und tänzelte dem Mond entgegen: zwei Schritte mit links auf dem Eis, ein Schritt mit rechts auf dem Eis, eine Drehung, dann wieder zwei Schritte mit links auf dem dicken Eis und einer mit …

… rechts? Nein, denn da, wo Hanni ihren rechten Fuß hinsetzte, war das Eis *nicht* dick. Es war hauchdünn. Eine nur millimeterfeine Schicht hatte sich auf dem großen Wasserloch, das vor nicht allzu langer Zeit von zwei Anglern ins Eis geschlagen worden war, um die Fische vor dem winterlichen Erstickungstod zu bewahren, gebildet. Und nun splitterte es unter ihr wie Kristallglas.

Eiskalte Nässe fraß sich in Hannis rechtes Bein, die Kälte biss in ihre Haut. Sie verlor das Gleichgewicht und schlitterte auch mit dem zweiten Bein ins Loch. Blitzschnell reichte ihr das Wasser zur Hüfte, zur Taille, zur Brust, ihre Hände krallten sich ins Eis …

»Hilfe!«, rief sie in die einsame schwarze Nacht. »Hilfe! Hilfe!«

Die Hände glitten ab, und das Wasser schlug über ihrem Kopf zusammen, während sie in Todesangst mit den Beinen schlug, um sich wieder hochzudrücken und Luft zu bekommen. Die Kälte war so übermächtig, dass sie nach wenigen Bewegungen ihre Beine kaum noch spürte.

So kann es enden, kaum dass es angefangen hat, dachte Hanni noch, als ihre blutenden Fingerkuppen erneut von der scharfen Eiskante glitten, ihr das Wasser zum zweiten Mal über dem Kopf zusammenschlug und ihre schreckgeweiteten Augen nichts als eine wässrige helle Scheibe im Dunkel erblickten.

Weit über ihr und völlig unerreichbar.

»Theo, hörst du das?«, fragte Arthur und rüttelte seinen Bruder wach.

Es dauerte einen Moment, bis Theo klar genug war, um die Frage überhaupt zu verstehen.

»Klingt, als ob Hanni da unten 'ne Party macht. Die CD kenn ich. Ist von Mama«, murmelte er und setzte sich verschlafen auf. »Wie spät ist es denn, Arthur?«

»Halb elf. Wollen wir mal nach unten gehen? Gucken, ob sie mit Werner zusammenhockt?«

»Igitt. Bloß nicht der.«

»Dann lass uns die iPads anmachen. Wenn sie feiert, kommt sie nicht nach oben.«

»Eigentlich bin ich müde.«

»Theo!«

»Na gut. Gib her.«

Ihr Spiel baute sich gerade auf, als sie von unten einen Rumms hörten. Arthur sah kurz hoch, aber Theo legte das iPad zur Seite und drückte sich die Nase an der kalten Fensterscheibe hinter seinem Bett platt.

»Ey, das glaub ich nicht! Hanni ist bei dieser Schweinekälte auf dem Steg.«

»Na und? Lass sie doch! Komm, wir spielen.«

Theo machte keine Anstalten, seinen Aussichtsplatz zu verlassen. Fasziniert beobachtete er seine Granny-Nanny.

»Jetzt tanzt sie auf dem Eis! Das musst du dir mal angucken!« Er lachte. »Eins und zwei … huch. Jetzt dreht sie sich sogar. Gib mal mein Handy! Das film ich und stell's bei YouTube ein …«

»Theo, komm endlich!«

Aber Theo schnappte plötzlich nach Atem. »Arthur, jetzt ist sie weg!«

»Quatsch.« Arthur drängelte sich neben seinen Bruder und suchte mit Blicken die dunkle Fläche ab.

Vergeblich.

»Ich glaube, sie ist eingebrochen«, sagte Theo beklommen.

Mit riesengroßen Augen sahen die Brüder sich an. Dann sprangen sie von den Betten auf und rasten aus ihrem Zimmer.

»Schuhe, Jacke«, keuchte Arthur, zog beides über seinen Pyjama, rannte nach draußen und joggte zum Ende des Stegs.

»Warte!«, hörte er da Theo hinter sich rufen.

Hastig drehte er sich um. »Was ist denn?«

»Wir brauchen die Leiter, die bei Werner hängt!«

Hanni spürte ihren Körper schon längst nicht mehr. Immer wieder hatte sie versucht, auf dem Eis Halt zu finden, mit den Händen, dann mit den Unterarmen, immer wieder war sie abgerutscht. Das eisige Wasser hatte Körper und Gesicht taub gemacht, selbst ihre Stimmbänder gehorchten nicht mehr. Ihre Rufe waren zu leise, als dass jemand sie hätte hören können. Sie hörte sich selbst nicht mal mehr.

»Hilfe. Ich kann nicht mehr«, flüsterte sie, und die Tränen, die ihr aus den Augen quollen, wurden zu Eis, bevor sie die Wangen hinunterfließen konnten.

Hanni hatte längst aufgehört zu zählen, wie oft sie abgerutscht war. Als ihre Arme nun vom Eis glitten, wusste sie, dass dies das letzte Mal war. Noch einmal würde sie nicht die Kraft haben, sich nach oben zu kämpfen. Die Kälte hatte es geschafft. Auch ihr Überlebenswille war eingefroren.

Das Wasser ging ihr wieder bis zum Hals, die verkrampften Finger strichen über das Eis am Rand der Öffnung, das Schwarz würde sie ein letztes Mal schlucken und nicht mehr entkommen lassen. Sie würde sterben, hier, in diesem Eisloch in der Havel.

In diesem Moment sah sie, dass der Mond sich verdunkelte. Wie seltsam. War da ein Gesicht? Und noch ein zweites? Nein, da war nur Finsternis.

Hanni schloss die Augen und ließ endgültig los.

»Hanni!«, brüllte Arthur.

Er hielt sich an der Leiter fest, die Theo über das Loch geschoben hatte, und bekam sie an den Haaren zu fassen, an diesen dünnen, fusseligen kurzen Haaren.

»Hab sie. Aber ich krieg sie nicht hoch!«, keuchte er.

Von der anderen Seite schob Theo sich liegend auf das Loch zu, auch er mit festem Griff an der Leiter.

»Warte. Ich helf dir«, ächzte er, und gemeinsam bekamen sie Hanni etwas höher gehoben. »Sie muss aber auch was machen. Allein bekommen wir sie nicht raus. Hanni! Halt dich an der Leiter fest!«, flehte er.

Vielleicht lag es an der Verzweiflung in seiner Stimme, dass Hanni auf einmal zu sich kam.

»Th… Theo«, stammelte sie kaum hörbar und versuchte, eine Leiterstufe zu erwischen, aber sie rutschte ab, weil sie keine Kraft mehr hatte.

»Noch mal. Nimm die andere Hand dazu«, drängte Arthur, und diesmal gelang es.

»Bleib so, wir holen dich raus«, rief Theo aufgeregt.

Und vorsichtig, ganz vorsichtig zogen die beiden Zwölfjährigen an der Leiter. Sie waren nicht so stark wie Erwachsene, aber sie waren auch keine Kinder mehr. Sie waren junge Männer, hatte ihre Hanni, ihre Granny-Nanny gesagt, und das war der Moment, ihr zu beweisen, dass sie recht damit hatte.

Sie zogen und zerrten, bis Hanni kalt, nass und starr neben dem Loch auf dem Eis lag. Sie regte sich nicht.

»110«, sagte Arthur. »Schnell!«

Theo wählte mit fliegenden Fingern, erklärte mit sich überschlagender Stimme, was passiert war, und gab die Adresse durch. Dann rannte Arthur übers Eis, um vor dem Grundstück auf den Rettungswagen zu warten.

Theo kauerte bei der geisterhaft bleichen Hanni und streichelte vorsichtig über das Haar, das steif gefroren war.

»Hanni, wach auf«, flehte er. »Bald ist Weihnachten! Du hast uns versprochen, dass du mit uns Kekse backst!«

Ihm liefen die Tränen über die Wangen, und er fühlte sich grenzenlos allein auf dem weiten Eis. Theo hatte nicht viele Menschen in seinem Leben, die er lieb hatte. Er hatte sie bis vor Kurzem an zwei Fingern abzählen können. Aber seit Hanni da war, brauchte er noch einen dritten Finger.

Wo blieben sie nur?

Dann endlich sah er etwas am Ufer blau blinken, Gestalten in der Dunkelheit, und schließlich kamen die Rettungssanitäter und Arthur übers Eis gerannt. Sie legten Hanni auf die Trage, packten sie in eine Decke, die wie Stanniolfolie von einer Pizza aussah, und schoben sie eilends zurück zum Steg.

»Sie hat heute Abend auf euch aufgepasst?«, fragte der eine Rettungssanitäter Arthur, als sie Hanni in den Wagen schoben, wo sich der andere an ihr zu schaffen machte. »Sagt euren Eltern, wenn sie nachher zurück sind, dass wir sie ins Martin-Luther-Krankenhaus bringen. Sie sollen sich da melden. Und ihr beide seid echte Helden. Alles okay mit euch?« Er klopfte Theo auf die Schulter.

»Ja. Wir sind ja nicht ins Wasser gefallen. Nur kalt ist es.«

»Überlebt sie das?«, fragte Arthur zittrig.

»Sie ist stark unterkühlt. Das ist nicht gut, in ihrem Alter schon gar nicht.« Der Rettungssanitäter schloss die Wagentür. »Geht ins Warme. Macht euch einen Tee. Wartet auf eure Eltern. Oder ruft einen Verwandten an.« Er stieg ein, und sie fuhren los.

»Das hätten wir mal für YouTube aufnehmen sollen«, sagte Theo zu Arthur, während sie den roten Rücklichtern hinterherschauten, bis sie auf der nächtlichen Havelchaussee verschwanden.

Und dann heulten sie beide los.

Zurück auf dem Hausboot machten Arthur und Theo zuerst die Musik aus, die in einer Endlosschleife lief. Dann wunderten sie sich über die Unordnung. Im Versuch, Hanni zu ersetzen, räumten sie die Lebensmittel weg, schlossen den Kühlschrank und überlegten, wen sie anrufen sollten. In der Regel hatten sie nichts dagegen, allein zu sein, aber in dieser Nacht war es unheimlich. Sie fühlten sich einsam ohne Hanni.

»Werner. Ich glaub, der sollte das wissen«, sagte Theo. »Ich hol mal Hannis Handy. Die hat seine Nummer bestimmt eingegeben.«

Sie weckten ihn, aber das war nicht schlimm. Er war sehr erschrocken, und als sie ihm sagten, dass ihre Mutter erst Sonntag zurückkommen wollte, bestand er darauf, noch in derselben Nacht zu ihnen zu fahren.

Eine halbe Stunde später war er da.

»Jungs«, sagte er gerührt und zog sie an sich. »Ihr seid klasse. Jemanden aus dem Eis zu retten – das schaffen nicht viele. Und jetzt rufen wir im Krankenhaus an.«

Werner gab sich als ihr Vater aus, was ihnen überhaupt nichts machte. Mit feuchten Augen beendete er das Telefonat.

»Es geht ihr vergleichsweise gut. Sie soll noch ein, zwei Tage zur Beobachtung im Krankenhaus bleiben, dann kommt sie wieder raus. Und jetzt, Jungs, ab ins Bett.«

Werner wusste nicht viel von Kindern, aber um Mitternacht sollten sie nicht mehr auf sein, fand er. Keine fünf Minuten später lagen sie völlig erschöpft in ihren Kojen.

Arthur fiel noch etwas ein. »Wollen wir nicht Hannis Freundinnen Bescheid sagen? Und dieser anderen da, mit der sie bei Facebook befreundet ist?«

»Mach du doch«, murmelte Theo. Ihm fielen die Augen zu.

»Mach ich auch«, sagte Arthur entschlossen. »Und Mama schreib ich auch eine SMS.«

»Komisch«, sagte Theo verschlafen. »An Mama hab ich gar nicht gedacht.«

25. Kapitel

»Sie haben Ihr Ziel erreicht«, sagte das GPS, als Ben Wiesinger am frühen Montagnachmittag an einem großen Gebäude in der Auguste-Viktoria-Straße im stillen Grunewald ankam. Hier lag das Martin-Luther-Krankenhaus.

Er fand einen Parkplatz, griff nach dem Blumenstrauß, der seit Weihenzell auf dem Beifahrersitz lag, und stieg aus. Mann, war das klirrend kalt in Berlin! Ein ganz anderes Klima als in Franken. Steppenklima eben. War ja weit im Osten, Russland war quasi um die Ecke. Er kannte Berlin nicht und ganz ehrlich – er hatte nie den Wunsch verspürt, es kennenzulernen.

Ben schlug den Kragen seines dunkelgrauen Mantels hoch und ging mit langen Schritten auf den Eingang des Krankenhauses zu. So ganz hatte er nicht verstanden, was Gitta ihm gesagt hatte. Aber vielleicht lag das auch daran, dass sie nur noch das Allernötigste miteinander besprachen, seit sie aus dem gemeinsamen Haus ausgezogen war. Zwischen ihnen herrschte in etwa dasselbe Klima wie gerade in Berlin. Er konnte einfach nicht verstehen, dass sie die letzten Jahre so kompromisslos ihr Ding gemacht hatte, so völlig ausgeschlossen hatte, dass sie mal eine Familie haben würden. Irgendwann waren ihre Streitereien gewichtiger geworden als das, was sie verband. Zerrüttete Ehe nannte man das wohl.

Auf jeden Fall hatte Gitta am Morgen vor der Arbeit ihre Facebook-Nachrichten gelesen und ihn direkt angerufen. Irgendwer hatte ihr mitgeteilt, dass seine Mutter im Krankenhaus lag. Mit ziemlich vielen Rechtschreibfehlern, wie sie spöttisch hinzugefügt hatte, als ob es seine Schuld war, wenn seine Mutter in Berlin mit Analphabeten Kontakt hatte.

Von einem Unfall war die Rede gewesen, aber was genau, wusste er nicht. Er hatte im Krankenhaus angerufen, aber da waren sie zögerlich mit weiteren Informationen gewesen. Sie hatten sich damit rausgeredet, dass der behandelnde Arzt nicht da sei, und gefragt, ob er nicht am nächsten Tag anrufen wolle.

Aber Ben hatte sich so große Sorgen gemacht, dass er sich ins Auto gesetzt hatte und nach Berlin gefahren war. Mein Gott, seine Mutter war ja nicht mehr die Jüngste! Höchstwahrscheinlich war jetzt der Aufenthalt in Berlin vorzeitig beendet. Der Audi war groß genug, dass er sie praktisch liegend zurück nach Weihenzell transportieren konnte, falls das nötig war. Falls sie sich ein Bein gebrochen hatte, zum Beispiel.

»Ich möchte zu Hanni Wiesinger«, sagte er zu der Pförtnerin, und sie schickte ihn in den dritten Stock, in die Internistische Abteilung.

Die Fahrstuhltüren öffneten sich, und Ben ging den Gang entlang. Von irgendwoher erklang leises Geschirrklappern. Offenbar war Kaffeezeit. In Zimmer 78 lag sie, hatten sie ihm unten gesagt.

Es hatte natürlich gut gepasst, dass seine Mutter als Granny-Nanny diese drei Monate nach Berlin ging. Wenn er ganz ehrlich war, hatte er das sogar forciert. Es gab schließlich viel zu klären im Vorfeld der Scheidung mit Gitta, da wollte er seine Mutter raushalten. Immer ihre Sorge, ob es ihm gut ging … Das würde ihn nur noch mehr stressen.

Er liebte sie, aber gerade deshalb wollte er sie nicht beunruhigen. Sie hatte doch nur ihn, war so zart und unsicher, verstand überhaupt nicht, dass sich Leute entzweien konnten, lebte immer nur in ihrer kleinen Welt, so vorsichtig, so maßvoll, so kontrolliert, so blass, so grau, so ältlich und bedauernswerterweise unfähig, mal über ihren Horizont hinauszuschauen …

Ben blieb stehen. Hier war es, Zimmer 78.

Vorsichtig drückte er die Klinke der schallgedämmten Tür herunter. Er wollte sie nicht stören, falls sie schlief, wer weiß, vielleicht war sie operiert worden, vielleicht hatte sie einen Gips oder hing sogar am Tropf.

Ben öffnete die Tür ein Stück. Sofort drangen Stimmen aus dem Zimmer hinaus auf den Flur. Sie stammten von drei Frauen, die rund ums Bett auf Stühlen saßen, vergnügt miteinander schwatzten und an … Sektgläsern nippten? Im Krankenhaus? Zwei Halbwüchsige lümmelten sich auf einem unbelegten Bett, sie waren mit ihren Handys beschäftigt. An diesem Bett lehnten pinkfarbene Krücken.

Sein Blick blieb kurz an einer blonden Frau in ungefähr seinem Alter hängen, die mit den zwei anderen, älteren sprach und dabei lebhaft gestikulierte. Einen Moment lang vergaß Ben, was er eigentlich in diesem Zimmer suchte, fühlte sich wunderbar, solange er diese Frau anschauen konnte. Sie war ein echter Hingucker …

Dann riss er seinen Blick los.

Er sah zum Bett, wo die Kranke lag beziehungsweise hätte liegen sollen. Denn sie lag nicht darin, sondern stand mit dem Rücken zu ihm. Sie hatte kurzes hellbraunes Haar und das lächerlichste, schreiend bunteste Nachthemd an, das er jemals gesehen hatte.

»Ich will euch mal zeigen, wie es war«, erklärte sie gerade und machte ein paar Tanzschritte, ruderte dann dramatisch mit den Armen und gab vor zu stürzen.

Die anderen lachten und klatschten. Ein älterer Mann mit einer Schiffermütze saß auf einem Stuhl am Fenster und lächelte die Frau bewundernd an.

Was für ein Tollhaus! Diese Berliner … Künstler, Spinner! Hier war er nicht richtig. Wahrscheinlich hatten sie ihm eine falsche Zimmernummer gegeben. Oder er hatte etwas verwechselt. War es 87 gewesen?

Ben wollte schon die Tür schließen, da machte die zierliche Frau in Kunterbunt unter dem Applaus der anderen eine Drehung – und ihr Blick fiel auf ihn.

Sie sah ihn.

Und er sah sie.

»Ben!«, rief sie.

»Mu… Mutter?«, stammelte Ben verblüfft.

Aber da war Hanni schon bei ihm, riss die Tür weit auf und umarmte ihn stürmisch.

»Junge! Was machst du denn hier? Der weite Weg! Das war doch nicht nötig! Und woher wusstest du überhaupt, dass ich im Krankenhaus bin?«

»Von Gitta. Sie hat eine Nachricht über … Facebook bekommen«, antwortete er verwirrt im Angesicht der eigenartigen Situation, zu der Frau, die zwar wie seine Mutter sprach, aber doch ganz anders aussah und sich völlig anders benahm als früher.

»Ah! Steckt ihr dahinter?«, fragte sie und sah die beiden Jungen auf dem Bett streng an.

Sie nickten grinsend und kein bisschen eingeschüchtert.

»Ihr seid über meinen Account bei Facebook gegangen? Ich ändere sofort mein Passwort!«

Die Jungen nickten immer noch grinsend. »Das können wir knacken«, sagte der eine zuversichtlich.

»Seid wann bist du bei Facebook?«, fragte Ben ungläubig.

Hanni winkte ab. »Lange Geschichte. Ich hätte dir gern eine SMS geschickt, aber ich hatte mein Handy nicht dabei. Und überhaupt: Ich brauche dringend ein Smartphone. Dann können wir skypen, sogar von unterwegs. Nun komm, und setz dich. Und schau nicht so überrascht. Leute, das ist mein Sohn Ben. Mein Junge!«

Sie sah ihn stolz an, und in diesem Moment kam sie ihm wieder vertrauter vor.

»Und das sind meine Freundinnen Karen und Suse, meine Gastmutter Anja, ihre Söhne Arthur und Theo.« Sie wies auf die einzelnen Leute. »Oh, und das ist Werner Wernecke. Mein Segel- und Schlittschuhpartner.«

Der Mann mit der Schiffermütze winkte ihm zu. »Ganz famose Frau, Ihre Mutter«, sagte er. »Hat mir viel von Ihnen erzählt. Sie möchte gern mal mit Ihnen Motorrad fahren! Ich hab ihr die Spinnerbrücke empfohlen. Hanni hat den Wind für sich entdeckt, machen Sie sich auf was gefasst! Segelt wie 'n alter Skipper.« Er blinzelte ihm zu.

Wenn man Ben gesagt hätte, hier sei eine geheime Zuchtstation für Blattfetzenfische, hätte er nicht erstaunter sein können. Seit wann segelte seine Mutter? Mit fremden Männern? Sie liebte den Wind? Sie wollte Motorrad fahren? Und seit wann lief sie Schlittschuh? Rätselhaft.

»Möchten Sie ein Glas Prosecco? Heute ist schließlich Montag«, sagte eine der beiden älteren Frauen.

Sie hatte schneeweißes Haar, trug korallenroten Lippenstift und einen schwarzen Wollpulli mit weißer Kapuze.

»Nein, möchte ich nicht. Was hat der Prosecco mit Montag zu tun?«, fragte Ben verwirrt.

»Montags trinken wir immer ein Glas. Oder zwei. Beim

schwulen Friseur auch drei. Montags treffen wir uns immer«, sagte die andere Frau. »Und gelegentlich auch mit Orangensaft. Wegen der Vitamine.«

Sie war groß, blond und wirkte ein wenig herb, der skandinavische Typ, der sich im Alter gut hält.

»Außer ich bin in einer Gruft eingesperrt«, fügte seine Mutter noch hinzu, und sie lachten alle drei. »Dann ist das mit dem Prosecco schwieriger.«

»In welcher Gruft?«

»Auch eine lange Geschichte«, antwortete Hanni und stieg zurück ins Bett. »Entschuldige, wenn das eben ein bisschen albern aussah. Ich hab nur gerade vorgemacht, wie ich ins Eis eingebrochen bin.«

»Du bist ins Eis eingebrochen?«, fragte Ben entsetzt. »Bei diesen Temperaturen? *Das* war der Unfall? Wie bist du denn wieder rausgekommen?«

»Diese Prachtburschen haben mich rausgezogen. Dass Zwölfjährige so stark sein können! Es muss an der vielen Pizza liegen, die sie futtern!«, sagte Hanni liebevoll zu den beiden Jungen, die sie anstrahlten. »Ihr seid meine Helden! Und nicht nur meine.« Sie wandte sich an die anderen beiden älteren Damen. »Schon gehört? Der *Tagesspiegel* hat bei Anja angerufen, weil sie eine Reportage über Arthur und Theo machen wollen.«

»Der Bundespräsident lädt jedes Jahr die Bürger mit Zivilcourage ein«, erwiderte die mit den weißen Haaren. »Da seid ihr beiden sicher dabei!«

Ben verstand überhaupt nichts mehr. Und was hatte seine Mutter mit ihren Haaren gemacht?

»Wie lange bleibst du denn, Ben?«, fragte Hanni und tätschelte mit der flachen Hand neben sich aufs Bett. »Setz dich doch, Junge!«

Ben nahm auf der Bettkante Patz. »Ich dachte, ich hole

dich ab, und wir fahren zusammen zurück nach Weihenzell. Da bist du nach einem Unfall am besten aufgehoben. Vielleicht bekommen wir jemanden aus einer Sozialstation für dich. Jemanden, der sich um dich kümmern kann. Vielleicht Frau Holsts Tochter … die ist doch Altenpflegerin.«

Kaum hatte er ausgesprochen, als ein Sturm der Empörung losbrach.

Nur Hanni lächelte. »Das ist sehr lieb von dir. Aber mein Vertrag geht noch bis Ende des Monats. Ich habe nicht vor, auch nur einen Tag vorher zurückzufahren. Und alles mit dem Namen Holst ist mir seit einiger Zeit zu greige. Auch Frau Holsts Tochter »

Die anderen beiden nickten zustimmend.

Ben verstand überhaupt nichts mehr. Was bedeutete greige? »Wir könnten zusammen zu Hause Weihnachten feiern«, versuchte er sie zu überzeugen. Aus unerklärlichen Gründen war es ihm plötzlich wichtig, seine Mutter auf seine Seite zu ziehen.

»Ach, Ben, hör mal. Ein Zuhause ist da, wo das Herz wohnt. Und meins wohnt gerade in Berlin. Mir geht's hier richtig gut. Morgen komme ich raus. Anja zählt auf mich, sie hat noch so viel im Büro zu tun. Die Jungs haben in der Schule ihre Weihnachtsfeier, die will ich auf keinen Fall verpassen. Und dann wollen wir noch zusammen Plätzchen backen. Und mit Karen und Suse bin ich nächsten Montag wieder im Café Maiwald verabredet!«

Den letzten Satz sagte Hanni so nachdrücklich, als ob er zehnmal mehr wöge als die vorher gesprochenen zusammen. Dann sah sie ihn prüfend an, genau wie damals, als er unter einer bescheuerten Erdkundearbeit ihre Unterschrift gefälscht hatte.

»Hast du Angst, Weihnachten allein zu sein?«

»Ach was. Gitta und ich werden …«

»Ben!«, rief sie empört aus. »Nun zeig doch mal Charakter! Gitta und du – ihr seid doch getrennt! Das weiß ich längst! Gitta und ich sind auf Facebook befreundet. Schließlich war sie lange genug meine Schwiegertochter! Und in den neuen Medien ist kein Geheimnis sicher! Was meinst du, was da alles gepostet wird! Du hättest mir das ruhig sagen können.« Sie sah ihn streng an.

Er hatte wenigstens den Anstand, schuldig auszusehen. »Ich wollte dich nicht beunruhigen.«

»Aber ich bin deine Mutter. Ich sollte so was wissen.«

In diesem Moment ging die Tür auf, und eine ältere Schwester kam herein. Sie sah in die Runde. Ihr Blick blieb an den Sektgläsern hängen.

»Was ist denn hier los?«, fragte sie streng. »Gibt es etwas zu feiern? Sie wissen ja, Alkohol ist im Krankenhaus eigentlich verboten! Jungs, bitte nicht auf den Betten liegen.« Arthur und Theo rappelten sich nachlässig hoch. »Befindet sich unter Ihnen ein Verwandter von Frau Wiesinger?«

Alle Blicke richteten sich auf Ben.

»Ich bin der Sohn.«

»Dr. Gründig möchte mit Ihnen sprechen. Bitte kommen Sie zum Arztzimmer, bevor Sie gehen.«

Die Schwester nahm die leere Sektflasche an sich und rauschte hinaus aus dem Zimmer.

»Ich hab noch eine dabei«, hörte er eine der Frauen raunen.

Und dann folgte wieder dieses ausgelassene Lachen der älteren Damen. Es war wirklich beängstigend.

»Was will der Arzt von mir?«, fragte Ben in die Runde.

Seine Mutter schüttelte ratlos den Kopf, er schaute weiter von einem zum anderen. Zum Schluss blieb sein Blick an dieser Anja Hamm hängen. Und sie erwiderte ihn so lange, bis einer der Zwillinge mit den Füßen zu scharren begann. Streusteinchen fielen aus der geriffelten Sohle seiner Winterstiefel und knirschten auf dem Linoleumboden.

»Geh lieber gleich. Das macht mich unruhig«, unterbrach Hanni die Stille. »Ich weiß gar nicht, warum er mit *dir* sprechen will. Da fühlt man sich ja direkt entmündigt.« Sie sah entrüstet in die Runde. Die anderen nickten. »Ben, frag ihn, was das soll! Hol mich dazu, wenn ihr das Gespräch beginnt!«

»Wo finde ich eine Blumenvase?«, fragte Ben.

Er verspürte auf einmal das dringende Bedürfnis, einen Moment allein zu sein, bevor er dem Arzt gegenübertrat. Da kam der grässliche Strauß Gerbera, den er immer noch in seiner Hand hielt, gerade recht. Es fühlte sich an, als hätte sich an den Rollen, die er und seine Mutter lebenslang innegehabt hatten, etwas Entscheidendes geändert. Und er war sich nicht sicher, ob ihm das gefiel. Er musste darüber nachdenken, und wenn es nur drei Minuten lang war.

»Am Ende des Flurs steht ein Regal, da können Sie sich eine nehmen«, sagte eine der beiden älteren Frauen.

Dankbar verließ Ben das Zimmer.

Im Flur blieb er einen Moment stehen und schaute suchend den Gang entlang. Ihm war warm, was nicht nur an dem Wintermantel lag, den er immer noch anhatte. Ah, dahinten war das Regal!

Als er auf dem Weg dorthin am Arztzimmer vorbeikam, sah er die Schwester mit einem Arzt leise reden. Sie zeigte auf ihn. Ben nahm eine blaue Keramikvase und wollte zurückgehen, aber da war der Arzt schon aus dem Zimmer getreten und hatte sich ihm in den Weg gestellt, eine Krankenakte in der Hand.

»Sie sind also Frau Wiesingers Sohn«, stellte er fest.

»Ja. Das bin ich. Was wollen Sie von mir? Müssten Sie nicht eigentlich mit meiner Mutter sprechen?«

Der Arzt ging nicht auf Bens Frage ein.

»Erst mal muss ich sagen, dass Ihre Mutter wirklich Glück gehabt hat. Sie litt unter starker Hypothermie, Unterkühlung. Das verlangsamt die Vitalfunktionen. Sie hätte sterben können.« Er schaute Ben eindringlich an. »Wir haben jetzt die genauen Blutwerte Ihrer Mutter erhalten. Wir hatten es ja nach dem ersten Test vermutet, aber unser Labor hat es jetzt endgültig bestätigt.«

»Was vermutet?«, fragte Ben unruhig.

Der Arzt redete so bedeutungsschwanger. War jetzt auch noch eine gefährliche Krankheit bei ihr entdeckt worden? Blutkrebs? Er hielt die Vase fester.

Dr. Gründig räusperte sich. »Ich darf annehmen, dass Sie mit dem Drogenproblem Ihrer Mutter vertraut sind. Hat sie es schon länger? Ist sie in Behandlung? Wir überlegen, ob wir sie in ein Entzugsprogramm überweisen sollen, aber möchten dazu gern Ihre Einschätzung haben. Bei diesem Problem arbeiten wir gern mit den Verwandten zusammen. Dann sind die Prognosen auf einen erfolgreichen Entzug bedeutend besser. Deshalb wollten wir unbedingt mit Ihnen persönlich sprechen.«

»So ein Quatsch! Meine Mutter hat doch kein Drogenproblem!«, sagte Ben erleichtert. Das musste ein Irrtum sein.

Der Arzt sah erst in die Krankenakte und ihn dann ein bisschen mitleidig an. »Doch, das hat sie. Jedenfalls ihren Blut- und Urinwerten nach, und die kann man nicht fälschen.« Er holte tief Luft. »Zugegeben, für dieses Alter ist es ja eher ungewöhnlich. Sie ist schließlich …«

Er blätterte suchend in der Akte, wurde aber von Ben unterbrochen. »Sie wird im Januar sechzig.«

»Genau. Aber sie sagte mir auch, dass sie noch nicht lange in Berlin ist. Kann es sein, dass sie hier in falsche Gesellschaft geraten ist? Oder zu Hause sehr allein war? Sie muss vor dem Unfall so viel Marihuana konsumiert haben, dass davon selbst ein Elefant stoned gewesen wäre. Und da sollten wir im Schulterschluss etwas unternehmen. Schließlich ist Marihuana in den meisten Fällen die Einstiegsdroge für Härteres: Crack, Kokain, Heroin. Sie wollen doch Ihre Mutter nicht an einen Goldenen Schuss verlieren. Und bedenken Sie nur die Folgen. Zwangskontakte zu Dealern, und wenn die Rente nicht reicht …«

Vor Bens Auge erschien der ältere Mann mit der Schiffermütze. Welche Rolle spielte er im Leben seiner Mutter? War er etwa … ihr Dealer?

»… Beschaffungskriminalität, Prostitution, HIV-Infektionen, allgemeine Schwächung, hohe Mortalität«, fuhr der junge Arzt eindringlich fort.

Als er geendet hatte, sah er Ben aufrichtig besorgt an. Und dieser starrte, um Fassung ringend, zurück. Es hatte ihm dic Sprache verschlagen.

26. Kapitel

Es war wieder Montag. Die klirrende, klare Kälte der letzten Wochen war einer feuchten Kälte um den Gefrierpunkt gewichen. Die Temperaturen waren etwas gestiegen, und der graue Himmel hing so tief und schwer über der Stadt, dass man nicht sagen konnte, wo der Rauch aus den Schornsteinen aufhörte und wo die Wolken über Berlin begannen. Schnee lag in der Luft, aber darauf warteten alle bis jetzt immer noch vergeblich. Es ist jedes Jahr dasselbe, seufzten die Berliner, erst ist es eiskalt, und dann steigen pünktlich vor Weihnachten die Temperaturen.

Zu dritt betraten sie das Café. Zufällig hatten sie sich vor der Apostel-Paulus-Kirche getroffen. Als ob noch jemand bei diesem Treffen ein Wörtchen mitzureden hätte. Als sollte dieses Treffen unter einem ganz besonderen Zeichen stehen, von allerhöchster Stelle beschlossen und liebevoll beobachtet.

Der kommende Montag war der Tag vor Heiligabend. Und so war dies ihr letztes Treffen im Maiwald. Das letzte Mal »Ihr glaubt nicht, was letzte Woche passiert ist!«. Das letzte Mal das Staunen der anderen, das letzte Mal sorgfältige Kuchenwahl. Das letzte Mal, dass Sasha zum Schluss mit ihren Proseccos an ihren Tisch kommen würde, ohne dass sie noch danach würden fragen müssen. Das letzte Mal sie drei zusammen in dem altmodisch-romantischen Schöneberger Café, mit Blick auf die Kuchentheke, auf der seit Wochen schon keine Nana mehr stand. Das letzte Mal sie drei um drei – unbegreiflich. Und traurig. Fast ein Vierteljahr war vergangen. Und was für eins!

Eine Woche nach Weihnachten war dann schon Silvester. Sie würden ihre alten und ihre neuen Sachen packen, und jede von ihnen würde am Neujahrstag in ihre Heimat zurückkehren, die sie zweieinhalb Monate zuvor verlassen hatten. Sie waren zwar alle drei idealistisch genug, um an den Fortbestand ihrer Freundschaft zu glauben – wozu gab es schließlich SMS, gab es das Internet, gab es Skype? Aber sie waren auch realistisch genug, um zu wissen, dass sie sich nicht so schnell wiedersehen würden. Nicht weil sie es nicht wollten. Aber die Erkenntnis war der Erfahrung des Alters geschuldet. Auch größte Sympathien und dickste Freundschaften überwanden nicht einfach mal schnell so viele Kilometer.

Sie hatten sich gegenseitig versprochen, sich nichts zu Weihnachten zu schenken. Und sie hatten sich sogar daran gehalten, auch wenn es für jede von ihnen ein komisches Gefühl gewesen war, nur für die Gastfamilien etwas zu besorgen und gerade diejenigen von der Geschenkeliste zu streichen, die ihnen zu diesem Fest besonders nah waren.

Lasst uns lieber zusammen Sasha was schenken, hatte Karen vorgeschlagen, und sie hatten zusammengelegt und für ihre Lieblingskellnerin einen Gutschein von der HAARSPALTEREI besorgt. Sie hatten sowieso unbedingt noch mal zu Doreen gewollt, um sich auch von ihr zu verabschieden.

»Oh, Ben hat mir mächtig den Kopf gewaschen, bevor er wieder abgefahren ist!«, sagte Hanni, als sie nun an ihrem angestammten Tisch saßen. Aber sie grinste dabei.

»Es hat ganz schön gedauert, bis er mir geglaubt hat, dass ich nur probieren wollte, ob man das Zeug auch essen kann. Und er war regelrecht entsetzt von meiner Idee, es in die Schokolade von diesen Prinzenrollenkeksen zu mischen. Dabei war die doch nicht schlecht, oder? Er hat sogar vermutet, ich hätte das Marihuana von Werner! Ist das zu fassen?« Sie senkte die Stimme. »Ausgerechnet Werner. Na, als ich aus dem Krankenhaus kam, haben wir das Päckchen in eins der Anglerlöcher geworfen. Jetzt ist es weg. Eigentlich schade. Es war lustig, stoned zu sein. So sagt man doch, oder?«

»Du bist unmöglich«, murmelte Suse. Aber dann musste sie doch lachen.

»Dein Sohn war besorgt«, gab Karen zu bedenken.

»Natürlich war er besorgt! Das ist ja auch richtig so. Wenn ich daran denke, wie besorgt ich schon in meinem Leben um ihn war …«

»Und wahrscheinlich habt ihr beide niemals einen Grund dafür gehabt«, ergänzte Suse.

Hanni nickte, nahm einen Schluck Tee und sah dabei ausgesprochen zufrieden aus. »Ihr wisst noch nicht das Neuste«, sagte sie und stellte die Tasse ab. »Ben kommt zu Weihnachten wieder nach Berlin. Um mit uns zu feiern!«

»Hast du das angeleiert?«, fragte Karen streng.

Hanni schüttelte den Kopf, und nun sah sie eindeutig wie eine Katze aus, die gerade einen dicken, fetten Vogel verspeist hatte. »Nein. Anja.«

Suse haute kurz, aber so hart mit der flachen Hand auf den Tisch, dass die Tassen tanzten. »Ich hab's geahnt! Da hat doch was geknistert, als sich die beiden im Krankenhaus gesehen haben!«

Sie sahen Hanni an, die strahlte.

Hanni musste ihnen nicht sagen, was sie sich heimlich wünschte. Was, wenn Ben und Anja sich ineinander verliebten? Sie passten zusammen, ja wirklich, das taten sie! Als Hanni Anja einmal geschildert hatte, wie ein Mann für sie sein sollte, da hatte sie eigentlich ihren Sohn beschrieben. Auch wenn ihr das zu diesem Zeitpunkt gar nicht klar gewesen war. Was, wenn sie allein dadurch einen Grund hätte, öfter nach Berlin zu kommen? Arthur und Theo zu sehen? Und Werner?

»Was uns zu dir bringt, Suse«, sagte Karen freundlich. »Wie war denn die letzte Woche mit deinem Küchenprinzen? Irgendwelche Entwicklungen auf der Zielgeraden, von denen wir wissen müssten?«

Suse sah sie nicht an, sondern schaute aus dem Fenster und spielte dabei abwesend mit einer ihrer blonden Haarsträhnen.

»Er ist reizend zu mir, wirklich reizend. Er gibt mir das Gefühl, begehrenswert und kompetent zu sein. Er spricht offen über seine Gefühle. Er hat …«, sie senkte die Stimme, »… gesagt, dass er sich in mich verliebt hat!«

»Habt ihr noch mal … du weißt schon«, fragte Karen unruhig.

»Rumgeknutscht? Nein.«

»Hat er mit Hella über euch gesprochen?«

»Nicht dass ich wüsste. Sie ist genauso unverbindlich zu mir wie vor dem Wochenende. Sie lässt mich nach wie vor nicht an Stella ran. Und es sind nur noch zwei Wochen, dann bin ich wieder weg.«

Suse sagte den Freundinnen nicht, was ihr sonst so alles durch den Kopf wirbelte. Sie war froh, dass die Pferde wegen der Kälte dauerhaft im Stall standen. Dann musste sie die behuften Monster wenigstens nicht sehen. Und schon gar nicht Blizzard. Insgeheim dachte sie sich Pferderezepte aus, wenn Hella von ihm schwärmte: Pferderouladen, Pferdebockwurst … Ihre Hüfte tat noch immer weh, ein Bluterguss leuchtete dort in allen Farben der untergehenden Wintersonne. Laufen konnte sie nach wie vor nur mit der Schiene, wenn sich die Arbeit in der Küche zu lange hinzog, musste sie sogar eine Schmerztablette nehmen. Und dass ihr Herz sich anfühlte, als hätte es noch eine Rechnung offen, war schließlich auch Blizzards Schuld. Wer wusste schon, wie schön sonst der Abend damals mit Martin geendet hätte.

Was Suse Hanni und Karen auch nicht sagte, war etwas, das sie sich heimlich so sehr wünschte, dass es sie manchmal um den Schlaf brachte. In ihrer Fantasie gab es für ihren Traum wahlweise zwei Szenarien. In dem einen verließ Martin Hella und kam mit Suse nach Ostfriesland, wo sie gemeinsam glücklich bis an ihr Lebensende in der Robbe kochten. Im zweiten Szenario schickte Martin Hella zum Teufel beziehungsweise zu den Schockemöhles, und Suse blieb bei ihm in Lübars, wo sie ebenfalls gemeinsam glücklich bis an ihr Lebensende in der Kardätsche kochten.

Und hatte er nicht letzte Woche, als sie das mit Biokäse überbackene Ragout Fin aus dem Ofen genommen hatte, eine Andeutung gemacht, die ihre Hoffnung angeheizt hatte? Hatte er sich nicht bei ihr bitter über Hella beschwert, die in letzter Zeit so unerklärlich gereizt war? Hatte er nicht gesagt, dass er sich noch gut daran erinnerte, wie es war, als er noch nicht mit ihr verheiratet gewesen war? Was, wie Suse später, als sie über das Gespräch nachgedacht hatte, ironischerweise ja zu einem Zeitpunkt gewesen sein musste, zu dem er mit Ehefrau Nr. 1 oder Nr. 2 verheiratet gewesen sein musste. Egal. Ihrer Meinung nach passten Martin und Hella überhaupt nicht zusammen. Allein der Altersunterschied. Das war doch albern. Drei Jahre, wie bei ihnen, kein Problem. Aber um die dreißig?

Und vielleicht würde Martin das ja in den nächsten zwei Wochen einsehen. Oder hatte es schon längst eingesehen und wartete nur noch auf den richtigen Moment, es Hella zu sagen.

»Es wird auf jeden Fall höchste Zeit, dass du von da wegkommst«, unterbrach Hanni die nachdenkliche Stille, die sich an ihrem Tisch ausgebreitet hatte. »Und du, Karen? Wie war deine Woche?«

Karen wiegte bedächtig den Kopf. »Ich hab das Gefühl, dass sich die Lage zuspitzt, ohne dass ich genau sagen kann, woher ich das weiß. Die Umzugsleute waren schon da und haben die leeren Kisten gebracht. Die Kleinen haben angefangen zu packen. Sogar Rhonda hat sich herabgelassen, ein paar Kisten in ihr Schlafzimmer zu schleppen. Aber Eliza … sie ist im Moment sehr seltsam.«

»Inwiefern?«, fragte Hanni interessiert.

»Sie hängt nur am Handy. Die Umzugskartons in ihrem Zimmer sind noch leer, dabei dachte ich, sie freut sich, wieder in die USA zu kommen. Und sie lügt. Sie kommt später aus der Schule nach Hause, als sie Unterricht hat. Wenn ich sie darauf anspreche, sagt sie, sie hätte noch eine AG gehabt. Aber das glaube ich ihr nicht. Auf der anderen Seite ist es sinnlos, mit Rhonda darüber zu sprechen. Diese Frau hat einfach kein Interesse an ihren Kindern. Ich bin erst glücklich, wenn die ganze Familie im Flieger nach Washington sitzt.«

»Und du nach Hause zu deiner Tochter kannst«, ergänzte Hanni.

Karen nickte, allerdings nicht sehr überzeugend. Sie sagte den Freundinnen nicht, was sie sich heimlich wünschte: dass diese Zeit noch nicht vorbei war. Dass sie weiter reisen, neue Orte, neue Länder kennenlernen würde, neue Menschen! Dass es für sie eine zweite Gelegenheit geben würde, den Moment, an dem sie endgültig zu alt fürs Reisen war, noch weiter hinauszögern wollte.

Der Gedanke, ins Fischbachtal zurückzukehren und dort wieder der Babysitter für ihre Enkelkinder zu sein, hatte für sie ausgesprochen wenig Reizvolles. Ja, wenn sie ehrlich war, jetzt noch weniger als vor den drei Monaten.

Karen beugte sich vor und zog einen weißen Umschlag aus der Handtasche. »Ich habe eine Weihnachtskarte besorgt«, sagte sie und legte den Umschlag auf den Tisch.

»Für Sasha haben wir doch schon eine«, warf Suse ein.

»Sie ist nicht für Sasha. Ich dachte, wir schicken Frau Behrens eine. Es ist aufmerksam, und außerdem hat sie uns allen in den letzten Monaten geschrieben.«

»Stimmt«, sagte Hanni.

Karen nahm die Karte aus dem Umschlag. »Liebe Frau Behrens«, las sie vor, »Sie haben uns in Familien fern unserer Heimatorte geschickt, und es war für uns ein Glücksfall. Nicht nur, weil Berlin eine wunderbare, aufregende Stadt ist, sondern weil wir drei uns sonst niemals kennengelernt hätten. Es wünschen Ihnen und Ihrer Familie ein zauberhaftes Weihnachtsfest und einen guten Rutsch ins neue Jahr, Ihre Karen Parotat ... Und hier müsst ihr unterschreiben«, sagte sie und gab Hanni die Karte und einen Stift.

Andächtig unterschrieb Hanni und reichte dann Karte und Stift an Suse weiter, die ebenfalls unterschrieb.

»Wir werden uns nächste Woche nicht sehen. Die Kinder haben Ferien, die Vorbereitungen laufen auf Hochtouren. Da müssen wir vor Ort sein«, sagte Hanni. »Das wussten wir vorher.«

»Das war es dann wohl«, bemerkte Suse, und es lag etwas sehr Endgültiges darin, wie sie es sagte, während sie die Karte in den Umschlag steckte und Karen den Stift zurückgab.

»Es schneit«, sagte Karen plötzlich.

Sie blickten aus dem Fenster. Dicke weiße Flocken wirbelten an der großen Scheibe des Café Maiwald vorbei und fielen auf das Straßenpflaster der Akazienstraße. Winzigen gefallenen Sternen gleich blieben sie liegen. Jedenfalls da, wo nicht der nächste Wagen über sie hinwegfuhr. Und von Minute zu Minute schneite es heftiger.

»Sehen wir uns denn dann gar nicht mehr, bevor wir wegfahren?«, fragte Suse in die Stille hinein. Sie schaute keine der anderen an.

»Das habe ich mich auch schon gefragt«, sagte Hanni leise. »Ich weiß nicht, wie ich das möglich machen könnte. Ich bin in der nächsten Zeit so mit den Jungs eingespannt.«

»Ich habe bei den Alleys auch alle Hände voll zu tun«, bemerkte Karen. »Wenn wir uns sehen, ist ja immer ein halber Tag weg. Ich glaube, das schaff ich nicht.« Ihre Blicke kreuzten sich, wenn auch ein bisschen ratlos.

»Und was machen wir jetzt?«, fragte Suse.

Sie hielten sich über den Tisch hinweg an den Händen.

»Wir machen einen schönen Abschiedsspaziergang im Schnee«, bestimmte Karen.

Karen, Suse und Hanni verabschiedeten sich von Sasha, die sie alle gerührt umarmte, als sie die Karte mit dem Gutschein bekam.

»Ik werd euch nich' verjessen. Bleibt schön jesund! Und wenn ihr mal wieder inna Stadt seid, kommt vorbei, versprochen?«

»Versprochen«, sagten sie und glaubten selbst nicht so richtig daran.

Dann öffneten sie zum letzten Mal die Tür und traten hinaus. Auf der Straße blieben sie einen Moment stehen, um ihre Schals und Mützen zurechtzurücken. Es schneite unvermindert weiter. Längst hatte der Schnee Bürgersteig und Straßenpflaster verschluckt, die parkenden Wagen waren nur noch durch ihre Größe voneinander unterscheidbar. Jetzt, kurz vor der längsten Nacht und dem kürzesten Tag des Jahres, war es um halb fünf bereits dunkel. Die Straßenlaternen brannten, und tanzten die Schneeflocken an ihnen vorbei, wurden sie wie für einen letzten großen Auftritt angestrahlt.

»Berlin sieht hübsch aus, so in Witt«, sagte Suse.

»Alle Städte sehen hübsch aus, wenn sie unter einer frischen Schneedecke liegen«, sagte Karen. Manchmal konnte sie es einfach nicht lassen, die Lehrerin zu spielen.

»Wisst ihr noch, wie aufregend es früher war, wenn der erste Schnee fiel?«, sinnierte Hanni. »Wir konnten uns auf nichts mehr konzentrieren, wollten einfach nur raus.«

»Das ist heute nicht anders. Wenn es das erste Mal schneite, konnte ich den Rest der Unterrichtsstunde vergessen«, sagte Karen.

»I'm dreaming of a white christmas …«, sang Suse, auch wenn sie in Wirklichkeit von etwas ganz anderem träumte.

»Vielleicht bekommen wir ja weiße Weihnacht, das wäre schön!«, sagte Karen.

Nebeneinander stapften sie die Akazienstraße entlang, bogen in die Belziger Straße und dann in die Eisenacher, ohne ein anderes Ziel zu haben, außer dem, den Moment ihres Abschieds hinauszuschieben. Der Wind wirbelte ihnen die kalten Flocken ins Gesicht, sodass sie die Köpfe gegen den Schneesturm senkten.

»Wollen wir nicht langsam zur U-Bahn?«, fragte Hanni, als Suse so unvermittelt vor einem Geschäft stehen blieb, dass sie alle drei um ein Haar ausgerutscht wären.

»Guckt mal!«, rief Suse aus und schob ihre Mütze höher, um besser sehen zu können. Sie zeigte auf die Abbildungen, die im Schaufenster hingen. »Das wollte ich schon immer! Wir schenken uns doch nichts zu Weihnachten. Was haltet ihr davon, wenn wir uns so was gönnen? Das wäre eine Erinnerung für immer!« Sie studierte die Preisleiste. »Und so teuer ist das gar nicht!«

Es dauerte einen Moment, bevor Karen und Hanni begriffen, wovon Suse sprach. Dann las Hanni laut, was auf dem Schild stand: »PIERCING UND TATTOO: MISS CLEOS ÄSTHETISCHE KÖRPERKUNST IN FINELINE UND REALISTIC … Was das wohl bedeutet?«

Karen schüttelte den Kopf. »Du bist ja verrückt, Suse! Das mach ich niemals. Ich finde das martialisch! Außerdem tut es sicher weh!«

»Ach komm, Karen. Fragen kostet nichts! Es hängt doch davon ab, was du dir aussuchst. Trau dich«, sagte Hanni. »Ich mach's, wenn du es machst.«

»Und ich mach's auf jeden Fall! Heute haben viele ein Tattoo! Es kann ja an einer Stelle sein, an der es nicht alle sofort sehen.«

Entschlossen öffnete Suse die Tür und betrat den Laden. Hanni folgte ihr.

»Die sind aber alle unter dreißig. Halb so alt wie ich. Nein, sogar noch jünger«, grummelte Karen, folgte den Freundinnen, die schon in dem Geschäft verschwunden waren, allerdings dennoch.

Drinnen herrschte tropische Wärme. An den Wänden standen Glasvitrinen, in denen Piercing-Schmuck glitzerte, neben großen Fotografien von Miss Cleos Tattoo-Kunst, die sich über ganze Körper zog: Drachen und andere fantastische Biester, Teufel mit Hörnern, nackte Engel und wilde Götter, Alice im Wunderland und Rotkäppchen in Positionen, die alles andere als unschuldig waren. Aber auch chinesische Schriftzeichen, dornige Ranken und Blumengirlanden auf Rücken, Armen, Beinen und Bäuchen waren abgebildet. Ein Foto zeigte einen Mann, der sich ein Gerippe auf den Körper und einen Totenschädel aufs Gesicht hatte tätowieren lassen.

»Wie wäre es damit?«, fragte Karen und legte nachdenklich den Kopf schief. »Vielleicht sollte ich das machen lassen. Dann müsste ich nie wieder meine Enkelkinder babysitten.«

Suse kicherte. »Sie würden vor Entsetzen schreien. Überleg's dir! Oh! Und das hier!«

Sie zeigte auf eine Vitrine, in der ein ausgesprochen großes männliches Geschlechtsteil aus Plastik lag, mit einem Ring-Piercing verziert.

»Das kommt für dich nicht infrage, Suse. Da hast du nicht die richtigen Voraussetzungen«, sagte Karen launig. Dann lauschte sie. »Psst. Hört ihr das?«

Aus dem Hinterzimmer des Tattoo-Studios war leises Gemurmel zu hören, das von unterdrücktem Stöhnen unterbrochen wurde.

Suse wandte sich von der Vitrine ab. »Hallo? Ist hier jemand?«, rief sie.

Irgendwo klappte eine Tür, und eine Frau trat in den Laden. Aufgrund der Laborschürze und der weißen Birkenstocks hätte sie eine brave, etwas füllige Arzthelferin sein können, auch was den Mundschutz und die Gummihandschuhe betraf. Aber ihr Haarstil widerlegte das sofort. Denn bis auf einen pinkfarbenen schmalen Streifen, der im Irokesenstil quer über den Kopf verlief, hatte sie eine Glatze, die in allen Lilatönen tätowiert war: Spiralen und Kreise verbanden sich zu einem verschlungenen psychedelischen Muster, bei dessen Anblick einer empfindlichen Person die Augen tränen konnten.

Jetzt schob die Frau den Mundschutz hoch. »Hi!«, sagte

sie freundlich, zog die Gummihandschuhe aus und warf sie in einen Tretmülleimer. »Ich bin Cleo. Sorry, dass ich nicht gleich nach vorn kommen konnte. Ich steche hinten gerade. Was kann ich für euch tun? Wollt ihr ein Ohr-Piercing? Oder einen Tattoo-Gutschein für die Enkelkinder zu Weihnachten? Geht aber nur, wenn sie schon volljährig sind.«

Der letzte Satz gab den Ausschlag. »Keineswegs«, sagte Karen nachdrücklich. »Wir wollen uns selbst tätowieren lassen.«

Einen winzigen Moment stutzte Miss Cleo. Sie sah aus, als ob sie einen Vortrag über die Elastizität der Haut, über alterndes Bindegewebe und Tattoos auf Orangenhaut halten wollte. Aber sie fing sich wieder.

»Gut«, meinte sie. »Habt ihr eine Vorstellung, was ihr wollt?«

»Nichts zu Wildes«, sagte Karen.

»Nicht genau«, sagte Suse.

»Ich weiß nicht«, sagte Hanni.

»Ich verstehe«, sagte Miss Cleo. »Guckt mal hier. Das sind die Arbeiten, die ich so mache. Lasst euch inspirieren.« Sie zeigte auf einen Ordner. »Ich muss nur noch Udos Arsch fertig machen. Er ist ja so ein Einhorn-Fan! Oh, und wollt ihr einen Prosecco?«

Karen, Hanni und Suse sahen sich an und lachten. »Ja«, sagten sie alle drei wie aus einem Mund.

Das Behandlungszimmer war eine Mischung aus Atelier, gefliestem Untersuchungsraum und Folterkammer. Etwas blass saß Suse auf der Liege, die an einen Untersuchungsstuhl beim Gynäkologen erinnerte. Hanni und Karen warteten im Vorraum auf sie.

»Fertig!«, sagte Miss Cleo und nahm die Schürze ab.

»Dann lass ich euch jetzt allein. Könnt ja 'ne kleine Peepshow machen!« Sie schüttelte den Kopf. »Solche wie euch hatte ich noch nie.«

»Was für solche?«, fragte Suse.

»In eurem Alter. Mit solchen Sonderwünschen! Und dann noch welche, die zwar zusammen reinkommen, aber es zu einem dicken Geheimnis machen, was sie sich von mir machen lassen, um sich hinterher damit gegenseitig zu überraschen.« Sie öffnete die Tür zum Vorraum. »Sagt, habt ihr was dagegen, wenn ich über euch einen Artikel in *Tattoo Today* schreibe?«

»Ganz sicher hab ich was dagegen!«, protestierte Suse.

»Kommt nicht infrage«, sagte Karen. »Und jetzt wären wir gern allein.«

»Ist ja schon gut«, meinte Miss Cleo ein bisschen beleidigt und rauschte hinaus.

Die drei sahen sich an. »Wer macht den Anfang?«, fragte Suse nervös.

»Autsch«, meinte Karen unvermittelt und rieb sich die linke Hüfte.

»Lass das«, wies Hanni sie zurecht. »Du hast doch gehört, was Miss Cleo gesagt hat. Das muss erst verheilen. Bis dahin kein Wasser ran und nicht kratzen. Ich mach den Anfang. Passt auf.«

Sie zog sich betont langsam den brombeerroten Pullover aus und stand dann in ihrem fliederfarbenen kurzärmligen T-Shirt da (was hübsch zu ihrem hellbraunen Haar aussah, fand Suse). Dann winkte sie die anderen näher.

»Schaut her!«, befahl sie und schob den linken Ärmel höher. Und die anderen schauten.

Zuerst sahen sie, wie bei sich selbst, die Plastikfolie, mit der Miss Cleo das Tattoo abgedeckt hatte. Darunter sickerte ein kleiner Blutstropfen hervor, der an Hannis

Arm herunterlief. Und dann erkannten sie das Motiv, für das Hanni sich entschieden hatte.

»Bist du von allen guten Geistern verlassen?«, fragte Karen fassungslos.

Suse sagte nichts. Dafür lachte sie so heftig, dass sie sich die Seiten hielt. Als sie wieder Luft bekam, rief sie hicksend: »Matrosenbraut!«

Denn Hanni hatte sich, in bester Tattoo-Tradition, einen Anker auf den Oberarm stechen lassen. Und zwar einen überdimensional großen, was erklärte, weshalb sie am längsten bei Miss Cleo hatte sitzen müssen. Darunter stand ein Wort: Santiano.

Miss Cleo hatte einen guten Job gemacht. Das Wort war zweifarbig geschrieben, Anfang- und Endbuchstabe endeten mit einem Schnörkel.

Hanni sah hochzufrieden aus. »Ich bin gespannt, was Werner dazu sagt«, gestand sie und zog den Ärmel wieder über die Folie.

»Ein bisschen verrückt bist du ja«, sagte Karen. »Das geht doch nie wieder weg!«

»Na und?«, sagte Hanni unbesorgt. »In einem Monat bin ich sechzig. Ist doch egal, wenn das nie wieder weggeht! Dann sterbe ich mit einem Anker auf dem Arm. Es ist ja nicht so, dass ich mich unendlich oft nackt irgendwem zeige. Ich werde mich auch bestimmt nicht mehr irgendwo bewerben, wo ich schulterfrei arbeiten muss! Oder in ärmellosen Roben auf einen Ball gehen. Und nun zeigt mir eure Tattoos!«

»Na gut …«

Karen seufzte, öffnete ihre schwarze Jeans und entblößte ihre linke Hüfte. Dann wandte sie sich den anderen beiden ihre Rückseite zu und zog ihren schwarzen Seidenslip ein Stückchen hinunter.

»Du hast da einen blauen Fleck auf dem Po. Wahrscheinlich hast du dich an einem Umzugskarton gestoßen«, sagte Suse, die ihre Brille nicht aufhatte. »Aber wo ist dein Tattoo?«

Hanni dagegen trug ihre Brille. Sie beugte sich vor, um das kleine blaue Etwas genauer zu betrachten, und nun war sie es, die laut lachte.

»Das ist es? Zu mehr hat es nicht gereicht? Feigling.«

Denn das, was Suse für einen blauen Fleck gehalten hatte, war eine winzig kleine blaue Blume.

»Hör auf zu lachen! Das ist ein naturgetreu nachgezeichnetes Bornholmer Gänseblümchen! Miss Cleo hat extra im Internet nachgeschlagen«, rechtfertigte Karen sich und zog beleidigt ihren Seidenslip wieder hoch. »Und nun zeig endlich dein Tattoo, dann schauen wir mal, ob wir über dich auch lachen können.«

»Ich möchte nicht, dass ihr über mich lacht. Das würde mich kränken«, sagte Suse, die die ganze Zeit schon mit ihrer einen Hand die andere bedeckte.

»Wo hast du dich denn stechen lassen?«, fragte Karen neugierig, aber Hanni hatte es schon verstanden.

»Zeig«, sagte sie und zog Suses Hand sanft fort. Sie schaute sich das Tattoo genau an und hatte plötzlich Tränen in den Augen. »Ach, das ist ja hinreißend. Danke«, sagte sie.

Denn Suse hatte sich um den Ringfinger der rechten Hand, da, wo andere einen goldenen Ring trugen, in einer zarten dunklen Linie drei Namen stechen lassen: *karensusehanni* stand da, in alle Ewigkeiten miteinander verbunden.

Es schneite noch immer, als sie das Tattoo-Studio verließen. Rasch liefen sie in Richtung U-Bahn.

»Gott, ich werde euch so vermissen«, sagte Hanni und blieb vor dem Eingang stehen. Sie war erneut den Tränen nah.

»Wir bleiben in Kontakt! Ich will wissen, wie euer Weihnachtsfest war, was ihr Silvester gemacht habt und wie euer Abschied war«, meinte Karen und schluckte.

»Wir telefonieren doch sowieso jeden Tag«, warf Hanni ein.

»Aber es ist nicht dasselbe wie unser Montag«, sagte Suse.

»Und ich will wissen, wie es für euch ist, wenn ihr in euren alten Leben zurück seid«, fügte sie hinzu und wischte sich eine Träne von der Wange fort.

Sie umarmten sich, erst Suse Hanni, dann Suse Karen und schließlich Karen Hanni. Und dann umarmten sie sich alle drei.

»Es waren die schönsten Wochen in meinem Leben. Nichts hat mich je zuvor so verändert«, flüsterte Hanni in den geschützten Raum ihres kleinen Kreises.

Der restlichen Welt den Rücken zugekehrt, standen sie an diesem kalten, verschneiten Dezemberabend da, überzeugt, dass es unendlich lange dauerte, bis sie sich wiedersehen würden.

27. Kapitel

In den Bullaugen des Hausboots hingen nicht etwa Sterne, Kugeln oder Rentiere mit Schlitten, nein, da standen schwedenrote Dalarna-Pferde, insgesamt acht. Jedes Pferd trug auf dem Rücken eine große weiße Kerze, was reduziert, aber zugleich sehr stylish aussah.

Hanni drückte Werner ein Feuerzeug in die Hand. Er ging von Pferd zu Pferd und zündete die Kerzen an. Auf der anderen Seite des Stegs sah er die *Santiano* in der Dunkelheit leuchten. Natürlich hatte er sein Boot ebenfalls weihnachtlich geschmückt. Er hatte eine Tannengirlande mit Blumendraht an den Mast gebunden und daran eine Lichterkette befestigt, die dank Zeitschaltuhr jeden Tag Punkt sechzehn Uhr an und um zweiundzwanzig Uhr wieder ausging. Das machte er jedes Jahr so. Aber dieses Jahr war es das erste Mal gewesen, dass die Zwillinge ihm bereitwillig die Kabeltrommel getragen hatten. Feine Jungs, die beiden, übrigens.

Unterm Weihnachtsbaum, den Hanni und die Jungs zwischen Küche und Essbereich aufgestellt und geschmückt hatten, lag ein Berg Geschenke. Als Ben gegen Mittag in Berlin eingetroffen war – er hatte seine Mutter umarmt, mit den Jungs gescherzt, hatte in bester Männermanier Werner auf die Schulter geklopft, was dieser erwidert hatte –,waren es einige wenige gewesen. Aber im Laufe des Nachmittags waren es immer mehr geworden. Jeder hatte, wenn die anderen gerade nicht schauten, etwas dazugelegt. Bei sechs Personen kam da so einiges zusammen.

Die Zwillinge hatten sich, für ihre Verhältnisse ungewöhnlich offen und enthusiastisch, wie ihrer Mutter und Hanni aufgefallen war, auf Ben gestürzt und ihm genau beschrieben, wie sich Heiligabend gestalten würde. Erst wollten sie essen, dann gab es die Bescherung, und schließlich würden sie zur Spätmesse gehen. Und zwar, auf Werners Vorschlag und Hannis ausdrücklichen Wunsch, zum Hauptbahnhof. Dort gebe es einen ökologischen Gottesdienst unter dem Motto »Gott am Zug«, hatten sie erzählt.

Ben vermutete stark, die beiden meinten ökumenischen Gottesdienst, auch wenn er sich unter »Gott am Zug« keinen rechten Reim hatte machen können. Werner hatte ihm dann erklärt, dass der Pfaffe in der Bahnhofshalle predigte. Die Turmbläser stünden oben vor den Geschäften, und wenn ein ICE einführe, quietschten die Bremsen, die Reisenden starrten dümmlich zu den Menschen, die unten auf den Bänken säßen und Stille Nacht sängen. Die Spenden gingen an die Bahnhofsmission. Die ham's ja auch nötig, hatte Werner hinzugefügt.

Obwohl Ben schon einige Stunden da war, fühlte er sich immer noch ausgesprochen fremd auf dem Hausboot. Und er wusste auch, woran das lag: an seiner Mutter. Er hatte gewollt, dass sie eine Weile wegging aus Weihenzell, raus aus dieser mentalen Enge. Aber nun war sie so … anders, dass er sie kaum wiedererkannte. Sie wirbelte hier herum, als hätte sie noch nie in ihrem Leben etwas anderes getan, befehligte alle wie ein kleiner General, und zwischendurch telefonierte sie so ganz nebenbei mit ihren beiden Freundinnen. Dazu sah sie nicht nur fünfzehn Jahre jünger, sondern auch unglaublich attraktiv aus. Sie trug ein bordeauxrotes Wickelkleid, das er noch nie an ihr gesehen hatte. Gerade flirtete sie unauffällig mit Werner, der sie anzuhimmeln schien. Und dann half sie wieder Anja Hamm.

Nein, das stimmte so nicht. Anja half seiner Mutter.

Diese Anja, die hellblond und so hübsch war und die ihn eingeladen hatte, was seine Mutter ausdrücklich nicht getan hatte, war der nächste Grund, aus dem er sich noch nicht angekommen fühlte.

Sie wirkte ein bisschen spröde, und trotzdem hatte er, seit dem Moment, als er sie im Krankenhaus kennengelernt hatte, viel an sie gedacht – das musste er nach dem Scheitern seiner Ehe, überhaupt nach der privaten Stille, die in ihm in den letzten Monaten geherrscht hatte, erst einmal verarbeiten.

Er hatte gefragt, was er mitbringen sollte, aber seine Mutter hatte nur gelacht und gesagt, sie habe alle Weihnachtsgeschenke schon längst im Internet bestellt. Warme Sachen könne er einpacken, hatte sie dann vorgeschlagen, weil es am Wasser beziehungsweise auf dem Eis immer kalt war. Alles im Internet bestellt? Das war wieder so was. Trotzdem – für sie hatte er etwas gefunden.

Und dann dieses Hausboot … es war ein Traum. Aber es passte nicht nach Berlin. Oder gerade doch?

Ben trat an das riesige Bullauge und schaute auf die Havel hinaus. Alles hier war anders als in Franken. Ganz anders als alles Bisherige. Anders als sein Leben. Wie konnte es sein, dass er seine Mutter hierhergeschickt hatte und nun selbst damit ein Problem hatte? Er gestand es sich ungern ein, aber eigentlich fühlte er sich völlig überflüssig.

Jemand legte die Hand vorsichtig auf seinen Rücken. Er drehte sich um, und da war Anja, die er an diesem Tag zum zweiten Mal in seinem Leben sah.

»Deine Mutter hat die Weihnachtspizza fertig«, sagte

sie und lächelte ihn an. »Wir essen jetzt, Ben. Und danach beginnt die Geschenkeschlacht. Kommst du?«

»Weihnachtspizza?«

»Eine lange Geschichte. Es hat was mit den Jungs zu tun. Und mit deiner Mutter. Wie alles in den letzten Wochen bei uns. Wir werden sie sehr vermissen, wenn sie im Januar zurückfährt. Aber sie sagt, sie besucht uns bald. Wenn die Jungs Winterferien haben.«

Ben lächelte zurück. »Weihnachtspizza … so was hat es bei uns früher nie gegeben«, sagte er. »Und mir scheint, ihr drei seid nicht die Einzigen, die sich freuen, wenn Hanni euch besucht.«

Es war das erste Mal, dass er sie Hanni und nicht Mutter nannte.

»O ja, Werner freut sich auch.« Sie senkte die Stimme und sagte verschwörerisch: »Er hat sogar den Weihnachtsbaum geklaut. Aus dem Grunewald. Nur für sie hat er das gemacht. Dabei war er früher Polizist.«

Zusammen gingen sie zum Tisch, auf dem mehrere Salate und zwei große, dampfende Pizzableche standen: ein Viertel vegetarisch, ein Viertel mit Schinken, ein Viertel mit Salami und ein Viertel mit Zwiebeln, Anchovis, Oliven und Kapern – seine Lieblingspizza …

Ben lachte und setzte sich neben Anja. Alles war gut.

28. Kapitel

Schon vor Weihnachten hatte Karen gespürt, dass Rhondas Lust auf das Fest der Liebe gegen null ging. Ihre Gastmutter hatte die Weihnachtspost, die von überall her eintraf, nicht mal geöffnet. Unbeachtet lag sie auf dem Couchtisch. Bis sich Eliza erbarmt und im Wohnzimmer eine Leine gespannt hatte, an der die Karten nun hingen. Jeden Tag schauten Mark und Phoebe, was Neues dazugekommen war.

Es waren teure, aufwändig gestaltete Karten. Zum Teil waren ihnen Jahresberichte von erfolgreichen, harmonischen amerikanischen Familien beigelegt. *(In summer, Bob finished his PhD at Harvard University, while Janey made the Honor Roll at Yale.)* Karen fragte sich, ob die Alleys auch Weihnachtskarten mit einem Jahresbericht geschrieben hatten. (*Rhonda is starving herself to death, while Paul is fucking his girlfriend. Eliza spends her allowance to secretly buy chocolate chip cookies for her hungry siblings. Krupp is still peeing in the Maybach.*)

Fahrer Jürgen hatte auf Paul Alleys telefonische Anweisung hin einen Weihnachtsbaum besorgt und im Wintergarten aufgestellt. Die Blautanne maß über drei Meter und war von den Kindern klassisch amerikanisch geschmückt worden: mit rot-weißen Pfefferminzstangen, mit Strohgirlanden und Ornamenten. Pakete waren eingetroffen, die nun unter dem Baum standen. Die Kleinen schlichen um sie herum wie hungrige Schakale um ein verletztes Erdferkel.

Der Garten der Alleys lag wie der Rest von Berlin unter einer dicken Schneeschicht, und rein optisch entsprach die Alley-Villa der Definition einer winterlichen Weihnachtsidylle. Karen hatte mit den Kindern Zimtsterne, Haselnussmakronen und Vanillekipferl gebacken und Geschenke gebastelt. Mark und Phoebe hatten mit ihrer Hilfe Topflappen gehäkelt. Sie sahen grässlich aus und waren für Mommy bestimmt.

Ja, Karen hatte versucht, etwas emotionales Lametta in die Familie Alley zu bringen, aber die Gesamtsituation war bedrückend. Denn es war, wie es schon bei ihrer Ankunft gewesen war: Nach außen stimmte alles, nach innen nichts. Und niemand widersetzte sich dem Doppelspiel deutlicher als Eliza. Schmollend saß sie am Tisch, als der Truthahn aufgetragen wurde. Diesmal hatte Rhonda auf einem traditionellen amerikanischen Weihnachtsessen bestanden.

»Wann machen wir die Geschenke auf, Mommy?«, fragte Mark und stopfte sich eine Gabel voll Stuffing in den Mund.

Rhonda piekte in das winzige Stück weißes Fleisch auf ihrem Teller, das sie mit einer Cranberry verziert hatte. »Morgen früh. *As usual.* Wie jedes Jahr.« Sie tupfte sich vorsichtig das geschminkte Mündchen ab und legte die Serviette auf den Teller.

»Können wir nicht heute schon die Geschenke auspacken? In Deutschland macht man das so«, bettelte Phoebe.

»Du bist Amerikanerin, Phoebe. Dass wir nach Washington zurückkehren, sollte dein schönstes Geschenk sein. Das kannst du nicht auspacken. Daddy wartet schon auf uns. Ab Januar sind wir wieder eine Familie. Außerdem kommt Santa Claus in der Nacht.«

»Aber die Geschenke liegen doch schon da!«

»Nicht die, die Santa euch bringt.«

Eliza funkelte ihre Mutter böse an. »Das sind Märchen. Alles, was du uns erzählst, sind Märchen!« Sie warf die Serviette hin und machte Anstalten aufzustehen.

»Eliza, *sit*«, sagte Rhonda scharf, als ob sie mit Krupp spräche.

»Ich denk nicht dran«, rief Eliza, und weg war sie. Kurz darauf hörte man ihre Zimmertür zuschlagen.

Rhonda stand ebenfalls auf. Aber nicht, um zu Eliza zu gehen, sondern um im Wohnzimmer zu verschwinden, sich einen doppelten Whiskey einzuschenken und den Fernseher anzumachen. Und so nahm der festliche Teil des 24. Dezember bei den Alleys ein vorzeitiges Ende.

Karen spielte mit den Kleinen erst noch Karten, dann stellten sie Santa Claus ein Glas Milch und einen Teller mit Keksen neben den Kamin. Und schließlich ließen sie sich von Karen ins Bett bringen.

Karen war schon fast auf der Treppe zum Dachgeschoss, als sie innehielt. Sie drehte sich um und klopfte an Elizas Zimmertür. Als ein dumpfes »Herein« erklang, ging sie hinein. Eliza kniete auf dem Boden, umgeben von schwarzen Stoffquadraten, die sie aneinandergeheftet hatte. Das rotbraune Haar hing ihr wirr über die Schultern, ihr Outfit war schwarz und zerrissen wie alles, was sie trug. Im Zimmer herrschte Chaos.

»Hast du Lust, noch ein bisschen zu reden?«, fragte Karen.

Eliza zuckte mit den Schultern. »Ist mir egal«, murmelte sie und heftete ein weiteres Quadrat an. Sie war nicht leicht zu verstehen, weil sie den Mund voller Stecknadeln hatte.

»Du hast noch gar nichts gepackt«, sagte Karen und ließ sich auf dem Bett nieder.

»Ich will nicht nach Washington. Ich will hierbleiben.«

»Du hast doch nicht mehr lange, bis du mit der *high school* fertig bist«, beschwichtigte Karen, denn sie wusste, dass Eliza nicht bleiben konnte. »Und dann kannst du zurückkommen und hier studieren, wenn dir Berlin so gut gefällt. Lass uns morgen mit dem Packen anfangen. Du schaffst es sonst nicht. Wir haben nur noch eine Woche.«

Eliza sah von ihrer Näharbeit hoch. »Und was machen die Kleinen, wenn ich weggehe? Sie brauchen mich.«

Karen ließ sich ihre Rührung nicht anmerken. »Vielleicht ändern sich die Dinge, wenn deine Eltern wieder in Washington zusammen sind. Auch für dich. Du stehst deinem Vater doch sehr nah.«

»Dad hat eine Freundin. Ich habe es gemerkt, als wir im Ritz-Carlton waren«, sagte Eliza und schaute Karen verzweifelt an. »Ich wollte abends noch schwimmen gehen, und da habe ich sie zusammen gesehen. Am nächsten Morgen saß sie im Frühstücksraum. Mit uns. Am Nachbartisch. Sie ist blond. Wir haben ihre Sachen mit zum Flughafen genommen. Ich hasse sie!«

Was? Eliza hatte die Fremdgeherei ihres Vaters mitbekommen und in den letzten Wochen diese Last allein getragen? Karen strich Eliza über das Haar. »Du kannst nicht bestimmen, wie deine Eltern ihre Beziehung führen. Du kannst nur zusehen, dass du dein eigenes Leben anders führst.«

»Das werde ich. Nie will ich so werden wie sie!«, stieß das Mädchen aus.

»Wenn du magst, können wir uns schreiben, wenn du wieder in den USA bist. Auch auf Englisch«, erwiderte Karen auf der Suche nach irgendetwas Tröstlichem. Dann schaute sie genauer hin, was Eliza da eigentlich trieb. »Warum machst du einen schwarzen Quilt?«

Wieder sah Eliza sie an. »Ich sehe keinen Grund, eine andere Farbe zu wählen … Karen?«

»Ja, mein Schatz?«

»Kann ich heute Nacht bei dir schlafen?«

Während Karen darauf wartete, dass Eliza die Treppe hochkam, las sie die Weihnachtskarte, die sie zwei Tage zuvor von Anne bekommen hatte. Sie steckte in einem Päckchen, in dem sich ein Foto von Vincent und Sophiechen befand, eine braune Handtasche, die so spießig und außerhalb ihrer Farbskala war, dass Karen sie sicher niemals tragen würde, und eine kleine Kiste mit selbst gebackenen Keksen. Karen hatte sie bereits probiert. Sie schmeckten nicht besonders, aber dennoch freute sie sich darüber am meisten. Denn wenn Anne in der Küche gestanden und gebacken hatte, hieß das, dass sie sich Zeit genommen hatte und nicht von einem Job zum nächsten gehastet war.

Liebe Mutti, las sie, *nun geht deine Zeit in Berlin allmählich zu Ende. Wir haben ja länger nicht miteinander gesprochen, weil wir uns bald wiedersehen.* (Was nicht der wirkliche Grund war, wie Karen genau wusste. Sie hatte keine Lust gehabt, sich bei Anne zu melden und Anne wahrscheinlich keine Zeit.) *Aber ich wünsche dir in jedem Fall ein schönes Weihnachtsfest und hoffe, dass die Zeit in der Fremde dir bewiesen hat, wie schön es im Fischbachtal ist. Dein Häuschen wartet auf dich. Und wir warten auch. Anne, Stephan, Vincent und Sophie*

Eins musste Karen ihrer Tochter zugutehalten: Sie hatte in wenigen Worten geschafft, ihr klarzumachen, warum sie ursprünglich weggewollt hatte. Und im Grunde hatte sich nichts geändert. Sie wollte nicht zurück in die Enge des Fischbachtals und dann rund um die Uhr in die Kinderbetreuung eingespannt werden. Sie wollte …

Ja, was wollte sie eigentlich?

Karen hörte Schritte auf der Treppe, und kurz darauf erschien Eliza.

»Hier«, flüsterte das Mädchen, setzte sich vorsichtig auf Karens Bett und reichte ihr die Schokoladenkekse. »Ich habe noch schnell die Milch für Santa ausgetrunken. Damit die Kleinen morgen nicht enttäuscht sind. Wollen wir fernsehen? Es gibt *Ist das Leben nicht schön?*.«

29. Kapitel

»Pst, Suse.«

Suse zuckte zusammen, als sie das Wispern hinter sich hörte. Sie hatte gerade in den Gastraum gehen wollen. Die Kardätsche war geschlossen, aber die Marons hatten beschlossen, nicht wie sonst im Küchenanbau, sondern im Restaurant zu essen. Aber nun wurde Suse von Martin überrascht, der offenbar im dunklen Flur darauf gelauert hatte, dass sie die Treppe herunterkam.

»Ich hab was für dich«, sagte er geheimnisvoll. »Wir haben doch gesagt, wir schenken uns alle nichts, deshalb wollte ich es dir geben, wenn Hella es nicht sieht …«

Suse verfluchte ihr Herz, das sich bei seinen Worten wieder beschleunigte. Wo sollte das nur hinführen, wenn jeder Satz ihre Hoffnung anheizte? Und was hatte er denn für sie? Etwas, das sie sich wirklich wünschte? Ein Zugeständnis? Einen Zukunftsplan? Etwa … einen Ring?

Oben schlug eine Tür, und sie hörten Stella und Hella den Flur entlanggehen.

»Hier. Fröhliche Weihnachten, meine schöne Köchin«, sagte Martin hastig, hauchte ihr einen Kuss auf die Lippen und drückte Suse dann ein nachlässig eingewickeltes Päckchen in die Hand. Zu groß für ein Schmuckstück.

Suse machte ganz schnell die Augen zu, in der Hoffnung, er würde das als Einladung verstehen. Als nichts geschah, öffnete sie sie wieder. Martin hatte sich bereits abgewandt, um Mutter und Tochter entgegenzusehen, die langsam wie Königin und Prinzessin die Treppe herunterkamen. Sie trugen dunkelrote Samtkleider und sahen entzückend aus.

Suse huschte in die Küche, um das Geschenk dort in Ruhe auszuwickeln. Sie entfernte das Papier und hielt ein Buch in den Händen. Sarah Wieners Backbuch. Gebraucht. Na toll.

Rasch lief sie zu den anderen ins Restaurant.

»Silvester möchte ich im Dorfkrug tanzen gehen«, sagte Hella gerade mit einem vieldeutigen Seitenblick auf Suses Krücken zu ihrem Mann. »Wenn Stella wach wird und weint, kann Suse rüberkommen und uns holen.« Stella schob die Unterlippe vor, als ob sie schon mal probehalber mit dem Weinen anfangen wollte.

»Ich feiere Silvester sowieso nicht. Ich packe«, bemerkte Suse, auch wenn sie das nur eingeschränkt meinte. Es war schließlich ihr letzter Abend in Berlin! Von ihr aus konnte Hella gern tanzen gehen, aber Martin könnte ruhig bei ihr bleiben.

»Schatz, jetzt ist doch erst Weihnachten«, sagte Martin sanft. »Setzt euch, dann hole ich aus der Küche, was ich vorbereitet habe.«

Was nicht stimmte. Suse und er hatten das Weihnachtsessen am frühen Nachmittag zusammen vorbereitet. Suse wusste genau, was es geben würde: geräucherte Austern auf Pumpernickel, die sie liebevoll dekoriert hatte, Gemüseessenz mit Streifen von Kräutercrêpes, Gänsebrust an Rotweinsalat, und zum Nachtisch gab es Eistorte.

Die Bescherung im Stall hatte bereits am frühen Nachmittag stattgefunden: Stella hatte das Pony Flocke bekommen, woraufhin Mutter und Tochter das Tier gestriegelt und aufgezäumt hatten und Stella von Hella auf dem verschneiten Hof herumgeführt worden war. Martin hatte währenddessen den anderen Pferden eine Weihnachtsmöhre gegeben, und Suse, an das Stalltor gelehnt, weil ihr Fuß immer noch schmerzte, hatte inzwischen gefroren.

Danach hatte Stella feierlich ihre Geschenke überreicht: drei Bilder. Eins für Mama: Mama auf dem Pferd. Eins für Papa: Papa in der Küche. Eins für Suse: Suse mit Krücken und unförmigem Riesenfuß.

Im Restaurant brannte nur auf ihrem Tisch eine Kerze. »Ich weiß nicht, ob die Austern wirklich frisch sind«, war das Einzige, was Hella sagte, nachdem sie an der Vorspeise geknabbert hatte. »Ich esse lieber nur den Pumpernickel.« Sie kippte die geräucherte Auster vom Brot, und sofort machte es Stella ihr nach. Wie schrumpelige kleine Gehirne mit einem Tupfer Senfmayonnaise und einem Zweiglein Dill lagen sie auf den Tellern.

Suse konnte es kaum erwarten, dass das Essen vorbei war. Jeder neue Gang, den Martin auftrug, wurde von Hella mit skeptischem Schweigen begutachtet. Als Martin in die Küche ging, um die Eistorte zu holen, klingelte Suses Handy. Sie schaute auf das Display, überzeugt, dass Hanni oder Karen sie anriefen. Dann erkannte sie, dass es eine andere Nummer war.

»Entschuldigung«, sagte sie und stand auf. »Das ist mein Bruder.«

Sie war nicht sicher, ob Hella es überhaupt registrierte, denn sie schäkerte gerade mit Stella.

»Hallo, Schwesting«, sagte Bodo am anderen Ende der Leitung, weit entfernt im tiefsten Ostfriesland. »Fröhliche Weihnachten. Was machst du heute?«

»Dir auch, Bodo. Ich bin bei meiner Gastfamilie«, antwortete sie wahrheitsgetreu. »Und du? Was treibst du am Heiligabend?« Sie wunderte sich darüber, dass sie sich plötzlich nach Bodo sehnte.

Er zögerte. »Ich war … bei meinem Treffen. Und jetzt sitze ich hier und seh fern.«

»Bei was für einem Treffen?«, fragte sie. Am anderen Ende der Leitung herrschte so lange Schweigen, dass Suse schon dachte, die Verbindung wäre unterbrochen worden. »Hallo? Bist du noch dran?«

»Anonyme Alkoholiker«, flüsterte Bodo endlich. »Da gehe ich seit acht Wochen hin. Um meine Sucht in den Griff zu bekommen. Als du weg warst, bin ich richtig abgestürzt. Aber jetzt geht's mir besser.«

»Das hast du mir nicht gesagt«, sagte Suse erschrocken.

»Wir haben schon lange nicht mehr richtig gesprochen. Und hätte es denn was geändert? Nee, nee. Das ist schon gut so, wie es ist. Wenn du wieder zurück bist, wollen wir mal sehen.«

»Was denn?«

»Ob wir den Laden hier in Schwung bekommen. Ob das mit der Robbe noch was wird. Ob du es schaffst, den Ruf, den ich inzwischen ruiniert habe, wiederherzurichten.«

»Wie hast du es denn geschafft, den Ruf noch weiter zu ruinieren, als er es eh schon war?«, fragte Suse.

Hinter ihr klapperte es, und ohne hinzusehen, wusste sie, dass Martin die Eistorte abgeschnitten hatte und jedem ein Stück auf den Teller gab.

»Zum Beispiel mit dem Steinkohleklumpen, den ich zu Sankt Martin serviert habe. Und mit dem Rotkohl und dem Tabasco … Ach, hör auf. Heute ist Weihnachten.«

»Bist du allein, Bodo?«

»Na klar. Du bist doch in Berlin. Bald bist du wieder da, richtig?« Er lachte, aber es klang ein bisschen wehmütig.

»Bruder, halt die Stellung«, antwortete Suse und fand selbst, dass das ein bisschen unbestimmt klang.

Das fand Bodo anscheinend auch. »Suse, was heißt das? Du kommst doch wieder, oder etwa nicht?«

Sie lachte gezwungen. »Da müssten sie mir schon ein sehr verlockendes Angebot machen, damit ich nicht mehr nach Bensersiel komme«, sagte sie aufgesetzt fröhlich.

In diesem Moment klirrte es laut hinter ihr.

Suse drehte sich um. Hella hatte den Eislöffel und die Serviette hingeworfen, presste sich eine Hand auf den Mund und stürzte aus dem Essraum. Stella und Martin sahen ihr erschrocken nach.

»Was hat Mama denn?«, fragte Stella ihren Vater ängstlich.

»Bodo, ich mach mal Schluss«, sagte Suse. »Wir haben hier ein Problem.«

»Gut, dann bis bald. Meld dich, damit ich dich von der Busstation abholen kann. Ist ja man nur noch eine Woche. Und fröhliche Weihnachten!«

»Dir auch, Bodo.« Und damit beendete Suse das Gespräch.

»Ich schau mal, was mit Hella ist.«

Martin erhob sich. Als Stella auch Anstalten machte aufzustehen, hielt Suse sie zurück.

»Bleib hier, Stella. Deiner Mama geht es nicht gut«, sagte sie sanft.

Ausnahmsweise gehorchte die Kleine ihr und blieb sitzen, als Martin Hella hinterhereilte.

»Papa hat Mama lieb«, erklärte sie und fuhr mit dem Löffel durchs Eis, das schon zu schmilzen begann. »Am liebsten auf der Welt. Und mich.«

»Davon gehe ich auch aus«, erwiderte Suse. Leider, fügte sie in Gedanken hinzu.

»Papa hat nur Mama und mich. Und dich. Wir sind alles Mädchen. Papa mag Frauen lieber als Männer«, fügte Stella hinzu, und Suse kommentierte auch das nicht laut.

»Ich glaube, für Papa sind Frauen wie Nachtisch.«

»Du meinst, dein Papa ist ein Süßschnabel?«, fragte Suse.

Stellas Bemerkung wäre amüsant gewesen, wäre Suse sich nicht selbst gerade wie eine riesige Crème brulée vorgekommen.

Stella nickte. »Ja. Und für Papa sind Männer wie Kartoffeln.« Sie zog die kleine Stupsnase kraus. »Langweilig. Schmecken ihm nicht.«

In diesem Moment ging die Tür auf, und der Süßschnabel kehrte ohne Hella zurück. »Hella hat sich hingelegt. Sie sagt, ihr sei von der Auster schlecht geworden.«

»Aber sie hat nicht mal eine halbe gegessen«, protestierte Suse.

»Hella ist so zart, das reicht wahrscheinlich schon für eine Fischvergiftung«, erwiderte Martin. »Ich kümmere mich um sie. Bringst du Stella ins Bett?«

Suse sah zu Stella. Diese nickte gnädig.

»Ja, Suse kann mir noch was vorlesen. Die Geschichte von dem rosa Weihnachtspony.«

»Und bist du so lieb und räumst danach die Küche auf?«, fragte Martin.

Aber er wartete Suses Antwort nicht mal ab.

30. Kapitel

»Ohne Leon ist es kein richtiges Fest, nicht?«

Else sprach aus, was Clara und Tommi fühlten. Der Sohn und Enkel fehlte ihnen allen sehr. Aber so war das nun mal – die Jungen gingen, die Alten blieben. Nur Claras florierende Granny-Nanny-Agentur setzte einen Punkt dagegen. Da gingen auch die Alten.

Bevor sie zu dritt die Nachmittagsmesse im Michel besucht hatten, hatten sie mit Leon in den USA geskypt. Er war sehr vergnügt gewesen.

»Glaubst du, er kommt gern wieder zurück nach Hamburg?«, fragte Else, während sie langsam zum Wagen gingen.

Clara hatte ihre Mutter untergehakt. Wie ganz Deutschland lag auch Hamburg unter einer dicken weißen Schneedecke, und es war glatt.

»Davon gehe ich mal aus«, sagte Clara. »Er weiß ja, dass er nur ein Jahr bleiben kann. In seinem Leben wird es noch so viele Reisen geben.«

Sie hatten den Wagen erreicht, und Tommi schloss auf. Else setzte sich nach vorn, weil sie dort ihre Gelenke am wenigsten verbiegen musste. Sie mochte es, in dem Wagen zu fahren. Er hatte die Sitzheizung an, und wenn man wieder ausstieg, fühlte man sich wunderbar durchwärmt.

»Ganz anders als bei deinen Granny-Nannys in Berlin«, sagte Else und schnallte sich an. Es dauerte etwas, bis sie den Gurt in den Verschluss gesteckt hatte. »Ich fand die

Karte, die sie dir geschickt haben, hinreißend. Diese drei dicken Weihnachtsengel auf dem Brandenburger Tor! Sie haben Humor, die drei. Sie sind nur ein Vierteljahr weg gewesen, bevor sie wieder in ihr altes Leben zurückkommen. Neujahr fahren sie, oder?«

Clara wunderte sich, dass ihre Mutter das noch wusste. »Ja, die ersten drei, die ich nach Berlin geschickt habe. Inzwischen sind ja noch mehr unterwegs. Ich habe schon Anfragen aus dem Ausland bekommen, habe ich dir das erzählt, Mutti?«

»Ja, hast du. Und auch, dass dir die Arbeit allmählich über den Kopf wächst.« Else klang, als wäre sie mit den Gedanken ganz woanders. »Ich wüsste ja zu gern, wie das für die Granny-Nannys in Berlin war.«

»Ich werde ihnen einen Fragebogen schicken. Per Post, weil sie sich doch so vor dem Internet fürchten. Besonders diese eine, diese Hanni. Sie sollen ihn ausfüllen. Dann weiß ich, worauf ich in Zukunft achten muss. Bei den Granny-Nannys, aber auch bei der Auswahl der Familien.«

Tommi bog in die stille Straße ein, in der sie wohnten. Sie würden gemeinsam essen, dann wollte er Else nach Hause bringen.

»Meinst du, sie feiern Silvester zusammen?«, fragte Else. Ihre Stimme klang sehnsüchtig. »In der Hauptstadt sollen sie wie verrückt knallen.«

»Sie knallen überall wie verrückt«, warf Tommi ein. »An den Landungsbrücken in Hamburg auch. Und an der Binnenalster. Und erst recht auf der Krugkoppelbrücke.«

Clara wunderte sich immer mehr, dass ihre Mutter sich über die Test-Nannys, wie sie sie heimlich nannte, so viele Gedanken machte. »Ich weiß nicht, was sie zu Silvester machen. Es ist schließlich ihr letzter Abend bei ihren

Familien.« Sie schwieg einen Moment. »Warum fragst du all das, Mutti?«

»Ach, ich habe mir nur überlegt, wie es wäre, Silvester mal woanders als vor dem Fernseher zu sein. In einer großen Stadt wie Berlin … Wo wirklich viel los ist.«

»Wünschst du dir das?«

»Es würde mich reizen. Ja. Wenn es meinen Knochen besser ginge.«

Clara sah nach vorn, zu der kleinen, gebeugt sitzenden Frau auf dem Beifahrersitz und überlegte. Tommi und sie hatten geplant, Silvester in aller Ruhe zu Hause zu bleiben. Auf der anderen Seite … Wie oft würde sie noch die Gelegenheit haben, mit ihrer Mutter zu feiern? Sie hatte nicht geahnt, dass sich Else gern ins Getümmel in Berlin stürzen würde. Hatte sie nicht vorgehabt, längere Ausflüge mit ihrer Mutter zu machen?

»Mutti, was hältst du davon, wenn wir zu Silvester nach Berlin fahren? Wir nehmen den Wagen, da sitzt du bequem, und deinen Knochen tut die Sitzheizung gut. Wir finden ein hübsches Hotel, und Neujahrnachmittag bist du wieder zu Hause«, sagte sie, den erstaunten Blick, den Tommi ihr im Rückspiegel zuwarf, ignorierend. »Wir laden dich ein. Du warst es schließlich, die uns auf die Idee mit der Agentur gebracht hat. Und ich könnte die Granny-Nannys kontakten. Vielleicht können wir sie sogar persönlich kennenlernen!« Kaum war Clara die Idee gekommen, war sie auch schon ganz begeistert davon.

Else schwieg so lange, dass Clara überzeugt war, sie fände die Idee abwegig und wollte sie mit einer Absage nicht verletzen. Aber dann tastete ihre Mutter mit der Hand nach hinten, fand Claras Hand und drückte sie. Ein kleines Beben lag in ihrer Stimme, als sie sagte: »Oh, Clarakind, du weißt nicht, wie ich mich darüber freue. Dass ich das noch erleben darf! Und ja, ich würde gern deine Granny-Nannys treffen. Frauen, die sich so spät im Leben noch mal auf ein Abenteuer einlassen, die könnten mir gefallen.«

»Gut«, sagte Clara. »Dann werde ich ihnen eine letzte Postkarte schicken. Und diesmal allen dreien.«

31. Kapitel

Stellas Hand zitterte, als sie den Löffel über die Kerze hielt, da, wo die Flamme ihre Kraft bündelte und es am heißesten war. Aber nicht, weil es so anstrengend, sondern weil es so spannend war.

Noch nie hatte sie mit ihren Eltern zu Silvester Blei gegossen. In diesem Jahr durfte sie es endlich. Und in diesem Jahr war sie auch alt genug, länger wach zu bleiben. Suse und sie hatten das Restaurant mit Luftschlangen dekoriert, es hatte rosaroten Heringssalat und Eier mit Kaviar gegeben. Und wenn Mama und Papa nachher tanzen gingen, würde sie sogar noch fernsehen dürfen, so lange sie wollte! Und später, wenn sie schlecht träumte und zu Mama wollte, würde Suse Mama anrufen, und sie würde rüberkommen. So war es ausgemacht.

»Ist es flüssig genug?«, fragte sie in die Runde.

Es war ein Hufeisen aus Blei gewesen, das Mama ihr in den Löffel gelegt hatte. Inzwischen erkannte man die Form nicht mehr. Die Hitze unter dem Löffel hatte es in einen quecksilbergrauen, schillernden Metallsaft verwandelt.

»Ja«, sagten Mama, Papa und Suse gleichzeitig. Schwungvoll kippte Stella die Flüssigkeit in die Schüssel mit Wasser. Es zischte und knisterte, und dann lag da, wie von Zauberhand gegossen, am Grund des Gefäßes eine kleine …

»Eine Wiege! Schaut mal, ich habe eine Wiege gegossen«, sagte Stella überrascht und fischte den Gegenstand aus dem Wasser.

Sie hatte recht. Das, was sie gegossen hatte, hatte verblüffende Ähnlichkeit mit einer Wiege. Es sah aus wie eine kleine, asymmetrische Kiste mit Kufen darunter, bereit, jemanden aufzunehmen und sanft in den Schlaf zu schaukeln. Stella legte sich die Miniwiege auf ihre Handfläche und wünschte sich ein Püppchen, das klein genug war, um in die Wiege zu passen. Vielleicht konnte sie es ja mit Suse basteln? Ach nein, die fuhr ja morgen zurück nach Hause. Nach Fiesland. Oder so ähnlich hieß das, wo sie wohnte.

Hella und Martin sahen sich überrascht an.

Suse fing den Blick auf, als stünde sie direkt dazwischen. Und plötzlich spürte sie ein eigentümliches Schwächegefühl von den Knien abwärts, das nichts mit dem verletzten Sprunggelenk zu tun hatte. Es glich dem Gefühl, das sie damals gehabt hatte, als Hauke unvermittelt gegangen war. Suse glaubte zu spüren, dass das Blut in ihrem Körper in die falsche Richtung lief, im vergeblichen Versuch, das Geschehene, das Gesagte rückgängig zu machen. Die Erkenntnis, warum Hella seit Weihnachten ununterbrochen schlecht war, traf sie wie ein Hammerschlag. Sie rang nach Luft. Das lag nicht an der halben Auster! Das lag an …

»Wir bekommen ein Baby, Schätzchen«, sagte Hella zu ihrer Tochter, »wir werden bald wirklich eine Wiege im Haus haben. Du bist dann die große Schwester.«

Stella sah ihre Mutter mit großen Augen an, aber Hella bemerkte das nicht, denn inzwischen schaute sie zu Suse. Auch Martin schaute zu Suse, und in seinem Blick lag … Stolz. Ja, Stolz. Aber sie erkannte auch Schuldbewusstsein. Nur Liebe war nicht darin zu entdecken.

Ihr war auch schlecht. Aus anderen Gründen.

»Wollen wir doch mal sehen, was für dich die Sterne im nächsten Jahr bereithalten«, sagte Hella.

In ihrer Stimme klangen Glück, Zufriedenheit und unüberhörbar Häme mit.

32. Kapitel

»Du hast immer noch nicht gepackt«, fuhr Rhonda ihre Tochter an.

Wie fauchende Wildkatzen standen sie sich gegenüber, die eine spindeldünn, die andere kräftig.

»Ich will nicht«, zischte Eliza. »Ich will nicht zurück nach Washington in euer Scheißleben.«

»How dare you! Wir sind es, die dir alles ermöglichen!« Rhondas Gesicht nahm eine ungesunde Farbe an. »Warte, bis ich das deinem Vater erzähle! Was er alles macht, um uns diesen Lebensstandard zu ermöglichen!«

»Meinst du, Daddy interessiert sich dafür, was du ihm sagst? Ha! Niemals! Der interessiert sich doch schon lange nicht mehr für dich. Oder für uns. Nur noch für seine Freundin!«

Sie hatte das, was nicht getan werden durfte, getan. Sie hatte den Hauptgrund für Rhondas Angst laut ausgesprochen. Rhonda reagierte wie ein Tier, das in die Enge getrieben worden war – mit Gewalt. Sie holte aus und gab Eliza eine schallende Ohrfeige, mit so viel Kraft, wie man sie einer so dürren Frau niemals zugetraut hätte. Wie gelähmt stand Eliza da, mit hängenden Armen, die Augen weit aufgerissen.

»Get this done«, sagte Rhonda schneidend. »Karen wird dir helfen.« Sie rauschte aus dem Zimmer.

Karen hatte alles mit angehört. Nicht, weil sie gelauscht hatte, sondern weil sie zufällig gerade aus Phoebes Zimmer kam und die beiden laut genug gewesen waren. Beim Klatschen der Ohrfeige war sie erschrocken zusammengezuckt.

Sie wartete, bis Rhonda die Treppe hinuntergegangen war, dann betrat sie Elizas Zimmer.

»Eliza, brauchst du Hilfe?«, fragte sie, was, wie sie genau wusste, eine dumme Frage war.

Natürlich brauchte Eliza Hilfe. Beim Packen. In ihrer Familie. In ihrem Leben. Aber aus ihrer Lehrerzeit wusste Karen, dass Fragen meistens besser funktionierten als Anordnungen.

Eliza lag bäuchlings auf dem ungemachten Bett und hatte den Kopf abgewandt. Seit Weihnachten war sie praktisch verstummt, hatte nur auf ihrem Bett gelegen und gesimst. Kissen lagen herum, Bücher stapelten sich auf dem Nachttisch, Kleidung war achtlos über die Schreibtischstuhllehne geworfen worden. Es sah aus wie immer und nicht so, als würde am kommenden Tag die Spedition kommen. Ihr Flieger nach Frankfurt ging morgen, am 1. Januar, um zehn Uhr. Von dort würde Karen von Anne abgeholt werden, und die Alleys würden weiterfliegen nach Washington. Fahrer Jürgen sollte zur Alley-Villa zurückkehren und die Umzugsleute hineinlassen, die die gepackten Kisten abholten. Alles war genau geplant.

Nur Eliza spielte nicht mit.

Sie murmelte etwas in ihr Kissen.

»Wie bitte?«, fragte Karen und sah sich um.

Es widerstrebte ihr, einen der Umzugskartons ohne Elizas Zustimmung zu füllen. Sie hatte mehrere Anläufe unternommen, aber Eliza hatte den Karton jedes Mal, wenn Karen fertig gewesen war, einfach stillschweigend wieder ausgeräumt.

»Ich hasse sie«, sagte Eliza und schaute hoch.

Auf ihrer Wange zeichnete sich feuerrot der Abdruck von Rhondas Hand ab. Karen setzte sich aufs Bett. Das Schlimmste ist nicht, dass in Familien etwas schiefläuft, dachte sie. Das Schlimmste ist, dass sich alles, was schiefläuft, ständig wiederholt.

»Das hast du schon mal gesagt. Und ich habe dir erklärt, dass du keine Wahl hast«, sagte sie. »Wir müssen packen. Es ist schon fünf. Bitte widersetz dich nicht. Es macht alles nur schlimmer.«

Wie zur Bekräftigung ihrer Worte stieg draußen heulend eine Rakete über dem Dahlemer Feld in die Luft. Bereits den ganzen Tag wurde in Berlin geknallt, von Ungeduldigen, die einfach nicht warten konnten. Seit es dunkel geworden war, wurde es minütlich mehr.

Rhonda hatte, was keine Überraschung war, beschlossen, Silvester wegen des anstehenden Umzugs ausfallen zu lassen. Das war sicher vernünftig, aber Karen tat es trotzdem leid. Wie oft hatte man schon mal die Gelegenheit, in Berlin die Jahreswende zu feiern? Hätten sie nicht zumindest zusammen Berliner essen und ein paar Luftschlangen werfen können? Knallbonbons und Tischfeuerzeug? All die netten Dinge, die man mit Silvester mit Kindern verband?

»Komm, Eliza. Wir müssen das machen. Ich habe keine Lust, bis Mitternacht zu ackern«, sagte sie. »Vielleicht helfen dir ja Phoebe und Mark.«

Eliza rappelte sich hoch und sah sich in ihrem Zimmer um. »Ich habe wirklich keine andere Wahl, oder?«, fragte sie resigniert.

»Nein. Die hast du nicht.«

Und dann ging alles ganz schnell. Die Kleinen halfen unter viel Kichern mit. Krupp hüpfte von Kiste zu Kiste. Um neun schlossen sie den Deckel des letzten Umzugskartons. Um zehn nach neun schickte Karen Phoebe und Mark zum Zähneputzen ins Bad. Um halb zehn schaute Karen noch mal nach Eliza, die sie in ihrem nun sehr kahlen Zimmer vermutete.

Aber da war Eliza nicht.

Wo war sie?

Sie wird sich noch einen Abendsnack genommen haben, versuchte sich Karen zu beruhigen und ging nach unten, um Eliza in der Küche zu überraschen.

Doch da war sie auch nicht.

Auch nicht im Wohnzimmer, wo Rhonda saß, im Wintergarten, in den anderen Kinderzimmern und im Dachgeschoss, wo Karen nachschaute, weil sie hoffte, Eliza hätte sich bereits in ihr Bett geschmuggelt, was sie in der vergangenen Woche gern gemacht hatte.

Als Karen feststellte, dass Elizas Schuhe, ihr Wintermantel und ihr Rucksack verschwunden waren, wusste sie Bescheid.

Eliza war weg.

Irgendwo in Berlin, das tief Luft holte, um Funken sprühend zum Nachtleben zu erwachen, war ein fünfzehnjähriges Mädchen allein unterwegs. Voller Hass, Trauer und Entschlossenheit.

Karen hatte das Gefühl, dass die Welt um sie zersplitterte, als sie zu Rhonda ging, um ihr davon zu berichten. Hätte sie Elizas Weigerung zu packen doch ernster genommen! Auf der anderen Seite: Das Mädchen hatte eine Mutter, da konnte diese dramatische Entwicklung doch nicht allein ihre Schuld sein, oder?

Rhonda saß mit versteinerter Miene da und hielt sich an ihrer Zigarette fest. Dann stand sie auf, ging zur Hausbar und schenkte sich einen Whiskey ein.

»Was machen wir jetzt?«, fragte sie Karen.

»Wir rufen die Polizei.« Karen griff nach dem Telefon und wählte 110. Erst dauerte es eine Weile, bis jemand ranging, dann hatte sie Mühe, dem Polizisten am anderen Ende die Lage zu erklären.

»Liegt Ihrer Meinung nach ein Gewaltverbrechen vor?«, fragte er.

»Nein. Sie ist weggelaufen, weil sie sich mit ihrer Mutter gestritten hat«, erwiderte Karen wahrheitsgetreu.

»Und wie lange ist sie weg?«

»Etwas weniger als eine Stunde. Fünfzig Minuten, schätze ich.«

Der Polizist schnaubte. »Wissen Sie, was heute Nacht in der Stadt los ist?«

»Ich kann's mir vorstellen.«

»Gut. Dann gehen Sie mal davon aus, dass das Mädchen einfach feiern will, gerade wenn es vorher Ärger mit der Mutter gab. Die Kleine ist fast sechzehn, sagen Sie? Tun Sie uns, dem Mädchen und sich selbst einen Gefallen, und rufen Sie morgen früh noch mal an«, sagte der Polizist. Er klang müde, dabei hatte der Abend noch gar nicht richtig angefangen. »Da draußen ist die Hölle los. Wir haben kein Personal, um nach einer untergetauchten Einzelperson zu suchen. Wir haben sowieso zu wenig Personal. Das können Sie von mir aus gern dem Polizeipräsidenten sagen.« Er verabschiedete sich und legte auf.

Karen sah Rhonda an und schüttelte den Kopf.

In diesem Moment sagte Rhonda: »*God dammit,* was sage ich nur Paul, wenn er um Mitternacht anruft?«

Zuerst glaubte Karen, sie hätte sich verhört. »Was hast du gesagt, Rhonda?«, fragte sie, um ganz sicher zu sein.

»Ich habe gesagt, dass wir sie bis Mitternacht finden müssen. Ich weiß sonst nicht, was ich Paul sagen soll, wenn er anruft.«

Ihre Tochter war verschwunden, und Rhonda machte sich Sorgen, was ihr Mann sagen würde? Statt sich Sorgen um Elizas Wohlergehen zu machen?

Karen holte tief, ganz tief Luft. Und wenn sie später an diesen Moment dachte, dann war sie überzeugt davon, dass dies der Moment gewesen war, in dem sie beschlossen hatte, sich gegen die Ungerechtigkeiten in Familien stark zu machen. In die der Alleys. Und in ihrer eigenen. Ein für alle Mal.

Sie baute sich vor Rhonda auf.

»Nun hör mir mal gut zu, Rhonda. Deine Tochter ist weg! Geht das in deinen Kopf rein? Sie ist verzweifelt, weil sie morgen nicht in dieses Leben voller Lügen fliegen will, das ihr führt. Seit einem Vierteljahr werde ich Tag für Tag Zeuge, wie du deine Kinder körperlich quälst, indem du ihnen gesunde und ausreichende Nahrung verweigerst und sie emotional vernachlässigst. Damit ist jetzt Schluss, hörst du! Du hast großartige Kinder, und sie verdienen eine Mutter, die sich um sie kümmert, die für sie da ist …« Rhonda sah Karen verblüfft an, dann wollte sie einen Schluck Whiskey nehmen. Aber Karen war schneller. Bevor sie das Glas zum Mund führen konnte, hielt sie sie an ihrem knochigen Handgelenk fest. »… und die nicht trinkt und raucht, statt mit ihren Kindern zu reden!«, rief sie wutentbrannt und entwand den Whiskey Rhondas Griff. Sie wollte das Glas auf den Tisch stellen, aber es kippte um, rollte hinunter und knallte schließlich auf das polierte Parkett, wo es eine dicke Kerbe hinterließ. »Werd endlich erwachsen! Hör auf, in Selbstmitleid zu vergehen.«

Rhondas Augen wurden feucht. *»You don't know what it's like.* Paul und ich …«

»Ich weiß, dass dein Mann eine Freundin hat!«, unterbrach Karen sie. »Du musst trotzdem oder gerade deshalb deinen eigenen Weg gehen. Du brauchst nicht an der unerwiderten Liebe deines Mannes zu verhungern.«

»Ich sehe besser aus, wenn ich dünn bin«, flüsterte Rhonda.

»Das ist Geschmackssache. Es gibt auf jeden Fall Paare, die sich trennen und die trotzdem für ihre Kinder da sind. Ich bin die Granny-Nanny, und mir liegen die Kinder mehr am Herzen als dir!«

»Wie kannst du so mit mir sprechen?«, begehrte Rhonda ein letztes Mal auf. *»You are a servant!«*

Karen lachte. Sie konnte nicht anders. Sie, eine Bedienstete? »Komm von deinem hohen Ross runter, Rhonda. Es ist nie falsch, die Wahrheit zu sagen. Deine Kinder können nicht das Opfer deiner Beziehung sein. Herrgott, dann lass dich scheiden! Er muss doch für dich zahlen. Du hast nur ein Leben. Wir haben alle nur ein Leben! Ich bin auch geschieden, weil mein Mann mit einer Jüngeren davongelaufen ist. Das tut weh, das bringt das Selbstwertgefühl schwer ins Wanken, aber der Schmerz geht vorbei! Das Leben geht weiter, Rhonda, und es ist im Zweifelsfall ohne Mann besser!«

Karen war laut geworden. Erst als sie etwas hinter sich rascheln hörte, verstummte sie.

Phoebe und Mark waren wach geworden. In ihren Pyjamas tappten sie die Treppe herunter.

»Warum bist du so böse, Karen?«, fragte Mark verschlafen.

»Warum weint Mummy?«, fragte Phoebe.

Karen ignorierte ihre Fragen. Es war Rhonda, die antwortete. »Eliza ist verschwunden. *Disappeared.* Wir wissen nicht, wo sie ist«, brach es aus ihr heraus. Tränen liefen ihr die Wangen hinunter, sie hinterließen helle Streifen auf der dicken Make-up-Schicht.

»Ohne Eliza fahre ich morgen nicht«, sagte Mark sofort. Seine Unterlippe zitterte.

Phoebe begann, in ihren Pyjamaärmel zu schniefen. Ihre feuerrotes Haar stand ihr vom Kopf ab. Sie sah aus wie eine kleine, dünne, verzweifelte Pipi Langstrumpf. »Ich … ich auch nicht«, schluchzte sie. »Ich will, dass Eliza wieder zurückkommt.«

Die Angst der Kleinen rührte Karen mehr als Rhondas Sorge. Plötzlich hatte auch sie Tränen in den Augen. »Wir finden Eliza«, sagte sie tröstend und wünschte, sie könnte ihren eigenen Worten trauen.

In diesem Moment klingelte ihr Handy. Alle starrten sie erwartungsvoll an, als sie ranging. Aber es war nicht Eliza. Es war Hanni.

»Karen, ich wollte dir nur noch rasch einen guten Rutsch ins neue Jahr wünschen. Lass es dir gut gehen!«, trällerte Hanni am anderen Ende der Leitung. Hinter ihr war Musik zu hören – es klang wie *Sailing* von Rod Stewart. Mehrere Leute lachten. »Wir machen einen Spieleabend, es ist gerade furchtbar lustig. Hast du auch eine Karte von Clara Behrens bekommen? Sie feiert mit ihrem Mann und ihrer Mutter auf dem Teufelsberg! Wir sollen alle kommen, wenn wir wollen. Was macht ihr denn so?«

»Es ist meine Freundin Hanni«, sagte Karen und lief hinaus in den Flur, um Hanni flüsternd zu berichten, was geschehen war.

Sie erzählte, dass Clara Behrens ihr auch eine Karte geschickt hatte, aber dass nicht im Traum daran zu denken war, dass sie zu Mitternacht auf den Teufelsberg fahren könnte.

33. Kapitel

»Theo und Arthur, was würdet ihr tun, wenn ein fünfzehnjähriges Mädchen verschwände und ihr es unbedingt finden wolltet?«, fragte Hanni einige Minuten später die Zwillinge.

Alle saßen im Hausboot um den großen Tisch herum. Sie hatten Fondue gemacht, anschließend Punsch getrunken und spielten, um die Zeit bis Mitternacht zu überbrücken. Beim *Monopoly* zogen die Zwillinge die Mitspieler hemmungslos über den Tisch, bei *Superhirn* hatte Ben die Nase vorn.

»Internet. Facebook. Gucken, in welchen Groups sie ist«, sagte Theo abwesend und verzog das Gesicht.

Sie waren bei *Scrabble* angelangt, und darin waren die Zwillinge lausig. Rechtschreibung gehörte nicht zu ihren Stärken.

»Ist was passiert?«, wollte Arthur wissen.

»Eliza ist weg. Karens älteste Gasttochter. Ich habe euch von ihr erzählt.«

Wer Karen war, musste niemand fragen. Sie alle hatten mehr über Karen und Suse gehört, als ihnen lieb war.

Arthur sah sehnsüchtig zur Tür, wo das Waffenarsenal stand. Sie hatten mit Werner Knaller gekauft, und Arthur konnte es kaum erwarten, bis es endlich Mitternacht war.

»Wurde sie entführt? Verschleppt? Gibt's schon Lösegeldforderungen?«, fragte er.

Hanni verdrehte die Augen. »Nein, bestimmt nicht. Sie

und ihre Mutter haben gestritten, und dann ist sie fortgelaufen. Nun machen sie sich Sorgen. Zu allem Unglück will die Familie morgen früh zurück in die USA fliegen.« Sie setzte ein X aufs *Scrabble*-Bord, schuf so das Wort Hexenbesen und erntete unwilliges Stöhnen von den Jungs.

»Sollen wir mal nachgucken?«, fragte Theo, der keine Lust mehr hatte weiterzuspielen.

Hanni sah auf. »Was denn nachgucken?«

»Na, ob wir irgendwas über sie im Netz finden. Wie heißt sie denn mit vollem Namen? Wo geht sie zur Schule?«

»Eliza Alley. Und sie geht auf eine Schule in Dahlem, wo sie Englisch sprechen, hat Karen erzählt.«

Die Jungen sprangen auf und waren schon auf dem Weg nach oben.

»Wartet, ich will sehen, wie ihr das macht!«, rief Hanni und sprang ebenfalls auf.

Ben, Anja und Werner blieben zurück. »Kennt wer ein schönes Spiel für drei?«, fragte Ben und sah seiner Mutter kopfschüttelnd hinterher.

»Ach, vergiss das Spiel. Gieß mir lieber noch einen Punsch ein, Junge«, erwiderte Werner und hielt Ben sein leeres Glas hin.

Es dauerte nicht lange, bis Arthur und Theo Eliza auf Facebook aufgespürt und einen Kontakt zu Elizas Clique gefunden hatten.

»Sie treffen sich um elf auf dem Teufelsberg«, sagte Arthur und starrte konzentriert auf sein iPad.

»Seid ihr sicher?«, fragte Hanni aufgeregt und spähte über seine Schulter.

»Ja. Hier, guck mal. Sie haben eine Liste online gestellt, wer was mitbringt. Eliza bringt Schokoladenkekse. Die anderen jede Menge Prosecco. Einer eine Flasche Wodka«, sagte Theo selbstzufrieden.

Wodka … Fünfzehnjährige? Hanni schaute auf die Uhr. Es war halb elf. Sie griff nach ihrem Handy und suchte unter Kontakten nach Karens Nummer. Als sie mit Karen gesprochen hatte, wandte sie sich wieder an die Jungen.

»Was haltet ihr denn davon, wenn wir auch zum Teufelsberg fahren? Da muss heute Abend eine Menge los sein.« So ganz nebenbei lerne ich dann auch noch Clara Behrens kennen, fügte sie im Stillen hinzu.

»Geile Idee«, sagte Arthur, und Theo nickte.

Damit war es beschlossen.

»Rhonda, Hannis Jungs haben übers Internet herausgefunden, dass Elizas Clique auf dem Teufelsberg feiert! Ich fahre hin und schaue, ob ich Eliza finde«, sagte Karen, als sie und Hanni das Telefonat beendet hatten.

Rhonda erhob sich von der Couch. »*Wait*. Ich komme mit. Phoebe, Mark, zieht euch an! Ihr bleibt nicht allein hier. Krupp *stays here.*« Und zum ersten Mal protestierte Mark nicht.

Sie unternimmt etwas?, dachte Karen verblüfft, während die Kleinen an ihr vorbeiflitzten, um sich umzuziehen. Fünf Minuten später stürmten sie zu viert durch die kalte Nacht zum Garagenhäuschen. Doch dort brannte kein Licht.

»Jürgen *isn't there!*«, rief Rhonda aus.

»Und der Maybach auch nicht. Er darf ihn nehmen, wenn wir ihn nicht brauchen«, stellte Mark fest.

Seine Stimme klang, als ob er gleich weinen würde. Am Ende der Straße knallte es höhnisch.

»Nie im Leben kriegen wir jetzt ein Taxi. Die ganze Stadt ist unterwegs! Wie kommen wir bloß zum Teufelsberg?«, sagte Karen unruhig. Doch dann hatte sie eine Idee. »Ich weiß! Wir fragen den Ättätschi! Los!«

Zu viert liefen sie den Weg zur Villa des Attachés hoch. Anders als in jener Thanksgiving-Nacht, die schon so weit zurückzuliegen schien, waren nur einige wenige Fenster erleuchtet. Karen drückte beherzt auf die Klingel, während die Alleys dichtgedrängt hinter ihr stehen blieben. Sei da, flehte sie. Sei da! Mach auf. Hilf uns! Wenn du nicht da bist, dann …

Die Tür wurde geöffnet, und der Ättätschi stand vor ihnen.

»Mrs. Parotat! Mrs. Alley! Was ist denn los?«, fragte er.

Wie immer sah er lässig-elegant aus, in schwarzen Jeans und schwarzem Rolli, an den Füßen ein paar marokkanische Hausschuhe aus rotem Saffianleder, deren Spitzen sich gewagt nach oben bogen.

Hinter ihm konnte Karen das Kaminfeuer sehen, offenbar hatte er beschlossen, die letzten Stunden des Jahres allein zu verbringen. Nichts hätte Karen lieber getan, als mit ihm seine gediegene Eleganz zu teilen. Aber dies war nicht der richtige Zeitpunkt.

»Wir haben einen internationalen Notfall. Wir brauchen Ihre Hilfe. Nein, eigentlich brauchen wir nur Ihren Wagen«, sprudelte sie los und erklärte, was passiert war.

Der Attaché hörte ihr mit schräg gelegtem Kopf zu, ganz so, als erzählte Karen ihm von einer interessanten kulturwissenschaftlichen Theorie. Als sie geendet hatte, nickte er verstehend.

»*I see.* Was Sie in der Tat brauchen, ist die Unterstützung des diplomatischen Corps, um die verlorene Alley-Tochter zu finden«, sagte er und eilte in die hinteren Räume der Villa.

Einen Augenblick später kehrte er mit einer Flasche

Champagner zurück, schlüpfte rasch in Straßenschuhe und Mantel, warf sich einen Burberry-Schal um, griff nach seinen Schlüsseln und zog die Tür hinter sich zu.

»Folgen Sie mir«, erklärte er und ging ihnen rasch voran zu einem großen schwarzen Mercedes, der in der Einfahrt stand.

»Ich weiß nicht mal, wo der Teufelsberg ist«, gestand Karen, als sie sich anschnallte.

Familie Alley setzte sich auf den Rücksitz, der Attaché schwang sich hinters Lenkrad und startete den Wagen, der mit einem sanften Schnurren zum Leben erwachte.

»Ich weiß es. Mitten im Grunewald. In einer Viertelstunde sind wir da.«

Sie brausten durch die Nacht, die immer wieder durch den rosafarbenen, grünen oder goldenen Schimmer vereinzelter Raketen erleuchtet wurde. Rhonda schwieg, Phoebe und Mark schnieften leise. Karen behielt ihr Handy in der Hand, und als sie den Auerbachtunnel passiert hatten, rief sie Hanni an.

»Ihr seid auf dem Weg zum Teufelsberg?«, fragte Hanni aufgeregt. »Wir sind auch alle da! Wir können uns treffen!«

»Weißt du, was Suse heute macht?«, fragte Karen.

»Nein, ich hab noch nichts von ihr gehört«, erwiderte Hanni, und sie verabschiedeten sich voneinander, nicht ohne einen Treffpunkt zu vereinbaren.

Karen wählte Suses Nummer. Sie ging sofort ran, und einen Augenblick später begriff Karen, dass sie nicht die Einzige war, die sich an diesem Abend im Ausnahmezustand befand.

»Hella bekommt ein Baby! Und ich dachte, er entscheidet sich heute Abend für mich …«, brach es aus Suse heraus.

»Ach, Suse«, sagte Karen tröstend. »Du und dieser Mistkerl … Hör zu. Wir sind heute Nacht alle auf dem Teufelsberg. Willst du nicht auch kommen?«

»Ich kann nicht«, erwiderte Suse mit zittriger Stimme. »Clara Behrens hat mir auch geschrieben. Aber ich kann hier nicht weg. Ich muss auf Stella aufpassen. Ihre Eltern sind ausgegangen, und die Kleine ist gerade erst eingeschlafen …«

»Ruf ihre Eltern an. Du brauchst heute Nacht deine Freundinnen. Komm her. Mit dem Auto kannst du in einer halben Stunde da sein«, sagte Karen resolut und beendete das Gespräch.

Der Attaché behielt recht. Keine Viertelstunde später erhob sich vor ihnen die gewaltige Silhouette des Teufelsbergs. Auf der Straße, dem Weg und auf dem Berg selbst wimmelte es von Leuten, die von dort das große Feuerwerk über Berlin sehen und selbst zünden wollten. Autos standen auf der Teufelsseechaussee im Stau, Betrunkene lachten und johlten, dazwischen knallte und blitzte es.

Der Attaché stellte sich direkt auf eine Feuerwehrzufahrt.

»Für Mitarbeiter diplomatischer Vertretungen gelten Straßenregeln nicht«, sagte er unbesorgt, und einen Moment lang war er Karen deutlich weniger sympathisch, jedoch nur einen Moment lang.

»Wie sollen wir in diesem Getümmel ein einzelnes Mädchen finden?«, fragte sie und schaute zum Berg hoch.

»*Time will tell*«, antwortete er und stieg aus.

Er ging um den Wagen und hielt Karen galant die Tür auf. Dann stiefelten sie zu fünft den Weg zum Plateau des Berges hoch.

34. Kapitel

Sie hatten sich durch die Menge gedrängelt, hatten dabei in alle Richtungen gespäht, als Mark sie schließlich entdeckte.

»Da ist sie!«, schrie er so laut, dass sie es alle gegen die Geräuschkulisse hören konnten.

Er riss sich von Karens Hand los und rannte auf eine Gruppe wild Tanzender am Rande des Plateaus zu. Ihre zuckenden Figuren zeichneten sich vor dem hellen Kugelbau der ehemaligen amerikanischen Funkstation im Hintergrund deutlich ab. Die Musik, die aus ihrem Ghettoblaster scholl, war lauter als die Böller, die um sie herum gezündet wurden. Es war noch zehn Minuten bis Mitternacht.

Eliza tanzte nicht, und das war der Grund, weshalb sie sie nicht schon vorher entdeckt hatten. Sie saß allein auf dem kalten Boden, die Arme auf die Knie gelegt, das Gesicht verborgen, wie immer ganz in Schwarz. Bevor Karen auch nur erleichtert ausatmen konnte, rannte Rhonda bereits Mark hinterher. Als sie sie erreicht hatte, ging sie vor ihr in die Knie und riss Eliza in einer ungestümen Bewegung an sich.

Phoebe ließ Karens andere Hand los und stürzte ebenfalls auf ihre Schwester zu. Und dann umarmten sie sich alle vier.

Karen wusste nicht, was sie sprachen, ob überhaupt. Aber die Art und Weise, wie Eliza die Umarmung ihrer

Mutter erwiderte, verriet ihr genug. Sie hatte nicht mehr daran geglaubt, dass alles wieder gut werden könnte in dieser Familie. Doch alles war gut. Oder würde gut werden. Oder hatte zumindest eine reale Chance darauf, in absehbarer Zeit gut zu werden.

Sie wandte den Blick ab. »Sie haben Eliza gefunden«, sagte sie zu niemand Bestimmtem.

»*Well done,* Mrs. Parotat«, erklang da die sonore Stimme des Attachés neben ihr.

Er reichte Karen ein blütenweißes Taschentuch, und dankbar nahm sie es entgegen, um ihre Tränen zu trocknen. Dann warf er einen Blick auf seine goldene Uhr.

»Noch neun Minuten«, konstatierte er. Auf einmal war es unnatürlich still auf dem Berg. So kurz vor Mitternacht waren die Böller verstummt, die Raketen warteten in Flaschen, Spannung lag in der Luft. »Gleich geht die Party richtig los.«

»Aber jetzt noch nicht«, erwiderte Karen und griff nach ihrem Handy und gab Hannis Nummer ein. »Hanni, hörst du mich? Wir sind ganz in der Nähe der weißen Kugeln! Falls ihr nicht zu weit weg seid, kommt her!«, rief sie, als Hanni ranging.

»Ich sehe dich!«, hörte sie Hanni johlen. Kurz darauf brach ein ganzer Trupp Leute durch die Menschenansammlung: Hanni, umgeben von ihren Schützlingen, ihrer Gastmutter, Ben und Werner. Die Jungen und Werner schleppten schwer an einer Tüte mit Feuerwerkskörpern. Hanni kam auf Karen zu, begleitet von einer jüngeren Frau und einer älteren, die sich bei einem Mann einhakte. »Schau, wir haben Frau Behrens gefunden! Samt Mutter und Mann!«

»Kennwort grüner Schal«, sagte die ältere Frau, als Karen sie begrüßte und sich vorstellte. Sie lief gebeugt, aber das hielt sie nicht davon ab, mit einem großen grünen Schal zu wedeln. »Und wo ist Ihre dritte Freundin?«

»Das frage ich mich auch.« Rasch wählte Karen erneut Suses Nummer. »Suse, hockst du noch in Lübars, oder hast du dich auf den Weg gemacht?«, fragte sie.

Da tippte ihr jemand auf die Schulter. Sie drehte sich um. »Suse!«, rief Hanni begeistert. »Du hast es geschafft!«

»Und wie ich es geschafft habe«, antwortete Suse grimmig und steckte das Handy weg. Ihre Augen waren rot. Sie sah aus, als hätte sie geweint. »Ich habe ihnen ihr Gör gebracht und Martin, diesem Weichei, die Autoschlüssel geklaut! Und gleich noch drei Flaschen Champagner Rosé aus dem heiligen Bestand dazu! Für jede von uns eine.«

Sie hielt einen Stoffbeutel hoch, in dem es vielversprechend klirrte. Gut, es war nicht fair von ihr gewesen, Stella unsanft zu wecken in dem Wissen, dass sie sofort losheulen würde. Aber hey, die Marons waren auch nicht fair zu ihr gewesen, oder?

»Dann präparier die erste schon mal«, sagte Hanni, die auf die Uhr schaute. »Das alte Jahr ist nämlich gleich vorbei!«

»Sieben, sechs, fünf, vier, drei, zwei, eins … Prosit Neujahr!«, erschallte es eine halbe Minute später aus tausenden Kehlen um sie herum.

Menschen fielen sich um den Hals und küssten sich, Freunde, Verwandte, Ben und Anja (die sich deutlich länger küssten als alle anderen um sie herum) und sogar Wildfremde.

Karen umarmte Hanni, Hanni umarmte Suse, Suse umarmte Karen, und dann umarmten sie sich alle drei.

»Ein wunderbares neues Jahr wünsche ich euch!«, rief

Hanni gegen den ohrenbetäubenden Lärm an, der um sie herum losbrach.

Suse nahm die erste der drei Champagnerflaschen und ließ den Korken knallen. »Das wünsche ich euch auch! Dass alle Wünsche wahr werden! Und meine eigenen auch! Lieber einen Stern fürs Kochen als einen Koch!« Sie nahm einen ordentlichen Schluck, bevor sie die Flasche an Hanni weiterreichte.

»Lieber eine große Familie als keine Familie«, sagte Hanni zufrieden und gab die Flasche Karen.

»Lieber verreisen als nicht verreisen«, sagte Karen und reichte sie wieder Suse.

»Lieber in Ihrem Alter etwas erleben, bevor es zu spät ist«, sagte die alte Dame, die jetzt zu ihnen trat – Clara Behrens' Mutter, wie sie mittlerweile wussten. »Ich habe mir gewünscht, Sie kennenzulernen. Wirklich, das habe ich. Um Ihnen zu sagen, dass ich es unglaublich wichtig finde, sich Wünsche zu erfüllen, solange es noch geht. Wenn Sie mal in Hamburg sein sollten, kommen Sie vorbei, und erzählen Sie mir, wie es Ihnen ergangen ist! In Gedanken war ich viel bei Ihnen. Ach, hätte ich doch früher auch mehr gemacht …«

Clara Behrens löste sich aus der Umarmung ihres Mannes und kam ebenfalls auf sie zu. Sie schaute von einer Granny-Nanny zur anderen.

»Gut, dass Sie Mutters grünen Schal erkannt haben, Frau Wiesinger. Sonst würden wir immer noch hier herumirren. Sie sehen ganz anders als auf den Fotos aus!«

»Ja, Berlin hat uns verändert«, sagte Karen.

»Das Vierteljahr hat uns verändert«, sagte Hanni.

»Hoffentlich hat es mich auch verändert«, murmelte Suse, aber das hörte nur Hanni.

Clara Behrens sah sie aufmerksam an. Sie versuchte zu

begreifen, was mit jeder von ihnen passiert war, und hatte das unbestimmte Gefühl, dass sie sich die Postkarten hätte sparen können. Vielleicht würden die Evaluationsbögen, die sie noch ausfüllen sollten, Aufschluss geben? Wahrscheinlich nicht. Da würden nur die unwichtigen Dinge stehen. Das Wichtige behielten sie für sich. Oder machten es untereinander aus.

Inzwischen hatte die Menschenmenge auf dem Teufelsberg einen großen Kreis gebildet, in dem das Feuerwerk abgefackelt wurde. Werner und die Zwillinge stürmten vor, gefolgt von Mark und Phoebe, der Attaché blieb ein bisschen abseits bei den anderen stehen.

Er sang leise, die Hände in den Taschen seines Mantels vergraben: »*Should auld acquaintance be forgot, and never brought to mind?*«

Da fielen neben ihm zwei Frauen ein: »*Should auld acquaintance be forgot, and days of auld lang syne …*«

Eliza und Rhonda sangen. Zusammen.

Raketen wurden in leere Flaschen gestellt und angezündet. Sie zischten hoch in den Nachthimmel über Berlin, wo sie krachend zu unzähligen Sternen zerbarsten. Rote und grüne Kugeln wurden hochgeschossen und sanken verglühend zur Erde (»Steuerbord, backbord«, murmelte Hanni. Spätestens ab dem Frühjahr durfte sie das nicht mehr verwechseln).

In der Ferne sprühte es leuchtend um Fernseh- und Funkturm, um Gasometer und Kirchen, um all die Wahrzeichen, von denen die Freundinnen einige gesehen hatten. Böller wurden geworfen, Knallfrösche sprangen wie wahnsinnig umher. Ab und zu hörte man spitze Schreie, wenn die Kracher zwischen die Menschen fielen und alle erschrocken zurückwichen.

Hanni spielte mit ihrem Smartphone, das Ben ihr zu

Weihnachten geschenkt hatte, in der Manteltasche, erwog, es herauszuziehen und es Werner in die Hand zu drücken. Er könnte ein Foto von ihnen dreien machen: Karen, auf deren schneeweißem kurzem Haar der Schein eines Silberfeuerwerks reflektiert wurde, Suse, die gerade mit immer noch roten Augen einen weiteren großen Schluck Champagner trank. Und sie selbst, wusste der Himmel, wie sie im Moment aussah. Glücklich, vermutlich.

Suse gab die Champagnerflasche an Karen weiter. Die hielt die Flasche wie zu einem stummen Prosit hoch und sagte dann: »Mir ist gerade klar geworden, dass ich einem exklusiven Klub angehöre. Lebenslange Mitgliedschaft, Aufnahme nur mit persönlicher Referenz.«

»Wie exklusiv ist der Klub denn?«, fragte Suse skeptisch.

»Zurzeit hat er drei Mitglieder«, antwortete Karen und nahm einen Schluck.

»Das wird dann wohl lebenslang ein sehr kleiner Klub bleiben.« Hanni nahm die Flasche entgegen.

»Ach, da bin ich mir nicht so sicher«, sagte Karen. »Da draußen gibt es jede Menge Frauen, denen es so geht wie uns. Oder denen es gern so ginge wie uns. Die gern noch mal etwas ganz anderes machen, mit einer Veränderung in ihr altes Leben zurückkehren würden. Ohne noch mal ganz von vorn anzufangen.«

»Um Gottes willen, bloß das nicht!«, sagte Suse erschrocken und so inständig, dass die anderen beiden in lautes Gelächter ausbrachen. »Du meinst wohl unseren Granny-Nanny-Klub?«

»Eigentlich meine ich unsere Freundschaft. Drei gestandene Frauen, die wissen, dass sie zu alt sind, um etwas zu bedauern. Junge Au-pairs lernen etwas für die Zukunft. Bei uns war das ganz anders, findet ihr nicht?«

Karen nickte und griff nach der Flasche. »Ja, wir haben etwas über unsere Vergangenheit gelernt. Ich sehe jetzt Dinge, die hinter mir liegen, anders.«

»Du siehst auch anders aus«, sagte Suse leise, und dann sagte sie es noch mal laut. Denn neben ihnen war laut zischend eine Rakete in den Himmel hochgestiegen.

Hanni lachte. »Innen und außen.«

»Aber so ganz stimmt das nicht, was du sagst«, sagte Karen. »Wir haben auch für die Zukunft gelernt. Und vielleicht sogar nachhaltiger als die jungen Au-pairs, weil … Nun, nicht mehr das ganze Leben vor uns liegt.«

»Niemand weiß, wie viel Zeit er noch hat«, sagte Hanni. »Und das ist auch gut so. Wichtig ist nur, dass man das Beste daraus macht. Jeden Tag, jede Stunde, jede Sekunde.«

»Na, auch mal knallen, ihr Hübschen vom Trümmerberg?«, rief da Werner zu ihnen hinüber, während er eine rote Kette Pfennigschwärmer von sich warf. Er trug eine nagelneue Schiffermütze, die Hanni ihm zu Weihnachten geschenkt hatte.

»Wieso Trümmerberg? Ich denke, das ist der Teufelsberg«, rief Karen zurück.

»Wir stehen hier auf den Trümmern des Zweiten Weltkriegs«, erklärte Werner. »Kaputtes Glas, verkohltes Holz und zerschlagener Stein vom letzten Scheißkrieg.«

»Das passt doch«, sagte Karen zu Hanni und Suse. »Wir feiern unseren Abschied auf einem Berg, der aus dem Geröll der Vergangenheit besteht, mitten in einem bunten Feuerwerk und mit klarem Blick in die Zukunft.«

»Apropos Zukunft«, sagte Clara, die mit ihrer Mutter immer noch neben ihnen stand. »Wenn Sie wieder zu Hause sind, würde ich gern mal Ihre Meinung hören. Von Ihren Erfahrungen berichtet bekommen. Sie waren meine Ersten, wissen Sie.«

»Welche Ersten?«, fragte Karen.

»Meine ersten Granny-Nannys! Aber nicht die letzten. Die Nachfrage ist erfreulich. Sogar aus dem Ausland. Ich suche jemanden, der sich da auskennt. Müsste Englisch sprechen, pädagogisch interessiert sein ... Ich habe noch niemanden gefunden.«

»Gibt es gute Orthopäden in Hamburg? Dann hätte ich vielleicht jemanden für Sie«, sagte Karen und überlegte, wie viel sie über die Elbe, die Alster, den Michel, den Hafen und das Hamburger Kulturleben wusste. Erschreckend wenig. Viel zu wenig!

»Natürlich haben wir Orthopäden. Und jemand, der mir aushilft, wäre großartig! Oh, und darf ich Sie noch um etwas bitten, bevor wir gehen: Kann ich von Ihnen ein Foto machen? Für meine Homepage?«

»Freilich«, sagte Hanni und rollte dabei das fränkische R.

»Natürlich«, sagte Karen.

»Jo«, sagte Suse mit deutlich friesischem Akzent.

Sie hakten einander unter.

Im Hintergrund verschwand Berlin allmählich unter einer Dunstglocke. Aber hier standen drei Frauen, und sie strahlten in die Kamera, die Clara Behrens auf sie richtete. Klar und deutlich zeichneten sie sich gegen die rauchgeschwängerte Silhouette der Stadt ab.

Drei, die schon viel erlebt hatten.

Aber längst noch nicht genug.

Nachwort

Ich habe dieses Buch in vielen Stunden, Tagen, Wochen und Monaten allein und meistens sehr vergnügt geschrieben. Aber trotzdem ist es nicht nur mein Werk. Denn bis es so weit war, dass Sie es jetzt in den Händen halten, braucht es mehr als die Autorin. Es braucht diejenigen, die es vorantreiben, lektorieren und vor allem: daran glauben.

Bedanken möchte ich mich deshalb bei meiner Agentin Petra Hermanns für ihre Kompetenz und ihre Ermutigung, bei Anna-Lisa Hollerbach von Blanvalet für die Geduld, mit der sie meine drängenden E-Mail-Fragen beantwortet hat und hoffentlich auch in Zukunft beantworten wird, überhaupt bei dem gesamten Team von Blanvalet. Und natürlich bei meiner Lektorin Margit von Cossart, ohne die der Wellness-Bereich vom Ritz-Carlton im Dachgeschoss geblieben wäre (was bestimmt traumhaft wäre, aber leider nicht der Wahrheit entspricht).

Und zum allerletzten Schluss:

Der Genauigkeit halber sei erwähnt, dass das Wetter in dem Herbst und Winter, in dem die Granny-Nannys in Berlin hätten sein können, ganz anders als im Roman beschrieben war. Es ist also gewissermaßen eine meteorologische Fiktion in der literarischen. Aber es hätte so bitterkalt sein können, denn in manchen Wintern hat die sibirische Kälte Berlin fest im Griff.

Zweitens: Ähnlichkeiten mit lebenden oder verstorbenen Personen sind in diesem Buch rein zufällig und unbeabsichtigt. Was nicht bedeutet, dass es nicht Menschen gibt, an die ich beim Schreiben gedacht habe, ja, ohne die das Buch wahrscheinlich nicht möglich gewesen wäre. Meine Mutter ist jemand, deren Optimismus in weiten Zügen Elses Philosophie entspricht. Weshalb Clara sich einen Traum erfüllt und die Agentur eröffnet – und ich hier sitze und schreibe. Ein Vorbild in positiver Lebensführung gewissermaßen, das ich jedem Menschen, egal wie alt, nur von Herzen wünschen kann. Danke, Mama. Bleib schön gesund, hörst du!